係｜戰後○台灣語言相關資料○雜文及其他○蔡培火全集○家世生平
與交友○政治關係｜日本時代○政治關係｜戰後○台灣語言相關資料
○雜文及其他○蔡培火全集○家世生平與交友○政治關係｜日本時代
○政治關係｜戰後○台灣語言相關資料○雜文及其他○蔡培火全集○
家世生平與交　治關係｜日本時代○政治關係｜戰後○台灣語言
相關資料○雜　他○蔡培火全集○家世生平與交友○政治關係｜
日本時代○政　｜戰後○台灣語言相關資料○雜文及其他○蔡培
火全集○家世　交友○政治關係｜日本時代○政治關係｜戰後○
台灣語言相關　雜文及其他○蔡培火全集○家世生平與交友○政
治關係｜日本時代○政治關係｜戰後○台灣語言相關資料○雜文及其
他○蔡培火全集○家世生平與交友○政治關係｜日本時代○政治關係
｜戰後○台灣語言相關資料○雜文及其他○蔡培火全集○家世生平與
交友○政治關係｜日本時代○政治關係｜戰後○台灣語言相關資料○

【蔡培火全集 三】

政治關係—日本時代（下）

主　編／張漢裕

出　版／財團法人吳三連臺灣史料基金會

政治關係——日本時代（下）

目 錄

東亞の子かく思ふ　181

日本々国民に與ふ
──殖民地問題解決の基調
（日文版）

序一

蔡培火君

君と僕の交りは、先師植村正久君の紹介に由つたもので、爾来約十二、三年の久しきに亘る。その間、植村師は惜くも此の土を捐てられて、既に滿三年になる。その時は、僕は君に導かれて、台灣各地の巡遊の央ばであつた、丁度、新竹停車場に下り立つた時、残念にもその悲電に接したのであつた。

日本の同胞に寄せられんとの今回の貴著、題からして既に君の胸中に鬱勃たる悲壯淋漓の感懷が拜察せられる。僕は驚喜してそれを手にした。僕の知つて居る君の真骨頭、君が多年僕に語られた真主張は、鉄の如く堅く、火の如く昭かに、此の書の中に能く論証されてゐる。僕は読み去つて、君の風貌と、十二、三年来の君の論策とを、まざまざ、面前に示現せしめた。そこで此の書に対する僕の真率の感じは、

台灣のために無くてならぬ著述である、能く思ひ切つて書かれた。

日本のために有用の著述である、特に台灣の當局者、在住の內地人に対する一道の荊

鞭、無上の警告である。

と、感ずるまゝを述べて、衷心よりの敬意を表する。

序に、二三の思ひ付を述べて置きたい。

君は、此の書に於て、台灣の現狀、殊に、君の意氣、精神、主張の在る所を內地同胞に瞭解せしめんとして居られるのであるが、僕は思ふ、內地の同胞は、君の期待せられる通りに君を理解するいとができまい、今それができないのみならず、何年になつたらできるか、其の時は遂に来るであらうか、或は永久に来らないかも知れないと思ふ程、他人に、我が境地、意中、心識を、本當に理解せしむることは困難の事である。現に僕は我が同胞の間に未だ理解せられて居ない、政治に志ざして、立憲政治の通理、常道を說くこと約三十年、しかしながら、其の常道の未だ理解せられないは勿論、僕の真实の心持も未だ一般に理解されて居ない、それ程、他人に己れを理解せしむることは困難の事業である。君の純正にして真実なる希望、期待も、此の先きまだまだ幾多の困難と、故障と、妨害と曲誣とに逢はれることであらう。

君は、日本と支那との関係をも此の中に論ぜられ、支那と呼ぶことは、中国人の忌み嫌ふ所である、此の字を用ゐてはをらをいと注意された。僕は、中国の人が、支那と呼ぶ字を、何故にそんなに忌み嫌はるゝかの理由を未だ解しないけれど、そんなに嫌はるゝものなら、用ゐない方がいゝと信ずる、僕一人は將来注意して、誤つても此の字を用ゐないことにしやう。

さりながら、滿洲の問題に関して君が

先方が希望するならば、相當の弁償で、満洲の利權を還附するが得策である、……、

諸君、日本は百の満洲を得たより更によし、

と論ぜられた一節は、我が内地人には、到底理解せられまい、理解せらるゝも同情せられまい、同情せらるゝも実行せられなからうと僕は思ふ。僕の記憶する所、東洋經濟新報社は、四五年以前に、斯様に論じたことがあるが、ほとんど世に顧みられなかつた。

此の書中に記述せられた事実の中で、僕の耳新らしく、さうして、心苦しく感じたことは、台湾、山内人が、その不便極まる山奥の原住地から離れて、生活上の便利と興味の備はれる市街地に移り住まんとするに対し、警察官が、無情にも、干渉、暴圧を加へて、これを阻害するのみか、その提げ句の果ては、一人の逃亡者、即ち移住者に対し、例として六頭の牛を殺させ、以て警察官を初め、近所の人々を饗応せしむるといふ、とても信ぜられない奇怪な慣例の起つたことである。君は、此の項を記し、此の事を思ふに当り、流涕汪々として止められないと申されたが、豈たゞ君のみならんや、僕も、湧き出づる涙を拭ひあへず、流涕ぽたぽた、紙上を濡らした。この奇怪なる事実は、僕の今まで聞いた台湾に関する悪政、陋習、亡状の中の、新しいものである。

貴論の旨は、台湾議会の開設に尽きるやうである、これには僕も最初からの同意者、主張者であること申すまでもない。解散前の議会には、僕は政府は、台湾、朝鮮の議会制度調査委員會を設置し、これが開設に関する諸般の準備を遂げ、成し得る限り速に議会の議に付

すべし。

との決議案を提出する手筈であつた。その議会は空しく解散されて、その後の総選挙には、僕は敗戰者となり、諸君のために、これを代辯する機会を与へられないことになつた。幸に友人清瀬一郎氏あり、これを主張せらるゝであらうが—その決議案の稿は當時清瀬氏に渡して置いた—其の日如何、僕は、台湾のために、朝鮮のために、日本のために、又中国のために、東亞全局の興亡、盛衰の由つて決せらるゝ重要の楔子として、危機として、此の事案の成行如何を注視する者である。此の点に於て、君と僕は、両人にして一人、一人にして両人、双方の心意は、形影の如く相伴ふて居る、君も之を努められたい、僕も之を努める、願はくば天の指導と祐護とに依り、此の事業の着々として順当なる発達を見るに至らんことを、僕は差づめ之を台湾三百八十万同胞の利益と公安のため切望に堪へない。

顧みれば、先師植村氏は、僕を意地強ゐ戰ひの人と謂はれた、僕は意地強く戰つて、善く敗れた一人である、或は善く敗れたから善く戰つて、ますます意地強ゐ人となつたかも知れない。先師の霊若し知るあらば、今日の君を何と謂はるゝであらう、又必らず意地強ゐ戰ひの人と謂はるゝであらうが、同時に僕は君が善く勝つの人となられんことを祈らざるを得ない。

昭和三年二月二十二日総選挙

敗戰の新聞報を前に眺めつゝ

田川大吉郎

序二

本書の序文に代へて私も亦植民地問題に關し、我国民の理性と心情とに訴へたいと思ふ。

かつて私がロンドンに居た際、客寓して居た家庭の老婦人がその娘さん達と屢々夕食後の雑談に支那や印度や愛蘭の問題を語り合ふのを聞いた。支那の飢饉の報知をその日の新聞で読んだ時なぞ、黄河沿岸の人々の惨苦を我が事の様に憂ひて、是非とも之を援けねばならないと七十余歳の老婦人が興奮して論じた。又、印度に於て結局イギリスはどれだけの善事を為したであらうか、或はアイルランド問題の局を結ぶには絶對に恐怖政治を排斥して平和的解決によらねばならない等、その議論の熱心にして同情の厚きことは、常に心の狭くして冷たい私を赤面させて居た。イギリスは支那や印度で随分搾取的政策を実行したが、しかしイギリス人にはやはり大国民たる点があるとの感銘を私は深く受けたのであった。

母国も朝鮮台湾樺太南洋群島関東州といふ植民地を持つ大帝国である。これ等の植民地の総面積は約二万方里で、内地面積の二万五千方里に対し約八割、総人口は約二千三百万人で內地人口五千九百万人に對し約四割に当る。母国は內地に対して之れだけ大なる割合に当る植民地を領有し、その住民を支配して居る。この大勢力は同時に大責任である。国民の偉大さは政治経済的にはその支配する領土や天然資源や人口で量られるが、道德的にはその責任の深さと同情の及ぶ範囲で量られる。而して真の偉大は道德的偉大である。

普通選挙の行はれるに至つた今日、国內無產階級の狀況は政治の中心問題として国民の深き注意を喚起するに至つた。又、国際交通の密接なる今日、外国の狀勢は国民の日常的考慮の問題となり来つた。然るに植民地の狀況に至つては尚無関心無知識無同情の裡に葬られて居る。自国內のこと、また外国のことは漸次国民の熱心なる注意を惹起して来たが、この「國際法的には內国、国內法的には外国」たる植民地の狀勢は未だ秘密のカーテンの裏に残れて居る。

勿論、わが国民の中でも凡てのものが植民地に冷淡なわけではない。否、非常に熱心なる階級がある。第一には資本家である。植民地は資本の輸出地、製造品の販路原料品食糧品の生產地として帝国主義的重要なる意義を持つ。私は之等のことを此処に講釋しやうと思はないが、資本家がその利潤の故に植民地を大切に思ふことは明瞭な事実である。その一例を挙ぐれば東洋経済新報臨時増刊「続会社かゞみ」(昭和二年六月に主要なる製糖会社の営業狀況が解剖してあるが、何れもその利益の大半は台湾に於ける糖業から生ずるものであつて、內地に於ける精糖益及び輸出益は甚だ僅少に過ぎない。従つて有力なる製糖会社は争つてこの特別利潤の生産場所たる台湾に於ての事業拡張を計つて居る。之が鈴木商店の破綻に基因せる昨年の製糖業界大波瀾の意味であつた。

第二に植民地問題に熱心なるものは政府殊に総督府の官吏である。之は職掌柄当然のことであらう。然るに総督府は「内地の利益」の擁護者たらざるを得ず、而して「内地の利益」は屢々「内地資本家の利益」によりて代表せられるのである。

かく、資本家及び政府は植民地問題につき熱心であるが、之は彼等の立場に於て、彼等一流の熱心である。その立場とは資本家にありては利潤、政府にありては権力。利潤の生産場所たる工場が「縦覧謝絶」、「無用の者入るべからず」である如く、特別利潤生産場所としての植民地もこの意味に於ては未だ「縦覧謝絶」であり、「カーテンの背後」なのである。

消費者たる国民は資本家的商品を購ひて便利なる生活を営む。例へば衣物は紡績会社より、醤油は醤油会社より買ふ。人々はその便利にして快適なる布帛又は醤油を見て、その中に体化せられたる社会関係、労働条件、即ち労働者を見ない。それが労働者によりて生産せられたるものなることを思はない。資本家に対してその商品の代価幾銭かを支拂ひたることを以て凡ての取引は終つたものと思ふ。けれども実際凡ての商品は労働者によりて生産せられたるものであるから、消費者の理解と同情とはその労働条件、その社会関係にまで及ばねばならない。若し苛酷なる労働条件の下に労働者が血涙を絞りて生産したる物であるならば、消費者は資本家に代金を支拂ひたるの故を以て、安閑としてその布帛を衣、醤油を味はひ得るであらうか。商品を消費し物を讃美して其の生産者を思はないものは、偶像崇拝的な我利亡者である。

我國民は植民地よりの商品によりてその生活の多くの部分を支へられて居る。我等の消費する紙は樺太の木材を原料として居るであらうし、肥料の原料は南洋の燐礦石や満州の大豆粕であらうし、米は朝鮮から、砂糖は台湾から多くを移入して居る。之等が如何なる人々により、如何なる社会的関係の下に生産せられて居るかは我等國民の重要なる関心事でなければならない。

台湾は砂糖の生産場である。人の屢々言ふ原料採取區域の制度は製糖技術上必然なる制度であつて、制度そのものは批難すべきではない。併し制度は運用によりてその死命を制せられる。問題は台湾農民の生産関係如何にある。製糖会社の甘蔗買収価格は如何様にして決定せられるか。会社と農民との小作関係は如何であるか。此処に問題が存し得るのである。某製糖会社の小作契約には、作物の種類経営の方法は会社の指揮に従ふべく、小作人は農業以外の外業に従事するを禁ぜられ、労力に余裕あるときは会社の申出により「喜んで」その為めに労働に従事すべし等の条項を含んで居る。

台湾人は如何なる教育を受けて居るか。普通教育普及の程度は未だ微弱である。此点は暫く措くとしても、台湾教育の基礎が国語教育にあることは明白である。国語即ち日本語の普及は十分の意義を持つ。併し乍ら教育の目的は言語にあるか知識にあるか。教育家に意見を聞いて見よ。本書の著者蔡培火君はローマ字運動をその宿志として居られる。蓋し台湾民衆は漢文には次第に遠ざかり、国語は未だ普及せず、従って自己の意志を現はすべき文字、自己に知識を伝達すべき文字の不足の為めに悩んで居る。この民衆を啟蒙し之を真実に教育せんが為めに、台湾語ローマ字を拡めんとするのが蔡君の宿願である。しかも総督府は国語政策の立場より之を干渉抑圧しローマ字運動を公認しないのである。私はローマ字運動の為めに國語の普及が害せられるとは思はない。況んや教育の目的が知識の普及民衆の啟蒙にある以上、ローマ字運動の抑圧禁止は甚だしく野蠻なる教育政策と称しなければならない。

台湾は既に久しく財政独立して居る。しかも台湾人の參政権は未だ事実上無きに等しい。地方団体に諮問機関たる協議会はあるが、その議員は全然選挙によらざる任命議員である。台湾総督の政治は制度上絕對的なる専制政治である。今日専制政治の何ものたるやを見んと欲する者は、他国若くは他国植民地の何処に行くもその目的を達しない。たゞ朝鮮か台湾へ行つて見るべきである。

私は台湾の統治が徹頭徹尾批難せられるべきもののみであるとは言はない。其処には幾多の改良進歩が行はれた。併し乍ら問題は無數に存在して居る。而して問題の中心は政治的自由の欠乏である。植民地的独占、植民地的支配である。而して台湾人の解放運動自由要求に対して、直に口に上るものは「民族性」である。曰く、彼等の民族性には斯く斯くの欠点があると。まことに「民族性」は植民地人自由抑圧者の最後の逃げ込み場所である。試みに台湾人の民族的欠点として指摘せらるゝ処を聞き、之が我等国民の間に存在せざるや否やを反省して見よ。読者の発見せらるゝ処の主要点は、単に內地人は支配者であり台湾人は被支配者であるとの事実に帰するであらう。

台湾の事情を紹介しその問題を論じたるものには総督府の台湾事情その他出版物、台湾年鑑、持地六三郎氏著台湾殖民政策其他の著書など、有用なるものに乏しくない。併し乍ら私の知る限り台湾人自身が其の立場と要求とを述べたる著述は、少くとも日本文のものでは、蔡培火君のこの書を以て唯一とする。この書は勿論問題の凡てを悉くせるものでもなく、又研究的のものでもない。併し「政治は実感だ」とは蔡君が本書中で道破して居られる名言だ。本書は政治的実感の書である。被統治者中の有識者の実感である。故に活きて居る。貴くある。たとひ材料の不足、説明の不足はあるとしても、蔡培火君は虛構の事実を述べて為めにする処あらんとする如き人格では決して無い。好意ある信頼すべき人格者である。

我国に普通選挙の始めて挙行せられし機会に当り、著者は本書を以て日本国民に訴ふる処があつた。普通選挙は国民の政治的地位の向上であると共に、その政治的責任の増大である。我国は朝鮮人一千八百万人、台湾人四百万人を統治して居る。それは専制的統治である。その統治の責任は単に総督府の負担する処であるのみではない。我等国民も亦之に対して責任を有する。植民地問題に関する正確なる科学的知識と篤き政治的道徳的責任とがわが国民に要求せられて居る。聴くべきは聴き、批判すべきは批判せねばならない。

批判のある処にこそ政治の進歩はある。私はわが国民が植民地人の政治的社会的経済的状態を正当に理解し、関心同情の範囲を此処に拡張することによりて、真に偉大なる国民として發展すべきことを常に願求して居るものである。

昭和三年(一九二八年)三月十四日

矢内原忠雄

自序

闘争的現実の暗黒からではなく、人道的理想の光明に照されつつ、私は萬感交々で、日本々国の兄弟姉妹に、此の小冊子を送ります。殊に、私は、普選実施によつて、新に興りたる日本々国の大衆諸君に、此の冊子を呈したいのであります。これで現在に至るまでの台湾統治の正体を明かにし、国家社会の真なる慶福の為めに、今後台湾並に朝鮮に善処すべき諸君の大猛省、大決心を促したく思ひます。私は、日本々国と限定した所以は、従来台湾に移住した十八萬母国人の官、民、有産無産を通じて、私は彼等に対して、殆んど、失望の域に達せんとしたからであります。彼等に対して失望落胆しても、私は、私の所信よりして、尚ほ、日本々国の大衆に、多くの信頼と希望を抱いてゐます。此の信頼、此の希望が、私を駆つて、私の思ひを綴らしめました。私の文章は極めて拙、論証また極めて粗、がしかし、私の意志は誠に切であります。母国の諸君には、果して、日本の現在及び将来を洞観して、台湾問題の重要性を認め、此の拙文を手にし、此の思を共にするの用意ありやを、私は確かに知らない、けれども、私は、相互の平和を希ひ、落ちつくべき処に落ちつきたいと云ふ一念で、自己今後の艱難を豫見しつつも、勇んで、拙稿を上梓することにした。

惟へば、去大正四年の春また膚寒い頃でした、故板垣退助伯の主唱に係る、我が台湾での社会運動、政治運動の魁たる同化会に加勢した廉で、私は台湾官僚の忌諱に触れ、思ひ掛けなくも、東京に出るの機会を与へられました。当時の私は、所謂同化政策なるものの假面を看破して、帝国主義的政策の陰惨にして暴虐に充ちたるを知り、真に民族的憎悪の念が、私の心全体を占領して終ひました。その後間もなく、日本基督教会の牧師、故植村正久先生に近づくことが出来、その純真敬虔な信仰、その懇篤友愛の指導に感奮して、以前の民族的憎悪の心を一洗し去られ、儒教より受けたる根底浅き四海兄弟主義が、私の心に、より深くより確かに植付けられました。爾来、私は、日本内地、特に東京に於て、多くの親愛なる先輩朋友を得、大正十二年の春、花咲く日本内地の景色を後に眺めっつ、鄉関を出た時と打って変つた気持で、戀しの我が台湾に旅立ちました。

归台後、私は、全く東京で親しき師友に接する其の儘の気分と態度を以て、在台母国人の官民に接近することを、能ふ限りの努力て、計りましたところ、残念ながら、今に至って、私は全然失敗したと告白せざるを得ない。此の数年間、私は、在台母国人の中からタツタ一二の友人を得たのみであります。時には、同志にも疑はれる程、最も大胆に内台人相互の接近を計らうとした、此の私の告白にして此の儘信用せらるれば、以て台湾島内に於ける、台湾人全体と母国人全体の関係、引いては、日本対台湾の問題の如何ばかり暗澹たるかを知らるべきでありませう。

人生は明るくあるべき筈のものなるに、我が台湾の現状は、本文で申す如く、余り暗過ぎるの恨みがあります。夫れ程に、我々は在台母国人から虐げられてゐると、私は此の小著によつて、本国諸君に訴へ、併せて此れでは日本の将来が案ぜられると申します。斯く訴へ斯くお告げして、諸君の賢明なる処置を待ち望むばかりであります。故に、此の小著は、決して徒らに、在台母国人の非為過失を攻撃するを以て能となし、或は悲鳴哀声を揚げて憐愍を母国に乞はむとするものでもない。実に衷心から、未来に於ける相互の不幸を防止する為めに、日本母国にあるべき社会的友誼、政治的良心の発現を切望し、以て、今後日本対台湾朝鮮の大問題の解決に資せむとする嚴粛熱誠の叫声として認められゝば、私の感謝蓋し是れに過ぎることはありませぬ。

昭和三年二月日本々国最初の
普通選挙激戦中に於いて
蔡培火

日本々國民に與ふ

一、日本々国の同胞に告ぐ

私は三百八十萬臺湾人の一員であつて、茲に、日本々国六千萬同胞に対し、心より告げたいと思ふ。私は、異民族たる諸君を敢て同胞と呼ぶ。が併し、これは単に同一国籍を有するの為めではなく、相互に人格を具し、切に平和と自由を愛好する人間同志なればと思うて、斯く親愛して呼びかけるのである。然り、諸君は私の同胞である。私は茲に於て、同胞たる諸君と、深切に、語らむと欲するものだ。蓋し、今日は互に語るべき機運に到達したと思ふからである。今までも、私は語らざりしにあらず、唯だ、直接諸君と語らざりしのみ。私は、私の同志と共に、諸君の支配階級にして、また私等の支配階級たる人々に対し、十年以来、進んで胸衷を開いたところ、殆んど一顧も与へられどりしのみか、反つて、その怒に触れて、酷い目に遭された。若し、形勢が従来の通りならば、私は、語るの銀よりも、沈默の金を、余議なく、選ぶべきであらう。幸に機運が到来して、本国に於ては、普通選挙制が既に実施せられ、諸君は不名誉なる被支配の地位から一躍して、私達の支配者の地位に立つ時となつた。被支配者同志であつた諸君が、将に私達の支配者として、悠々と立ち振舞はむとする時代となつたのだ。諸君の得意や誠に天を沖く程であらう。私は諸君の前途、諸君の新生涯を祝すると同時に、諸君が過去に於て、自ら嘗めた被支配者としての苦味、惨味をお忘れなきやう切に祈る。蓋し斯くあつてこそ、諸君の勝ち得た栄誉ある地位が、始めて諸君の前途を大となし、諸君の将来を価値つけると思ふのである。

若し不幸にして、諸君は、全然立身出世の芳醇に陶酔し、過去の逆境不遇を一朝の夢として、雲煙過眼に付し、前に、諸君が切歯して咒咀した諸君の支配者の非道なる経綸に加担し、成り上りの新支配者たる振舞ひを以て、旧同病者たる我々に向はむか、其の時、私はまた何をか語らうよ。私は、諸君に対する満腔の期待を抛棄するであらう。而して、人格を有する人類としての権威を傷つけられないやうに、我々は別個の進路を求むるであらう。何故なれば、諸君の豹変によつて、従来の少数特権階級に依り、左右せられた帝国主義の日本が、正身正銘の大帝国主義国となるからである。

噫！諸君、事實あるべからざる、不幸な假定の上に立てた右の如き臆測を、お互に、露呈も抱いてはならない。私は心より大声して、同胞よと諸に呼びかける、而して、私の満腔の思ひを諸君に告げ申さう。諸君、乞ふ、私と同様の心情を持つて、誠意ある耳朶を私の言に向けられむことを。

二、唯だ不思議な運命のみ

一千八百九十五年、即ち明治二十八年の四月十七日、日清戦役の馬関媾和条約で、台湾は満清朝廷の手より日本帝国の属領として、割譲されに。世界地図に於ける台湾の染色は斯くして変つたのであつたが、これは、然し、単に日清両国間に於ける勢力争ひの結果に依っての変化、我々台湾民衆の脳裡には唯だ不思議な結果、不思議な運命としか印象がなかつたのだ。亡国とか屈辱とか、はたまた被征服とかの感じは、我々多数の台湾島民には毛頭もない。我々の祖先、多くの者は、明末の志士鄭成功に従つて、台湾の開拓者として、漢土より渡台したもので、我々には清朝は何ものぞ、日本は、また元より我々とは何等の恩怨もなかつたのであつた。唯、清朝の實力が日本に負けて、日本がその所望によつて要求し、清朝はそれに屈して、其の支配慾を抛棄した結果が、偶々我が台湾の頭上に落ち来つたに過ぎない。中原四百余州をその馬蹄に蹂躪し得た、世界有数の大帝国清朝が、脆くも、当時尚ほ無名であつた小島国日本に、捩ぢ伏せられて終ひ、而も、他に多くの処もあるのに、日本が専ら我が台湾に着目して、これを所望し要求したことは、我々が如何やうに考へても、只唯、不思議な運命としか思へぬのである。是れは台湾の日本帰属に対する我々在台漢民族の實感であつた。

新たに台湾を統治する日本帝国に取りて、多数在台漢民族の此の實感は、誠に重宝な、奇しき獲物でなければならない。これを、朝鮮民族の日本に帰属した心情に比して、我々台湾の方は、日本に対し遙かに白紙的でぁつたことが分るであらう。初め、大将樺山資紀が総督として我が台湾の土を蹈むや、我々漢土より渡来した漢民族に対し、日本帝国の臣民となるの志望なきものは、二ケ年の間を期して、自由にその所有の家財を処理携帯して、台湾島より退去しても、その随意であると宣告された。一少部分の者を除いた外の我々は、我々の自由意志で、此の島に継続して居住して来たものである。

斯くして、我々在台の漢民族は、決して日本に征服されたとの意識を持たない。我々は、我々の祖先のときより、暴逆の支配を恨む漢土中原から、平和な郷土を創設すべく、手に鍬持つ努力奮闘の気に充ちた開拓者であつた。日本は實に、領台の当初から、我々に何の恩怨もなき、満朝清廷に代りたる宗主国であつて、日台両地の関係、和漢両族の接触、此等は、唯だ不思議な運命の創作にかゝる成果、此れ以上、我々は何等の屈辱も覚えず、何等の恐怖をも抱かなかつた。再び云ふ、領台当時に於ける、我々台湾本島人の日本に対する此の心境は、誠に、新統治国たる日本に取りては、またとない、獲難き仕合せであつたと私は信じて動かぬ。併し、不幸にも今は昔の通りではない。噫！

三、心機正に一転せむとす

体験は偉大な教師だ。三十余年来、我々が日本の統治を受け、大和民族と同居した其の体験が、深刻にも我々を教えたのだ。我々はもう昔のやうに単純ではない。日本に対して、日本母国人に対して、さう白紙的ではあり得なくなつた。此れは至極遺憾であるが、体験の教師に教えられた結果、自然に生じた實感なれば、止むを得ぬことである。率直に打開ける、我々台灣本島人の大多数は、日本を帝国主義の国、内地人を侵畧主義の民族だと認識し、将来の共同生活に対する不安の念に襲はれるやうになりかかつて来た。これは悲しいことである、人類進化の為め、特に日本将来の為めに、不幸この上もないと思ふ。

現実的個人主義に基く四海兄弟の思想は、数千年の昔より既に漢民族の胸衷から湧出でた。此の思想の大潮流も、今尚ほ、凡ゆる漢民族の脳裡に往来する筈である。然るに、中国本土に於いては、民族主義に立脚せる国民運動が、燎原の勢を以て進展し、台湾では、我々の間に於ても、民族運動が、年一年と擡頭して来た。その理は如何?簡単に見れば、この現象は矛盾であるかも知れない、併し、少しく事情を精察すれば、直ちに、その然らざるを理解するであらう。中国本土の漢民族は、誰も明白に認める如く、国際的に世界列強から、百年この方遠慮会釈もなく、侵害侮辱を受けて来た。其の当然の反動として、中国の国民運動が起きたのだ。台湾に於ける民族運動の起りも、畧々中国のそれと類似したものであらう。即ち外部の圧迫が内部の結束を激成し、他族の優越侵害が自族の奮起防衛を堅めさせようとしかゝつて来たのである。

台湾本島人は、もう以前のやうな白紙状態ではない。民族意識は既に彼等の胸衷を浸潤し、政治の同化政策と、在台内地人の侵畧的行動との為めに、可なりの程度まで彼等の心は不純にせられ、今は最早、暗い恐怖の念に蔽はれ、民族的結束を堅めて、實際運動に入らうとしてゐる。これにつき、心あるものは、将来の成行きを深憂すべきではないか。

四、母国民の自業自得

台湾本島人の民族的自覚は、前に申した通り、近来発展しつゝあることを私は否定しない。然し、その動機は彼等の闘争的野心からでなく、全く外部の征服的強圧にあると断言して躊躇せぬ。即ち政府従来の搾取政策と、在台母国人の優越観念に対する不満不服が、禍の基を築いたことに帰着する。

天皇が、我々台湾島民に、注がせられる大御心は、一視同仁たること、日月よりも炳としで明かである。流石の台湾為政者も、此點に関して、如何とも隠閉のしようがない。時たま聖旨を我々島民に宣明することだけはするが、併しそれも単に一片の官樣文章に過ぎずして、事實我々島民は、未だ一視同仁の何物たるを見ないのである。皮肉るものは、これを御下賜品の脱荷だと称しをる。下々の私人間に於ける些少な遣り取りでさへ、苟くも出来ぬのに、光明正大なる聖天子の御心遣を空虚にすることは、如何ばかりその責任が重大であらう！此の點につき、今日に至りても尚ほ、その責任を問ふものなきは、一体何う云ふ理なのか、帰するところ、官僚の横暴、島民の無力、多数母国民の無関心であつた為めと云ふべきか？

従来の台湾官僚は、我々島民に対して口を開けば即ち、汝曹は新附のものだ、到底三千年来の歴史に薫陶された母国民と比すべき柄ではない、我々母国民と同一待遇に預る所望なら、先づ汝曹の素質を換へて我等に同化し、我が言語を学べ、我が趣味嗜好に馴れて、我が国民性を体得せよ、然らば、受くべきもの漸次に与へられむ、汝曹は斯く心得て増長する勿れと。台湾統治の第一手柄者と云はれた後藤新平氏は、蓋しその代表人物であつたやうに風評されてゐる。彼れがその民政長官在職中、全島教育に対する訓辞に、島民の教育方針は無方針を以て方針となし、他のことはさて置き、専ら彼等に国語を憶えさせよと云ひ、また、彼が野に在りて台湾に再遊した時、当時台湾の最高学府たる医学校の学生一同に誨告して曰く、汝曹は、三千年来皇国に忠誠を尽した母国人と同等の待遇を求むるならば、今後八十年を期して、母国人に同化するやうに努力せよ、それまで差別されても仕方なし、不平を云はず、全島民の範となれと云うたさうである。彼の此の言は、尚ほ多くのものによつて記憶せられ、甚だ有名である。此の言は、またよく、在台母国人の心事を述べ尽して遺憾なしだ。されど、彼れ等の配下に置かるゝ我々島民は、憐れなものである。我々には個性の存在を許されない。我々の言語は役立たざるものにして終はれた。我々が労働に就くの外、凡ゆる活動の機会を奪はれたも同様、服従、阿諛を我々の守るべき美徳として奨励せられ、気骨、正義に対する節操を主張するものは徹底的に圧制せられたのである。嗚呼、我々は台湾人なるが故に、無能力者として遇せられ、第二の新平民として取扱はれたのだ。在台十八萬の母国人、多くはこの気分で我々をその眼下に睥睨し、彼等が如何にも我々の支配者然として、羽振りよく振舞つた。諸君！　若しこの儘に進んだらば、我々を待つ前途の運命は一つのみ、同化と云ふ美名の下に、我々は凡て、機械か奴隷に墜される外はないであらう。

斯くして政治、經濟、社会の各方面を通じて、我々は、本島人と云ふ名の下に、内地人と云ふ我々の支配者に従はざるを得ないかの風でした。茲に於て、我々は本島人、台湾人、漢民族として差別せらるることによりて、自己の不名誉な地位に覚醒せしめられるのは、蓋し理の当然ではないか。悪因悪果、応報の道私なし。台湾の現在、是れ正に、三十三年来、在台母国人が自ら播きたる民族的差別の種が、漸くその初穂を獲らむとする秋であると知るべしだ。以下少しく具体的に真相を述べよう、諸君、幸に将来の為め、熟考の資料として採択するに吝かなからぬこと、切に私は禱る。

五、同化蓋し愚民化の看板

台湾に於ける三十余年来の官僚政治は、物的方面の開発に、可なり多くの成果を収めたことは、称すべきであるけれども、此の方面の成功が、却て他の方面、即ち人的方面の失敗を招いたこと、未だ知れらて居らぬやうである。その理は、台湾の官僚が、その特別立法権を悪用して極端に母国人（全母国人ではなく、一少部分のものゝみ）本位の搾取政策を施し、政治的、社会的、経済的に母国人を庇護して、我々本島人を強圧したからである。

明治二十九年の春、帝国議会で、台湾統治の方針確立につき討議せられ、遂に所謂六三の法律、我々には、結果に於いて、誠に萬病の本である悪法律が制定された。始め此の立法の精神は、台湾に特別の事情あるを認め、凡ての内地法を台湾に施行しては、その特別の事情を無視し、島民生活の實情に適せぬ結果になることを考慮せられ、台湾の實情と我々島民の實生活を尊重する為めに、特別の法規を制定する権限を台湾総督に与へたのであるが、何ぞ知らん、その結果は正に反対であつた、我々の生活を尊重せむとする六三法律が、遂に官僚の逆用によつて、我々の生活を脅威し圧迫するものとなつたのである。

官僚は、一視同仁の聖旨に依ると称して、同化主義を治台の方針となし、その政策の第一は、国語中心主義を取つて、政治上、社会上先づ我々の口を塞ぎ、我々を能力なきものとした。この故に、我々は凡る責任ある地位から退けられたのは勿論、我々の意志を明瞭に述べる機会さへなからしめられたのである。此れを英人の印度を治めるそれに並べ考へると、如何ばかり我々は不幸であるか。英人等、職を印度に奉ずるものは、必ず先づ二ケ年の印度語を習得すべしと云ふことである。彼等は印度に於て幾多の暴政を行つたことも聞くが、我々の体験を以て言へば、印度人の言語を尊重する此の一事だけで、彼等の百の悪政を補ふに蓋し十分だと信ずる。台湾官僚は、前に述べたその特別立法権を用ひ、その同化主義に基く、国語中心主義の台湾教育を仕組んだ。此れによつて、我々の兒童は、一歩校門に入ると、直ちに赤ちやんに成り変ることを命ぜらるるも同様、彼等は六ケ年の間、家庭で学んだ言語も思想も全部抛棄せしめられ、只だ物言へぬ口と事解せぬ耳とを持つて、教師の指導を受けねばならない。諸君これだけ聞いても、既にその結果の何うあるべきかを想像せられようと思ふが、私は煩を厭はず、此の仕組の教育に於ける悲喜劇の一小幕を茲に述べよう。或時、始めて入学した七才の赤ちやん達に、教師が「センセイ」の一語を教えむとして、黒板に「センセイ」の四字を大書し、自ら高唱して生徒達に倣はしめ、その意味を台湾語で訳する訳に行かぬから、指で自分の胸を指し示して見せた。斯して「センセイ」と唱へては指で胸を指し示し、数回反復して事終れりとした。生徒の一人帰宅して父に、「本日学校で何を学びしや」と尋ねられて、その子は元気よく、「センセイ」と答へ、父は「センセイ」は何を意味するかと質せば、その子は、如何にも分つた顔して「心」だと答へたのであった。こんなことを聴くものに取つては滑稽だらうが、真にその境遇に在るものは悲惨此の上もないことである。手似ね口似ねして、六年の間、兒童が、全く赤ちやんが物を覚えるやうにして、専心国語を憶えさせられる。切角憶えた国語が、極少数の上級学校に入学するものか、官廳の給仕や、商店の奉公に出るものの外、一旦学校を畢へて台湾人同志の實生活に入ると、六年間の苦心と共に水泡に帰して何の用をもなさぬ。一方に、台湾人の社会で使用する漢文は教えられず、たとい、中等程度の学校でこれを教えることがあつても、例の国語中心主義で、却て更に滑稽にして悲惨な劇を演じ出すのである。それは、従来我々が漢文をやるやうな本式の発音と読方で教える代り、我々には寧ろ厄介な、而も役立たざる日本流の読方を教えられるのだ。諸君は、此れを聞いて果して何と感ぜられるてあらう。此れ等は立派な能力搾取の教育、露骨な愚民教育ではないか。彼等官僚は、これを称して、一視同仁の聖旨に基いた、母国人と同様の生活を享けさせやうとする、同化主義の教育法だと云ふ。

噫！同化よ、誠に汝の名目による国語中心主義は、我々の心的活動を拘束抑制し、従来の人物を凡て無能化して、一切の政治的社会的地位を挙げて、母国人の独占に任さねばならない。また、此の新仕組の教育を受けた青少年は、特別な俊才の外、多く低能化されて、新時代の建設者たる資格を失する理である。斯の如くして、後藤新平氏の八十年同化説は、我々を永久に奴隷たらしむべき秘策として解釈する外はないか?。噫！恐るべき哉、汝仕組まれた同化よ。

六、同化とは搾取の別名か?

同化政策に基く植民地統治は、帰するところ、植民地人の不利であり、反抗であること、既に世界植民史上に於いて確証を与へられた。台湾の官僚はこれを知つてゐるか知らないか。若し未だにこれを知らずとすれば、誠に憐むべき人達だ。若し知つてて知らぬ振りをするならば、實に情ない代物と謂はねばならぬ。私等の観察を以てすれば、彼等は知らざるにあらずして、唯だ知らぬ顔をしなければ、その優越、享楽の根性を満足せしむべき搾取政策を手強く施し得ないから、意識的に眼を潰つたのではなからうか?いや確かにさうだ、私をしてその証跡を挙げしめよ。

台湾の官僚が若し愚かにも感違ひして、一視同仁の聖旨を誤解して、真に同化主義を断行することを以て、聖旨こ奉体し、我々を母国人と同一生活の線上に引きあげる所以だと信ずるならば、何故三十余年来一貫して、差別の溝渠と障壁を凡ゆる方面に設けたか。

官僚は先づ教育上、越ゆべからざる障壁を構えたのだ。彼等若し真に同化を唯一の目標とするならば、何故に内台人の教育を始めから差別するか。人生に於て最も無邪気であるべき児童期に、何うして学園を別にしてまで教育せねばならぬのか。始めの間、言語の不便があると云ふならば、或る期間中だけ、教室を別にしもよからう、何を以て学校の系統まで別にする必要がある。否、一体何う云ふ理で、最近まで、我々の中、一部同仁に忠実なものの子弟を台湾人の公学校から、母国人の小学校に転学することを拒絶したか。官僚若し同化に忠実ならば、何故大正八九年頃まで我々の母国留学をも嫌忌して妨害したか、何故特に法律政治を勉学するものを抑制したであらうか。また、官僚若し同化に誠意あらば、何故に、今日に至つても、尚ほ我々の子弟に対する義務教育を施行せぬか。普通教育の充実に全力を注ぐべき時であるのに、何故に台湾大学を置くの贅沢をせねばならないか。官僚が同化に真面目であれば、且つ金策に窮すると云ふなら、島内で先づ普通教育のみの完成に務め、高等専門教育を希望する台湾人の子弟は、母国の学校に送る途を取るのが賢明である。官僚が途を茲に取らずして、台湾大学の如きを置くに至つたのは、何等かの野望があるためではなからうか?蓋し現在の事実に照らせば、将来の結果が明瞭であらう。現在島内に在る高等専門学校は、新設の高商、高等学校は勿論、従来専ら台湾人子弟の為めに設けた台北医専台南商専の如きまでも、既に母国人子弟の為めに占有されようとなつた。乞ふ、次ぎの表を一覧せられよ。

台湾各種高等専門学校在学内台人生徒数比較（昭和二年現在）

台湾高等学校	内地人生徒	四七二
	台湾人生徒	七五
台北医学専門学校	内地人生徒	一三三
	台湾人生徒	一五三
台北高等農林学校	内地人生徒	二〇八
	台湾人生徒	一三
台北高等商業学校	内地人生徒	二一八
	台湾人生徒	一四
台南高等商業学校	内地人生徒	八五
	台湾人生徒	五〇

諸君、我々には前記のことよりも一層、官僚の心術を曝露すべき、重大な証據を握つてゐる。我々台湾住民は、以前、専制の清朝政府から、教育の振興につき、多くの施設を為されなかつた上に、日本領有以後三十余年来の国語中心教育で、多数民眾の啟蒙は益々其の進歩を妨げられた。ここで、他のことを後にしても、此の多眾の曚昧を救ふべき一般教育を、先づ興したいと思ふのは、我々島民有識有志の熱望である。私達、自己の不足を顧ず、年来、多眾の啟蒙運動に從事したところ、官僚の非常なる迫害に遇ひ、特に我々が一般教育の普及を計る一策として、羅馬字を拡めようとするに対し、官僚は全島に亘り此の挙を禁止して、今に解かうとしない。官僚の此の暴挙は抑も何を意味するか。官僚は同化を熱望するならば、民智の向上を急務とすべき筈だ。彼等は教育上各種の難所難関を造へて、内台人の智的接近を遅らしめ、更に我々自ら開かむとする教化の捷徑をも閉鎖するとは、全く言語道断である。羅馬字の普及を大びらで禁ずる程、官僚は同化に熱中するか、然らず、大いに然らずだ。蓋し羅馬字を普及せしむれば、優越、搾取を恣にする愚民の秘策が、化の皮を剝落される。噫！同化よ、官僚は汝を愚民化の看板にしたではないか。

七、一視同仁の聖旨は是れか

天皇は神聖にして、庶民の咫尺するを許さない。殊に、我々島民は輦轂から遠くして、皇澤に浴する日は尚ほ浅く、因て、我々に賜はるところの聖旨は、官僚の伝達による外、恐縮ながら、これを拜するに由がない。官僚は、常に、我々に対する国民性の涵養を急務なりと疾呼するが、民衆を軫念せらるる聖愛に感恩する、此の一念を除いて、尚ほ外に日本の国民性と云ふものがあらうか。されば、台湾官僚の一挙一動が、取りも直さず、我々島民の国民性涵養の資料であつて、台湾官僚の責任たるや、誠に、重大なりと云ふべしである。然るに、三十余年来、台湾官僚は、一視同仁の聖旨に基いで島政を処理すると、忠誠振ぶる、最近、即ち昭和二年十月三日第五回評議会開会の時、上山総督は「台湾統治の本義は一視同仁の聖旨を奉戴し民族の融合を中枢として文化と経済と併行併進を期するに在りて復他あることなし」と告辞を述べられた。彼の前任者も此れと同様のことを繰返して来た。が併し、実行に現れた実際の結果は如何?彼等官僚達は何を為したのか、諸君、驚くな、私の説明を静かに聞き給へ。

台湾は僻陬の地と雖ども、満清の専制時代にすら尚その出身者文官には、知県、知府、道台、侍郎として、武将には、副将、総兵、提督、或は太子太保に伯爵を授けられたものもあつた。日本領台に及んで、前述の如く、官僚は国語中心主義を立てた為めに、旧時代に養成された人物は、糞土の如くに顧られず、その雄飛を抑制されて。凡そ悶死して終つたものが多い。その後三十余年の間、上記の殺人的教育で、人材の出やう筈がないけれど、それでも官僚は、我々の中で国語を解するものが二十数萬あると云ふ。また母国各地の高等専門教育を受けたものは既に多数に達し、近来は毎年百名以上も卒業者が出る。その他、支那、英米諸国に留学して帰つたものも数十名はある。此等の新人に対して、台湾官僚は如何に取扱つたかと云ふに、驚く勿れ、全台湾の中央地方を通じて、ほやほやの高等官、五等以下のものをタツタ五名、判任の有級者が三十余名、その外のものは、永年来徒食せしめられて居る。而して、無級の判任官かそれ以下の吏員に、島内中等初等学校の出身者から採用するが、母国人の巡査に対して、我々は巡査補、初等教員に於ける母国人は教諭となり、我々の方は訓導となる、凡て割つたやうに、真二つに差別するのであつた。遂数年前まで世評に堪へ兼ねた為めか、田文官総督の代になつて、巡査補等の補の字を廃して、甲種乙種としたのだつた。補が乙種と名が変つても、実質に於て、補は依然として元の補である。我々は如何なる方面にあつても、徹底的に支配さるべきものだ。最新新竹州で、台湾人の巡査を一人警部補に任じたのを空前の破格として、非常な騒ぎをした。また例のほやほや高等官、五人中の一人が、郡守（即ち郡長）に任ぜられた為め、その郡下の母国人官民は、人様に出す顔も無くなつたと、母国人経営の雑誌新聞が代つて嘆声を洩らしてゐた。併し我々は、智識階級のもの程、悉く青息吐息で失職に苦んでゐるが、誰一人も、我々に代り訴へて吳れるものがない。我々を徒食に捨置きながら、渡台の母国人に夫々の地位を与へ、立派な官舎を給した上に、普通の俸給に加へて五割六割の加俸を添へるのだ。

我が台湾から甘い砂糖が澤山出来る。けれども、我々は、却てその為めに苦い暮しをせねばならない。何うした理かと云ふに、官僚はその特別立法の権を利用して、製糖場取締規則と云ふ珍法を設け、島内の全耕地に区画をつけて、それを、恰も各地に割據して建てられた。母国資本家の製糖会社に従属せしめたかの如くに、一定の区域内から出来た甘蔗を、一定の會社に売らねばならないやうにした。而して、甘蔗買収価額は会社の側で取定めるのであるから、農民の受くべき分前は、言はずとも分り切つた話。農民はその損害から脱れる唯一の手段として、甘蔗を植付けぬことにした。態々珍法まで制定したことだから、それに対し、默止するわけのありやう筈がない。警察は、会社に雇はれたかの如く、其の受持の人民にして、甘蔗を植付けるやうに命ずるのであつた。併し如何に警察の威光に懼れる農民であつても、背に腹は換へられぬから、何うしても。要求されるやうに植付をしなかつたのだ。そこで、官僚と会社の考へ出した名案は、耕地を一度に安く買収して、自分で農場を経営することである。然し持主が安く売らぬのは当然である。こういふときに役立つものは何時も警察官吏だ。警察は盛んに召喚状を利用して持主を狩集め、承諾せぬものには、体罰なり拘留の御沙汰に出でた。こんな悲劇の尤も著名なのは、明治四十二年、中部台湾に在る溪洲の林本源製糖会社土地強制買収事件だ。此の一件について、当時台湾で辯護士開業の人、故伊藤政重氏が、地主達に依頼され、強く官僚に抗議した為めに、島内から内地へ退去を命ぜられた程の剣幕であつた。滑稽にも、此の買収事件の時、印形を持参せぬと断る地主のあるのを恐れ、臨時に印判屋を現場に開店せしめた上に、登記所までも臨時出張して事務を取扱つたと云ふ程であつた。母国の諸君、強制土地買収、そんなことは昔のことであるとして、一体昭和聖代の今日、普選施行の民権時代に於て、而も国法を以て、私有権を絶対に尊重する日本帝国の一角に、各自が作つた甘蔗を、売る自由なき台湾が存すると云ふことを、諸君は果して如何に思はれるであらう？

我々は、多年斯る搾取圧制を人知らずに忍受して来たが、今日はもうこの上更に屈辱を受くべき時ではない。目下は島内各地で農民運動が擡頭し、去年二林に於ける農民対会社の衝突で、島人同胞は多数投獄されたのだ。勿論犠牲は要求されるであらう。然し不義不正の前に拂ふところの犧牲は、古来惜まれるものではない。台湾の民眾は、その生存の為め、その権利名誉恢復の為め、これから続いて悪戦苦闘するであらう。

最近、我が島内の人心を興奮せしめてゐることは、三菱の竹林事件と無断開墾地の拂下問題だ。台中、台南二州に跨る壹萬四千余甲歩の山地竹林を、五千幾百戸の農民が、先祖以来汗水を流して造営して、専らそれによつて生活してゐるのに対して、官僚は、一大資本家たる三菱に、是を拂下げたのだ。此の拂下問題に対し、久しき以前より、関係農民が、官僚に、嘆願に哀願を重ねて陳情しても、耳を掩ひ面を背けるばかりであつたのだ。

我が島内の各地に、急流にして氾濫し易き河川が多い。それ故に、附近の田地が屢々荒され流されるのである。然し、幾年か経つと、復旧するものがあるので、各縁故者或は縁故者でないものが無断で、それ等を開墾して良田に復するのであつた。ところが一昨々年、台湾官界の大整理の時、その無断開墾による良田四千七百甲歩を一時に、整理された退官者達に拂下げたのだ。未開墾の官有地は東部台湾にまた幾何もある、それの拂下ならば、誰が何を云はうぞ。確実に旧縁故者があり、労苦を構はずに力を注いだものが在るのに、態々さう云ふものゝ手から土地を奪つて、第二の何等の関係もないものに与へるとは、此れ果して如何なる理法に依るのであらう。我々は聞く、母国北海道では、多額の金を与へてまで、農民に土地を与へて開墾を奨励したと。否、我が東部台湾でも、政府が莫大の国費をかけて、母国から移民を迎へ、それ等に土地を拂下げて開墾せしめてゐる。一視同仁の聖旨に基くの政治ならば、一方に対し、土地に多額の金を附けてまでも開墾させようとしながら、他方は自ら飢渇を忍び、寒暑と戦つて、露命を繋ぐべく、やつとこさで拓き上げた土地を、むしやむしやと大きい面をして奪取るとは、余り露骨な乱暴沙汰ではないか。

商法の施行されない数年前まで、我々本島人は、株式会社の設立を許されなかつた。必ず母国人を聘じて、実権に干与せしめるでなければ許されなかつたのだ。斯るが故に、島内凡百の経済施設の枢軸は、悉く母国人の把握するところとなつた。金融、貿易、其他凡ゆる企業の実権は、皆我々の干与を許さぬ牙城の内に囲まれてゐるのである。官僚が垂れた差別の範が、台湾の民間社会にも立派に実行せられ、通訳か事務の補助役以外に、失業徒食に困窮せる我々の人材を活動せしめる途を与へられぬ。玆に於て、我々島民有志の者、時勢の実情に鑑み、将来の生存競争を洞観して、愈々、自らの独力で、大東信託なる一小金融機関を設立する計画を立てた。さあ大変、これに対する官僚の活躍よりも、在台母国人民間の恐慌がえらかつた。母国人の手中に独占された島内の言論機関は、筆鋒を揃へて、これを台湾金融界の叛逆なりと称し、これを差止むべきことを怒号した。一方に、民間の母国人特権者流は、手を換へ品を換へて、各関係者に計画を中止すべき理由を、或は勧告的に或は威嚇的に、説得に腐心し、更に他方では、官僚は州に総督府に発起の中心人物を、数回となく呼出して、内台人の融和を高唱する目今のことだから、母国人の事業に合して協力せよとか、或は此の上台湾では、金融機関の成立を当局は希望しないとか、信託法も軈て台湾に施行せられるから、その時になつたらば許可困難らしいとか、実に発起者達の強き決心を翻すのに御苦労であつた。甚しきは、郡守が態々出かけて、地方に在る賛成者に、成立の見込みなきを説き、断念せしめようとした形跡さへあつたのだ。殊に、同信託会社昨年二月営業開始以来、成績極めて良好、一般台湾人間に於ける信用益々加はるを観て、官僚達は如何に感じたのか、最近の圧迫は愈々露骨である。茲に、先月下旬（昭和三年一月）該信託会社より台中州知事に発した陳情書の一節を抄録せば、

……幸ニ各界人士モヨク弊社ノ内容ヲ賢察セラレ且ツ弊社ノ苦衷ヲ諒トセラルルヲ以テ一般信託預金者ハ勿論其他多数ナル信用組合モ進デ弊社ト取引セントシ組合ノ定款変更等豫備行動ニ入ラントスル矢先突然貴州ヨリ郡市ヲ通ジ「信託業ハ経営困難ニシテ業務放漫ニ流レ易ク且ツ本島ニハ信託法モ未ダ施行セザルヲ以テ產業組合ノ余裕金準備金等ハ信託会社ヘ預入ルベカラズ」云々ノ御達示ニ接シ申候監督官廳タル貴州トシテハ信用組合ノ安全ヲ謀ラルル上ニ於テ或ハ当然ナル御処置ナルヤモ難計候ヘ共顧ミルニ当

州下ニ於ケル信託会社ニシテ信用組合ヨリノ信託預金ヲ取扱ヘルハ弊社ヲ措テ他ニ無之上叙ノ御達示ハ假令弊社ヲ御明示ナサザルモ容易ニ一般ノ世人ヲシテ直ニ大東信託株式会社ヲ聯想セシムル而巳ナラズ多クノ組合ノ総会席上ニ於テ組合員ガ満場一致満腔ノ熱誠ヲ以テ弊社ト取引スベキコトヲ議決セントスルヤ臨場ノ監督官ハ直ニ高圧的ニ干渉シ動モスレバ世人ノ疑惑ヲ招キ或者ハ直ニ弊社ノ内容ニ何カノ缺陥アラザルヤト邪推致シ或者ハ之レヲ目シテ政府ノ銀行業者ヲ保護センガ為メ本島人金融業者ノ圧迫ヲ露骨ニ敢行スル高等政策ナリト非難曲解スルニ至リテハ一視同仁タルベキ島治上実ニ由々シキ影響亦決シテ尠少ニ無之候……

噫！この現象は抑も何を吾人に語るのか？高が資本金二百五十萬圓の一小信託に過ぎぬのに、全島の総金融機関を完全に母国人の手中に握りながら、一体何で斯くも狼狽して騒ぐのであらう。元来母国人と経済社会で雌雄を角することの出来ぬのは、我々は百萬も承知である。唯此れに依つて、幾分、我々の活動慾を医し、我々の経営術を錬り、其の上、台湾金融界の圓滑を少しでも助け得ば、それはもう既に分外の望みである。否、此れ等の達成如何は尚ほ他日のことに属し、現に、我々が此れ位の投資をすれば、失業に因れる不平分子を幾人か収容して、当局の為め人事政策を施す理となるではないか。それなのに、何故、斯くも神経を尖すか、君子国民の襟度とは果して是れか、一視同仁の聖旨は果して是れか？嗚呼哀哉!!

八、総督特別立法の害毒

明治二十九年の春、帝国議会で、台湾に関する統治方針を決定して、法律第六十三号を通過し、台湾総督に特別立法権を付与することとした。其の趣旨は、台湾に特別の民情あるを認め、夫れに適応する政治を行はしめむとするにあつた。然るに、夫れより、三十余年経過した実跡はと云ふに、我々は、我々に適応した政治を見なかつたばかりでなく、実に我々は此の総督特別立法の害毒で、困憊疲弊の極に達し、今や一大改革をなすにあらざれば、我々は救ふべからざる敗滅の境地に陥るべきは、上述の事実で明かである。

三十余年来の台湾官僚は、我々三百八十萬の民衆を彼等に隷属したものかの如く、全く専制君主然として、我々に臨んだのである。彼等はその横暴を強行する準備手段として、匪徒刑罰令、浮浪者取締規則、保甲条例、及び台湾保安規則等の辛辣極まる悪法を立てた。茲に其の各法の主文を挙げて見よう。

匪徒刑罰令

第一条　何等ノ目的ヲ問ハズ暴行又ハ脅迫ヲ以テ其目的ヲ達スル為多衆結合スルヲ匪徒ノ罪ト為シ左ノ区別ニ従テ処断ス

一、首魁及教唆者ハ死刑ニ処ス

二、謀議ニ参与シ又ハ指揮ヲ為シタル者ハ死刑ニ処ス

三、附和随従シ又ハ雑役ニ服シタルモノハ有期徒刑又ハ重懲役ニ処ス

台湾浮浪者取締規則

第一条　知事又ハ廳長ハ一定ノ住居又ハ生業ヲ有セズシテ公安ヲ害シ又ハ風俗ヲ紊スノ虞アリト認ムル本島人ニ対シ其ノ定住又ハ就業ヲ戒告スルコトヲ得

第二条　知事又ハ廳長ハ戒告ヲ受ケテ其ノ行状ヲ改メザル者ニ対シ台湾総督ノ認可ヲ受ケ其ノ定住又ハ就業ヲ命令シ必要ナル拘束ヲ加ヘテ之ヲ定住地又ハ強制就業執行地ニ送致スルコトヲ得

強制就業ハ執行地ノ知事又ハ廳長之ヲ執行ス

保甲條例

第一条　旧慣ヲ參酌シ保甲ノ制ヲ設ケ地方ノ安寧ヲ保持セシム

第二条　保及甲ノ人民ヲシテ各連座ノ責任ヲ有セシメ其連座者ヲ罰金若ハ科料ニ処スルコトヲ得

台湾保安規則

第一条　本島ニ在住スル内地人又ハ外国人ニシテ左ノ事項ノ一ニ該当スル者ト認ムルトキハ地方長官ハ予戒命令ヲ為スコトヲ得

一、平常粗暴ノ言論ヲ事トスル者又ハ他人ノ身上若ハ行為ニ対シ誹議讒謗ヲ事トスル者

二、……

三、何等ノ口実ヲ以テスルニ不拘他人ニ対シ脅迫ニ渉ル言論行為ヲ為ス者又ハ他人ノ行為業務ニ干渉シ其ノ自由ヲ妨害スル者
四、無根ノ流言ヲ作為シ口頭又ハ文書図画ニ依リ之ヲ世間ニ流布スル者
五、他人ヲ教唆シ第一号乃至第四号ノ言論行為ヲ為サシメタル者
第四条　地方長官ハ本島在住ノ内地人又ハ外国人ニシテ左ノ事項ノ一ニ該当スル者ニ対シ一年以上三年以下本島在住ヲ禁止スルコトヲ得
一、治安ヲ妨害セントシ又ハ風俗ヲ壊乱セントスル者
二、二回以上引続キ予戒命令ヲ受クルモ其ノ行為ヲ改メザル者
第五条　在住ヲ禁止セラレタル者ハ十五日以内ニ本島外ニ退去スベシ
第十一条　退去期限内若ハ猶予期限内ニ退去セザル者又ハ禁止期限ヲ犯シタル者ハ一月以上一年以下ノ重禁錮ニ処ス前項ノ処刑ヲ受ケタル者ハ出獄後十五日以内ニ本島外ニ退去スベシ違犯者ニハ前項ヲ準用ス

右匪徒刑罰令第一条中ノ「何等ノ目的ヲ問ハズ」とあるのは、実に驚いた規定ではないか。これならば、東京の銀座で乱暴して、人の窓ガラスを破り、或は何かの集会で警官と衝突した場合、或は工場か農園で、資本主と労働者の間に喧嘩をやつた時でも、此等は、我が台湾では皆立派に匪徒の罪として成立し、一審終審で死刑に処せらるべきものだ！我が台湾では、過去に於て、事実斯る悲惨事が幾度もあつた。特に大正四年の噍吧哖事件（一名台南

の西来庵事件）は、その悲惨の程度、誠に言語道断であつて、私は茲にそれを述べるに忍ばぬ。昨年十二月末新竹で、僅か講演会のことから警官と衝突した為め、一時百余名を検束拘留し、今も尚七十余名を監禁中である。

諸君は云ふであらう、「台湾の人は何故早く此の暴状を本国の人士に訴へないのか」と。我々は、昨年の夏までは、絶対に政治結社を許されなかつた。我々には全く言論集会の自由がない。八年程前に、我々が東京で創刊した台湾民報と云ふ週刊雑誌が、長い間の交渉で、昨年の七月中に漸く、台湾島内で発行するを許されたのみ。昭和三年、領台以来三十三年の今日に至つても、我々本島人は、未だに一つの新聞をも許されてない。斯様に我々は、公衆の前で云謂すべき口を塞がれたのだ。況や前記の如き、浮浪者取締規則で、行政官が我々の身柄を拘束し度ければ、幾年でも勝手に処置し、保甲条例の如きで、連座的に処罰されるのであるから、誠に手も足も出されるものではない。一方には、内地人でも、前記伊藤政重氏の如き人物が現れると、台湾保安規則で、何時でも退去を命ぜられるし、否、板垣老伯一行の如きまでも放逐同様の目に遇つた。私の友人に、老伯の同化会に精勤したかどで、可なり久して、戀しき妻子にも逢へずに、内地に亡命同様の生活を送つた者もあつた。又、大正十一年の春、私が暫く東京で、台湾の事情を中央の人士に訴へ、正に)帰台せむとする時、島内に在る多くの親友が、私の為めに不安を感じて、私が引続いて滞京すべきを忠告し、数年寝食を異にした私の老母までも、如何なる風説を耳にしたか、彼女までも私の)帰国に反対をした位であつた。その為に東京の先輩知友も痛く心配して、故島田三郎先生外一方が代表となつて、当時の総督田氏に、私を保護すべきを依頼して下さつたこともあつた。大正十一年頃の帝国議会だつたと記憶するが、台湾に永年在職した旧官僚の一人、眾議院で言明して曰く、「台湾の民情は平穏にして、我が政治を謳歌し、宛ら天国の様である」と。さうだ、台湾は実に官僚等の天国だつた。我々が武器を持つのを禁じ、我々の集会を防ぎ、我々の言論を奪つて了つて、尚その上、内地人にして我々の為めに活動する者が出ると、退去命令を以て、その胆玉までも抜いて終つた程であるから、台湾は全く文字通り、官僚の天国である。彼等は、前記の悪法を立て、尚ほ金城鉄壁と為すに足らずと思つたか、大正十二年十二月二十九日に突如として、左の律令を発布したのだ。

台湾総督府法院條例中改正

第四条

第二、第一審ニシテ終審トシテ

（イ）……

（ロ）左ニ載シタル罪ノ予審及裁判

一、施政ニ反抗シ暴動ヲ為スノ目的ヲ以テ犯シタル罪

二、政事ニ関シ枢要ノ官職ニ在ル者ニ危害ヲ加フル目的ヲ以テ犯シタル罪

諸君、彼等は何と云ふ用心深さよ！彼等は、また何と云ふ僭越さよ!!畏れ多いことだ

が、母国では、一審を終審とする裁判は、皇族の方に対する犯罪のみではないか。而して、彼等は平気で、政事に関し枢要の官職に在る者、これに対して犯した罪までも、一審で終審にして終ふとは、なんと云ふ心であらう。而して、台湾官僚が、如何にその末梢機関たる警察をして、苛酷に我々島民を威圧せしめるかの一証跡として、内地の警察犯処罰令は五十八項、朝鮮の警察犯処罰規則が八十七項に対して、我が台湾の違警例は幾項であるか、諸君驚くな、台湾違警例は実に壹百貳拾項也である。

台湾官僚は上記の如く、先づ彼の特別立法権を利用して、我々の口を塞ぎ、我々の結社集会を防げ、我々の行動を束縛し（前記浮浪者取締の外に、保甲条例で我々の旅行外泊につき一々警察に届出を命ずる）、我々の銃剣所有携帯を厳禁して、尚その上、所謂枢要の官僚に暴行をせむとすれば、一審終審でやつつけられるのだ。斯程に官僚が提心釣胆して、我々の凡ゆる反抗力を消殺して終はねばならぬ程に、何かの原因あるに違ひないと、諸君も畧推察がつくだらう。此等の手配は即ち、虎狼が弱肉を獲むとしてその爪牙を鋭らすが如く、彼等が我々を徹底的に搾取する前提なりと知るべしだ。噫！彼等は実に、その所志を最も巧妙に遂行し、諸君はその暴戾非道を知らずして、却て彼等の敏腕を称揚したではないか。然し、今となりて誰をも咎めないがよい、我々は只唯、何処までも、台湾総督に特別立法権を付与して、我々島民に付与しなかつた母国民の錯誤を鳴したいのである。実に、総督の特別立法権は凡ての害毒の源、総督の制定した律令が悉く我々の禍となつた！教育に関するもの、人材登庸に関するもの、課税に関するもの、砂糖原料強制買売に関するもの、専売に関するもの、阿片吸食に関するもの、対岸民国に対する旅行貿易に関するもの、裁判刑罰に関するもの、言論出版に関するもの、以上の如き事項に関する規定は、皆律令だ、皆総督の特別立法によるものだ、皆我々を愚物となし、貧乏となし、機械となして敗滅に導かむとする悪法なのだ!!

或は謂ふであらう、大正九年の制度改革と、既に総督府評議会を設置したから、総督の特別立法は左程の弊害のあるべき理がないと。此れは評議会の過去現在の実状を究めないものの皮相な臆説であつて、現在の如き評議会ならば、この上更に百あつたればとて、総督特別立法、総督専制の毒害を何うすることも出来ぬだらう。何故なれば、総督府評議会には、何等の権限も与へられてない。否、総督の諮詢に応することは、その権限であらう。されど、諮詢の事項に就き何等の規定もない。全く、総督の出放題に任ずるのであつて、評議会は何等の要求権もなければ、議決権もない。豫算に関する事項は絶対に干与せしめられず、今まで単に、実業教育の普及策如何とか、南洋への発展策如何とかの如き、空々寞々のお談議位の程度である。而して、その評議会員なるものは、総督の御眼鏡で、現在は総督府の高官中より五名（勿論全部内地人）、民間に於ける十八萬の内地人中より十一名、三百八十萬の台湾人中よりも十一名任命されて在る。此等御眼鏡に適つた廿二名の民間代表は、その出処身元を究めて見ると、幾人かの退職高官の外、多数は皆何々会社の重役に属する。依て或る好事者は、此の評議会に別号を奉つて、会社の重役聯合会と称した次第である。諸君、こんな評議会が百千あつたところで、何うなるでもなからう。否、或はあるよりもない方が、世人をして総督の専制の弊害に対して、一目瞭然たらしめることが出来るから却てよいかも知れない、噫！我々は我々の生存と名誉を保持する為めに、我々は死力を尽しても、此の害毒を一掃せねばならぬ。諸君は東方の君子人、立憲法治、人格尊重の自由人ならば、諸君は台湾の此の現状に対して、更に黙々と打捨てられ得るか？是れ、私が切に諸君に問はむとする中心点である。

九、内地延長も何んだか怪し

領台以来、台湾官僚の称へた同化主義は、私が既に指摘した如く、まるで、搾取主義の別名に使はれるか、愚民政策の表看板に過ぎないやうである。大正三年の末より大正四年の始めに掛けて、故板垣退助老伯が、真心から日本将来の為め、台湾に於ける和漢両族の和親協同を謀らむとて、遙々老軀を提げて、我が台湾に来られ、私の先輩林献堂氏、その他多くの内台人を会員にして、同化會を起された。私も、その時は、目的手段の点につき多くの不一致を発見したけれど、尚ほ老伯の誠意に動かされ、会員の末に加はつたのであつた。全島各地の我が島民有識も、総督専制から脱却する一つの途として、会員に参加するもの甚だ多かつた。或る者は、指頭を切り熱血を出して、感謝状を多衆の前で認めたことさへあつた。

然るに、当時の台湾官僚と民間の特権母国人は、此の挙を蛇蝎視して、盛んに警告を発し密偵を派して、牽制運動を為した。私の友人、当時台中市の区長たりし蔡恵如氏及び数名の有力なもの、総督府の警視総長に、該会に参加すべからざるを厳諭せられ、監禁同様に監視を附せられたと私は本人の直話を聞いた。当局の態度は此れに止まらず、会の成立一ケ月程後に、遂に禁止解散を命じて終つたのだ。当時の新聞紙上では、頻りと悪宣伝を行ひ、老伯一行は旅館料さへ支拂へないで、荷物まで差押へられたと書きたてて、老伯には誠に気の毒千萬だつた。流石は日本維新の元勳たる大人物、而も、その唱ふるところは、台湾官僚治台の一枚看板だけに、彼れ老伯一己に対してこそ、余り非礼の挙に出でなかつたが、伯の周囲の人物に対し、非常な悪罵排斥を加へ、伯は唯だ老耄の為め、一味のものに担がれたのだと宣伝した。これに対して、老伯自身にも、周囲のものが悪いならば、誰でも、相当の理由があれば、何時でもこれを取換へられるのに、禁止とは何ことだと憤慨せられた位であつた。

然り、人が悪ければ取換へてもよかつたのだが、解散理由は蓋し是れになくして、他にあつた。老伯自身は勿論当時の台湾官僚等と全く系統の違つた人、その周囲の人物も、皆悉く、新參の連中で、禁止の理由は全く茲にあつたと解せられてゐる。それは即ち、党同伐異と云ふ奴！母国人同志の台湾に於ける利害衝突の鋒芒が現れて、同化主義を高唱する台湾官僚党をして、内地新參者の同化会を禁止せしめた。私等は既に久しき以前より、台湾統治の内幕黒幕を看破し、即ち、日本の統治権を藉りた一派の徒党に台湾は独占せられ、それ等の便利の為めにのみ、治められてゐた。夫れで、若し彼等の既得権や旧地盤を揺り動かすものが闖入した場合には、我々台湾人は勿論、母国人の元勳国老であつても、彼等は排撃して憚からなかつたのだ。

嗚呼！台湾は久しき前より、すでに、一派のものに壟断された、彼等は常に生蕃やマラリヤのみを本国に紹介して、一には以て、彼等が如何にも瘴煙蠻雨と戦つてゐるかと、自己達の功を衒ひ、二には以て、本国民の台湾に対する恐怖の念を強め、台湾に無関心たらしめて、以て一手に独占して、台湾を一日でも長く彼等の喰物にせむとする魂胆ではなかつたか?星製薬の阿片粕拂下に関する罰金百余萬圓の判決を下されむとした事実を見ても、また最近に至り、憲政会の勢力が、台湾に侵入した為めに、旧台湾閥が没落の兆を来し、種々なる謀畧を運らして、大に総督伊澤氏等を苦めたのを見ても、大体の推察がつくであらう。台湾は日本全体の台湾でなくして、或る一派の専有に属するかの如き風であつたのを、我々は早くから認めたので、何よりも先きに、此等の小舅の残暴から脱れ、台湾をして、日本の一小部分でなく、日本の全体総体と交渉せしめるやうに、我々は努力した。此の計画の下に、我々は多年来、母国東京で運動を開始し、努めて、台湾の実情を中央政界に曝露することにした。此れは痛く、台湾官僚及びその一味の怒りに触れ、我々を日本の叛逆者と誣ひ、遂に、我々は治安警察法違反の罪名で、大正十二年の末、同志四十余名は、一時鉄窓の冷夢を見せしめられた。而して、公衆の前で開かれた法廷に於ても、検察官長なる一老吏が、自ら出馬して、顔を真黒にして怒り、論告して曰く、此等は、台湾の政治を中央政界の渦中に投ぜむとする、台湾統治の攪乱者なりと叱責したのであつた。噫！これこそ、旧台湾官僚一派の心底に潜めた詐りなき叫声なれ!!

正体怪しき同化主義は、田文官総督の代となつて、内地延長主義と銘を打ちかへられ、その精神の基底に於て、帰するところ五十歩百歩の差もないけれど、地方自治制、内台共学制を新しく布かれた当初は、人心の為めに幾分内地延長の新味を嘗めたかの如き気もしたであらう。然し、其の後一日経ち、一月一年と経つて、数年後の今日となつては、もう、内地延長もすつかり怪しくなつて来た。九年来の地方自治は課税激増の外、何の変化も来らさない。只だ幾名かの官命協議員と幾個かの諮詢協議会を置いた。内台人共学に至つては、我々本島人子弟を収容すべき学校の席を内地人子弟によつて侵入されると云ふ意味が大きい。高等専門程度の学校に関しては、第六節の表に示してある現状を見れば分るであらう。初等教育での共学には仰山な条件がある。即ち、兒童の国語力、兒童の家庭の同化程度、父兄の社会的地位等これらの条件に適ひそして許可を得て始めて、我々の兒童が内地人兒童の小学校に入つて共学が出来るのだ。斯くの如きは、所謂内地延長の大精神に基くの共学制度だ。殊に最も露骨な興味ある例証は、最近の台湾銀行の兑換券発行権存続の事によつて、臆面もなく我々に与へられた。真の内地延長主義ならば、此度の財界変動を機会に、台銀の発行権を廃し、日銀に統一せしめること程理想的の辦法があるまい。日本々国の為めに、またとない利益である。併し、斯くされては、台湾を喰物にしてゐる自称愛国者の一派には、甚だ御都合が悪い。これでは利権独占の牙城が根基から破壊されて終ふ。そこで、御用を含ませられた五人の陳情委員が、島民の懇願を代表してと謂って、如何にも帝国の前途を深憂したかの面地で、陳情に上京した。これ等の事跡で見れば、内地延長も、彼等閥族の利益の範囲以内で言ふことだ、彼等の利益より以外となれば、内地延長ところでなく、台湾独立をも彼等は敢て疾呼するではなからうか?

十、現状維持は結局相互の不利

日本母国の諸君、私は、幾多の敵に直面すると知りつつ、敢て苦言を呈する。従来諸君の台湾に対する態度は誠に冷淡無関心であり過ぎた。朝鮮に対しても畧同様であったたらう。諸君は単純に失せられたでないか。単なる諸君の同族たる名義の下に、諸君は、諸君の全将来を、台湾官僚に任し切りにして、更に顧みようとせられず、否、諸君は、諸君の同族たる名義の為めに、諸君は彼等官僚の言ふことを、全部その儘受入れて信用せられたではなかつたか?彼等は、清廷の言を藉りて、「台湾は化外の地だ」と云へば、諸君の胆玉はもうそれで半分程抜かれて終ひ、次ぎに機会ある毎に、彼等は生蕃を紹介し、マラリヤを紹介し、毒蛇を紹介し、彼等の瘴煙蠻雨の中に九死一生で悪戦苦闘した其のお手柄話を紹介すると、諸君は啞然と失色して聴き、遂に台湾に対する胆玉の全部を抜取つて終はれたではないか?こうなつては、假令、諸君が堂々たる統治国民の一人一人であつても、台湾はこれで諸君とは縁なきもの、諸君のものではないも同様だ。台湾人の労力を搾取して造つた廉価な砂糖を、諸君は高価を拂はせられて、始めて舐め得るではないか。

曽て、私が東京に留学中、母国の一学友が、余り上手でもない私の語る日本語に驚きの眼を張つて、無邪気にも、「お国の人は皆手で食事をするでせう?」と念をおして問かれる風でした。それは高等専門学校の学生だ。彼の学友は、私に「汝の仲間に皆生蕃ではないか」とても問きたして、つひ言ひ切れずに、さう云つて終まつたのでせう。此れは十数年程前のことであるが、恐らく今日の諸君でも、尚ほこんな奇問を発せられるではないか。此の為めか、三十三年の御縁を結んでも、選ばれたかのやうに、母国より十八萬人しか台湾にお出でがない。御苦労にも、伊澤氏が今更思付いて、諸君に真の台湾を紹介しやうと、業々御自身で内地に出張し廻られて、正式の台湾宣伝をやつたのは、漸く近々のことではないか。相済まぬことを申すのだが、実を云ふと、三十三年間に十八萬人しかお出で遊ばさないのは、我々台湾人にはよいことだ。台湾は夫れ程大きくない、余計に一人でも来られると、それだけ我々が余計に口を倹約せねばならぬ。それで、今まで、諸君と同族たる名義を有する、諸君の信用された方々が、色々の御苦心で、諸君が澤山来られないやうにして呉れたのは、実は有難いと我々はお礼を云ふべき筈である。

だが諸君、我々は、今日はまう礼を言ふところでない。彼等に対する不信が、諸君にまでも及ばむとして、諸君を彼等の支持者、後押しものと見て望を絶ち、諸君対我等、和族対漢族と民族抗争の皮切りを正に始めむとかかつたのである。是れ、私が最も厳粛の衷誠で、諸君に敬告せむとする重大事！私は未だ、在台十八萬の母国人に対して抱くが如き不信を、諸君に対して抱かざるが故に、また私の愛する私の同胞三百八十萬も、私と同様に諸君に対する信任の系が断つてゐないと確信して、私は諸君に衷心より此の重大警告を呈すると、明瞭に御承知置き願ひ度い。我々は、在台多くの母国人に感謝しないと申した所以は、既に理会されたであらうが、彼等十八萬は、その九割九分まで、我々三百八十萬を殆ど、彼等の隷属物として取扱ひ、彼等の一人一人が如何にも支配者然として我々に臨む、飽くまで我々の奉仕と服従を要求して止まない。彼等は、決して汗水を尋常のやうに流して、他人同様の生活をしようとはせず、何か我々の造成した利益の上に載つて、酔ひ足で踊らうとする。噫恐し！彼等は宛ら我々に寄生する頑強な吸血虫、強大なる我々の搾取者である。我々が時たま其の搾取圧制に堪へ兼ねて、彼等に口向ひ手向ひすると、彼等は何時も我々を国家の反逆者として刑罰に處する。彼等は口を開くと直ぐ、「自分等は数千年来、皇国に忠誠を尽した大和魂の権化にして、日本国威発揚の先鋒だ、我々の背後に世界無双の常勝軍が控へ居る、汝等は宜しく、俺等に遜りて俺等に同化し、忠順を尽すべく、俺等が後に従へよ」と、これ彼等の口頭禅である。甘じて彼等の頤使に任し、彼等に盲従すれば、悪漢不倫のものでも、紳士なり良民なりとして、食塩、阿片、煙草専売等の利権にも、お手柔かな引立てにも預り得るが、若し敢然として、彼等の非理無道を攻めて正義公益を主張する者あれば、それは即ち彼等の最も嫌忌するもので、彼等は一齊に白眼で迫害する。此の意味から考ふれば、我々の物的搾取者たる彼等は、またしも許すべし、されど我々の心的破壊者たる彼等は絶対に許すべからずだ。

嗚呼！三十余年来、此の悪手段の為め、我々の倫理道徳は殆ど地を掃はむばかりとなった。是れ、蓋し私等の最も忍び能はざるところ、私等は、物的平等よりも、先づ此の心的自由、良心の喪失を恢復せねばならぬ。我々は、諸君に対して、極力、人格の平等一致を求めねばならぬ。而して、若し諸君と我々が、怠惰にも台湾を現状の儘に推移せしめるならば、それは軈て、根本的に双方の物的関係を杜絶し、人格的破壊を完成することになるであらう。

母国六千萬の諸君、実に、台湾は此の儘で進めば、お互の為めにならぬ二三年程前に渡台した母国人の一青年記者が、彼れの見た台湾を一書に括め、その一節の結論に曰く、「台湾統治三十年の業蹟は徒に内地人を堕落せしめたと言ふことより外に何もない」私は夫れに加へて叫ぶ、「従来の官僚政治は、台湾を日本の塵芥箱と化して、茲に入り来たるものをば凡て腐敗せしめた」と。

十一、我々の主張

日本々国の諸君、台湾は業に行詰まりの極に達した。此の上、局面打開を為さずば、誰が将来の成行きを窺知し得よう。同化主義とか内地延長とかの如きは、もうそれで子供を騙さうとも駄目だ。諸君どうか遠大の眼光と寛宏の度胸を以て、我々の主張に耳を傾けられ、我々計画に賛せられむこと切に望むのである。

我々は、自治主義に基きて、台湾議会の急設を主張する。我々には、数千年の歴史と特別風土の影響によつて、諸君が我々と同じからざるが如くに、我々は諸君と異りたる特別の資質と、特種の生活を有する。我々の此の特別の資質、特種の生活に幾多の欠陥もあらう。諸君の資質と生活には、勝れたる多くの美点もあらう。されど、我々自ら撰択するならば事は別、我々の特質を没却して諸君のに化せよと強要するならば、それは人格に対する絶大の侮辱、そんなことは百年千年経つても、出来得べからざることだ。諸君と協同提携しつゝ、而も我々をして、自らの生活を創造せしめるやう、お互の進路を開くに勝ることはない。是れ即ち、日本の主権の下に、台湾自治を行ふと云ふことである。併し、諸君自らの政治でさへ、本当の民権自由が充分に暢達されてゐない今日、双方の圓満と平和を熱望する意志の下に、我々は今日直ぐ台湾自治を要求することを保留して、台湾議会の急設を主張するのである。

台湾議会とは何か？我々が多年母国議会に提出した台湾議会設置請願の要旨を左に抄録して見れば

台湾住民ヨリ公選セラレタル議員ヲ以テ組織スル台湾議会ヲ設置シ而シテ之ニ台湾特殊ノ事情ニ基ク特別法規及ヒ台湾ニ於ケル豫算ノ議決権ヲ附与スルノ台湾統治法ヲ制定セラレタキ件御詮議被下度候也

右請願要旨を分析して見れば、台湾議会は即ち、台湾特殊の事情に基く特別法規の制定、並に台湾に於ける豫算の議決、此の二つの権限を含むに過ぎない。是れ誠に、我々が平和を愛する理想に基きて、台湾の局面を打開すべき、当面の我々の最小限度の要求にして、而も最大努力で実現せしめむとする我々の主張である。

特別法規と申したのは、従来、台湾と母国の間に共通の法規があつた。それは母国台湾間に共通した事情の存在するに立脚してゐる。我々は、我々の平和友愛の理想から出発して、此の存在を尊重する。故に、母国台湾間に存する共通事情に基く共通法規の制定は、之を母国の帝国議会で行ふことを承認する。唯、従来特殊の事情に因るの立法については、帝国議会より、法律と同じ効力を有する律令制定権を、台湾総督に与へてあるから、此の非立憲な、民権を無視した官僚専制の不合理な制度を改革し、我々の生存と平安を保障する為めに、台湾議会を設置して、従来、台湾総督に委任せる律令制定権、即ち特別法規制定権と台湾予算の議決権を、台湾住民より公選した議員で組織する台湾議会に掌らせて貰ふと、こう云ふ主張なのである。

此のことにつき、台湾関係の母国人間では、憲法違反なりと疾呼して、極力妨害を謀って来たのであるが、是れは、明かに憲法違反ではなくて、在台母国人の利益壟断ど相反するのだらう。実に、斯くして仕舞ふと、今まで台湾を我がもの顔に、利益壟断を恣まゝにやって来た徒党一味の為めには、確かに御不便なことには違ひない。憲法違反とか云ふことは全く謂れなき駄説であって、我々は、帝国憲法の改変を来たさしめる程に、台湾議会なるものを要求してはゐない。我々は帝国議会に対して、台湾議会を設置すべき台湾統治法の制定を要求してゐるに過ぎぬ。夫れで若し、立法の途は二つあるべからず、台湾議会の設置は、その立法の途を二つにすることになる。それゆえに、憲法違反だ不都合だ賛成出来ぬと云ふならば、今までの総督律令制定は何ごとだ！三十余年来、立法の途を二つにしたではないか。御利益の為めならば、幾十年、恐らくこれから永遠に、立法の途を二つにしても、少しも憲法違反と考へないのに、利益壟断を許さない同一意味のことをすると憲法違反として怒号する。これでは憲法が泣く、日本の憲法は絶対に或る一派の利用を許さぬ筈だ。我々は、天皇の一視同仁であらせらるることを何処までも信頼する。帝国の欽定憲法には、台湾に居住する日本の臣民たる我々台湾人に、彼等が漢民族たるが故に、臣民としての権利を付与しないと記されてない。帰着するところは、母国六千萬諸君が、自分等の権利を尊重するやうに、我々の権利をも尊重するか否か、此れは問題の要点である、我々は飽まで帝国憲法に反する問題でないと確信し、唯だ、諸君の立憲的政治良心に訴へて解決さるべきものと思ふ。諸君にして、此の普選実施の機運を促進せしめた其の熱烈なる政治良心が、麻酔しない限り、諸君を代表する帝国議会は必ず我々の平和的主張に一致すべきである。

問題は諸君の意志一つで解決を与へられる程簡単であつて、諸君！何うか一日も早く決心せられて、帝国憲法が、国家に義務を尽した臣民に、一様に権利の保障をしてゐる以上、諸君は、我々に、諸君の受くる権利にして、我々もまた当然受くべき権利を分つことに尽力されんことを希望する。

十二、何故に中央参政を要求せぬか

我々が、上述の台湾議会設置運動を始めてから、一部母国人間に於て、台湾議会を開いて台湾で参政権を獲得するよりも、帝国議会の議會選挙法を台湾にも施行して、それに依る中央への参政権を要求した方が、よいではないかと論ずる方がある。是れは、同化主義、本国延長主義による考へ方であつて、此の議論を浅薄にとると、如何にも無差別のやうだけれど、一歩その内容に立入つて、真相を究めれば、直ちにその然らざるを知る。

第一、我々は諸君と慣用する言語が違ふ。中央議会へ人を送るとすれば、国語に精通したものでなければならぬ。そうすると各方面の意志を代表し得ないで、矢張不平が絶えない結果になる。

第二、我々は諸君と異つた特殊の生活様式がある。何うしても諸君と同一の法規に據ることが出来ぬことがある。例へば教育の如き、租税の如き、相続、婚姻、その他台湾特殊の社会生活に適応せしむべき規範等の如きである。此れ等をも中央議会で制定するとしたら、大変実情と懸離れた機宜に適応しないものが出来るに定つてゐる。況や、母国人との間に利害相反の問題に遭遇した場合には、我々の意見が必ず常に圧倒されねばならぬ。結局、我々は伴食議員となる外ない。さうなると、参政の名があつても、依然たる専制治下の隷属物と我々は為らざるを得ぬことになる。

第三、母国自身の為めにも甚だ悪い。此れは曽て愛爾蘭の議員を參加せしめた英国議会の歴史が雄辯に物語つてゐる。台湾から議員が出るとすれば、朝鮮からも出ると考へねばならぬ。此等の主張が圧迫無視せられると、何時か、政友会や憲政会の議員が騒いた以上に騒ぐでせう。また、今後二大政党対立の趨勢にある帝国議会に、朝鮮台湾の一団が加はると、活殺剣を此等の手中に握られるの恐れが多分にある。

大畧右の理由で、我々が中央議会への參与は、我々を従前通りの隷属的無能力者とするか、或は母国の政局を益々混沌に陥らしめ、国政の停滞を来らすべきは火を睹るよりも瞭然である。此れでは、双方の為めに悪い。賢者の採るべき途でないのだ。此の故に、台湾議会は誠に、お互が協力して早く実現せしめねばならない最良策だと知べきである。

但し、茲に一言附加へる必要がある。台湾議会が設置されても、中央帝国議会に台湾より、全然、議員を送らぬかと云ふに、それは、母国々民の同意を得て、台湾は純然たる自治区域となつた時、即ち台湾議会は帝国議会に依存しない時になつたら、その必要はなくなるでせう。されど、今日我々が主張する程度の台湾議会ならば、中央議会と交渉すべき事項が多いから、その交渉事項を協定する為め、是非台湾よりも議員を送る必要があると私は考へる。而して、その選出方法は、台湾議会の議員中より互選して送るべきだと思ふのである。

十三、国に尽すは諸君に負けぬ

台湾在住の母国人は、我々の主張要求に対して、殆んど総立ちとなつて反対をする。其の理は、我々の主張が実現された暁には、彼等の特権の幾分かを褫奪される憂があるからだ。十八萬在台の母国人は、その大多数は官吏とその家族、その外は準官吏とも云ふべき資本家か御用商人である。彼等は凡て極端の保護政策、即ち特権の上に生活するものなれば、反対を称へるは蓋し止むを得ぬであらう。然し、彼等と雖も単に特権擁護の故にとは、真向から反対し得ない。故に彼等は、最も御都合のよい同化主義的思想に籠城して、我々台湾人は未だ国民性の涵養が出来てないとか、未だ風習や能力に於て母国人と同一の程度に達してないとか、或は国に尽す義務が尚ほ遙か母国人のそれに及ばぬとか、大抵お定まりの文句を羅列する。こんなお定まり文句は、支配民族、特権階級が惰眠を貪るに最も都合のよい議論ではある。されど、真理が許さぬ、正義が許さぬのも、此の御都合主義の議論である。他にもつと立派な説があれば、傾聴に決して吝かでない、若し無理な横車を押さうとならば、それは駄目である。強制と威圧を以てする考へならば、ことは自ら別、けれども、国に尽すの義務が尚ほ遙か母国人のそれに及ばぬと、事実の問題を以て、我々の要求を拒むの理由とするならば、我々は絶対それに服することが出来ぬ。我々は、母国人に比べて、国家に尽すことは決して負けてゐない。寧ろ、我々は諸君よりも、一倍の義務を尽してゐると明言して憚らないのである。

一体臣民として国家に尽す義務は何か、納税と兵役の外に、更に国民としての義務はあるまい。納税につき比較して見るに、大正十四年度に於て、母国人の国家に対する納税額は、平均一人につき、二十五圓九十四銭であつて、我々の方は二十二圓七十銭である。然るに、母国人の富力や所得を、我々の富力や所得に比較すれば、正に三倍の多額に達してゐる。故に、母国人の納税額を標準とせば、我々の方はその三分の一、即ち八圓六十五銭程を負担すれば、一人前の義務として充分である。それなのに、我々は二十二圓七十銭、即ち母国人の負担よりも実に二倍半以上を負担してゐる。否、我々の負担は是れに止まらない、諸君の負担にない保甲費なるものを負うて来たのだ。此の費用は全く国家の警察行政の補助として、我々は年々支出せしめられてゐる。此の負担は母国人にはない。更に、我が台湾は年々四千萬圓程の砂糖消費税を母国一般会計の収入に移してゐるではないか。納税によつて、国に尽すところは、我々台湾人はもう澤山である。我々は此点で、既に諸君より一倍二倍も以上に奉公してゐる、決して諸君に負けることはない。

兵役の義務について比較するに、成程、我々は兵営に入営してゐるものがない。併し諸君、我々は確かに、諸君に負けない程に、国家の為め労役に就いて来た、兵役は結局、国家に尽す義務であると共に労役の一種ではないか、否、労役以上に、兵役に於ては、一旦緩急のあつた場合、一命をも捧げなくてはならぬことはある。されど、そんなことは十年に一度もないことだ。我々は兵器を持つの労役には就かないが、諸君の嘗てしたことのない道路築造の労役に就く、台湾島中の至る処に、道路は坦々として続く、是れは皆我々の労役で出来たのだ。諸君は、小額ながらも手当を貰つて、兵営の労役に就くが、我々にはそんな手当もない、反て自ら弁当持参で、時間の限制もなく酷使される。いや、それればかりでない、其の道路に要する一寸の土地でも、悉く我々が寄附をした。諸君、台湾に来て見給へ、台湾の道路は決して母国のに負けない。特に高雄州下、屏東より最南端の鵞鑾鼻灯台までの道路を見られ給へ、恐らく、諸君は連続の驚嘆を発するであらう。我々が如何程の労役に就いたかを察せられるであらう。

また、兵役に就き、兵営に入ることは、高価な尊重すべき犧牲に相違ない。実際軍隊生活は辛苦困難である。けれども、それを我々の一般生活に比較せば、それ程辛苦でもなささうだ。兵士は全く粗衣粗食で暮して居る、然し、大多数の我が島民は、その程度の粗衣粗食にも有つき得ない現状である。台湾に居る母国人中には、よく我々に対して云ふに、「お前達は母国人同様の参政権を要求するならば、母国人のやうに血税を納めよ、兵隊になれ」と。我々は即答して「それはお易いことだ。併し、諸君は、我々の指先きを銃剣にさへ触れしめないではないか」と。総督は、其の特別立法権を振翳して、凡百の悪法を作つて来たから、我々を兵営に入れる位のことは、朝飯前のことではないか、何故これをやらぬで、反つて、我々より凡ての武器を奪つたのだらう。若し、諸君は特別に我々を若しめてやる積りではなく、尋常通りに、台湾人をも兵営に入れてやるとならば、我々の大多数はきつと、澁い顔をしないばかりでなく、失業と貧窮から救はれるので感謝すると思ふ。若し、兵役を広き意味に解して、労役の意味に採るならば、我々も諸君に劣らぬ程に、奉公してゐる。若し夫れ、本当に兵にならねば、参政の権は分け与へ難しと云ふならば、我々は何も兵になつて悪いことはない、反て感謝する位だから、諸君の随意でやつて見るがよい。兵になれと諸君の方から提議して、我々が拒んだり、諸君よりも多数忌避する時に、その時始めて、諸君から義務を尽さぬものは権利なしと云はれても、仕方がない、我々は当然これを承服せねばならぬ。目下のやうに、一方では我々の兵役に服する機会を奪ひながら、他方では兵役について居らねばといつて、我々の当然享有すべき権利を拒んでは、甚だ迷惑千萬であり、勝手千萬である。私は軍備拡張の論者では決してない。されど、正式の兵役に就かねば、参政の権利を認め得ないと云ふならば、兵役制を即時台湾に実施することを、私は主張するものである。我々は現在兵にならないでも、既に兵になつた以上の奉公をして来た。所謂生蕃討伐と云ふことに対しても、我々は母国人よりも実質に於て骨折をした。今後萬一にも、何処かの国と砲火の間に相見るの場合に立ち至つた時、誰か絶対に我々が軍役に就かぬでもよいと保障し得ようぞ。

日本々国の諸君、何うか、諸君の政治良心を益々鋭敏に働かして、我々が要求する台湾の特別参政権を拒むことなく、一日も早く、諸君既得の権利を行使して、我々の当然享有し得る権利を擁護して呉れ給へ、我等は己に充分なる義務を尽して来た。

十四、朝鮮を何する積りか？

台湾対日本の問題を考慮する上に、朝鮮対日本の問題を等閑に附することは出来ぬ。日本対朝鮮の関係と、日本対台湾の関係には、大小、前後の差こそあれ、日本帝国の新構成分子たる点に於て、両者の関係は互に同類であるべき筈、此の意味に於て、実に日本対朝鮮の問題は、即ち日本対台湾の問題だと信ずる。

朝鮮は明治四十三年の八月二十二日に、日本と合併して、同一主権の下に、同一国家を構成したが、此のことで、直に朝鮮の一切が、日本と同一になり、朝鮮即日本となつた理ではなからう。歴史に、言語に風習に、依然たる日本は日本、朝鮮は朝鮮ではないか。斯様に、多くの点で違つても、尚ほ朝鮮が日本になつたと云ふことは、唯只、朝鮮と日本の間に存する利害関係の共同一致を豫想するからである。利害関係の一致共同を来さむとする希望が、朝鮮をして日本と合併せしめたのであつて、利害の一致が、若し日鮮の間に成立しないならば、合併の将来は、識者を待たずとも、窺知せられるであらう。然らば、日鮮間の利害一致とは何か。夫れは、日本の国家組織中に於ける、日本々国人の生存が保障せられ、発達を助けられると同様に、朝鮮人の生存も保障せられ、発達を助けられるやうになることである。此のことを置いて、更に日鮮間の利害一致の有りやうがない。換言せば、日鮮の併合は、始めから双方の利害一致を豫期して（少なくとも斯く公言されて）決定されたので、日本と朝鮮との間に利害の一致あるを認め、その利害一致の認識が併合の動機となり、また、併合した結果として、此の利害一致を得むとするのである。故に、今日、否合併以後十数年来、日鮮間に現れた幾多の不祥事件は、悉く此の併合の動機たると同時に、その結果であるべき利害の一致を求めむとして得られない、愈々何うしても得られぬと絶望した人心の離反が、其の不祥事件となつたのだと私は確信する。誠に、日鮮間の利害一致とは、日本の国家権利を以て、日本々国人と同じやうに、全朝鮮民衆の生存と発達を保障することである、此のことを除いた時は、夫れ即ち日鮮併合の還元する始めだと知らねばならない。

斯るが故に、日鮮の融合を希望するものは、須く日鮮間に介在する利害関係に、全力を注いで調節すべしである。其の利害関係を度外視して、一部数人の血縁の混合とか、言語の統一とか、いや、神社を建てること、そんなことに没頭しても、気の毒ながら、切角の御苦心は結局徒労に終はるのみ。食物を奪つて了つて、空腹に苦しめて置きながら、お前と兄弟になるから仲好くならうつて、なれるものでない。朝鮮産米増殖計画をしながら、朝鮮人が反て其の為めに食ふべき米を手に入れることが出来ないと云ふ風になつては、増殖計画をされない方が朝鮮人の為めに幸福だ。これは、台湾で甘い砂糖増産の奨励をしても、台湾農民が協力を肯じないと同一轍である。舐めて甘い砂糖、喰うて腹が肥る米を、作りたくない農民のあるべき道理がないと云ふだらうが、作つても作つても唯だ汗水を流して、他人の贅澤三昧を見せつけられるばかりなら、作らないのは却て道理ではないか。政治は実感だ、実際に感じて悪いと思ふ政治ならば、誰だつてじつとしては居れぬ。反抗排斥はその当然帰結である。此の理が分れば、日鮮融和の途はまう明白ではないか。血縁をつけることや、言語を同一にすることや、そんなことは、して為めになるならば、生活の安全を保障された後に、独自でもやつて行くものだ、余計な世話を焼かぬでもよい。真に、朝鮮人の安心立命の出来る政治を行ふが第一、此の為めには、朝鮮人を日本母国人の従属と看做さないで、朝鮮人と同様に在鮮母国人も一団となつて、全朝鮮の利害憂楽を背負ふやうに、凡ての制度と組織を創定することだ。朝鮮全体の利益から離れて、在鮮母国人の間に別に利益あるを許さぬやうに、在鮮母国人の優先優越を認めないやうに、朝鮮政治の大本を定めることに限る。而して、斯くする為めには、従来の同化主義、母国本位の政策方針では目的の達成到底期せられず、別の方向に転換すべきだと分るであらう。

夫れは何か？夫れは朝鮮自治だ、朝鮮従属ではない、また朝鮮独立でもない、唯だ朝鮮自治のみが、日鮮併合の意志を尊重し、日鮮併合の目的を達成し得るのである。此の世界には、本来、人に従属する人もなければ、また人から独立した人もない。此の関係を正しく保つて、生活して行くのは人生だと思ふ。官僚は一視同仁の聖旨を曲解して、同化主義に固執して、朝鮮従属の政策ゑ強行して来た。自然の成行に任じ、自由選択の余地を残すの同化は別だが、意識的、計画的に他人を同化せむと務むるは、假令、誠意を以てしても、それは許すべからざる人格の侮辱、生活の圧迫となる。況や誠意なき、本の御題目的同化政策に於てをやだ。真実に日鮮併合の意義を尊重するならば、何故に、朝鮮人の意志伝達の自由を妨げる日本語中心主義を採るか、何故に実権と責任ある地位のすべてを、殆ど母国人のみに依つて占められるのか、また、何故、普選を実施した本国に比べて、朝鮮は尚ほ地方自治の実質を抜取られてゐるか。朝鮮の土地改良を計画し、米産の増加を謀議するに当つても、皆本国の食糧問題を解決する為めと来ては、日鮮は明かに併合してゐない証據ではないか。まるで朝鮮を日本の発展地、物資供給地、いや早い話が、日本は朝鮮を、畧々台湾と同じやうに、喰物にしてゐる為態としか見られぬ。喰物にされる為めに併合する程のお人よしは無い筈だ。大正八年の萬歳騒ぎは、不逞鮮人の暴挙だと云ふが、幸に、朝鮮人は未だ大和魂に同化されてゐないだけ、それ位で済んだと思ふ。心ある日本々国の諸君！諸君は、他人の地位に立つて考へられる位の冷静さを持つて、朝鮮人諸君の胸衷を察して見給へ、諸君が若し朝鮮人であつたら、現状打破のために、諸君はより以上の奮闘、より以上の犠牲を、必ずや喜んで拂ふこと、それは保証つきである。朝鮮は、従来の政策方針では治まらない。若し、強力を恃んで押通すならば、何をかまた云はむ、不幸に続くに不幸であるべきは、過去の闘争歴史が豫言してゐる。

諸君！真実なる共存共栄、人類和合の為めに、建設的努力をしやうではないか。而して、諸君が一旦本国の政権を得た暁に、先づ努力せらるべきことは、自治主義に基くの、台湾議会に対する朝鮮議会の開設に同意し、終には朝鮮自治、台湾自治を協賛せられる外、別途なしと提言して憚らない。附加へて置くが、朝鮮と台湾が自治しても、日本母国人の両処に於ける活動は、従来の優越的特権は帳消されるだらうが、其の安全と永続を反てより確実に保障せらるべしと断言する。

十五、中国と日本の関係

日本には、日支の関係と云うて論議するもの、可なり多くあるが中日の関係と云うて、論議するものがまたないやうに思ふ。「日支」流の議論が日本国内で殆どもう言ひつくされてゐるにも拘らず、事実、日本の大陸に於ける関係が、一向に解決の端緒を見出せない、否却て、愈々紛糾の傾向がある。此れは何う云ふ理なのか？正直な見解を以てすれば、中国の日本に待つものは少くして、日本の中国に待つものは極めて多い。中国は日本なくとも立ち行くが、日本は中国なくしては立ち行かぬと観るものだ。故に、両国の関係は中国の為めでなくして、日本の為めだと知らねばならぬ。然るに、従来日本に於て為された所謂「日支関係」の論議は、「日支」と云ふ此の一言を以てしても、如何に其の立論の放縦なるかを知る。一体、日支と云つて、日本人でありながら、自国を高く擡げるのは、慣用の例だと云ふだらうが、慣用の例となつた程、精神の根柢に傲慢の毒素が多量に含まれてゐる。また、支那とは何処を指すのであるか、中国人は、彼等の国を支那とは云はぬ。他人の勝手に附けた名前で人を呼ぶのは、多くは其の人を軽視侮蔑するのであつて尊重するの所以でない。殊に中国人に対して、其の国を支那を云ふ例の如きはそれである。中国人は支那と云はれるを好まないのだ。にも拘らず「日支関係」と云ふ話題を平気で用ふるならば、幾年かかつて彼此の関係を述べ、相互の親善を説いたところで、廿一ケ条的悶着があつても、決して所望の親善を得る道理はない。凡ての親善は彼此双方の尊敬、礼譲から始まるのである。況や、徹底して考へた中日の関係は、全く日本の為めに、日本民族永遠の生存の為めに、結ばるべき関係なれば、殊更、立論の態度を謹厳にすべき筈ではないか。真に中日の親善を期する議論ならば、先づその話題から換へて、出発を新にして掛る必要があると思ふ。

中日の関係は、専ら日本の為めだと云ふのは、遠き将来を考へた両国の国情から云うたのであつて、今日に於て、中国は全然日本に待つことなしと云ふのでない。日本は、今日では明かに、中国よりも一日の長であつて、此の一日の長たる日本に対し、中国は、その進歩を期する為めに、自ら進んで日本に接近するは、甚だ有利に相違ない。此のことは、大正初年頃、留日中国学生のこ世界各国のそれに比して、如何に多かつたかに想到せば、畧首肯されよう。日本の急迫は今日のことでなく、此れより十年か廿年後のことであらう。日本は、今日に於て、多くの余裕を持つ、優秀なる智識技能を有する人材、蓄積された幾何かの資本、尚ほまた、完備した各種の機関を日本は持つてゐる。中国の日本に待つものは正に此等であるけれど、世界の中に日本のみ、今日の中国に欠乏した智能、資本、機関を有するではない。日本よりも更に勝れた欧米諸国が控へ居るのである。唯だ、日本の此等を中国が摂取するに、欧米のそれよりは便利が多い。此の点で、日本は、欧米諸国よりも中国と親むの優先権を所有する。此の優先の地位こそ、将来の日本を救ふべき活路ではなからうか。此の重大な要点に着眼しないで、従来は動もすると、武力に憑らうとして、廿一ケ条の如き武断政策を取りたがつた。これは誠に、自己の活路を自ら塞ぐも同様の仕業で、日本将来の為め甚だ危まざるを得ない。中国も日本のこの優先的地位を認めたか、一度は自ら進んで日本に求めむとした。然るに、遺憾なことには、日本人は、余りに、尊大に構え過ぎた為め、中国人をして敬遠主義に傾かしめ、遂に幾度かの日本の武断政策に毒せられて、民国全土に亘り、燎原の勢で、排日の気焔が挙るやうになつた。噫、一度裏切られた信用、仲々、容易に恢復はせぬ。今後は、日本自ら折れて、断つて出なければ、中国の人心が、日本に向くの気遣はなからう。

諸君、中国大陸に発展すると云ふ勿れ、発展即ち侵畧を意味すると知られてゐる。諸君は、将来の為に、中国の四百余州を諸君に開放せらるるを願望するならば、発展と云はずして、中国四億衆に奉仕するの実行を、今日より精進すべきではないか。諸君は今の中、中国に奉仕すべき幾多の所有を持つ、中国人の希望するせぬに拘らず、諸君は、中国語を口にし、中国服を身に纏ひ、諸君の所有を持参して、盛んに中国に旅行し、彼国の人々に接触し給へ。而して、其の旅行中に、諸君は、諸君の能ふ限り、中国の同胞に、その必要とするものを与ふのである。得むが為めの洋行を、与へむが為めの中行に、方向を換へられよと私は心より勧告する。諸君また出来るだけ、中国の人士を自国に迎へて、歓待せられるがよい、何時かの如く、留学に来た学生を虐待し、二三百の小商人が物売りに来ても、直ぐその帰国を迫るやうでは、全くお話にならぬ。一時的の強力により、人を威服せしめるは、往昔、人智未開の時代に可能であつた、されど、開明進歩した当今に於ては、そんな暴挙はもう通用せぬ。従来の国際関係は、凡て、国家の武力に據つて、横車を押通して来たやうに、中日の関係も、此の方式で取扱はれ勝ちであつた。斯くの如きは、只だ、愈々中国人の切歯発奮を促すのみで、決して、所望の大陸開放による、日本将来の活路を開く所以でない。諸君、対中国の武断政策は日本の将来を誤るものだ、諸君全体の協同により、極力これを排除せねばならぬ。排除した武断政策の代りに、愛隣政策を、奉仕政策を諸君は速かに採用されむことを切望する。

諸君、昔は武力を用ひて、土地の侵略を能事としたが、今後は奉仕により、対手の欠乏を補ふことを以て、其の人心を得るに限る。中国の人心、中国人の好意を得るにあらざれば、中原四百余州の広土は、永遠に、日本に対して閉されたと考へざるを得ない。諸君、中国の人心を得るに務められよ。中国人に所謂「小鬼」としてみくびられてゐる狭量、浅薄、性急、尊大等の性癖から去つて、遠大にして重厚に、寛宏にして同情深く、施与して報償を望まざる誠実の態度で、中国人の一人々々と親交を結ばねばならぬ。斯くの如く、国民と国民の親交が継続されなければ、諸君の特権者流の痴夢に禍されて、中日の関係は遂に益々悪化するであらう。諸君、断じて行へよ、廿一ケ条の如き、彼国を侮辱した条約を、自ら率先して撤回した方が賢明だ。先方が希望するならば、相当の弁償で、満洲の利権をも還付するが得策である。凡ては一歩の差だ！一歩蹈み後れると意味が違つて来る。中国四百余州の土地は、永遠に、中国人の主宰すべき範囲、武力を以て此処に侵入したものは、過去未来を通じて、滅亡の厄に遭ふべき運命にある。瓜分の風説高き中国が、未だ瓜分されずに在るは、蓋し此の間の機微を穿つてゐる。中国の人心は之れを得べし、されど、その土地は之れを得べからず。「君子懐徳、小人懐土」諸君之れを金言として、専ら中国の人心を得るに努力せられよ。諸君の誠実と友愛に因て、一旦中国の人心が諸君の上に在るときは、四百余州の広土、諸君の有に帰したも同様ではないか。諸君は自由に彼地に出入して、利害生死を共にするの朋友を彼地に有ち、四億の大衆挙げて諸君の顧客となり、商工業国たる日本をにぎやして、更に各種の原料を中国は、限りなく、諸君に供給するであらう。斯くして、日本の国内は平和を保ち、養成した善良なる人材と共に、精好廉価の物品をどんどん中国に送り得ば、諸君！日本は百の満洲を得たより更によし!!

右は単なる一場の空想か?否々空想ではなくて、実に中日の関係、否世界平和に於ける、正になくてならない善美の状態だと思ふ。然し、此の理想状態は、大なる覚醒と努力なしには、到底、実現を見ることが出来ぬ。要は諸君の覚醒と努力如何による。実現の可能につき疑ふこと勿れよ、唯諸君の決心と実行につき篤と反省せられ給へ。私は切に、諸君に此の決心ありやと質したいものである。「一理通萬理徹」と我々は云ふ、実に一事は萬事である。諸君の今後、朝鮮、台湾に対する決心と実行を視て、日本の中国に対する将来の関係を洞察し得よう。恐らく、中国の民衆も諸君の朝鮮、台湾に対する襟度如何を窺見して、諸君に交る態度を決める参考にするであらう。誠に「一理通萬理徹」、一事は萬事である。諸君の朝鮮、台湾に処するの道は、即ち諸君の他民族に接すべき道たるを示すのだ、諸君は朝鮮、台湾に於て、諸君の品格を試みられてゐる。諸君は此の試みに立派に通過し、識者をして、十分に首肯せしめるに値しなければ、大陸に開かるべき諸君の進路を、諸君は得るに由なしと断言せずにはゐられぬ。

実に日本対朝鮮、台湾の問題は、日本対中国の問題の二大試金石であつて、中日の関係は、日鮮、日台の関係にその聯結の端緒を得べきである。諸君は朝鮮、台湾に於て既に然るべき準備をなしたか否か?また是れより、諸君は大に覚悟を決めて、従来と変つた経綸を以て朝鮮、台湾に善処するの誠意と工夫ありや否や?此れらは、諸君の将来と、私達の現在に係る重大問題であつて、私は篤と諸君の考慮を求めむと欲する。

十六、国民性か人間性か

台湾官僚、及び台湾在住母国人の多くは、我々三百八十萬の台湾漢民族の、日本臣民と成るを拒否するかの如く、彼等は異口同音で、我々には、未だ日本の国民たる資格を有しない、我々には尚未だ、日本の国民性を具有しないといつて我々を差別する。彼等の此の独断は、彼等の必要から出発したことを、我々はよく知つてゐる。彼等はこの独断を下さずば、彼等の優越、彼等の特権を造る由がないであらう。彼等は、国家多衆のことよりも、彼等の眼前の利慾と、享楽の根性を満足せしめる為めに、態々斯う云ふのではなからうか。此のことは、曽て、日本々国の特権階級が、諸君に向つて主張したことと、その軌を一にする。日本々国の特権者流も諸君に向つて、自分達のみは皇室の藩屏だと、声を大くして云うた。彼等は立派な彼等の都合によい理論を構成して、諸君の彼等に対する對等要求を抑制したやうに、我が台湾でも、立派に夫れが応用されて、母国人の多くは、我々に対して、自分等は二千幾百年来の歴史に薫陶せられ、久遠の忠節を尽して来たものだからと、そんな手前味噌を排べては、優越と特権を主張する。十八萬の在台母国人の殆ど全部が、斯う云うて、我々を差別し抑制せむとする。彼等には、それを云ふだけの理由はあると私は云うた、決して不思議と思はぬが、唯だ、昨年秋の末頃に、全国師範学校長会議を、我が台北で開催した数日前のこと、廈門広東辺へ視察に行かうとして、台湾に立寄られた数人の見知りなき母国人と、汽車中で落ち合つた。秋末の台湾暑気に苦しめられて、電扇を動かす仕掛を知らず、私は一寸それを手助けしたことから、お互に口を開いて、談話を始めたのだつた。そこで、話が母国人と台湾人の融和問題に及び、私は、従来の方法では到底融和の仕様なしと、例の同化政策を実際から理論に及んで、殊に、台湾人に対する国民性涵養、国語中心の教育を攻撃してお聞かせした。さうしたら、側に黙つて聞いて居た、一人の年長の団長格らしい方が、私の言を聞いて、堪へなくなつたやうな面持ちで、私の真近くに席を移し、真面目な口調で、私の非を説き、従来の台湾官僚や、台湾の母国人が採つて来た政策に同意を表せられるやうでした。我々台湾漢民族が、母国人のやうに国語を語り、母国人のやうな習癖に同化する其のことを以て、我々に所謂日本国民性の涵養が出来、その時我々は始めて、同等の権利を享有すべしと云はれるやうでした。諸君、私はこれには少からず驚かされた。私は甚だ不思議でならなかつた。海外の事情にも注意して、親しくそれを視て来ようと云ふ人、普選実施の間際に処する母国有識の士、台湾の生活に直接の利害関係を有しない母国在住の方からも、在台母国人と同一の口吻を聞くことは、私に取つて実際強い刺激であつた。此の為めに、或は台湾官僚の云ふ通り日本本国の輿論が、真実に斯くの如きであるかと危懼を抱かしめられた。依つて、私は茲に私の所懐を開陳して、諸君の一考を煩すの必要あるを感ずるものである。

所謂国民性の涵養と云ふことは、余計なことだと私は思ふ。人間性の外に、更に国民性と云ふものがあるであらうか。人間たる性の中に、既に国民たるの性が備つてゐるではないでせうか。人間生活を営むに相応しき性質さへあれば、国民たるの生活を営むに、何等支障あるべき理がないと確信する。換言せば、人間としての生活を営み得る性は、即ち人性の全体である。此の全体としての人間性の外に、更に国民性なる特別の性があるのでない。其の全体としての人間性の中に、国民たり得る部分の性が自然に備つてゐると申すのだ。お互は、久しく孔孟の教を奉じて来た、その孔孟の教は、即ち上述の如くに教えてゐる。一寸その主なる数例を挙げて見よう。

「孝者所以事君也、弟者所以事長也、慈者所以使衆也」

「惟孝友于兄弟、施於有政、是亦為政」

右の如く、教、弟、慈なる性は、人間として是非あるべき天性だと指示し、此の天性を具備するものなれば、即ち以て君長に事ふることが出来、民衆に接して政を施すことが出来ると云ふ。即ち、日常一般に於ける、父兄に対する孝弟の如き天性は、人間としての根本性であつて、此の人性の根本たる孝弟が、直に移して、君長に事へ得る国民としての性となるのである。孝弟たる人間性の外に、特別なる君国に事ふべき国民性がないと明に教えられてある。

又、

「民之所好々之、民之所悪々之、此之謂民之父母」

「天視自我民視、天聴自我民聴」

「巍々乎唯天為大、唯堯則之、蕩々乎民無能名焉」

此の数節は、君長の民衆に処すべき道を教えたので、天道と民意を尊重すべき所謂民本政治を力説してゐる。その天道と云ふもの、結局は民意の尊重だと断言してゐる。故に、

「嘉楽君子、憲々令徳、宜民宜人、受禄于天、故大徳者必受命」

人民の生存発達を保障し得るものは、即ち大徳あるものとなし、夫れが必ず、天より禄と命を受くべしと云ふ。是れに反するものは、天命去つて民心を失ふべしと次の如く明言せられてゐる。

「道得眾則得国、失眾則失国」

「惟命不于常、道善則得之、不善則失之矣」

道の不善なるもの、眾心を失ふものを無義なものと云つて、君子たるもの、それに仕へてはならぬと訓戒して、

「不仕無義、君子之仕也、行其義也」と。

孔孟の教に於ける此等の言説は、実に古今東西を通じての大真理であつて、日本の大和民族たる諸君も、深く是れに薫陶されてゐる筈と思ふ、我々漢民族の脳裏には、実に此の教が浸潤してよく徹底してゐる。是れは我々の政治生活の鉄則となつたのである。同時に是れは、世界人類の政治生活の鉄則たるべしと私は確信して動かぬ。

諸君、国民性か人間性かと、私は敢て斯くお尋ねする所以は、蓋し上述の理由による。

我々に対して国民性涵養を云々するは、誠に道理に合はぬ次第である。人間として具有すべき資性の外に、日本の国民となる為めの特別性を我々は強らるべき理がない、人間性の自然として、我々は孝弟の徳を重じ、秩序ある生活、多衆を基本とする国家生活を、我々は日本領台以前から大切にして来た。我々に対し、更に何等かの国民性を涵養せむとするのは、恰も、蛇を画くに足を加へるに過ぎないではないか。此の意味で、私は、日本人を熱狂さした赤穂義士劇流の大和魂を、朝鮮や台湾で余り誇張してはならないと警告する。儒教に深く薫陶され鮮台両民族に、余り国民性の涵養を強調して、実質は鮮台人の権利享有を拒絶せむが為めの口実に過ぎないけれども、若しや誤って、真に鮮台人が所謂大和魂的になつたならば、否、世界の人間全体が一部のものに宣伝せられてゐるやうな大和魂に感染すれば、其時こそ実に鮮台混乱の時、世界混乱の時、永遠に人類の平和を見るべき機運が向つて来ないと、大胆ながら敢て直言するものである。

日本の皇室は、世界歴史に類例がない程、連綿として繁栄せられて居。之れは稀に見る奇跡的の驚異である。併し諸君、世界歴史に比類なき日本皇室の此の御繁栄は、何の理由もなくして、或は単なる日本国民の開国以来尽した忠誠、所謂、日本特別の国民性なるものがあつて、夫れが為めに、皇室の尊厳が保たれて来たのであらうか？否々、大に然らずと、諸君は私と同様に叫ぶであらう。勿論、此の異例の歴史的事実に、日本臣民の忠誠が力を致さなかつたとは云はぬ。唯だ、日本臣民の忠誠が、根本的素因では決してないと断言するのである。日本歴史が示すやうに、また明治大帝の教育勅語に宣はせられたやうに、実に『我が皇祖皇宗国を肇むること宏遠に、徳を樹つること深厚なり』此の宏謨大徳こそは、世界無比なる日本皇室御繁栄の根本素因たるものである。是れは即ち、

「巍々乎唯天為大、唯堯則之、蕩々乎民無能名焉」

「嘉楽君子、憲々令徳、宜民宜人、受禄于天、故大徳者必受命」

の実証された結果である。歴史に明記せられた道鏡一派の非望、千年近くの将軍の僭越を許した日本国民の態度、挙国民衆の久しき封建的迷夢に今も尚ほ醒切らない歴然たる「主君とお国」の観念、是れ等が日本の歴史に、日本国民の生活に存在する、日本国民性の偽りなき一面の現れだと、我々は確実に認めてゐる。連綿たる日本皇室の宝祚継承の根本素因は、全く、寒夜に袞龍の御袍を脱いては、細民の凍苦を察せられ、饑民の炊煙を観ては、宮牆が頽れても尚ほ「朕は富んだ」と仰せられ、いや更に、日本国民が尚ほ矇昧の中に在り、自由民権を絶叫する二三の先覚を迫害してゐる中に、世界各国民が血を以てゞなければ、書くことの出来なかつた憲法を、日本の皇室は安々と自ら欽定して下された。斯くの如き深厚なる大徳が、民に宜く人に宜いので、天の命禄を受け、萬世無窮の皇基を据へられたのである。切言すれば、日本国民が今日抱くところの忠誠は、開国以来の皇徳より派生したのであつて、決して何等の原因もなく、国民自ら此の美を済したではない。日本臣民なるものは、誠に、それ自ら誇るべき生来特別の国民性があるのでない。民衆を軫念せらるる聖愛に感恩する、

此の一念の外に、日本の国民性がない。日本国民も矢張り普通の人間に過ぎない。天命の前には、世界の如何なる人民でも必ず「蕩々乎民無能名焉」であるべきだ。此れは人性通有の鉄則である。憲々たる令徳の前に、起敬倒礼しないものがあったら、それは既に人間でない筈だ。日本皇室の萬世一系たるは、蓋し此の天綱地道の大磐石の上に置かれてあるからである。群小の喋々を待つまでもないのだ。然し、若しも、暴逆無道のもの、多衆の安寧幸福を犠牲にし、以て己の存在、享楽を遂げむとするもの、そんなものにも平身叩頭して、唯々として従ふものがあれば、それはもはや人間にはあらず、正にそれは人間以下の奴隷である。奴隷たるに甘ぜざるものは、世界何処の人間と雖も、苟くも人間たる以上は、暴逆無道に対しては、必ず死力を尽して反抗をする。此れは必然である。人性普遍の鉄則である。故に「惟命不于常、道善則得之、不善則失之矣」と云ふ。

斯様に人間あって、立派な一貫した人間としての完全な資格があって始めて、国民としての人間の部分的生活が出来るのである。完全な全体を外にして部分がないと同様に、完全な人間性を外にしては、更に特別の国民性なるものがないと知るべきだ。此の所謂「仰之彌高、鑽之彌堅」たる孔孟の道を外にしては、国民生活の達成を期すべき日本国民性の更にあるべき道理なし。それにも拘らず、台湾の官僚は、こと更に仰々しく、国民性涵養を我々台湾民衆に対して云謂するは、全く理会なき限りを尽したと云はねばならない。否々彼等に理会がないのでない。彼等の辨ふところが違ふのである。彼等が斯く云はざれば、彼等と我々との間に、越すべからざる牆壁を設けることが出来ぬ、彼等の特権、彼等の享楽を、その思ふ存分に、遂行しようとして、斯く云ふのである。

噫、日本々国の諸君！諸君も彼等を同一のことを、我々に対して主張されようとする否か?此のことを、切にお尋ねしたい。萬一不幸にも、諸君は、台湾の官僚等と同一の無理を、我々に対して、強調するならば、台湾の民衆はその為め、或は永遠に、諸君と同様に、日本の臣民となり得ないではなからうか。いや諸君にして、若し何処までも、所謂大和魂なる特別の国民性を誇張して、普遍の人間性を顧みずば、諸君の行詰る処は、必ずや、アメリカ大陸に限らぬと、私は道理に従つて敢て豫言する。若し諸君が自ら高く止つて他と差別せず、飽まで人間の正道を蹈んで、国内に在りては益々従来の皇徳に感謝して忠誠を致し、国外に在りては、所謂「与人恭而有礼」であり、他人を蹈み倒すでなく、却て他人に尽すのであれば、然らば「四海之内皆兄弟也」と云ふ大真理も諸君の上に適用されて、何処として男兒の骸骨を埋むるに足るの青山を有しないであらうか。

日本々国の同胞、私は謹んで同胞たる諸君に告ぐ。大道は不偏である。諸君は、私等と同じく、人性を具有する人間同志であり、且つ我々が甘じて此の日本の国内に居る以上、諸君を愛撫し給ふの皇室は、即ち私等を愛撫し給ふの皇室であり、諸君が忠誠を致さるるの皇室は、即ち私等の忠誠を致さむと欲するの皇室である。人間は組織生活、秩序規範の生活を送るべき天性の所有者たる以上、「大徳者必受命」とあるやうに、二千幾百年来、深厚なる聖徳を諸君の上に樹て給うた日本皇室は、必ずや我々三百八十萬台湾島民を、一視同仁で軫念せらるゝに相違ない。我々は小なりと雖も、矢張り天賦の人性を所有するもの故、一視同仁の聖徳を仰ぐに、諸君と変りたる心を抱くべき理はなし。此のことは確実である、大地は動くとも、此のことは動かぬ。唯だ憂ふるのは、台湾官僚の如く、諸君が私心を挾んで、妖雲が白日を蔽ふやうに、一視同仁の聖慮を中実なき空名にして、以て我々に対することである。問題は此にある。お互は、此の点につき、深甚の用心を必要とする。先年、台湾法庭で検察官長三好某が治警法違犯の罪名により、我等台湾議会設置論者に対する論告中で、「此れ等は台湾総督の施政に反抗する陛下に不忠なものどもである」の如き言を弄して、我々の官僚達や資本家達の一部の者な対する不満反對を以て、直に、それは即ち陛下に対するの不忠なり、国民性の欠陥なりと断ぜらるゝならば、其の不忠たるや、我々の関知したことではない、専ら、諸君自ら負ふべきものと、知つて貰はねばならぬ。一視同仁の聖徳高き日本皇室には、三十三年来、我々台湾島民は、機会ある毎に、忠順を致すこと決して在台内地人に譲らなかつた。爾来数回に亘り、今上陛下、尚ほ皇太子であらせられた時の行啓を始めとし、皇族方々幾度も台臨の栄を賜はれたのに対して、我々島民は挙げて静寂の中に、熱誠を籠めた歓迎を奉つた。而して平素に於ける、国民の二大義務たる納税、労役についても、我々島民は内地人より尽すところが多い。のみならず、年々我々より中央国庫に対して、数千萬圓の財源を供給し、大正十二年、関東大震火災の場合にも、百余萬圓の寄附をなし、そ

の他母国に於ける危急困難のある度毎に、我々は巨大の援助を惜まずに来た。此の上の国民性涵養とは何のことであるか⁉

十七、人道問題たる生蕃と阿片の救済

我が台湾の自然は、外人をして「フオルモサ」と命名せしめた程、実際奇麗である。面積僅か二千三百三十二方里の小島なれど、其の山は、日本全国に冠絶して、其の平野は幾拾萬甲部も続く、嘉義近辺の平原から眺めれば、我が台湾は全く島ではなく、渺茫たる大々陸の観がある。気候は極めて温和、夏は東京よりも涼しく、冬はその春よりも暖かい。台湾は誠に太陽の特別なる恵与に預つてゐる。

我が台湾の地勢は、西部に平地が続くと同じやうに、東部に山脈が走り、壹萬尺以上の高峯が四十幾座も並んでゐる。太陽の北回帰線がまた殆ど、その中央を横断つてゐるので、蕞爾たるこの島は、熱帯、温帯、寒帯の三地帯を兼備する理だ。若し山内人等（普通に生蕃と呼ぶ）が、今後我々の彼等に尽す好意に依り、我々に親しむやうになつて、そして各種の交通機関が発達して、往来を便利にし得るの暁となつたら、諸君、我等は瞬く暇に、熱、温、寒の三地帯を我が島の中で通ふことが出来る。此の意味から見た台湾は、正に一小世界なりと云つても過言でない。

台湾は四面環海、雨水に富み、前述の如く、太陽の光線に預るの恩恵が特別に多いか

ら、何処でも植物が繁茂して、年中、目を楽ましむるの花が薫り、口を爽にし、腹を太らすべき各種の草実、木実が結ぶ。また山には金銀、海には天日の鹽が無尽に出る。嘻！我が台湾は真に類少なき自然の寶庫、天恵裕かの楽園である。此の地形あり、此の気候物産ある台湾は、正に人類の繁栄すべき理想郷！現在の人口密度は、方里につき三千三百十四人、日本内地の二千四百零八人に比ぶれば、可なりの稠密ではあるが、これは西部平地のこと、東部と中央の山地には、まだまだ人を容るべき余地が多い。故に徒手寄食を夢想する徒輩には、台湾はもう行詰りであるが。然し、汗水を流し開拓建設を志す活動の勇者ならば、仲々また舞台が広いと謂つてよい。殊に造林、牧畜に対する台湾の前途は、全く遼遠だと信ずる。

幸に施設その宜しきを得、航海の安全と廉価を保障せられ、島内の自然に人工を加へ、交通と旅舍の完備を計つたらば、私は敢て豫言する、我が台湾は、必ず東洋の瑞西として、遊覧休養の地帯となり、附近各国から避暑、避寒の客が、出入を絶たないであらう。台湾の真価は、豈に日本南方の鎖鑰たるにあるのみならむやである。噫、台湾よ、汝は何時となつたらば、汝が天稟の姿容の本色を発揮して、人類に休息と定楽を与へる平和の園となつて呉れるだらうか。

上述の如く、台湾の自然は豊富にして美しい。されどその人事に至ると、極めて醜悪にして、汚毒に満ちてゐる。人種の複雑、人文の多様から見れば、台湾はまた一小世界の風をなして居る。平地には、東西最新の文物に接触して活動する大和族、漢族あり、尚ほ少数の欧米人も在る。山地には、主として山内人（生蕃と呼ぶのを予は恥しく思ふ）が住んでゐて、此の山内人等の生活は、全く人類の原始生活を如実に示し、その見じめさ、誠に見るものをして同情に堪へしめない程、憐れである。彼等は現在八萬五千人位在るが、その智識は低く、曚昧無能にして、到底、生存競争に堪へ得べくもない。以前の彼等は、李鴻章が云つた、真に化外のもの、所謂文明なるものと交渉をせず、また交渉の要もなくで済み、彼等はその思ふ通り、鳥が空飛ぶやうに、生活してゐたのであつた。然し今日は、もう昔通りに行かない。文明の恵澤と云ふ空名のみ受けて、実質、幾多の拘束、制限を受けぬでは済まないやうになつた。彼等の活動範囲は縮少せられ、彼等の行動は、彼等の預り知らざる法令に拘束せられ、何等の権利も受けないのに、義務ばかり課せられて、彼等こそ真に文明の被害者、恐らく、その苦痛に日夜涕咽して、前途の悲運に対し戦慄を覚えるのみであらう。

殊に東部台湾、台東附近の山内人等の境遇は悲惨である。昭和普選の今日、日本の国内で、尚ほ此の事実ありやと、幾多の怪事を見た私でさへも、驚愕させられた。我が西部全島の十間幅縦貫道路は既に数年前に完成したが、東部では今正にその築造中、此の大工事の一切は、勿論、其の地の保甲民たる山内人等が負担せねばならぬ。不幸にも昨年の夏期、東部風水害の為め、公私の家屋が多く破壊されて、その復旧工事に、彼等山内人も、他人の駆使に応ぜねばならない。これには工事請負の内地人政商が、警察と連絡を取り、山内人達に対して、保甲の人夫徴発の如く、彼等を狩集めては、強制して工事場に送るのだ。尤も此の方は道路築造のやうに、全然無償ではない、一般労賃の半額程を支給される。

諸君、事実はこれのみでない。東部にも二三の製糖会社がある。台東街にある台東製糖の如きは其の一つ、此等の製糖会社は其の原料を得る方法として、昔西部で曽て実行された方法を、今日は東部で襲用してゐる。以前、西部の会社は、台湾官僚と結託して、我々の土地を強制買収したが、東部では、それよりも更に進んだ乱暴な手段で、勝手にその便利のよい地点に向つては、山内人等の永年耕作して来た土地を、会社か一部内地人の所有に登記して終ふのだ。そして、政府と会社の資本で、内地母国より移民を為し、奪取した土地を耕作させるのである。然るにその後、景気悪くなり、会社も打撃を受け、移民村に対する負担に堪へないので、移民達も続々四散するものが多い。此の結果は、自然と大事な砂糖原料たる甘蔗の不足を告げ、此の不足、缺陥を会社は其の儘にしては置けない。結局、その補充を計るに最も都合好きものは、矢張り彼等無智無告の山内人である。会社の甘蔗植付けにも、山内人達は、無情なる強権の摩手に牽かれ行く。喰はさずには働かし得ない、労銀は例の半額位は支給する。

斯くして、彼等山内人の労働に堪へ得る男女は、一家何人あつても、毎日家に居ること出来ず、従つて、彼等所有の土地は荒れ果て、殆ど収穫がない。彼等は曚昧とは云へ、身に感ずる苦痛だけは流石に分る。彼等の脳髄を刺すことは、家財の所有慾よりも、当面の苦労苦痛である。予は茲で往昔、埃及で酷使されたイスラエルの民族を思ひ出す、若し此等山内人を天が憐んで、更に一人の摩西を恵まれたらば、如何がかり彼等は感謝するだらう。されど、天は遂に未だ此れを恵まれず、只だ、彼等にその郷里から脱出するの思ひつきのみを与へたのであつた。彼等は最近、頻に、その郷里から脱出して、最寄にある我々漢民族の住む町に雑居するを試みる。日本臣民ならば、誰にも此の国の中で、居住の自由を有する筈なるが、憐むべき山内人等は、此の自由を剝奪されたかの如く、無慈悲な警察は此等を発見しては、鞭撻乱暴の限りを尽すのである。然し、そんなことで此の趨勢は阻止さるべくもない、そこで昨年十月頃より、一人の逃亡者に対し、その家の所有する牛六頭も殺して、警察始め、村中の人々に饗応せしめることにした。此の牛は東部山内人の唯一の家財、彼等に何れの家にも幾頭かは飼養する。聞くところでは、昨年十月以前の罰は牛四頭であつたのを、近来、富裕なものの逃亡が甚しいので、四頭を六頭にしたと云ふ。嗚呼、悲惨なる哉、諸君、私に茲まで述べ来つて、我々人類は斯くして生きねばならぬかと、流涕汪々として止められない。恐らく、私の此の文を読まるる諸君も、必ずや、私と共に、一哭なきを得ぬであらう。あゝ我等は何してよいか?

諸君、我等の涕泣即ち彼等特権者流の歓楽だ、農民の土地は漸々減少するが、会社の農場は益々拡大する。我が西部では、生活の窮迫に堪へ兼ねて、小地主は日を逐うて消滅し、農民の多くは会社の日傭となつて、その使役に任ぜざるを得ない。南部台湾に於ける此の傾向は、特に著しい。東部の山内人等の生活は、殆ど原始の形のまゝ、故に彼等はそれ程金銭の苦痛なく、金銭よりも彼等には現物の粟等が大切である。それ故にその残れる土地を仲々手放しせぬ。会社はそれに垂涎萬丈であるけれど、彼等は何うしても手放さない。近来は、前述の如く、働けるものが皆人夫に出される為め、その所有地の荒れるに狙ひをつけて、一甲（約内地の一町）につき、平素実収益の半額にも達しない百圓平均で、警察が会社に加勢して、強制貸付を命ずるのである。諸君、日本は真に私有財産制度を維持するならば、西部台湾での竹林問題、退官者の土地拂下問題と、台東に於ける現下の状態を何とかしなければ、赤露の宣伝を待たずとも、共産主義は台湾の官僚、奸商によつて普及せられるであらう。

以上の事実を述べて、私は、本国の諸君に対し、台湾での所謂理蕃問題に就いても、再思三思をお願ひしたい。蓋し是れは人道問題である。台東に於ける此等の山内人は、清国時代より平地にゐて、我々漢民族の一部と接触して来たもので、決して純然たる未開食人の種族でない。高山に在つて常人に接触さへもしない種族に対しては、所謂生蕃討伐といつて、近代式の精鋭を以て向ひ、また、温順に統治を受け、自己の生業に励む台東平地の此等のものに対しても、斯の如く酷使虐待の限りを尽すならば、彼等はもう人類として視られず、まるで虎か牛扱ひにされてゐる。全世界に人種差別撤廃を絶叫する東方君子国民としての諸君は、諸君の力を以て充分に左右し得る此の非人道的事実に対し、何んとか救済の策を講ずるだけの情味、決心を持たれぬであらうか？私は、諸君の高潔なる人道的熱情に訴へて、切に諸君の省察と実行を促して止まぬ。

日本の台湾統治に、人道上何しても見逃すことの出来ない問題は、また一つある。三十三年此の方、政府が自ら工場を設け、多くの人力を労費して、利得多き阿片を一手に製造して、台湾の人民に吸食させることだ。阿片の中毒は酷く人体を害ふこと申すまでもない。然るに三十三年の久しきに亘つて、漸禁主義なる美名の下に、幾多の国富民命を害うても、今日尚ほ継続して阿片の製造を止めない所以は、果してそれは、一部島民の嗜好を尊重してと云ふ官僚の宣伝に、諸君は信を置くか?凡ての民意を無視して顧みざる官僚が、単に此の阿片吸食の嗜好を尊重する道理が何処にもない。漸禁主義を悪いと云はぬ、若し真の漸禁主義ならば、官僚のあの厳密至らざるなき取締で、もう十年二十年の昔に、台湾の阿片は既に跡影も消さるべき筈であつた。然るに実際は如何、台湾総督府の発表した次の数字を見ても、大体の推察がつく。

阿片販賣數量及び價額

年度	数量	価額
明治三〇年	二五、〇九〇、五〇〇匁	一、五三九、七六六圓
同三五年	三四、八五九、五〇〇	三、〇〇八、三八六
同三九年	四〇、三五九、七〇〇	四、三九五、四九七
同四三年	二七、七四五、九〇〇	四、八四四、五三四

大正二年	二七、二三九、〇〇〇	五、二八九、四九五
同七年	二〇、八四五、七〇〇	六、六五〇、七六四
同八年	一九、二七八、九〇〇	六、九四七、三二二
同九年	一七、〇六〇、一〇〇	六、七二一、六四七
同十年	一五、二二八、七〇〇	六、〇〇一、六八〇
同十一年	一三、八二〇、八〇〇	五、四四九、三四五
同十二年	一二、七三五、九〇〇	五、〇二二、八〇三
同十三年	一一、七五〇、三〇〇	四、六三四、〇三四
同十四年	一一、一八八、三〇〇	四、四一二、六四〇

右の表に示すやうに、数量は、大正二年以降遞減したにも拘らず。価額の収入は却て増加した理は、三等品の廉価なるものが漸々売れないで、一等品の量少なくして価高きものがよく売れたによると、総督府が説明してゐる。私は阿片吸食者につき質したところ、三等品の品質が全く悪化して吸食に堪へず、止むを得ず、皆一等品に対する高価を拂ふのだと。事実貧乏な吸食者でも、務めて一等品を買つてゐる。彼等は決して味の善悪、趣味の高下で三等一等を選ぶのでない、阿片の中に含まれるモルヒネの量によつて、その品級を選んでゐる。諸君、彼等は悲惨である。阿片に一旦中毒したものは、或る一定の分量までモルヒネを

吸入しなければ、彼等は重病に罹つたよりも苦しい。此の故に彼等は、他の必要なる生活費を割いでも、先づ阿片を、モルヒネの含量多きのを、手に入れるのである。

また先きの表で、総督府は島内の阿片吸食者の減少を誇つてゐる。此れは余りに信用し難い。三十余年来、普通の人間よりも羸弱短命な阿片癮者の死亡と、前の表に価額が殆ど上昇する一方である点を、諸君に注意して貰ひたい。假令、物価指数の変化による価額上の影響を加算しても、尚ほその上昇の状況が疑しい。三十三年後の今日に、尚且つ阿片を吸はせることから、已に我々は官僚達の心掛けに疑念を抱く。況や、売上高の領台当初より減少しないこと、また此事業に深く関係したものが、多くその富を成したこと、例の星製薬に関する醜聞を伝へられるに至つて、愈々疑ひを確信として抱かせられた。あゝ、罪悪なる哉、法網は假令脱れ得ても、彼等に良心ある限り、何時かは此の非人道に対する責めを感じ、自ら苦悶する時があるであらう。

阿片の害毒が今日まで残された理由が別にまたある。それは、矢張り非人道的の根性から出発したのだけれど、阿片の売捌制度で、良心も人情も退化した悪徳御用の台湾人を利用することである。一挙両得とは全く此のことを指す、台湾人の中の不徳なものは、必ず、最も先きに此の阿片売捌の利権を得る。彼等は何時も地方下級官吏の世話で、此の利権に有りつく故、茲に第一、地方下級官吏特に警察に対して、政治的経済的の御用を務める理だ。第二には、官僚は売捌の許可を移動せしめては、人心を操縦し、結束弱き島民をして益々離散せしめ、依て台湾に於ける政治運動、社会運動を最近一二年前まで阻止したのである。台湾の総督政治は、我々島民に活動の機会を与へず、何等前途の望も持たせない、島民の智識階級を挙げて失業の中に陥らせた。そこへ阿片の如き、これを吸うては、一切の世事悲嘆を忘れ得るものを与へられて、心掛けの足らざるものは動もすると、吸食して一時の夢死を貪る、是れ蓋し普通一般の人情、現在秘密吸食者の甚だ多きを知られ、そして彼等の中毒した惨状を実見されたらば、如何に、台湾に於ける阿片政策の非人道なるかを、諸君は痛感せられるであらう。

高山の山内人は、尚ほ人殺を敢て為し、開発、交通の障礙となるが故に、高圧手段による、その蒙を啟くの必要あるとしても、平地に居る温順なるものの所有を侵略し、その困苦を構はず、牛馬扱ひにすることは、何ら弁解しても非人道である。夫れ永年の阿片専売を以て、幾多の国利民命を損うて、高貴なる国民品格の堕落を助長して、意とせざるの暴政に至つては、非道、不倫これに越すものはまたとあるまい。諸君、此等の如きは、独り日本の面目に係るのみでない、実に開化した人類同志の恥辱である。正義人道を重ずるものは、一日も早く、此等の汚辱を芟除せねばならぬ。

十八、我々は諸君との協力を期待する

人類は兄弟である。人類は、共通の生命を有し、共通の運命を有し、発展の前後遅速、

其の差こそあれ、人類はまた共通の人格を有する兄弟姊妹である。人類の四海同胞主義は、人々の世界的雄飛の根基にして、また実に、世界平和の源泉を為す。同胞主義の人間は、世界の人間であり、世界を所有する人間である。故に、同胞主義の人間は、世界の平和と、人類の幸福に対する責任を感ずる。人類同胞主義者の至るところ。そこは即ち彼れのホームであり、彼れの生活は、そのホームの全員と共なる生活である。彼れは其のホームの為めに生き、其のホームまた彼れの為めに有る。人類同胞主義者よ、汝等の往くところは世界の涯まで、汝等の活動は人類全体の為め、汝等の為すべきこと多し、汝等の存在永遠無限たれ。

日本々国の同胞、私は大胆にも、率直に、私の胸衷を、諸君の前に披瀝した。諸君が私の言辞に対する所感、果して如何であるかを、私は知らぬ、されども、諸君は私の衷誠を諒察せられ、本国台湾間の民族的葛藤を解くに、猛然と奮起して、私等と協力することを、私は期待して止まない。

諸君、台湾問題はもう此の上放任してはならぬ、今に諸君が一大決心をなし、従来と打つて変りたる経綸を施さざれば、問題は加速度を以て愈々紛糾するであらう。私は、諸君の賢明と力量に憑り、充分に局面の転換を行ひ得ると信頼する。諸君の曽て為されたいと望んだことを、台湾にも為させるやうにすれば、問題は悉く簡単化すると思ふ。諸君が自己の生存を欲するやうに、台湾人の生存を重んじ給へ。諸君自ら個性を尊重されかしと思ふやうに、台湾人の個性をも認められよ。また諸君自ら活動して、自己を表現されたいならば、台湾人からその自己表現の機会を奪ふこと勿れよ。

日本領台以後の同化政策は、我々台湾人の個性を無視し、我々の活動を制限し、我々の生存をも侵さむとする、母国人本位の搾取行為であつた。我々台湾人は、到底、これに承服することが出来ぬ。因て大正十年以降、我々は、帝国議会の開会毎に、自治主義に基ける台湾議会の開設を要求して来た。此の要求が、母国三百萬の特権階級を代表する今までの議会に、聞入れられなかつたのは、当然過ぎる程当然なりと考へる。併し、普選実施以後の帝国議会は、母国民全体の活躍する舞台となり、此れに因て、台湾議会の確定的運命が、諸君の意向一つで決定せらるべきだ。実に台湾三百八十萬漢民族は、その身の浮沈、その心の向背、懸つて諸君の決意に在ると承知して置かれたい。若し不幸にも、我々の合理にして平和なる提案が、依然として、諸君の同意を得ず、諸君にも一蹴し去られるやうであつたら、其の時、我々は自己の不明を謝する。而して、何をかまた云はむ、只だ大勢の成行きに任す外ないであらう。

諸君台湾議会の開設に同意されても、少しも懸念さるべきことはない。或るものは云ふであらう、台湾議会を開設せしむれば、其の結果、台湾を独立に導くことになると。仮に云ふものの通りになるとして、それは幾何も条件を要するではないか。第一に、母国人の魂が飽まで搾取圧制の帝国主義に齧付くこと、第二に、日本の実力が退化して薄弱となること、第三に台湾人がその所信たる孔孟の道徳観念を放棄して好戦的武断的精神の持主となること、第四に日本と対抗し得る何れかの強国が、台湾独立の為め日本と戦つて勝つこと、もう挙げるを止めよ、そんな条件の成立する筈はない。従つて、台湾議会は台湾を独立に導くと云ふやうな憶説、それは、自ら画き出した幽霊で顫ひあがると等しい。いや、此等の条件が成立するとせば、台湾議会がなくとも、台湾は日本から独立する。台湾が日本から独立するとしないとは、台湾議会の関知したことではない。

或はまた云ふであらう、台湾議会の開設になれば、台湾本島人側の議員が大多数を占め、在台母国人の利益を常に無視するに定まつてゐると。諸君、是れも杞憂だと断ぜざるを得ない。台湾が日本か脱離しない限り、如何に台湾人議員が多くても、台湾で母国人の対等の利益を無視することは、根本的に出来ぬことだ。何故となれば假令、台湾人議員が自ら顧みず、無理を決議した場合、そんな決議を默々と認める日本の主権者があると考へ得るか。台湾議会なしには、台湾人は生きられない。自己を生す以上に、台湾議会を存置せしめる為めに、台湾人は苦心努力を惜まぬであらう。理の命ずる程度まで、台湾人は務めて隠忍をして、在台母国人に利益を譲るであらう。唯だ、従来の如き母国人の優越、専横、搾取等に対し、台湾議会は、極力制限を加へることだけは確実だ。在台母国人の台湾議会に対する危惧は、蓋し此の辺にある。此れは、明かに、台湾議会の責任でない。台湾議会によつて、始めて、捲き起さるべき波瀾では決してない。在台母国人の専恣放縦に反対することは、台湾議会なき今日の台湾でも、既にその気が漲つてゐる、台湾全島に澎湃した母国人の専恣に反対するその気分が、台湾議会を創設しようとするのである。台湾議会が何うしても出来なかつたらば、その反対が遂に反抗となつて来ないことを誰が保証し得よう。愛蘭か始め英国に自治を求め、それが永く受入れられず、終に愛蘭の失望した時に、英国は自治を許さうとしても時已に遅し、間に合はずして、愛蘭は遂に今日のやうになつて了つた。歴史は繰返すと云ふ、併し、繰返される歴史程馬鹿なことはないのだ。前の失敗を後の成功に、昔の困苦を今の歓楽に転じ得るこそ、創造的人生の本色であり、発展進歩を遂げ得る所以である。台湾議会は即ち此の為めに立てられた方案だ。台湾議会の設立に因て、本国台湾間の緩和を来らすことがあつても、決して混乱を深める理由がない。台湾議会は母国人に百利こそあれ、絶対に一害もない。

我等の靠るところは正義人道であつて、砲台と軍艦ではない。我輩の用ふるものは文章と言論であつて、決して銃剣弾薬にはあらず。我々は組され易いが、然し倒され難し。私供は台湾議会の開設より下に、断じて一歩も譲ることはない。何故なれば、台湾議会は我々台湾人の最小限度の合理的要求だ。日本々国の諸君、諸君の敏感と叡智を、向上した諸君の境遇の為めに、鈍らされること勿れよ。一歩先ずると、一歩後れるとは、非常な相違の分岐たるを諸君は知るであらう。諸君速かに議を纏めて英断を下されよ。我々は、双手を挙げて、諸君との協力を期待する、乞ふ、我々を失望せしむること勿れ。英国から勳章を受けた印度のガンヂーは、その同志と臥薪嘗胆して、反英の非協同運動を継続し、日本に併合した朝鮮は、大正八年の萬歳騒ぎ以来、独立の声を発する外、何等の消息も伝へられぬ。台湾と雖ども、今は台湾議会開設の声のみではなくなつたのだ。諸君躊躇するな、一歩を先ずるは必要である。中国文化に深く薫育せられた我々台湾島民は、其の大多数、今でも人類協調、世界大同の理想から去らず、尚ほ諸君の奮起を待つて、自治主義の精神に立脚した台湾議会設置を以て、諸君との協同生活の第一歩を進め、以て大同文化の建設を希望するものなりと私は確信する。

台湾は、太平洋中に孤懸せる弾丸の一小島、その原住民は本国の十五分の一にも足らず、彼等の手に寸鉄さへない、本国の軍備は陸に海に世界三大強の中に数へらる。況や新文化や新制度に対する経験素養は、本国人正に台湾人よりも数日の先達であるから、自治主義に基ける自由競争の生活を、内台両民族の間に行はしめても、決して在台母国民は台湾人に落後する不安がない。何んでどこまでも台湾人を圧倒して、在台母国人の脚下に雌伏せしむる差別政策、保護政策を固執するのであるか?従来の政策を一日だけ長びかせば、一日だけ余計に日本の小国根性を暴露する、決して信を天下に博する所以でない。日本は立憲民本の政体を有する、此の大精神に固く立脚してゐるならば、朝鮮台湾には自治を許すべし、鮮台両族の特質を尊重するの政治を布かねばならぬ。母国人が一歩本国から離れて、台湾朝鮮の地を蹈めば、台湾朝鮮の住民となり、彼れの居住する其処の郷土文化の為めに努力すべきである、彼れの白骨をその蹈む土地に埋めるの覚悟なくして、現在の如く、単なる本国の保護、威光の下に、鮮台兩族を虐待し鮮台両地の膏血を搾取して、幾分その懐を肥したときにもなれば、直ちに尻に帆を掛けて、所謂「お国」に舞ひもどるやうであつては、是れ即ち鮮台両地の闖入者、鮮台文明の破壊者である。鮮台両地に生きんとするものは必ず、此等を大敵として反抗排斥するであらう。

日本々国諸君、私は此れ以上饒舌すまい、私は擱筆に当り、三百八十萬の私の旧同胞の現状を案じつつ、多大の期待を以て、諸君の自重と決断を切望する。幸に六千萬の母国民諸君が、私の愚誠を諒とせられ、速かに母国の輿論を喚起して、台湾朝鮮の施政を一新し得ば、鮮台両民族の幸福は勿論、日本民族百年大計の第一歩を確立する理であり、昭和新政の曙光でもあらう！諸君の決心や如何？我々は諸君との協力を期待する!!

與日本本國民書

——解決殖民地問題之基調

（中文版）

序一

蔡培火君

君與僕之交，乃承先師植村正久氏之介紹，於茲十二三年矣，而植村師棄世已閱三年。其時僕方由蔡君導遊台灣各地，甫於新竹站下車之際，遽接先師噩耗電報。

今閱君致日本同胞大著，見其標題即可察知君之胸中固有抑鬱悲壯之感懷在焉。僕乃於驚喜交加下獲得此書，並使僕知君之真骨氣，與其多年來對僕所談之真主張，似堅鐵，似火之光照，皆在書中論證無遺。僕讀之，對君之風範，與十二三年來所有君之論調重溫一過。故僕對此書，具有真率之感，認為確係台灣不可或缺之論著。

且於日本為有用之著述，尤以對台灣當局者為然。誠為台灣在住日本人之荊鞭，予彼等以無上之警告也。君對此能儘述所感，令僕衷心敬佩。

茲將所想到之二三事陳述之：

君擬藉此書將台灣現狀，尤其是伴隨而來之君之意志，精神，主張等，充分提供日本同胞瞭解。然僕意日本同胞似未能如君所期待，而瞭解於君，不特時下未能瞭解，需待若干年，有無此日，甚或永遠不能瞭解，亦未可知。蓋欲將自己之處境，意志，心情使他人真正瞭解，實屬困難之事也。僕至今尚未能使我同胞瞭解，立志於政治，雖講解立憲政治之通理與常道約達三十年，然無論其通理常道之尚未被瞭解，即僕之真實心境亦尚未為一般人瞭解，可知欲使他人瞭解自己實難事也。故君之純正而真實之希望與期待，可能遭遇許多困難障碍，甚至曲解與誣蔑。

君書中并論列日本與支那之關係。呼稱中國為支那，是中國人最所忌嫌者，承示將注意勿用此字句，僕對於中國人何以忌嫌呼稱支那，其理由何在殊未了解，然若如此忌嫌，則不用為愈，僕個人將來即予注意使毋誤用此字。

然而君關於滿洲問題，論曰：「以如對方有希望者，取得相當償價將滿洲之權利歸還為得策，……諸君，如是日本較之得到百個滿洲為更好」，僕想在吾內地人，究竟是不能理解，或雖理解亦不能同情，或雖同情亦不能實行。僕記得於四五年前東洋經濟新報亦曾有如此議論，惟未為世人所重視耳。

此書所記述之事實中，為僕初次聞及而感難過者，厥為台灣之山地族本欲離開其極不方便之深山原住地，而移住於生活便利且多樂趣之平地，然警察官不特加以無理之干涉與暴壓阻碍等，竟對一名逃亡者（**即移住者**），勒令宰殺六頭牛，饗宴以警察官為首及附近之人，此誠令人難以置信之奇怪慣例。君謂於記述此事與思及此事之際，不禁汪汪流淚，豈獨君哉？即僕亦不免拭著湧出之淚，而涕流沾濡紙面焉。如此怪事，僕今始聽到，為關於台灣惡政陋習暴厲中之最新者。

全書之要旨，似在設置台灣議會，此乃僕自始即同意且同樣主張者。於解散前之議會，僕即主張政府應設置台灣、朝鮮之議會制度調查委員會，俾資準備一切有關開設之草案，迅即提出議會審議。方擬提出此決議案，詎料該議會適被解散，嗣後總選舉僕竟成為戰敗者，遂失卻為諸君代辦此事之機會。幸有友人清瀨一郎，諒能主張此事——當時經將該決議案草稿交清瀨氏——當時僕乃為台灣，為朝鮮，為日本又為中國，並為決定東亞全局之興亡盛衰之重要楔機，注視此案如何進行之人。就此點言，君與僕雖是兩人實為一人，彼此之心意如形影之相隨，君為此而努力，僕亦為此而努力，願賴天之指導與庇祐，能見此事之著著順調發展，為台灣三百八十萬同胞之利益與安謐而切望也。

憶先師植村氏謂僕乃意志堅強奮戰之人，而僕乃意志堅強奮戰而善敗者，或因善敗而善戰，益使成為意志堅強之人歟。若先師在天之靈有知，以君之今日將何謂乎，又將謂為君亦意志堅強奮戰之人歟？同時僕深深禱祝君能成為善勝之人。

昭和三年（民國十七年）二月二十二日方在閱讀總選舉敗戰之新聞

田川大吉郎

序二

茲以此代為本書序文，余亦擬將關於殖民地問題，訴諸我國民之理性與心情。

余前居於倫敦之際，常聞房東母女等，輒在晚飯後雜談間，互談支那或印度或愛爾蘭之問題。如讀是日新聞有報載支那之饑饉，黃河沿邊人民之慘苦情事，彼七十餘歲之老婦則有如己事而憂，似非予以援救不可而大發議論；又對英國到底曾在印度作若干善事；又對於愛爾蘭問題之結局，須絕對排除恐怖政治，而非以和平解決不可等，其議論之熱心與深表同情之狀，常使心狹而冷之余赧顏之至。雖然英國在支那或印度實行相當榨取的政策，但英國人仍有大國民氣慨之點，使余深受感動。

我國亦為領有朝鮮台灣樺太南洋群島關東州等殖民地之大帝國。此等殖民地之總面積約有二萬方里，比之內地面積之二萬五千方里約為八成，總人口約為二千三百萬人，比內地人口五千九百萬人約達四成。母國領有此等比較內地相當成數之殖民地而支配其住民，有如此大勢力，同時亦有大的責任。國民之偉大，能由其政治經濟之狀勢，或由其所支配之領土資源人口計量，其道德之高低則由其責任之深度與同情所及之範圍量之。而真偉大乃是道德之偉大也。

普通選舉之能於今日施行，國內無產階級之狀況成為政治之中心問題，以致喚起國民深刻之注意。又國際交通密切之今日，外國之狀勢已成為國民日常考慮之問題。然而殖民地狀況如何之問題，則尚埋沒在無關心無知識無同情之中。雖本國之事，及外國之事逐漸引起國民熱心注意，但此「以國際法言是為國內，國內法言，是為外國」之殖民地狀勢，則尚留在秘密之帘幕裏。

不過我國民中亦非全對殖民地冷淡，亦有非常熱心者在。第一是資本家：殖民地是資本之輸出地，產品之經銷地，也是原料品食糧品之生產地，而具有帝國主義的重要意義。余雖不想在此將這些問題加以講釋，但是資本家為其利潤之故而懷念殖民地，乃屬明瞭之事實。舉其一例言之，在東洋經濟新報臨時增刊「續會社鑑」（昭和二年六月即民國十六年六月）解剖主要的製糖公司之營業狀況，其利益大半均由於台灣糖業之所得，在內地之精糖利益及輸出利益則甚微少。有力之製糖公司爭謀在產生特別利潤之台灣擴張事業。此即因去年鈴木商店之破產，發生製糖業界大波瀾之根由也。

第二熱心於殖民地問題者，是政府尤其是總督府之官吏。此或因職務上為當然之事歟。是即總督府不得不為「內地之利益」之擁護者，然而「內地之利益」則屢為「內地資本家之利益」所代表也。

如斯資本家及政府對殖民地問題熱心，在彼等之立場是彼等一派之熱心。所謂彼等之立場，在資本家是其利潤，在政府是其權力。有如利潤之生產場所之工場「參觀謝絕」，「閑人莫進」，作為特別利潤生產場所之殖民地，亦屬「參觀謝絕」，「帘幕之背後」。

作為消費者之國民，係購買資本家的商品而生活者，如衣服由紡織公司，醬油由醬油公司購買。但是人人只見到便宜而快適之布帛及醬油而已，而不見其中被體化之社會關係，勞働條件，即勞働者。不思及其物品乃由勞働者所生產者。只想對資本家付以商品之代價若干，則所有交易即告完畢。然而實際上所有之商品是由勞働者所生產者，消費者之理解與同情，應該及於勞働條件與其社會關係。若在苛酷之勞働條件下，對勞働者絞盡血淚所生產之物品，消費者僅以付訖資本家之貨款，即得以安閑地衣其布帛而味其醬油，只對所消費之商品讚美，而不思及其生產者之血淚，毋乃屬於偶像崇拜專求私利之人。

我國民以從殖民地而來之商品維持其生活之大部份。吾人所消費之紙張是將樺太之木材為原料，肥料之原料是由南洋之燐礦石或滿洲之大豆粕，米由朝鮮，砂糖由台灣多量移入。此等物資由何人，何社會的關係所生產，實應為吾等國民之重要關心事也。

台灣是砂糖之生產場，有人每謂原料採收區域之制度是製糖技術上必然之制度，對其制度是不應有所非難。但制度由於運用可能制人死命。問題在於台灣農民之生產關係如何，製糖公司之收購甘蔗價格如何決定，公司與農民之耕種關係又如何。於此種種，皆有問題存焉。在某製糖公司之耕種契約，有種植之種類及經營之方法應聽從公司指揮，佃農禁止從事於農業以外之事業，勞力有餘裕時公司有所需求應「歡喜」為其從事勞働等項目包含在內。

台灣人受何程度之教育？普通教育之普及程度甚低，此點雖可暫按下，而台灣教育之基礎在於國語教育乃甚明白。然而教育之目的在於言語乎？在於知識乎？此應聞諸教育家之意見。本書之著者蔡培火君是以羅馬字運動為其宿志。蓋台灣民眾因對于漢文逐漸疏遠，而國語尚未普及，故困惱於表達自己意志，及傳達彼此知識之文字之不足。為啟蒙此等民眾而真實予以教育，乃蔡君將欲擴展台灣語羅馬字之宿願。然而總督府由於國語政策之立場，加以干涉抑壓而不公認其羅馬字運動。余想不致因羅馬字運動而能害及國語之普及。況教育之目的既在普及知識啟蒙民眾，則抑壓禁止羅馬字運動，實可稱為極野蠻之教育政策。

台灣久已財政獨立，然而台灣人之參政權在事實上尚等於無。在地方團體雖有諮問機關之協議會，但其議員全然非依選舉而是由於任命。台灣總督之政治在制度上是絕對的專制政治。今日如欲見專制政治為何物，往他國或他國殖民地之任何地方均不能達其目的，唯在朝鮮或台灣乃得見到。

余對台灣之統治，非謂其應徹頭徹尾予以非難，其中亦有幾多改良進步之處。然而卻有無數之問題存在，而問題之中心為欠缺政治的自由。是殖民地的獨占，殖民地的支配，對於台灣人之解放運動要求自由，遂即藉口於「民族性」，曰，彼等之民族性有如斯如斯之缺點。誠然「民族性」為殖民地人自由抑壓者之最後逋逃藪也。試問就所指摘台灣人之民族的缺點，其於我國民間有否同樣之存在，而應加以反省者？讀者所能發見之主要點，許是歸於內地人是支配者台灣人是被支配者之事實已耳。

介紹台灣之情形而論及其問題者，有總督府之「台灣事情」及其他出版物，「台灣年鑑」，持地六三郎氏著「台灣殖民政策」，還有其他著作，不乏有用之書。但據余所知，以台灣人自身述其立場與要求之著述，且用日文者以蔡培火君之此書為第一部。此書雖非將所有問題包括在內，亦非為研究的著作。蔡君在本書中所道破「政治是實感」，誠屬名言，本書乃政治的實感之書，是被統治者中之有識者之實感，故極具活氣而寶貴。假使有材料之不足，說明之不足，但蔡君絕不故意虛構事實，而別有圖謀之人，渠實抱有好意而可信賴之人格者。

際此我國甫行普通選舉之時，著者以本書訴諸本國國民，普通選舉是國民在政治地位之向上，同時亦增大其政治的責任。我國是統治朝鮮一千八百萬人，台灣人四百萬人，乃是專制之統治。其統治之責任非祇由總督府負擔，我等國民對此亦具有責任。有關殖民地問題之正確的科學的知識，與誠篤之政治的道德的責任，均在要求我國民擔當得起，應聽者宜聽之，應批判者亦該批判之。

有批判，政治始有進步。余常冀望我國民對於殖民地人之政治的社會的經濟的狀態，應予以正當之理解，由此關心同情之範圍，擴張發展而成為真正偉大之國民。

昭和三年（一九二八年）三月十四日

矢內原忠雄

自序

非由於黑暗鬥爭的現實，乃是由於光明燦爛之人道理想，余萬感交集，將此小冊子致送於日本本國之兄弟姊妹。尤以由於普選實施，余特向新興之日本本國大眾諸君，呈送此小冊子。藉此表明迄至現在之台灣統治的正體，為國家社會之真正慶福，今後對於台灣及朝鮮應予善處之策，促諸君大猛省大決心。余何以限定敬告日本本國民，乃因從來移住在台灣之十八萬母國人，不論其為官為民，有產無產，余對於彼等已陷失望境地故也。對於彼等雖然失望之至，但余由余之所信，仍對日本本國之大眾，抱有甚大之信賴與希望。由此信賴與希望，使余綴就余之所思。余之文拙而論證亦甚粗陋，然而余之意志則甚堅切。母國之諸君果能洞觀日本之現在及將來，認識台灣問題之重要性，手此拙文，是否能共鳴鄙見而有所用意，余固不得確知，但是余以希望互相和平，凡事應著落之處須予著落才是之一念，雖豫見自己今後之艱難，仍鼓勇將此拙稿付梓。

憶昔大正四年（**民國四年**）春，寒氣尚冷之時，余因參加故板垣退助伯爵所主倡，為我台灣社會運動政治運動首創之同化會，觸犯台灣官僚之忌諱，無意中獲得留學東京之機會。當時余即看破所謂同化政策之假面具，知其帝國主義政策之陰慘而充滿暴虐，真是民族憎惡之念，充塞余之全部心胸。其後得與日本基督教會之牧師故植村正久先生接近，深佩其純真虔敬之信仰，尤銘感其懇篤友愛之指導，一洗既往之民族憎惡之心情，受自儒教根底尚淺的四海兄弟主義得更深之培植。爾來余在日本內地，尤其是東京，獲得甚多親愛之前輩朋友，於大正十二年（民國十二年）春，眺望花季之日本景色，抱迥異於當時離鄉時之心情，向所思慕之台灣起程作不衣錦之還鄉。

歸台後，余以在東京對待親愛師友之心情與態度一樣，接近在台之母國人官民，然而遺憾至極，今余不得不坦承全然歸於失敗。在此數年間，余在台灣母國人中，祇得一二友人而已。有時冒受同志之懷疑亦不忌避，以最大膽之努力而謀內台人相互之接近，余竟不得不作此告白，倘蒙採信，則在台灣島內，台灣人全體與母國人全體之關係，進而日本對台灣之問題，是如何闇淡概可知矣。

人生應是光明的，然而我台灣之現狀，有如本文所述，實在有過於暗淡之恨。如斯我本島人備受在台母國人之凌虐，余藉此小册陳訴於本國諸君之前，并謂此乃日本將來之憂患。如斯陳訴，如斯奉告，乃在期望諸君賢明之處置。此小冊之本意，並不徒以攻擊在台母國人之非為過失為能事，亦非要以悲鳴哀號乞求母國人之憐憫者。實出於由衷之至誠，為防止未來相互間之不幸，切望母國應有之社會的友誼，政治的良心之及早發現，以資今後日本對台灣朝鮮問題之解決，諸君幸能諒解此嚴肅熱誠之叫聲，則余之感謝無過於是矣。

於昭和三年（即民國十七年）二月日本本國
最初之普通選舉激戰中
蔡培火

與日本本國民書

一、致日本本國的同胞

余為三百八十萬台灣人之一員，擬向日本本國六千萬同胞，坦述余之心情。余敢稱異民族之諸君為同胞者，非僅以有同一國籍的關係，乃以互相具有人格，切愛和平與自由之人類同志，故作如此親愛的呼稱也。既然是余的同胞，在此便可與同胞諸君，來深切地談一談，蓋今已有可以互談的機會。既往非余不欲談，祇是未曾直接與諸君談耳。余與敝同志，對君等的支配階級亦即我們的支配階級諸人，十年來，屢經訴過胸懷，不特未蒙一顧，反觸其怒，而遭到莫大的酷待。如果形勢一如往昔，則余當緘口不談，今幸機會來臨，在本國已實施普通選舉制度，諸君已從不名譽的被支配地位，一躍而登上支配我們的地位矣。原同屬被支配者的諸君，今已成為我們的支配者而站在悠悠自得的地位，諸君之得意有若沖天之勢，余祝諸君前途新生的發展，同時切祈勿忘過去身嘗被支配的辛酸苦味。苟能如此，諸君贏得榮譽的地位，始能光大諸君的前途而造就諸君之聲價也。

設若不幸，諸君竟然陶醉於立身出世之芳醇裡，以為既往的不遇逆境，有似一場春夢，已成過眼雲煙，而偏袒前此諸君所切齒咀咒的支配階級，擺出無道橫逆之新興支配者之架子，君臨於舊同病者之我等，則余復何言，余將拋棄對諸君所抱之滿腔期待，而以人類應具之人格權威，另尋進路以對付君等新興之支配階級。由於諸君的豹變，向由少數特權階級所左右的帝國主義日本，將成為名實相符的大帝國主義國矣。

噫！諸君，此實不應有之事也，大家分毫亦不應抱此不幸之臆測。余乃由衷大聲疾呼諸君為余之同胞，願將滿腔心情奉告於諸君。深祈諸君亦以同樣的心情，誠意地傾耳一聽余之陳述為盼。

二、祇是莫明所以的運命

一八九五年即明治二十八年（清光緒二十一年）四月十七日，因日清戰爭的馬關媾和條約，台灣遂由滿清朝廷之手割讓而成為日本帝國的屬領。在世界地圖上之台灣即因此而變色。然而此事，在我們台灣民眾的腦裡，以為只是由於日清兩國間的勢力關係所造成，祇是莫明所以的結果，莫明所以的運命而已，對於亡國呀！屈辱呀！甚至被征服等等，在我們多數台灣島民是毫無感覺。蓋因我們的祖先大多是追隨明末志士鄭成功，為開拓台灣而由漢土渡台者，我們對於清朝為何物，並不關懷，況日本原來又與我們無何恩怨。只是清朝的實力輸於日本，日本以得勝者的權威而提出要求，清朝對其屈服，而拋棄其支配慾的結果，竟落到我台灣之頭上而已。昔日將中原四百餘州蹂躪在其馬蹄下的世界有數的大清帝國，不料竟被當時無名的小島國日本所屈伏，況台灣而外尚有其他多的地方，而日本卻專著眼於我台灣，其專矚目要求此土者，實使我們無從想像其原因，只有以「莫明所以的運命」而自解之。台灣之歸屬於日本，在我們大多數住台漢民族之實感而言，唯是而已耳。

當日本帝國開始統治台灣的時候，對於多數在台漢民族的此種實感，應該當作難得的稀奇重寶而珍視之。若將此情形來與朝鮮民族的歸屬於日本的心情相比較，則我們台灣之對于日本純如白紙一般，是很明瞭的。當初，日本派了大將樺山資紀為總督踏上台灣，對於從漢土渡來的我們漢民族，宣告如不希望作日本帝國臣民者，以二個年為期限，可自由處理攜帶其所有家財，聽其隨意離去台灣島。除了極少部份人外，我們是以自由意志繼續居住此島的。由此之故，我們在台的漢民族，絕無一點被日本征服之意識。我們是自從我們的祖先時代，就痛恨受了暴逆的支配而離開漢土中原，要在台灣創設和平的鄉土，乃是手執鋤頭充滿努力奮鬥之氣魄的開拓者。日本自領台當初，於我們實無何等恩怨，只是代替了滿清朝廷的宗主權而已，日台兩地的關係，和漢兩族的接觸，這些都是繫於莫明所以的運命創作的成果，除此以外，我們並不覺得有何屈辱，亦未懷抱何等恐怖。再說，在日本領台當時，我們台灣本島人之對于日本的此種心境，在新統治國的日本，我深信這是罕有而難得的幸事，但是不幸的很，今已不若往昔焉。

三、心機正在一轉

體驗是偉大的教師。三十餘年來，我們受著日本的統治，與大和民族住在一起所獲的體驗，是深刻地教訓了我們，我們已不若往昔那樣的單純矣。對於日本，對於日本母國人，已不能如白紙般矣。此誠遺憾之至，因受了體驗這教師所教示的結果，自然而然地發生了實感，這個實感使之如此，實屬不得已也。坦率言之，我們大多數的台灣本島人，認識日本為帝國主義之國，內地人為侵略主義之民族，感覺對于將來之共同生活，有被侵襲之不安掛念。此誠可悲之事，為著人類進化，尤其是為著日本的將來，其不幸莫此之甚也。

基於現實的個人主義的四海皆兄弟思想，自數千年的古時，即由漢民族的胸衷湧出來了。此種思想的大潮流於今尚在漢民族的腦裡往來著。在中國本土立腳於民族主義的國民運動，以燎原之勢正在進展，在台灣於我們之間，民族運動亦年加一年抬頭起來了。其理為何？粗略視之，此種現象似是矛盾亦未可知，但稍為加以精察，立可理解其非然也。中國本土的漢民族，誰都明白認為由於世界列強，百年來不稍顧慮而予以侵害侮辱，其當然反動，乃激起中國之國民運動。在台灣所激起的民族運動，想亦大體類似中國的情形，即是外部的壓迫激成內部的團結，因他族之嚴重侵害而使自族奮起防衛愈趨堅決。

台灣本島人已不若以前之白紙狀態。民族意識既經浸潤彼等的胸懷，且因政府的同化政策與在台內地人的侵略行動，使彼等的心情變成相當不純的程度，今竟被黑暗恐怖之念遮蔽，堅固其民族的團結，而進入實際運動。對此，有心人，可不擔憂其將來之趨勢耶？

四、母國民之自作自受

台灣本島人的民族自覺，即已如前述，且近來正在發展，亦余所不否認者。其動機實非由於彼等之鬥爭的野心，而可以斷言全為外部之征服強壓所致。即對政府向來的搾取政策，與不滿不服在台母國人的優越行動，歸結其禍基在此。

天皇對於我們台灣島民垂注之心，乃是一視同仁，如日月普照，關於此點即台灣為政者亦莫能隱閉，有時亦祇得對我們島民宣明一下，但此亦不過是官樣文章而已，事實我們島民則未嘗見及一視同仁之為何如，詭者稱此為御賜品之被挖取。老百姓私人間些微的授受，尚不可苟且，況光明正大的天皇御賜，豈能徒任其名實不符？關於此點，迄今尚未追究責任，究何道理？歸結是官僚的橫暴，島民的無力，多數本國母國民的無關心有以致之也。

從來台灣官僚，對於我們島民一開口即謂：汝曹是新附民，豈能與受三千年歷史薰陶的母國民相比擬？欲與我們母國民享受同一待遇者，須變換汝曹的素質而同化於我們，學我們的言語，慣習我們的趣味嗜好，體得我們的國民性，如此始能逐漸付予應享的權利。被稱為統治台灣第一有成就的後藤新平，被風評為持有上述意見之代表的人物。彼在民政長官任內，曾對全島教育界訓辭，謂對於島民的教育方針以無方針為方針，其他的事可放置之，務使彼等專習國語為要圖。又彼下野重遊台灣時，對當時稱為台灣最高學府的醫學校全體學生誨告曰，汝曹如欲求與三千年來盡忠誠於皇國的母國人享受同等待遇者，應以今後八十年為期，努力同化於母國人，在此以前即被差別亦莫如之何，勿鳴不平，應各自努力求進以為島民垂範云云。彼之此言，尚被多人所記憶，頗有名也。此種言論，實能述盡在台母國人的心事而無憾焉。因此，被置於彼等支配下的我們島民，實屬可憐，不許我們有個性的存在，我們的言論終不被重視，我們除作勞働之外，無異一切活動機會均被剝奪，而被獎勵服從，阿諛為我們應守的美德，對於主張節氣，正義節操者則被徹底加以壓制。嗚呼！因我們是台灣人之故，乃被視為無能力者，竟被視為第二新平民而處置之。在台十八萬母國人，大多以此心意睥睨我們於其眼下，彼等居然似是我們的支配者，極盡意氣洋洋。諸君！若長此以往，則我們的前途運命只有一個，在所謂同化之美名下，我們除成為機械或奴隸外，別無他途也。

似此，則凡政治，經濟，社會各方面，我們在本島人名份之下，不得不服從被稱為內地人的支配者。因我們是本島人，台灣人，漢民族而被差別，覺醒自己處在不名譽的地位，豈非理所當然乎？惡因惡果，報應之道無私。應知台灣的現狀正是三十三年來，在台母國人自播的民族差別種子，甫穫其初穗之時也。以下擬稍為具體述其真相，諸君，為將來計，請勿吝採納作為考慮的資料，是余所切禱也。

五、同化乃愚民化的招牌

三十餘年來的台灣官僚政治，於物的方面之開發，雖可稱收到頗多成果，但此方面成功卻使他方面即人的方面招致失敗，此似尚未被察悉。其理安在？即台灣的官僚，惡用其特別立法權，施行極端以母國人（非全體母國人，祇一少部份）為本位的搾取政策，對於政治的，社會的，經濟的極盡庇護母國人，而強施搾取於我們本島人之故。

明治二十九年（光緒二十二年）春，在帝國議會，討論確立台灣的統治方針，遂制定了所謂六三的法律案，對於我們而言，是被制定了萬病之源的惡法律。當初此立法的精神，是認為台灣有特別事情，若悉照內地之法律施行於台灣，實有脫離其特別事情，恐因此造成不適於島民之生活，而藉口尊重台灣的實情與我們島民的實際生活，將制定特別法律的權限授與台灣總督。殊不知結果適得其反，竟使為尊重我們的生活之六三法律，變了本質而被官僚逆用，而成為威壓我們的惡法。

官僚稱依一視同仁的聖旨，以同化主義作為治台的方針，其政策之第一步是採取國語中心主義，在政治上，社會上即先塞住我們的嘴，使我們不能講話而成為無能力者。因此之故，我們須從原有的責任地位退出，固不待言，連欲明白述說我們的意志的機會，亦都被剝奪。將此與英人之統治印度比較，則我們之不幸可謂大矣。英人之欲在印度就職者，必須先學得二年的印度語，彼等在印度雖亦施行若干暴政，然以我們的體驗言之，即以其尊重印度人的語言這一點，相信就可以抵補彼等凡百的惡政。台灣官僚用前述的特別立法權，根據其同化主義，制定國語中心主義的台灣教育，因此，我們的學童，一踏入校門，立即有若嬰兒一樣，彼等六年之間，在家庭所學的語言思想全部變成無用，只用那不能講話的嘴巴與聽不懂事的耳朵，接受教師的指導。諸君聽到這些，概可想像其結果成何狀況，余不厭煩，在此略述在這種特製教育之下，所演出的一幕悲喜劇。某次，對於初入學的七歲嬰兒們，教師欲將「センセイ」（先生）一語教他們，即在黑板上大書「センセイ」四個字，教師自己高聲唸令學生們仿傚，因其意不便以台語譯出，而將指頭指著教師自己的胸脯以示其意。如是每唸「センセイ」一遍，即指自己的胸脯一次示意，數次反復唸教完畢。有一學生回家，其父問其子「今天在學校學了甚麼」？其子則得意地答曰「センセイ」，其父問「センセイ」是何意思，子則臉上表現很明白地答說是「心」。在聽的人或者感到滑稽可笑亦未可知，然在處此境地的人實感悲慘莫甚。僅以手勢嘴勢，經六年之間，兒童全如嬰兒似的，專心學記國語。如此習得的國語，除極少數能昇學上級學校者，或做官廳卑微的差使，或當店員者外，一旦畢業進入台灣人自己的實際生活，則其六年間的辛苦學習盡歸於水泡而毫無用處矣。台灣人社會所需要的漢文不准自由教讀，在中等學校雖有教讀，也因國語中心主義的緣故，更是滑稽得可憐，那就是不以原來的唸法與發音教讀，而教以日本方式的讀法，於我台胞不但毫無用處，徒然消耗腦力。諸君，聽到如此情形作何感想耶？豈非純然搾取能力的教育，露骨的愚民政策麼。彼等官僚，稱此謂基於一視同仁的聖旨，而欲台胞能享受與母國人同樣的生活，此即同化主義的教育法也。

噫！同化啊！以汝的名而行的國語中心主義，已將我們的活動能力加以抑制，我們的人材概歸無能化，舉凡政治的社會的地位，非任令母國人獨佔不可。因此，後藤新平的八十年同化說，可以解釋為使我們永久作奴的秘策。噫！可懼哉，汝所編排的同化啊！

六、同化是搾取的別名乎

基於同化政策的殖民地統治，歸結是殖民地人不利，是反抗的緣由，在世界殖民史上已予確證。台灣的官僚，知之乎不知之乎，若尚未知，實在是太可憐了。若知而裝不知者，則是可惡至極。以我們的觀察，彼等非不知也，惟若不裝不知，則不得強行其優越，而滿足其享樂根性的搾取政策，所以故意裝成瞎了眼睛，實在就是如此，余可以舉例證之。

台灣的官僚如果是愚昧而且誤解了一視同仁的聖旨，真欲斷行同化主義，體奉聖旨，真地欲提高我們與母國人同在一樣的生活線上，何以三十餘年來一直在各方面設差別的鴻溝與障壁呢？

官僚就在教育上構築了不可逾越的障壁。彼等如果真欲將同化作為唯一的目標，何故將內台人的教育自始即行差別？在人生最無邪氣的兒童期，大家可以天真相處，為何非將學校分開施行教育不可。如謂起初有言語的不便，祇在某些短期分開教室以為準備即可，何必連學校系統亦予分開。最近，我們台胞之中，一部份忠實於同化者，請將其子弟由台灣人的公學校轉學於母國人的小學校而竟被拒絕。官僚若忠實於同化，何以至大正八九年（**民國八九年**）時期，我們的子弟欲留學母國，亦被忌嫌而受妨礙，又何以特對學習法律政治的加以抑制？官僚於同化果真有誠意，何以時至今日，對於我們的子弟尚不施行義務教育？現在是應傾全力充實普通教育之時，何以非奢侈地設置台灣大學不可？官僚對於同化如有誠意，則既窮於籌款，理應在島內專致力於完成普通教育，然後將希望接受高等專門教育的台灣人子弟，送去母國的學校乃屬賢明途徑。官僚竟不出此途徑，而設置如此台灣大學，是否有某種野心存在其間？蓋鑑諸當前的事實，則司馬昭之心路人皆見之焉。現在島內所有高等專門學校，新設的高商，高等學校自不待言，即原來專為台灣人子弟所設的台北醫專、台南商專，亦皆逐漸為母國人子弟所佔有矣。請一覽左表吧。

台灣各種高等專門學校在學內台人學生數比較（昭和二年現在、民國十六年）

台灣高等學校	內地人學生四七二
	台灣人學生七五
台北醫學專門學校	內地人學生一三三
	台灣人學生一五三
台北高等農林學校	內地人學生二〇八
	台灣人學生一三
台北高等商業學校	內地人學生二一八
	台灣人學生一四
台南高等商業學校	內地人學生八五
	台灣人學生五〇

諸君，我們握有比前述各點更可曝露官僚心術的重大證據。我們台灣住民，自專制的清朝政府時代，對於教育的振興，不能多所期待，加之日本領台以後三十餘年來的國語中心教育，多數民眾的啟蒙備受妨礙。如說政府無力，他事可以推開不談，似此眾多矇昧的民眾教育，務需先來興辦，是我們有識有志的島民所熱望者。吾人不顧自己的力量未逮，年來從事於大眾的啟蒙運動，以期培養國家社會的基本力量，竟受到官僚的非常迫害，尤以我們為謀普及一般教育之一策，苦心計劃擴展羅馬字的識字運動，官僚則遍及全島禁止此舉，至今尚未解除也。官僚的此種暴舉是意味著什麼，官僚如果熱望同化，應該是以民智的向上為急務。彼等在教育上造成各種難關，遲緩內台人的智識接近，且對我們以民間力量自行開展的教化捷徑，官僚亦毫不客氣予以封鎖，真是豈有此理。將普及羅馬字的運動公開地禁止，這是官僚熱中於同化的嗎？不是，大大地不是。如令羅馬字普及，則在台內地人的優越，搾取愚民的秘策，必然暴露無遺。噫！同化，這豈不是官僚假汝之名來做愚民的招牌嗎？

七、一視同仁的聖旨豈如是乎

天皇是神聖而不許庶民輕易接近的，尤其我們島民遠距輦轂，沐浴皇澤為日尚淺，因之賜給我們的聖旨，除由官僚傳達外，實無由可拜奉也。官僚時常對我們疾呼涵養國民性為最急務，感激軫念民眾之聖愛，除此感念而外，尚有日本的國民性乎？若然，則台灣官僚的一舉一動完全是我們島民的國民性涵養資料，台灣官僚的責任，可謂重且大矣。因此，三十餘年來台灣官僚，在根據一視同仁的聖旨處理台灣政務時，疊將其忠誠姿態表露無遺，最近即昭和二年（民國十六年）十月三日第五次評議會開會時，上山總督有『統治台灣的本義在於奉戴一視同仁的聖旨，融合民族為樞紐，期文化與經濟之併行併進無復其他』的致辭。彼之前任者亦曾與此同樣一再申明此義。然於實際所表現的結果如何？彼等官僚作了甚麼，諸君請勿驚慌，靜聽余之說明。

台灣雖地處僻陬，在滿清專制時代，其出身文官者，有知縣，知府，道台，侍郎，武將則有副將，總兵，提督，或太子太保而授伯爵者。及至日本領台，即如前述，因為官僚立了國語中心主義，舊時所養成的人物，已棄之如糞土，抑制其雄飛，大多悶死而終。其後三十餘年間，因上述之殺人教育，難得出色人材，但官僚尚謂我們之中懂得國語者有二十數萬。又在母國各地受高等專門教育者亦有相當數目，近來每年有百名以上畢業生。其他留學中國英美諸國歸來者亦有數十名。對於這些新人，說到台灣官僚如何對待他們，請勿驚慌，遍全台灣的中央及地方政府，台灣人任高等官五等以下者五名，委任有級者三十餘名，此外之人悉聽其永年坐食。然而無級的委任官或以下的吏員，台灣人中雖亦有錄用，但畛域嚴明，對於母國人的稱巡查，對我們的人稱巡查補，初等教員對母國人稱教諭，我們的就稱為訓導，悉像刀切一樣顯然立有差別。至數年前想是不堪世評，自田文官總督時代起，廢去巡查補的補字，改為甲種乙種的巡查，補雖變為乙種，但在實質，補則依然是原來的補也。我們處在什麼方面，均須徹底的受人支配，最近在新竹，將一位台灣人巡查昇任為警部補，而成為空前的破格，竟惹出一般心理上的動搖。又像高等官五人中之一人，因被任為郡守（郡長），其郡下的母國人，則表示無顏可以見人，由母國人經營的雜誌新聞代漏嘆聲。但是我們那批智識階級，悉在失業中呻吟，毫無一人替他們陳訴的呀。置我們於白手坐吃，而對渡台的母國人個個給予地位，給與堂皇的官舍，又給普通薪俸之外加給五成六成的加俸。

我們台灣出產很多甜的砂糖，但是我們卻因此而不得不過著苦的日子。是何道理呢？官僚利用其特別立法權，定了所謂製糖場取締規則的珍奇法令，將島內的全耕地劃分區域，好像建立封建地區，從屬於母國資本家的製糖公司，每一區域內所出產的甘蔗，定要賣給所劃定的公司。而甘蔗收購的價錢由公司自行決定，因此農民所得的份額，不言而喻矣。農民為逃脫此損害，所採唯一手段則為不種甘蔗。官僚既已制定了珍法，對此豈能默然，警察被公司雇傭似的，對其管轄內的農民，嚴令必須種蔗。無論如何懼怕警察威光的農民，終不能不吃飯而挨餓著，到底都不能照其要求而種甘蔗。於是官僚與公司想出好辦法，乃將耕地強制廉價收購，作為自家經營的農場。只是地主不肯廉售是當然的。此際有其用場的還是警察官吏啊！警察即大事利用其傳票召集地主，有不承諾者，即予以體罰或拘留等等。此種悲劇的最著名者，就是明治四十二年（宣統元年），在台灣中部溪洲的林本源製糖公司土地強制收買事件。為此事件，當時在台灣做律師的故伊藤政重氏，受了地主們的委託，因為強硬抗議官僚，竟被逐出台灣而回日本內地。尤為滑稽的，即當此收買事件時，因恐地主未帶印章，不特臨時在當場令設刻印店，甚至連登記所亦臨時出差辦理登記事宜。母國諸君，強制收買土地，此事在昔日才有的，但在昭和聖代的今日，施行普選的民權時代，且在國法絕對尊重私有權的日本帝國之一角，各自種植的甘蔗沒有自由售賣的情形依然存在於台灣，諸君要作如何感想乎？

我們多年來忍受了如此搾取與壓制，而不被人知覺，惟時至今日，不能再忍受屈辱的時候了。目下在島內各地農民運動已相繼抬頭，去年在二林地方有農民對製糖公司的衝突，農民同胞多數被下獄。莫説犧牲在所不免，然在不義不正之前所付出的犧牲，自古以來在所不惜的。台灣民眾，為其生存，為恢復其權利名譽，從此想必接續惡戰而苦鬪也。

最近使我島內人心興奮的，是三菱的竹林事件與擅墾土地的處理問題。將跨連台中，台南二州的壹萬四千餘甲之山地竹林，乃五千幾百戶的竹農，從其先祖以來流汗造營，而靠此為生者，官僚竟將此林地給與大資本家三菱公司。對此給與問題，從許久以前，每經有關農民，一再向官僚嘆願陳情，均一直掩耳背面不予理睬。

在我島內各地頗多流急而易氾濫的河川，因之附近的田地屢被流失，然經幾年，亦有浮復者，經有緣故或無緣故的人，未得許可將其開墾而成為良田。在前年，台灣官界大整理時，將該未得許可而開墾的良田四千七百甲，一律給與被命退職的官吏們。東部台灣尚有許多未開墾的官有地，若將此給與退官者，誰亦無話可説。確實有其舊緣故者的土地，或經人辛苦致力而成田的土地，竟不顧一切將其剝奪，而給與毫無關係之退官者，究係根據何理何法？我們嘗聞在母國北海道，需給多額的金錢，才能勸導農民從事開墾，在我東部台灣，也由政府投了莫大的國費，迎接母國的移民，給與土地助其開墾。如果基於一視同仁之聖旨的話，對母國人則給土地，并送多額的金錢以助其開墾，對台灣人則不但不給金錢，且將他們與寒暑鬥，忍受饑渴維繫露命，辛苦開拓成功的土地，不顧其生死盡情予以剝奪，這豈不是過分露骨的無天無日的作為嗎。

迄至商法未施行的數年前，我們本島人，一概不准設立股份公司，要設則須聘請母國人參加，且須付與實權方能得到准許。因此，島內所有經濟施設的樞軸，盡為母國人所把握，金融、貿易，其他所有企業的實權，皆屬不許我們出入之禁地。官僚所垂範的差別，在台灣的民間社會亦照樣地施行，除翻譯員或事務的補助員外，對於失業無業的本島人人材，全不考慮其活動出路。於是我們有志的島民，鑑於時勢的實情，洞觀將來的生存競爭，乃毅然以自家的獨力，籌辦大東信託公司小金融機關。於是在台母國人大譁，官僚對此表示不弱於母國人民間的恐慌，操縱在母國人手中的島內言論機關，齊舉筆鋒，稱此為台灣金融界的叛逆，怒號務須將其阻止。一方面民間的母國人特權者，用盡各種手法，對本島人各關係者或以利誘或以威嚇，勸說應行中止計劃，更於他面，官僚將發起的中心人物疊次召喚或至州廳或至總督府，說是目今正在高唱內台人融和之際，應歸併於母國人之事業內合作，或謂此際在台灣，當局不希望成立金融機關，信託法亦將施行於台灣，到時許可似乎困難，為欲推翻發起人們的堅強決心，可謂官僚與在台母國人費盡心機，尤有甚者，各地之郡守特地出去對該地方的贊成者，說無成立的可能，勸使大家斷念創辦。該信託公司去年二月開始營業以來，其成績極好，在一般台灣人間信用日增，官僚們不知作何感想，最近愈形露骨地施以壓迫。茲將前月下旬（**昭和三年「民**

國十七年」一月）由該信託公司發送於台中州知事的陳情書抄錄其一節如下：

……幸蒙各界人士能夠賢察敝公司的內容，且能體諒敝公司之苦情，因而一般信託存款人姑勿論，即其他信用合作社亦將與敝公司交易，合作社為變更規章正在作預備行動之際，突然接到貴州通過郡市的公文達示，「信託業係在經營困難，業務易流於放漫，且本島尚未施行信託法，因此產業合作社之剩餘金準備金等，不可存入信託公司」，以監督官廳的貴州為謀信用合作社的安全計或為當然的舉措，惟鑑諸在本州下之信託公司辦理信用合作社的信託存款者除敝公司外無他，依照上述之示達，雖無明示係指敝公司而言，但易使一般立即聯想為大東信託公司，且在許多合作社的總會席上，合作社員以滿場一致滿腔的熱誠，將做議決須與敝公司交易之際，臨席的監督官立即高壓干涉，因此招致世人之疑惑，有人遂認為敝公司內容有所缺陷，有人睹此以為政府欲保護銀行業者而壓迫本島人金融業者，是露骨的高等政策，致受非難曲解，若然在應以一視同仁執行島治的關頭，實覺影響至深且鉅也云云。噫！此種現象告訴吾人的是什麼？資本金不過二百五十萬圓的一小信託公司而已，而全島各金融機關完全握在母國人手中，為何尚要如此破壞？原來本島人在經濟社會不能與母國人角逐雌雄，乃為我們深知的。祇是依此聊以醫治我們的活動慾，鍛鍊我們的經營材能，且能稍得協助台灣金融的圓滑，即已是份外之望也。是否可以達成此願，有待諸來日的證明，現在我們的這些投資，就可收容若干因失業的不平分子，豈不就是替了當局擔當起一點人事政策之責任乎。若然，何必如斯尖銳地動用神經，君子國民的襟度豈如是耶，一視同仁的聖旨豈如是耶？嗚呼悲夫!!

八、總督特別立法之毒害

明治廿九年（光緒二十二年春），在帝國議會決定關於台灣的統治方針，通過法律第六十三號，賦與台灣總督以特別立法權。其主旨乃認為台灣有特別的民情，欲使其政治適應民情，應有特別立法。然經過三十餘年之總督政治實績如何，我們不特未見其適應我們的政治，實使我們為此總督特別立法的毒害，受盡困憊疲弊之極，如今非作一大改革，我們必陷於不可拯救的境地，有上述的事實可為明證。

三十餘年來之台灣官僚，好像我們三百八十萬民眾是隸屬於彼等似的，以全副專制君主氣派，君臨於我們。彼等為強行其橫暴之準備手段，訂立了所謂匪徒刑罰令，游民取締規則，保甲條例及台灣保安規則等等，極端辛辣的惡法。茲將其各法主文列舉之：

匪徒刑罰令

第一條　不論目的為何，凡以暴行或脅迫而結合多眾者，即為匪徒罪，按左列各款處斷：

㈠首魁及教唆者處死刑。

㈡參與謀議或任指揮者處死刑。

㈢附和隨從或服雜役者處有期徒刑或重懲役。

台灣游民取締規則

第一條　知事或廳長對本島人之無一定住所或生業，而認為有害公安或紊亂風俗之虞者，得告戒其須定住或就業。

第二條　知事或廳長對於受告戒而不改其行狀者，受台灣總督之認可，得命令其定住或就業，而加以必要之拘束，將其送往定住地或強制就業執行地。

強制就業由執行地之知事或廳長執行之。

保甲條例

第一條　參酌舊慣設保甲制度，以保持地方之安寧。

第二條　保及甲的人民，各具有連座之責任，其連座者得處以罰金或罰鍰。

台灣保安規則

第一條　在住於本島之內地人或外國人，有該當左列事項之一者，地方長官得為豫戒命令。

㈠平常作粗暴之言論者，或對他人之身上及行為作譏誹讒謗者。

㈡……

㈢不論以任何藉口，對於他人有涉及脅迫之言論行為者，或干涉他人之行為業務而妨害其自由者。

㈣作無根之流言，以口頭或文書圖書將其流佈者。

㈤教唆他人使為第一款乃至第四款之言論行為者。

第四條　地方長官對於本島在住之內地人或外國人有觸犯左列事項之一者，得禁止其在住本島一年以上至三年以下。

㈠有妨害治安或紊亂風俗者。

㈡受二次以上連續豫戒命令而不改其行為者。

第五條　被禁止在住者應於十五日內退出本島。

第十一條　在退出期限內或猶豫期限內不退出者，或違犯禁止期限者，處以一月以上一年以下之重禁錮。受前項處刑者，應於出獄後十五日內退出。本島違犯者準用前項規定。

右列匪徒刑罰令第一條中有「不論目的為何」語句，豈非驚人的規定麼。果如此，則在東京銀座暴行破壞人家的玻璃窗，或在某集會與警官發生衝突的場合，或在工場農園，資本主與勞働者之間發生打架時，這些在我台灣即皆可以成立為匪徒之罪，以一審為終審應處死刑也！在我台灣過去事實上已有了幾次如斯之悲慘事呀，其最著名的即為大正四年（**民國四年**）的噍吧哖事件（**一名台南之西來庵事件**），其悲慘之程度，實有不堪言狀者，余在此不忍復述。去年十二月末在新竹，僅因為講演會事與警官衝突，一時拘押百餘名，而今尚有七十餘名在監禁中。

諸君容或要問，台灣的人們何不早將此暴狀向本國的人士陳訴耶。我們直至去年夏間絕對不獲許有政治結社。我們全然無言論集會的自由。約於八年前，我們在東京創刊的「台灣民報」週刊雜誌，經很久的交涉，迨去年七月中，始獲准在台灣島內發行。直至現今昭和三年（**民國十七年**）領台以來經過三十三年之久，尚不准許我們本島人發刊一份新聞紙。如斯我們在公眾之前，講話的嘴全被堵塞，況如前述用游民取締規則，行政官可以隨其認定，拘束我們身體到數年之久，又以保甲條例連座處罰，真是手腳都無法動彈。另一方面雖是內地人，如上述伊藤政重這種人物，台灣官僚則以台灣保安規則隨時命其退去，不，甚至如板垣老伯一行的人，亦嘗過驅逐同樣的味道呀。余之朋友中，因忠勤於老伯的同化會，許久不能與其親愛之妻子相會，過著似乎亡命於內地的生活。又大正十一年（**民國十一年**）春，余在東京向中央人士陳訴台灣事情，正擬歸台之時，在島內的多數親友，為余感到不安，忠告余應繼續滯京，甚至許久不親寢食的老母，亦不知從何耳聞風說，連那老人家亦反對余之歸台，因此東京的前輩知友亦深為憂慮，已故島田三郎翁等幾位前輩，曾致書當時的田總督，託其保護余之安全。又記得是大正十一年的帝國議會之時，多年在台灣的舊官僚之一，在眾議院報告，謂「台灣民情平穩，謳歌吾人政治，宛若天國」云云。不錯，台灣實在是官僚們的天國。我們被禁持有武器，限制我們的集會，剝奪了我們的言論，若有內地人為我們講話者，即以退去命令恐嚇之，故台灣完全成為官僚的天國也。彼等立了上述的惡法，還以為不夠作為金城鐵壁，再於大正十二年（**民國十二年**）十二月二十九日突然發布左列律令。

台灣總督府法院條例中改正第四條⋯⋯。

第二、以第一審為終審：

甲、⋯⋯。

乙、左列犯罪之豫審及裁判。

㈠反抗施政，以暴動為目的所犯之罪。

㈡關於政事以加危害於樞要之官職者為目的所犯之罪。

諸君，彼等官僚是何等的深沉用心呀，彼等是何等的僭越呀!!在母國一審為終審的裁判，豈非只對皇族所犯的罪才有的嗎？然而彼等毫無顧忌，對在樞要之官職者所犯之罪，亦以一審為終審完結，是何居心？又台灣官僚，如何使其末梢機關的警察，苛酷地威壓我們島民呢？且看其違警處罰的規定，內地的警察犯處罰令是五十八項目，朝鮮的警察犯處罰規是八十七項目，而我台灣的違警例是幾項目呢，諸君請勿受驚，台灣違警例竟是一百二十二項目呀!!

台灣官僚如上所述，利用其特別立法權，塞住我們的嘴，防止我們的結社集會，束縛我們的行動（除前述取締游民外，另以保甲條例對於我們的旅行外宿，規定須要一一申報警察），嚴禁我們所有或攜帶鎗械，并且對加暴行於所謂樞要的官僚者，則須受到一審終結的判決。如斯官僚提心吊膽，將我們所有的反抗力消除淨盡，其所以必需如此的原因，諸君諒可推察得到吧。這些佈置，就如虎狼欲得弱肉必先銳其爪牙一樣，這乃是彼等要徹底地搾取我們，而先行安排的勾當呀！噫!!彼等真是巧妙地遂行了他們的志向，諸君不知其暴厲至此，卻曾稱揚彼等的敏腕。然事到如今，追咎誰也來不及了，我們唯有大聲疾呼，你們賦與台灣總督以特別立法權是不當，應該重視我們島民的權益才對。總督的特別立法權是所有毒害的根源，總督制定的律令悉成為我們的災禍！關於教育啦，人材登用啦，課稅啦，以及糖業政策，鴉片政策，旅行貿易，結社出版，裁判刑罰，這一切的規定，都是律令，悉為總督的特別立法，皆視我們為愚物，使我們貧窮，成為機械，終而導致於滅亡之惡法也。

或者有人要說，於大正九年（民國九年）的制度改革時，已經設置了總督府評議會，則總督之特別立法應無那樣作弊之理矣。此乃未深究評議會實情的皮相臆談也。像現在的評議會，縱再有一百個，對於總督特別立法，總督專制的毒害，亦無奈他何也。何以故呢？總督府評議會並無何等權限，有之，唯應總督的諮詢耳。且對諮詢事項亦無何等之規定。全然任憑總督的肆意出題，評議會既無任何要求權，亦無議決權。關於預算的事項絕對不許干涉，至今只是實業教育的如何普及，或對南洋應有如何的發展等，空空漠漠的座談式程度而已。其所任命的評議會員，以總督的眼鏡來挑選，由總督府高官中取五名（不用說全是內地人），由民間十八萬的內地人中取十一名，由三百八十萬的台灣人中亦取十一名。此等適合其眼鏡的二十二名民間代表，究其出處身份，除幾位退職高官外，多數皆屬於某某公司的董監事。因此好事者對此評議會奉送別號，稱為公司董監事聯合會。諸君，如此評議會即有百千個亦不能有何作用，豈不一目瞭然嗎。噫！我們為保持我們的生存與名譽，我們雖盡死力，亦必一掃此毒害。諸君素稱東方之君子人，立憲法治國，尊重人格的自由，諸君對於台灣如此現狀，能夠再默默地不予過問嗎？此乃余所亟欲請教諸君之中心點也。

九、怪哉內地延長

日本領台以來，台灣官僚所稱道的同化主義，如余已經指摘的，完全被用作搾取主義的別稱，簡直是愚民政策的表面招牌也。大正三年（民國三年）末至大正四年初之間，故板垣退助老爵，真心為日本的將來，為謀在台灣的和漢兩族的和睦合作起見，老人家遠渡重洋來我台灣，招集余之前輩林獻堂氏及許多內台人士為會員，創立同化會。余在當時，對其目的手段雖亦發見許多不妥之處，仍受老伯的誠意所動，曾加入為會員。全島各地的島民有識者，期可脫卻總督專制的唯一途徑，而參加為會員者甚多。甚至有人刺指，以其熱血當眾寫成感謝狀呈謝老伯。然而當時的台灣官僚與民間的特權母國人，視此舉動若蛇蝎，大發警告，派出密偵，不客氣地作了牽制行動。在當時任台中市區長的蔡惠如氏及數名的有力人士，被總督府的警視總長召去嚴諭不准參加該會，嗣後受了嚴格的監視，這是余逕聞自蔡氏本人者。當局的態度不止如此，該會成立匝月，即下令禁止而解散了。當時報紙上，則頻予惡宣傳，刊出消息說老伯一行連旅館費都不能付，以致行李亦被扣押，老伯實在太難堪啊。畢竟是一位日本維新元勳的大人物，且老伯所倡導的，完全是台灣官僚治台的金招牌，他們對老伯本人，雖沒有直接非禮之舉，但對老伯的周圍人物，則不留餘地加以惡罵排斥，揚言說老伯由於是老耄，竟被若輩抬駕出來騙人。對此，老伯自身亦有表示，若是周圍的人不好，任何人如有相當的理由，皆可將其調換，禁止結社聚會是何道理，頗為憤慨。

誠然，如果是工作人員不好，儘可予以調換呀，何必將其結社即予解散，蓋其解散理由不在於此，而在於他呀。老伯自身不用說是與當時的台灣官僚不同系統的人，其周圍的人物，亦均為新來台灣的，禁止解散的理由全在於此，即所謂黨同伐異的老套，顯現了母國人互相在台灣的利害衝突，以高唱同化主義的台灣官僚黨，禁止內地新來的同化會便是了。余等自好久以前，即窺破台灣統治的黑幕，就是藉日本統治權的一派黨徒獨占了台灣，只為此輩的利益，橫行闊步統治台灣，倘若有人闖入而動搖彼輩的既得權利，我們台灣人自不用說，即母國人的元動國老，彼等亦毫無忌憚加以排擊。

嗚呼！台灣好久以來，已經被一派的人物所壟斷，彼等時常只將生蕃啦瘧疾啦介紹於本國，一則宣傳彼等困苦地與瘴煙蠻雨在戰鬥，炫耀自己的功績，二則加強本國民對台灣的恐怖念頭，使其不關心於台灣，以便彼等一手獨占，作為彼等魔王的樂土！鑑諸星製藥的關於批售鴉片粨事件，將被判決罰金百餘萬圓的事實，又至最近，因為憲政會的勢力侵入台灣，舊台灣利權獨占者一派，其勢力將有沒落之兆，乃運用種種的謀略，使新總督伊澤氏大受困惱等情視之，大體亦可推察此中情形。台灣似非日本全體的台灣，似屬某一黨派的專有，我們早即認定，無論如何須先擺脫此輩的獨占，使台灣能與日本的全體總體有所交涉，這是我們努力的方向。在此計劃之下，我們多年來，在母國東京開始運動，儘量將台灣的實情暴露於中央政界。此事痛觸台灣官僚及其一派的震怒，誣我們為日本的叛逆者，竟以違犯治安警察法之罪名，於大正十二年（**民國十二年**）十二月十六日，將我們全島同志四十餘名，逮捕投進鐵窗。且在公眾之前所開的法庭，檢察官長是一老吏，親自出馬，臉面氣得發黑，論告我們的罪責曰，此等人欲將台灣的政治投於中央政界的渦中，叱責我們為台灣統治的攪亂者。噫！此誠潛在於台灣官僚心底之真實的叫聲呀!!

正體怪異的同化主義，至田文官總督的時代，始改變為內地延長主義，而其精神基礎，歸根是五十步與百步之差，當其新頒布地方自治制，內台共學制之初，人心似有幾分嚐到內地延長的新滋味。然其後經過一日，一月一年，至數年後的今日，內地延長已經全然不成樣了。九年來的地方自治，除課稅激增之外，未見有何變化，只有設置幾名的官命協議員與幾個的諮詢協議會。至於內台人共學，是將應收容我們本島人子弟的學校席位，撥給內地人子弟侵入而佔有。關於高等專門程度的學校，請看第六節表所提示的現狀，概可分曉也。在初等教育的共學有甚多的條件，即兒童的國語能力，兒童家庭的同化程度，父兄的社會地位等，能有此等條件，始准我們的兒童進入內地人的小學校共學。如此乃所謂基於內地延長的大精神的共學制度，尤其最露骨而有興味的例證，是最近由於台灣銀行的兌換券發行權存續的事，將此大精神的原形不遮掩地表示於我們面前。如果真是內地延長主義，應於此次財界變動的機會，廢止台灣銀行的發行權，使其統一於日本銀行才是理想的辦法，亦為日本本國最有利益的辦法。但如此辦，則壟斷台灣利權為已有的自稱愛國者一派，就很不方便了。若然，則利權獨占的牙城將從根基被破壞矣。於是包含御用的五名陳情委員，自稱是代表島民懇願，好似深憂帝國前途的面孔，上京陳情。看此等事跡，便知所謂內地延長也者，是以彼等派閥的利益為含義，如果是彼等的利益以外者，則便不是內地延長了，彼等容或連台灣獨立亦都敢喊出來吧!?

十、現狀維持結局是相互不利

日本母國的諸君，余知當前有幾多對敵，但仍直陳苦言。從來諸君對台灣過於冷淡無關心，諸君對於朝鮮大體亦是同樣呀。諸君豈不失之單純嗎。諸君將諸君的全將來，一任於台灣官僚，而不之一顧，不，諸君單純地以為台灣官僚係諸君的同族，諸君將彼等官僚所言的事，儘予信用，彼等藉清廷所言，謂『台灣是化外之地』，諸君的膽量即一半已被拔掉，其次每有機會，彼等即介紹生蕃，介紹瘧疾，介紹毒蛇，介紹彼等如何在瘴煙蠻雨中作九死一生的苦鬥，諸君即又啞然失色，遂對台灣的膽量全部被拔掉了似的。於是乎，諸君雖是堂堂的統治國民，台灣不亦就變成與諸君無關的嗎。因此之故，台灣官與其郎黨，搾取台灣人的勞力所製的廉價砂糖，諸君豈不是需要付出高價始得嚐到的嗎。

余初在東京留學時，嘗有母國的一學友，對于不很流利的余所講日本語，感覺驚奇張大眼孔，且甚認真地問我「貴國的人不是都用手抓飯吃嗎」。那是高等專門學校的學生呀。那個學友對余真想要問的恐怕是，「你的朋儕不都是生蕃嗎」，終於說不出來，才那樣問的吧。這是十數年前的事，恐怕今日的諸君，或者尚會發出這樣的奇問呀。台灣雖與諸君結了三十三年的緣份，好像是特別選出來的，由母國只有十八萬人來到台灣而已。有勞了伊澤新總督而今才想到，欲對諸君介紹真的台灣，特地親自出差遍訪內地一趟，正式作了台灣的宣傳，這才是最近的事呀。很對不起地講話吧，老實說，在三十三年間只是來了十八萬人，在我們台灣人是好事呀。台灣並不那麼大的地方，多來了一個人，我們就不得不多儉省些口腹。迄今與諸君有同族之親，受諸君信用的台灣官僚，用盡種種苦心，使諸君不敢多來台灣，實在是我們應該道謝的。

但是諸君，我們今日已到不是說謝的時候了。我們對彼等的不信，連累到諸君，而視諸君為彼等的支持者，而憤慨正要展開我們對諸君，漢族對和族的民族抗爭了。余以最嚴肅的衷誠以此敬告諸君，余因未抱對十八萬在台母國人所抱之不信，對付諸君之故，又余料想余之同胞三百八十萬人，亦與余同樣對于諸君尚有信心，余故能由衷發此重大警告，願亮察之。我們認為彼等十八萬在台母國人之絕大多數，殆將我們三百八十萬，作為彼等的隸屬物看待，彼等一個個好像是以支配者的身份君臨我們，無限制地要求我們的服侍與服從。彼等決不與大家同樣流著汗水，做與他人同樣的生活，而只想怎樣來坐在我們所造成的利益上，白白享受。噫可怕哉！彼等真是寄生在我們身上的吸血蟲，是我們的強大搾取者。我們有時不堪其搾取壓制，有所表示的時候，彼等則常以國家的叛逆者而處罰我們。彼等一開口即「俺們是數千年來，盡忠於皇國的大和魂的權化，是發揚日本國威的先鋒，我們的背後有世界無雙的常勝軍在撐腰，汝等宜順服俺們，同化於俺們，忠順而隨從俺們之後吧」，這些就是彼等的口頭禪。若甘受彼等頤使，盲從彼等，就是惡漢不倫之人，都可成為紳士良民，那些食鹽、鴉片、煙酒等專賣的特權，就可以輕易地分到，如果有敢攻擊彼等的非理無道而主張正義公益者，是彼等所最忌嫌，彼等則一概加以白眼而迫害之。照此情形看來，作為我們的物質搾取者的彼等，尚可容忍，作為我們的精神破壞者的彼等，實在是絕對不能容忍的呀！

嗚呼！三十餘年來，因此橫行霸道的作風，我們的倫理道德殆被破壞淨盡，此乃余等最不能忍受者。余等對於爭取物質平等之前，非先將此心的自由即是良心的喪失恢復不可。我們對於諸君，非極力取得人格的平等一致不可。倘若諸君與我們，怠惰不謀改革，而將台灣任其照現狀推移下去，其結果就不僅杜絕雙方的物的關係，亦必使雙方的人格都破壞無遺了。

母國六千萬的諸君，如果台灣照這樣下去，彼此都是不好的，二三年前來台的母國人一青年記者，將其所見的台灣寫成一書，其結論有曰，「台灣統治三十年的業績，可以說是徒使內地人墮落而已。」余更呼叫曰，「從來的官僚政治是將台灣化成日本的塵芥箱，凡所有到此者，無不歸於腐敗也」。

十一、我們的主張

日本本國的諸君，台灣已經到了極步了。若不打開局面，誰能窺知將來的趨勢呢。同化主義，內地延長，已經連小孩子都騙不了啦。諸君請以遠大的眼光與寬宏的胸懷，傾耳聽聽我們的主張，贊同我們的計劃，是所切盼。

我們根據自治主義，主張急設台灣議會。我們由于受著數千年的歷史與特別風土的影響，像諸君與我們有不相同之生活，我們亦有與諸君迥異的特質與特殊生活。我們的此種特別資質，特殊生活容或有若干缺陷，而諸君的資質與生活或有很多的美點。雖然，如由我們自己選擇者應作別論，若將我們的特質予以無視而強要我們同化於諸君，此乃對于人格的絕大侮辱，此事即經百年千年亦不可能有所成就。如與諸君協同提携，使我們能夠創造自己的生活，互相開拓進路是再好沒有。此即是在日本主權之下，施行台灣自治之謂。可是諸君自身的政治，尚未能充分達到真正的民權自由的今日，在熱望雙方於圓滿相處的意志之下，我們願將立即要求台灣自治的事保留，而主張台灣議會之急速設立。

台灣議會是甚麼？且將我們多年提出於母國議會的設置台灣議會請願要旨抄錄於左：

設置由台灣住民公選的議員所組織的台灣議會，賦與其制定基於台灣特殊事情的特別立法，及議決台灣預算之權的台灣統治法，請賜詮議為禱。

右開請願要旨，是在請求設置台灣議會，該會係由民選議員組成，而基於台灣特殊事情制定特別法規，並審核台灣的預決算，具此兩個權限而已。是乃我們基於愛好和平的理想，亟需打開台灣的局面，為當前我們的最小限度之要求，而以最大努力期能促其實現。

何謂特別法規？從來台灣與母國之間有共通的法規，此係立腳於母國台灣間共通的事情而存在。我們是從我們的平和友愛的理想出發，尊重此一存在。所以基於存在母國台灣間共通事情的共通法規之制定，我們承認其可在母國帝國議會行之。祇是對於後來基於特殊事情的立法，由帝國議會，將其具有與法律同等效力的律令制定權，付與於台灣總督，任其專權行使，有違憲法精神，無視民權的官僚專制作風，必需予以改革，以保障我們的生存與平安。設置台灣議會，將從來委任台灣總督的律令制定權，即是特別法規之制定權與台灣特別預決算之審核權，交由台灣住民公選的議員所組織的台灣議會來掌理，即是我們的主張。

對於此事，在台灣的母國人間，狂呼為違反憲法，雖曾極力圖謀妨礙，但此事是明顯地不違反憲法，也許與在台母國人的獨占利權有所相反吧。如果真地設置台灣議會，對於將台灣恣意壟斷利益的徒黨一派，的確是不好不方便的。所謂違反憲法之說，全然是無稽之談，我們不是要改變帝國憲法而要求台灣議會的。我們對帝國議會只是要求應設台灣議會來制定台灣特別法而已。如果以為憲法不許有二個立法機關，設置台灣議會即成為二個立法機關，乃屬違憲，是不應該不能贊成。然則請問至今由總督制定律令是何道理！豈不是三十餘年來，已有了兩個立法機關嗎。為了一部份人的利益，就是幾十年，或從此永遠有了二個立法機關，都不考慮到違憲，若不許有壟斷利益之事，公正地做同一意味的事，就怒號為違反憲法，實使憲法要哭的呀，日本的憲法是絕不容許某一派人的利用。我們是一直信賴天皇的一視同仁的。在帝國的欽定憲法，未嘗記載居住台灣的日本臣民的我們台灣人，因為是漢民族之故，不付與作臣民的權利。總而言之，母國六千萬諸君，能否以尊重自己的權利，來尊重我們的權利，這才是問題的要點。我們一直確信不是有違反帝國憲法的問題，唯有想請諸君以行憲的政治良心，來解決問題。以諸君的大力促進實施此次的普選，以此熱烈的政治良心，亦來促成台灣議會的實現，則代表諸君的帝國議會，必能對我們的平和而公正的主張，表示支持而作適當應有的決議。

問題在於諸君的意志如何，可以簡單地予以解決的，請諸君早一日下定決心，為帝國憲法，對盡義務於國家的臣民，一樣地保障其權利，希望諸君運用自己既得的權利，致力為我們應得的權利作公正的協助。

十二、何故不要求中央參政

我們從開始上述的台灣議會設置運動以來，在一部份母國人間，有謂開設台灣議會，使台灣人獲得參政權，不如將帝國議會的議員選舉法亦施行於台灣，由此途徑給予中央的參政權，不是較好的嗎。這是從同化主義，本國延長主義所想的方法，若就此議淺薄思之，好像是未可厚非的樣子，但若進一步究其真相，即知其不盡然也。

第一，我們與諸君的慣用語言不同。欲送去中央議會的人士，非精通國語者不可。因此則不能代表各方面的意志，結果還是要發生不平。

第二，我們與諸君有不同的特殊生活方式。有不能與諸君依循同一法規的地方。例如教育、租稅、繼承、婚姻及其他應該適應台灣特殊社會生活的法規等，若將這些事亦在中央議會制定，定必會與實情發生懸殊而不能適應機宜。況與母國人間遇有利害相左的問題，則我們的意見必定常被壓抑，結局我們即成為伴食議員而已。如斯，雖有參政之名，我們不得不仍作專制治下之隸屬物。

第三，為母國自身亦不太方便。這是曾使愛爾蘭的議員參加於英國議會的歷史可供作證。若由台灣選出議員，則由朝鮮亦應考慮選出。這一班人的主張，在中央議會如被壓迫無視，隨時都會像政友會憲政會的議員騷鬧議場。況在今後二大政黨對立趨勢的帝國議會，加上朝鮮台灣的一團，恐會將生殺之劍被這班人操握在手咧。

大略以前述的理由，如若我們參與中央議會，或則我們仍然成為隸屬之無能力者，或則益使母國的政局陷於混沌，而招徠國政的停滯實瞭若觀火也。若然則雙方都不好，智者必不出此途徑。因是可知台灣議會之開設，在互相協力之下應使其早日實現，為最上良策。

但是在這裏必須附加一言。雖然設置了台灣議會，對於中央帝國議會，若謂由台灣全然不推選議員的話，這是需要得到母國國民的同意，使台灣成為完全的自治區域，亦即是台灣議會已經不依附帝國議會時，方才可以的吧。不過以今日我們所主張的程度而言，台灣議會是有許多要與中央議會關涉的事項，為要協定其關涉事項，余意還是必需由台灣推選議員參加中央議會。而其選出方法，想應從台灣議會之議員中互選產生。

十三、公忠報國不落諸君之後

住在台灣的母國人，對於我們的主張要求，幾乎全體起而反對。其理由為惟恐我們的主張實現時，惟恐彼等的特權會有若干被褫奪。十八萬在台的母國人，大多數為官吏及其家屬，此外有所謂準官吏的資本家與御用商人，彼等都是極端要求保護政策，慣於生活在特權上面的人，要唱反調是自然不得已的吧。雖然，彼等單為擁護特權之故，是不能正面來反對的。因此彼等便拿出最適用的同化主義做招牌，以為我們台灣人尚未能具備國民性，風俗，能力尚未能與母國人到達同一程度，報效國家的義務尚遠不及母國人，大概都是羅列這些文句來反對。這種文句，是支配者特權階級，貪惰的夢囈之言，總是真理所不容許的，正義所不容許的。倘若另有漂亮的說法，我們是決不吝於洗耳傾聽的，若是要以無理蠻橫的反對，那是不可以的。想用強制與威壓者，自作別論，但是，若謂報國的義務尚遠不及母國人，來作反對的根據，用以作為拒絕我們的要求的理由，我們是絕對不能心服的。我們比母國人的報國表現決不在少，簡直言之，我們比較諸君已多盡一倍以上的義務。

究竟作人民的對國家應盡的義務是什麼，除了納稅與兵役之外，豈再有什麼義務嗎。就納稅來比較一下，在大正十四年度（民國十四年），母國人對國家納稅的平均每人是二十五圓九角四分，我們是二十二圓七角。然而母國人的富力及所得與我們的富力及所得來比較，你們是多過我們三倍的。若以母國人的納稅額作標準，我們只要負擔八圓六角五分就充分盡了一個人的義務。然而我們的負擔竟是二十二圓七角，即是比母國人的負擔多出二倍半以上。不，我們的負擔不止於此，還負擔著諸君所無的保甲費。此種費用全然用作國家警察行政的補助，我們需要年年支付，而你們母國人則不必。又我台灣不是年年將約四千萬圓左右的砂糖消費稅移作母國一般會計的收入嗎?在以納稅來報效國家，我們台灣人已盡夠多的義務了。我們就這一點較諸諸君已經盡了一倍二倍以上的奉公，而決不落於諸君之後呀。

就兵役義務來比較，誠然我們尚未有人被召進入兵營的。但是諸君，我們確實有不減於諸君而為國家盡了服役的義務。兵役是對國家盡義務，豈不也是勞役的一種嗎。不過在服兵役，有一旦緊急之際，不得不貢獻一命之危險，這是十年也沒有過一次的。我們雖未執過兵器而服役，但是諸君卻未嘗當過築路的勞役，台灣島內到處有坦平的道路，這都是以我們的勞役而築成的。諸君是領著小額的津貼在兵營裡服勞役，我們並無此項津貼，倒要自帶飯盒，且無時間的限制被酷使著。不特如此，那些道路所需的每一寸土地，也悉由我們捐出的。諸君請來台灣看看，台灣的道路決不輸於母國。尤其是高雄州下，請看自屏東至最南端的鵝鑾鼻燈台的道路，恐怕諸君一看之下必定發出連續的驚嘆說好呀。諸君便可察知我們是如何的服務了勞役。

再就兵役言，入兵營的事，不錯是高價而該尊重的犧牲。實在軍隊生活是辛苦艱難的。然而將其比較於我們的一般生活，恐怕就說不上是那樣辛苦的吧。兵士是粗衣粗食過日的，但是我們大多數的島民，還得不到那程度的粗衣粗食呀。住在台灣的母國人中，常對我們說：「你們如欲要求與母國人同樣獲得參政權，必須像母國人納了血稅，當兵」。我們可以迅口答復：「那是容易的事，可是諸君是不讓我們的手指頭觸到槍劍的呀」。總督搬弄其特別立法權，製造了百般的惡法，欲將我們送進兵營的事，豈不是易如反掌嗎，何以不如此做，倒將我們所有的武器都奪盡了呢？如果諸君不存心特別地苦待我們，照常也將台灣人送進兵營，則我們的大多數人不但不表示難色，反要感謝被救脱離失業與貧窮之苦呀！倘將兵役以廣義解釋，也可以說是勞役，若然，則我們已不遜於諸君在作奉公。設使真的不當兵，就難給予參政權的話，我們毫不以當兵為苦事，前面說過了，倒是要感謝的，可聽由諸君隨便決定好了。若由諸君提議要當兵，而我們拒絕，比諸君更多忌避之時，此時諸君才說不盡義務者不給權利，我們當然不能不承服也。按照現狀，一邊剝奪我們服兵役的機會，另一邊則謂不服兵役不給權利，拒絕我們享受應有的權利，那是莫名其妙的，豈非太過專橫了嗎。余決非軍備擴張論者，若謂不正式服兵役，則不承認有參政的權利，余則主張即時實施兵役制於台灣。我們現在雖不當兵，也已經在做比當兵以上的奉公了。對於所謂討伐生蕃的準軍事行動，我們比母國人實質地辛苦更多。今後萬一與那一國之間發生了炮火相見之時，有誰能保障我們可以不服軍役乎？

日本本國的諸君，請你們激發銳敏的政治良心，勿再拒絕我們所要求的台灣特別參政權，請早日行使諸君既得的權利，擁護我們當然享有的權利，諸君，我們已經充分盡了國民的義務矣。

十四、對朝鮮意欲何為

於考慮台灣對日本的問題時，朝鮮對日本的問題是不能付之等閒的。日本對朝鮮之關係與日本對台灣之關係，雖有大小，前後之差，在作為日本帝國的新構成分子的情形，兩者的關係該是彼此同類的，在此意味之下，實在日本對朝鮮的問題，相信即是日本對台灣的問題呀。

朝鮮是明治四十三年（宣統二年）的八月二十二日與日本合併，於同一主權之下，構成同一國家，因此，朝鮮的一切，便就成為與日本一樣，不就是朝鮮已成為日本了吧。照歷史與言語風俗，豈不是依然日本是日本，朝鮮是朝鮮嗎？有這樣許多相異之處，尚謂朝鮮成為日本的說法，衹是將存在朝鮮與日本之間的利害關係，作了具有共同一致的豫想之故，即是希望利害關係共同一致，才使朝鮮與日本合併。而利害的一致，倘若在日鮮之間不能成立，則合併的將來，不待識者亦可窺知。然而日鮮間之利害一致是甚麼，那是在日本的國家組織中，日本本國人的生存被保障與獲得發達，朝鮮人之生存亦同樣被保障，而能夠獲得發達，除此之外，似無另有日鮮間的利害一致可言。換言之，日鮮的合併，是自始即豫期雙方的利害一致（**至少是如此公言的**）所決定的，認為日本與朝鮮之間有利害的一致，以其利害一致的認識成為合併的動機，又以合併的結果，要求得到利害一致。因此，今日，不，合併以後十數年來，日鮮間出現幾多不祥事件，乃皆為此合併的動機，同時亦為應有的結果，利害的一致得不到，終於無論如何都得不到，乃生人心的絕望與離反，余確信是其不祥事件之原因也。誠然，所謂日鮮間的利害一致，是要以日本的國家權力，保障朝鮮民眾的生存與發達，能與日本本國臻於同一程度，除了此事以外，應知那即是日鮮合併的還元開始之時啊。

因此之故，希望日鮮的融合，即須調整介在日鮮間的利害關係，若將其利害關係置諸度外，只求混合一部份人的血液，或是言語的統一，建立神社，儘管埋頭於這些事，雖是一番的苦心，結局衹是歸於徒勞而無功呀。被奪了衣食，置令飢寒苦楚，而對其説願與你和好作兄弟，那怎能成呢。一邊計劃增加朝鮮產米，而朝鮮人因此反不能得到食米，這樣，豈不是不計劃增產食米，彼此省費勞力，倒是朝鮮人的幸福嗎？這和在台灣雖獎勵增產甜的砂糖，而台灣農民卻不肯協力不願種蔗，是同一轍的。糖米既可悅口果腹，豈有不願意耕種的農民呀，但若耕種衹有自己辛苦流汗水，而衹得眼巴巴地看他人在享受，這豈不是不耕種才是道理嗎。政治是實感的東西，如果實際覺得不好的政治，誰都忍不住緘默，反抗排斥是其當然的歸結呀。若知此理，則日鮮融和之道不就很明顯了嗎。結血緣啦，同語言啦，那些事如做了能有作用，則在能保障生活的安全之後，你就是不鼓勵他，他們也自然會自己去努力，可免過份焦心照料。真能夠施行給朝鮮人安身立命的政治是第一要著，將朝鮮人視作是日本母國人的同類，而在鮮的母國人亦能與朝鮮人同樣，背負起全朝鮮的利害憂樂，來創立所有的制度與組織，不容許在鮮的母國人另有其利益與優越，這該是朝鮮政治的大本。然而要如此去做，則從來的同化主義，母國本位的政治方針終局是難期達成目的，可知應該轉換別的方向。

那是甚麼？那是朝鮮的自治，而不是朝鮮的從屬，亦不是朝鮮的獨立呀，唯有朝鮮自治才是尊重日鮮合併的意志，才得達成日鮮合併的目的。在此世界，本來就無從屬於人的人，也無由人而得完全獨立的人呀！能將此種關係正當地保持而生活下去才是人生啦。官僚曲解了一視同仁的聖旨，固執於同化主義，一直強行朝鮮從屬的政策。聽任自由的選擇，留著自由選擇的餘地，而自然地相互同化當作別論，若以片面的意志，計劃致力於同化他人者，假使具有誠意，那也是不能容許其對人格的侮辱，而成為生活的壓迫啦。況乎無誠意，而只在搬弄同化政策的魔術呢。果真尊重日鮮合併的意義，為何必需採取妨礙朝鮮人的意志表達之自由的日本語中心主義呢？何以將凡有實權與責任的地位，都只由日本母國人所佔，又何以比照實施普選的本國，朝鮮尚在施行挖奪地方自治的實質？當計劃朝鮮的土地改良，圖謀增加產米，都僅是為著解決本國的食糧問題而已，這不明明是日鮮尚未合併的證據嗎。簡直將朝鮮看做只是日本的發展地，物資供給地，不，乾脆的話，日本是將朝鮮，約略和台灣相同作為自己的囊中物。大正八年（民國八年）的萬歲騷動，雖說是不逞鮮人的暴舉，所幸朝鮮人尚未被大和魂所同化，才只是騷動到那樣的程度而了事。有心的日本本國諸君！諸君試以立於他人的地位而設想，持著冷靜的理智，察看一下朝鮮人諸君的胸懷，如果諸君是朝鮮人的話，為著打破現狀，可保證諸君必定要更猛地奮鬥犧牲，而很願意地付出一切。諸君！朝鮮是以從來的政策治理不了的。若是要倒行逆施下去，則無可置論，不幸事件將連續地出現而不可避免，是乃過去的鬥爭歷史所豫言的。

諸君！為了真實的共存共榮，人類和合，不是大家要來作建設的努力嗎。諸君一旦得到本國的政權時，首先應關心的事，是基於自治主義而同意對台灣議會朝鮮議會的開設，除了協贊朝鮮自治，台灣自治之外，別無他途可以向諸君進言者。諸君！茲可附加一言，朝鮮與台灣雖行自治，日本母國人在該兩地的活動，其從來所享有的優越特權，或許會被取消，但其活動之安全與永續，倒是更確實地會受保障的呀。

十五、中國與日本的關係

日本雖然頗多所謂「日支關係」的議論，但所謂「中日關係」的議論則尚未之聞也。「日支」一派的議論在日本國內都已說盡。然而事實日本與大陸的關係，不但未能看出有何解決的端倪，不，反而愈有糾紛的傾向。這是何道理？老實說，中國之期待於日本者殊少，日本之期待於中國者良多。一般的看法，中國不賴日本可以存立，但是，日本沒有中國即不能自存。因此，不可不知兩國的關係為的不是中國，而是日本呀。然而從來在日本所做的所謂「日支關係」之議論，就亂稱「日支」的這一用語，即可知其立論之如何的隨便。究竟所謂「日支」，雖是日本人以為高抬自國，容或謂為慣用的例，但成為慣用的例的，在精神的根底即已含有多量的傲慢毒素。又所謂支那是指何處言乎，中國人是不稱他們的國為支那呀。以別人隨便做出的名字稱呼人的，大多是輕視侮蔑其人，而不是尊重其人所當然的。所謂名從主人，中國人并不喜歡呼其國為支那。如果將所謂「日支關係」這個話題滿不在乎地予以使用，雖經年年說得天花亂墜，可是有了二十一條的心病，那是一定得不到所望的親善呀。凡要親善總要出發自彼此雙方的尊敬，禮讓來開始的。何況徹底加以思慮的中日關係，如果真地是為日本，是為日本民族永遠的生存需要，應該加以寶惜的話，豈不是更要謹慎其立論的態度嗎。如果真是期求中國與日本親善的論者，是必先從其話題予以改變，有重新出發的必要吧。

中日的關係，說專為的是日本，這是從遙遠的將來著想兩國的國情而言的，不是說在今日中國全然不期待於日本。日本在今日甚明顯地是比中國有一日之長的，對此一日之長的日本，中國為期其進步，自己進而接近於日本，是甚有利而不錯的。此事，可想到大正初年間（**民國初年**），留日的中國學生比較於世界各國之如何眾多的情形，概可首肯吧。日本的急迫需要不是今日的事，想是此後十年或廿年後的事吧。日本在今日，持有許多的餘力，有優秀的智識技術人材，蓄積了若干的資本，且有完備的各種機關。中國所期待於日本的雖正是這些，但在世界中不是祇從日本，中國才可得到其所缺乏的智能，資本，機關。還有比日本更優越的歐美諸國呢。只是中國要攝取日本的這些，是比諸歐美的那些方便得多。因為此點，日本是比諸歐美各國較為與中國具有親密的優先權。唯有此優先的地位，豈不就是將來日本的活路嗎。不著眼於此重大的要點，而從來動輒憑藉武力，即如廿一條的要求採取武斷政策，這真似自毀自己活路一樣的勾當，為日本的將來甚是危險的呀。中國或亦認定了日本有這個優先的地位，一度曾表示有求於日本。最遺憾者，乃日本人太過於自大，致使中國人傾向於敬遠主義，又有幾次受日本的武斷政策所威迫，遍及民國全土，遂以燎原之勢舉起了排日的氣燄。噫！一次被辜負了的信用是甚難以恢復的，今後非由日本自己看風轉舵接近於中國，恐怕中國人終無再轉向於日本的意緒吧。

諸君，切勿再談要在中國大陸發展，發展已被解為侵略的意味。諸君如為日本的將來計，願望中國的四百餘州能開放於諸君者，請勿再談發展，請自今起開始實行服務於中國四億群眾，以應其需要而精進吧。諸君現在持有許多可以服務於中國者，不論中國人的希望與否，諸君應口談中國語，身穿中國服，携帶諸君的所有，多多旅行於中國，接觸彼國的人士吧。而於旅行中諸君應儘可能，對中國的同胞給予其所必要的。請將為有所得的「洋行」，換個方向，作專為施與的「中行」，是乃余衷心要勸告的。諸君復儘可能歡迎中國人士來日本而予以款待，切勿再似前些時候，虐待來日留學的學生，來此國做小生意的二三百小商人，亦要立即迫其歸國的小氣派，那就全不成話了。以一時的強力威服了人，那在往昔人智未開的時代是有其效能的，然而在開明進步的當今，這樣的暴舉已行不通了。向來的國際關係，皆憑藉國家的武力被推橫車的，而過去的中日關係亦以此方式橫行，如此，惟有益促中國人的切齒發奮，決不能使所望的大陸開放，而給予日本以將來的活路也。諸君，對中國的武斷政策是會耽誤日本的將來呀，應由諸君全體協同極力將其排除，排除了武斷政策而代以愛鄰政策，服務政策，切望諸君迅即採行為盼。

諸君，昔日是用武力侵略土地為能事，但是今後是由服務，以補救對方的缺乏，始能得其人心。如不得中國的人心，中國人的好意，則中原四百餘州的廣土，對於日本可以想到是永遠封閉的。諸君，請致力於獲得中國的人心吧，應拼去被中國人看做「小鬼」而瞧不起的狹量，淺薄、性急，自大的性癖，以遠大而忠厚，寬宏而深於同情，施與而不望報償的誠實態度，與中國人的一個個締結親交。苟不如此繼續國民與國民的親交，恐將被諸君的特權者輩的癡夢所禍害，而中日的關係終益趨於惡化呀。請諸君斷然行之，如廿一條侮辱彼國的條約，自行率先撤回才是賢明的。如對方希望，則亦以相當的賠償，將滿州的利權亦予歸還為得策。總是一步之差啦！一步落後意味就不同了。中國四百餘州的土地，乃永遠屬於中國人主宰的範圍，用武力侵入於此地的，無論過去與未來，統應遭滅亡的厄運。在高唱瓜分中國之風聲中，中國迄未被瓜分者，蓋係看透了此中的機微吧。中國的人心可以獲得，但是中國的土地是絕對不可以取得！「君子懷德，小人懷土」諸君應將此金言記住，專心致力於求得中國的人心才是。諸君能以誠實與友愛，一旦中國的人心，能歸向於諸君而與諸君親善的時候，則四百餘州的廣土，豈不同屬諸君之所有嗎。諸君能自由出入於彼地，有了利害生死與共的朋友在彼地，四億的大眾都成為諸君的顧客，日本將以商工業國的身份一直熱鬧起來，更有各種的原料由中國無限的供給於諸君，如此則日本的國內保持平和，養成了善良的人材，同時精好廉價的物品，源源送至中國，諸君！這豈不更好於得了百個的滿州嗎!!

上述僅是一場的空想嗎？不不，不是空想的，真是中日應有的關係，且為世界平和，不可或缺的善美的情景呀。然此理想狀態，如無大覺醒與大努力，則終是不能見諸實現。要之，在於諸君的覺醒與努力如何而定呢。對於實現的可能應毋庸置疑，唯有諸君是否有此決心與實行、正需特加反省呀，余切切要問，諸君有此決心否？我們有句話：「一理通萬理徹」，真是一事即萬事。看諸君今後對朝鮮，台灣的決心與實行，即可洞見日本對中國的將來的關係。或許中國的民眾亦以窺見諸君對朝鮮，台灣的襟度如何，作為決定與諸君打交道，應採如何的態度的參考。實在是「一理通萬理徹」，一事即萬事也。諸君如何措置朝鮮、台灣之道，即是諸君表示應接他民族之道，諸君對朝鮮、台灣如何作為，正是考驗諸君的品格如何。諸君在此考驗如不能優秀地通過，不能使識者心服，則在大陸應為諸君敞開的進路，可以斷言諸君終是無法得到的。老實說，日本對朝鮮、台灣的問題，是日本對中國問題的二大試金石，中日的關係可在日鮮日台的關係上，得其聯結的端緒。諸君在朝鮮台灣已否作了如此的準備嗎？或由這些，諸君更有一大覺悟，改變從來的經綸，以誠意來善處朝鮮，台灣的問題？這些真是有關諸君的將來和我們現在的重大問題，余特地希望諸君加以深切的考慮。

十六、國民性乎人性乎

台灣官僚，及大多數住在台灣的母國人，似乎拒絕我們三百八十萬的台灣漢民族，作為日本國之臣民，彼等異口同音，謂我們尚無作為日本國民的資格，謂我們尚未具有日本的國民性而將我們加以差別。彼等之此種獨斷，乃由於彼等之必要，是我們所深知的。彼等如不下此獨斷，則無由造出彼等的優越與特權。彼等不是以國家多眾的需要為出發只為滿足彼等眼前的利慾與享樂，而特地要這樣的說吧。此事乃曾是日本本國的特權階級向諸君所主張者，同樣他們在台灣今日也一樣主張。日本本國的特權者曾經向諸君大聲疾呼，只有彼輩才是皇室的屏藩。彼等最能揑造堂皇而於彼等有利的理論，抑制諸君應有而對等的要求，在我台灣亦照樣地將其應用，大多數在台母國人對於我們，總是誇稱渠等受了二千幾百年來的歷史薰陶，盡了長久對皇室的忠節，擺著這樣的面孔，自誇自讚而主張對我們的優越與特權。幾乎十八萬的在台母國人全體，是這樣說而差別壓制我們。余謂彼等有那樣說的理由，只是去年秋間，偶與將往廈門廣東視察，在台灣過境的數位不相識的母國人，在火車裡相遇。因受秋末的台灣暑氣所苦，不知開動電扇的裝置，余乃動手相助，由是彼此開始談話。談及母國人與台灣人的融和問題，余謂照從來的方法終歸是無法融和，乃舉同化政策由實際以及於理論，尤以對台灣人用國民性之涵養，以日語為中心的教育，是壓抑台灣人的手法，加以攻擊。於是在傍默聽似為團長格的一年長者，聽到余言，似有不耐的面容，移席就坐余側，用認真的口調指余之不是，而表同情於台灣官僚及台灣的母國人所採取的政策。渠謂台灣漢民族需要像母國人說日語，同化於母國人的習性，這些事，台灣人能夠涵養齊全，到那時候始可享有同等之權利。諸君！余聽這些話受驚不少，余且感到不可思議。此一長者係對海外的事情持有關心，而特地親來視察的人，又是行將施行普選的母國有識之士，與台灣的生活又無直接利害關係的母國人士，此君之口吻與在台的母國人如同出一轍，在余真是受驚不淺。為此使余疑懼，或許此君所說的，真是日本本國的輿論，是否真有如斯的情形，使余不免抱著危懼。余在此開陳余之所懷，覺得有煩諸君加以檢討的必要。

說涵養所謂國民性的事，余以為是多餘的事。除人性之外，還有所謂國民性的事嗎？人性的裡面，豈不是已備有做國民的性了嗎？苟具有正常營運做人的生活的性質者，則於營運做國民的生活，確信必無何等障礙之理。換言之，能夠營運做人的生活的性，是即人性的全體。於此全體的人性之外，不再有所謂國民性的特別性。在全體的人性裡，已經自然備有得為國民的部份的性。大家久就尊奉孔孟之教來的，孔孟之教，是如上所述教的。且舉其主要的數例看吧：

「孝者所以事君也，弟者所以事長長也，慈者所以使眾也。」

「惟孝友于兄弟，施於有政，是亦為政。」

如右列所謂孝、弟、慈的性，是指示此乃為人應有的天性，謂有具備此天性者，即能夠以事君長，能夠接民眾而施政。即在一般日常如對父兄的孝弟的天性，是為人的根本性，此人性的根本的孝弟，立即移為可事君長而做國民的性。明白地教示孝弟的人性之外，無別的當事君國的國民性。又：

「民之所好好之，民之所惡惡之，此之謂民之父母。」

「天視自我民視，天聽自我民聽。」

「巍巍乎唯天為大，唯堯則之，蕩蕩乎民無能名焉。」

此數節是教示做君長者用以處理民眾之道，力說應尊重天道與民意的所謂民本政治。所謂天道，結局是斷言需要尊重民意。故：

「嘉樂君子，憲憲令德，宜民宜人，受祿于天，故大德者必受命。」

謂能夠保障人民的生存發達者，即為有大德的，其必由天接受祿命。反於此者，天命必去，而民心亦離，即如下面所明言的：

「道得眾則得國，失眾則失國。」

「惟命不于常，道善則得之，不善則失之矣。」

又謂，道之不善而失去民眾者是無義的，為君子者不可服仕他，故有訓戒：

「不仕無義，君子之仕也，行其義也。」

孔孟之教中的這些言說，實為通之古今東西而不背的大真理，想日本的大和民族的諸君，亦必深受過此薰陶吧，在我們漢民族的腦裏，真是很徹底地浸潤著這教訓。這已成為我們的政治生活的鐵則，同時這亦應是世界人類政治生活的鐵則是余所確信不移的。

諸君，國民性乎？人性乎？余敢如此質問者，蓋係由於上述的理由。對我們要求需要涵養國民性云者，實在不合道理之至。做人所應具的人性之外，不應再拿做日本國民的特別性來強迫我們。以人性的自然，我們是重孝弟之德，重秩序的生活，我們自日本領台以來，便尊重以大眾為基本的國家生活，我們已有如此作為，對於我們，還要作甚麼涵養國民性的要求，豈不恰似畫蛇添足嗎。以此意味，余敢警告勿將使日本人熱狂的赤穗義士劇式的大和魂，在朝鮮或台灣太過誇張。對深受儒教薰陶的鮮台兩民族，請勿過份強調涵養國民性，實質雖只是為了拒絕鮮台人享有同等權利的口實，但若弄假成真鮮台人真地抱有所謂大和魂的時候，那時候才是鮮台混亂之時，世界混亂之時，將永遠不得見到人類平和的機運，是可大膽而直言的。

日本的皇室，是在世界歷史上無類例的，連綿而在繁榮著。這是稀見的奇跡而堪驚異的。可是諸君，世界歷史無比類的日本皇室在如此繁榮著，是無任何理由，而僅是藉日本國民的開國以來所盡的忠誠，即所謂日本特別的國民性一事，僅此而已，皇室的尊嚴才被保持著的嗎？不不，大大不然，諸君許是與余同聲呼叫。不用說，在此異例的歷史事實，不能說日本臣民的忠誠無所致力。祇是日本臣民的忠誠，決不是根本的因素乃可斷言的。如日本歷史所示，又如明治大帝於教育勅語所宣佈的，實是「我皇祖皇宗肇國宏遠，樹德深厚」有此宏謨大德，才是世界無比的日本皇室繁榮的根本因素也。亦即是：

「巍巍乎唯天為大，唯堯則之，蕩蕩乎民無能名焉。」

「嘉樂君子，憲憲令德，宜民宜人，受祿于天，故大德者必受命。」

所證實的結果。在日本歷史所明載的道鏡一派的非望，准許將近千年的將軍的僭越，日本國民的態度，舉國民眾尚在封建的迷夢之中今尚未醒，而歷然尚在使用「主君、御國」的名詞，這些都存在於日本的歷史，日本國民的生活裏，顯現了日本國民性不偽的一面，是我們確實認定的。連綿的日本皇室寶祚的繼承的根本因素，全是出於寒夜脱去袞龍的御袍以察細民的凍苦，看了饑民的炊煙四起，雖是宮墻傾頽、亦喜謂「朕富矣」，不，更有日本國民尚在矇昧之中，迫害號叫自由民權的先覺的時候，世界各國民眾不以流血，寫不出來的憲法，日本的皇室輕易地自行欽定下來。如斯深厚的皇室大德，正是宜民宜人而受祿于天，而固定了萬世無疆的皇基。說開了，日本國民今日所抱的忠誠，是從開國以後由皇室的大德派生而來的，決不是單純地出自日本國民自濟於此美境者也。日本臣民實在無有其可自誇的天生特別的國民性，除了感恩於軫念民眾的聖愛，除此一念之外，別無日本的特別國民性。日本國民亦不過是普通的人，在天命之前世界的任何人民亦必有其「蕩蕩乎民無能名焉」的感念，這是人性通有的鐵則。憲憲令德之前，如有不起敬拜倒者，是非人也。日本皇室之能有萬世一系之寶祚，蓋由于其根基置在天綱地道的大磐石上之故，自不待群小之喋喋也。然若有暴逆無道者，將大眾的安寧幸福予以犧牲，以遂其個人之享樂，對此種人亦拜倒叩頭，唯唯而服從者，那亦不是人了，那是人以下的奴隸呀。不甘心做奴隸的人，無論世界任何地方的人，渠既然是人，對於暴逆無道者，必盡死力以反抗之。這是必然的，是人性普遍的鐵則，所以有所謂：

「惟命不于常，道善則得之，不善則失之矣！」

有如斯的人，有崇高而一貫地做人的起碼資格，始具有做為國民的基本條件。將完全的人性置諸不顧，則再沒有特別的國民性了。將此所謂「仰之彌高，鑽之彌堅」的孔孟之道置之於外，則無可期其達成國民生活之理，那裡還有特殊的日本國民性的道理呢。不特如此，台灣的官僚，一再對我們台灣民眾喋喋不休地要求國民性的涵養者，不能不謂其無理之至，不！彼等不是不知自己無理，彼等別有存心也，彼等若不如此主張，在彼等與我們之間，則不能造成不可以踰越的墻壁，而為欲製造彼等的特權，乃故意如此說的。

噫，日本本國的諸君！諸君亦將與彼等同樣，對我們作如此主張否？我們需要認真而切實地奉問一下。萬一不幸，諸君亦與台灣的官僚等同樣，對我們作無理的要求的話，台灣的民眾為此，或者永遠地，不可能與諸君同樣作為日本的臣民吧！諸君若仍要誇張所謂大和魂的特別國民性，而不顧及普遍的人性，則諸君的碰壁之處，必不限於美國大陸，此乃余從道理而敢豫言的。諸君能不自大而歧視別人，誠實地循做人的正道，在國內更能感謝無限的皇恩，竭盡忠誠，在國外，則實行所謂『與人恭而有禮』，而不做那在人頭上亂舞的勾當，進而為人服務的話，那麼，所謂『四海之內皆兄弟也』的大真理，亦必適用於諸君之上，豈不是男兒到處有其埋骨的青山嗎？

日本本國的同胞，余謹告於同胞的諸君，大道是不偏的，諸君是與我們相同，是具有人性的同類，且我們是自願居住於此日本的國內者，諸君所盡忠誠的皇室，亦即是我們願盡忠誠的皇室。人的天性既是要過著有組織有秩序有規範的生活，那麼，二千幾百年來，已樹深厚的聖德於諸君的日本皇室，則我們三百八十萬台灣島民，以一視同仁的聖德而被軫念，這是絕不會差的。我們雖是渺小，亦是具有天賦的人性，故於仰承一視同仁的聖德，應無抱與諸君迥異之心之理。此事是確實的，大地雖有變動，此事絕不變動。唯所憂慮者，諸君若有如台灣官僚，挾著私心，似妖雲之蔽白日，將一視同仁的聖德化為無實的空名，以來對待我們。問題即在於此，大家對於此點，實有深切檢討的必要。前年檢察官長三好某在台灣法庭，以治警法違犯的罪名，對我們台灣議會設置論者，在其論告中指曰，「這些人是反抗台灣總督的施政不忠於陛下之輩」云云，以我們對台灣官僚或一部份資本家輩，有所反對而表示不滿，立即指為是對天皇的不忠，而斷言為國民性的欠陷，其所指的不忠，實不關我們的事，該由諸君自負其責。對於日本皇室的一視同仁崇高的聖德，三十三年來，我們台灣島民每有機會，盡其忠順的事實，決不讓於住台的內地人。今上陛下尚是皇太子時行啟台灣為首，皇族各位曾幾次光臨台灣，我們舉島民眾於恭靜裡熱誠奉迎。而於平素對國民的二大義務納稅與勞役，亦是我們島民比內地人所盡者尤多。不但如此，年年由我們對中央國庫，供給數千萬圓的財源，大正十二年（**民國十二年**）關東大震火災之際，我們亦捐獻了百餘萬圓，其他在母國每有危急困難之時，我們都不惜予以巨大的援助。這樣恭順的人民，還有什麼國民性需要來涵養，究竟是什麼一回事?!

十七、生蕃與鴉片救濟的人道問題

我台灣的自然風景，外國人稱為「美麗之島」，實在是美麗極了。面積雖僅是二千三百三十二方里的小島，其山脈之高聳冠絕日本全國，其平野之廣袤幾十萬甲，若從嘉義附近的平原眺望，我台灣幾非島嶼，而有茫茫大陸之觀。氣候極其溫和，夏天比東京涼爽，冬天比其春天猶為溫和。台灣真是受著太陽特別的惠與。

我台灣的地勢，在西部平地連接，在東部則山脈綿延，有一萬尺以上的高峯四十幾座。北回歸線又殆將其中央橫斷著，蕞爾的此島，是兼備有熱帶、溫帶、寒帶、三地帶之氣候。若山地同胞今後能因我們對彼等的好意，親近我們，而各種的交通機關發達，到處得以便利往來之時，諸君，我們可在台灣於短時間內，通行熱、溫、寒三地帶，從此點來看台灣，真可謂一小世界啊！

台灣四面環海，雨水充沛，有如前述，因受太陽光的恩惠特多，故到處植物繁茂，四時悅目的百花盛開，山積爽口的果實又山裡有礦產巨木，海裡有無盡藏之魚產鹽產。噫！我台灣真是少有其匹的天然寶庫，天惠裕如的樂園。有此地形，有此氣候物產的台灣，簡直應該是人類繁榮的理想之鄉！現在的人口密度，是每方里三千三百十四人，較日本內地的二千四百零八人，雖是相當的稠密，但這是西部平地的情形，在東部與山地，還有甚多可以容納人口的餘地。故在夢想徒手寄食的徒輩，以為台灣已經到達飽和點了。然對有志流汗開拓建設的勇者，則可謂舞台尚甚廣闊呢。尤以對於造林、牧畜而言，前途相信還很遼遠。

倘若施設得宜，能保障航海的安全與廉價，以島內的天惠加以人工，交通與旅舍設施完備，余敢豫言，我台灣必成為東洋的瑞士，成為遊覽休養的勝地，從附近的各國來避暑、避寒之旅客，當源源而至也。台灣的真價，豈僅成為日本南方的鎖鑰哉？噫，台灣呀，汝到何時，纔能展現汝天稟的姿容本色，予人類以休息與安樂，而成為平和的樂園耶。

如上述，台灣的自然是富而且美，唯於人事，乃極醜惡，而充滿污毒者。從人種的複雜，人文的多樣觀之，台灣又是一小世界。在平地有接觸東西最新的文化而活動的大和族、漢族，尚有少數的歐美人。在山地住著山胞（稱為生蕃，余感很可恥），這山胞的生活，是仍然表現著人類的原始生活，其形狀誠堪予同情的。彼等現在雖有八萬五千人左右，但其智識甚低，矇昧無能，簡直不能生存競爭。對以前的彼等，李鴻章曾云，真是化外之人，與所謂文明毫無交涉，且無需交涉而得維其生存；彼等為所欲為，如鳥之飛於天空。但是今已不同昔矣，徒受文明惠澤的空名，實則不得不受著拘束與制限了。彼等的活動範圍被縮小，彼等的行動被彼等所不預知的法令所拘束，無有何等的權利，而只被課以義務，彼等才真是文明的被害者，想必日夜涕咽其苦痛，而對其前途的悲運只覺得戰慄而已吧。

尤以東部台灣，台東附近山內人的境遇是悲慘的。在昭和普選的今日，日本國中尚存有這樣事實，就是見到幾多怪事的余亦很驚愕的。我西部全島六十尺寬的縱貫公路已於數年前完成，但東部尚在築造中，此大工程的一切，不用說是該地保甲民山內人所不能不負擔的。不幸在去年夏季，因為東部暴風大水成災，公私房屋多被破壞，在此項復舊工程，彼山內人亦不得不供他人驅使。包辦這工程的內地政商人，與警察取得連絡，對山胞像保甲的徵發人夫一樣，將彼等召集強制送到工程處所。不過此事不像築路全無報酬，約支給一般工資的半額左右。

諸君，事實不只如此。在東部亦有二三處的製糖公司，像在台東街的台東製糖廠即其中之一。此等製糖公司獲得原料的方法，乃將往昔在西部曾經實行過的方法，在東部襲用。以前，西部的製糖公司，是與台灣官僚勾結，將我們的土地強制收買，但在東部比之西部更亂用強暴的手段，隨便將山胞多年耕種而來的土地，登記為公司或一部份內地人所有。即以政府與公司的資本，從日本內地移民來台灣東部，將所奪取的土地讓其耕種。然而其後，景氣變壞，公司亦受打擊，不堪負擔移民村的負擔，移民們亦多陸續四散者。結果自然地發生砂糖原料的甘蔗不足，此一缺陷是公司不能推卸的。然而為謀其補救，還是以彼等無智無告山內人作犧牲，公司所需要的甘蔗亦山內人來栽種，但不給食物是不能勞働的，工資是照例支給一般的半額左右。

因此彼山內人能勞働的男女，無論一家有幾人都不能在家，以致彼等所有的土地是任其荒蕪、殆無其他收入。彼等雖矇昧，然其身受的苦痛仍是知道的。刺激彼等的心胸，家財的所有慾還是其次，當面最大的苦痛就是牛馬的生活呀。余於此乃想到往昔在埃及被酷使的以色列民族，對彼山內人天若予憐憫，再賜一個摩西來領導他們，則彼等將如何的感謝呀。但是天終未能賜予，只是賜予彼等脫離家鄉的心，彼等最近頻頻脫出家鄉，試行雜居於靠近我們漢民族所住的街鎮。如果是日本臣民，誰亦可在此國內有居住的自由，可是可憐的山胞，似已被剝奪了此自由。毫無慈悲的警察發現彼等移住街鎮的時候，則盡其所能予以橫暴的鞭撻。雖如此，此種趨勢是無可阻止的，因此自去年十月間起，對於一個逃亡者，即將其家所有的牛殺掉六頭，饗宴警察以及村裡的眾人。須知牛為東部山胞唯一的家產，彼等任何一家都飼養幾頭。聞在去年十月以前的處罰是四頭牛的，近來因富裕者逃亡頗盛，乃將四頭改為六頭。嗚呼慘哉，諸君，余述至此，覺得我們人類不如此活著不可嗎，實使余汪汪流涕不止也。讀余此文的諸君，諒亦與余共同一哭吧。噫！我們將如何是好呢？

諸君，我們的涕泣即是彼等特權者輩的歡樂，農民的土地是漸漸地減少，而公司的農場是越來越大。在我西部人民生活是窮困不堪，小地主日趨消滅，多數農民成為公司的日傭，不得不任其役使。在南部台灣的此種傾向特別顯著，東部山胞的生活，仍屬原始的形態，彼等不為金錢而苦痛，金錢不若現物的粟鹽緊要。因此之故其所剩的土地是不輕易放手的。公司雖對之垂涎萬丈，但彼等卻不肯放手。近來有如前述，因其能勞働者皆被驅出作苦工，乃窺其所有地的荒蕪，每一甲以不及其平素實收益的半額平均百圓，警察加勢於公司，命令強制貸與。諸君，如果日本國家真的維持私有財產制度者，將西部台灣的竹林問題，撥給退官者的土地問題，與台東現下的狀態，如不設法來解救，則不待赤俄的宣傳，共產主義當從台灣的官僚、奸商而普及矣。

陳述以上的事實，余對於本國的諸君，就台灣的所謂理蕃問題，亦望加以再思三思，蓋此係人道問題。在台東地方山內人，自清朝時代，即在平地與我們漢族有了接觸的，決不是純然未開化的食人種族。對於在高山而與常人不曾接觸的種族，實施所謂討伐生蕃，用近代精銳的武器來對付，對於溫順受統治，勤勉生業的台東平地的山胞，亦如是極盡酷使虐待之能事，彼等簡直被作為牛虎看待。現今全世界正在高呼撤廢人種差別的時候，東方君子國的諸君，對於以諸君的力量能充分左右的此一非人道的事實，諸君豈能無動於衷而思有以救濟嗎？余期望諸君抱有高潔的人道熱情，故敢迫切敦促諸君的省察與實行。

日本統治台灣，在人道上不可忽視的問題，尚有一件。三十三年來，政府自建工場，浪費許多人力，一手製造獲利頗多的鴉片，使台灣的人民吸食。鴉片之毒酷害人體自不待言，然經三十三年之久，在漸禁主義的美名之下，損害了幾多的國富民命，而今尚在繼續不停。如果依照台灣官僚的宣傳，真地是為尊重一部份島民的嗜好，諸君能予置信嗎？無視所有的民意而毫無顧忌的官僚，能獨尊重此吸食鴉片的嗜好嗎？漸禁主義不算壞？果真是漸禁主義，則官僚的那樣嚴密備至的取締，在十年二十年的昔日，台灣的鴉片應該是已經絕跡的呀。然而實際怎麼樣，請看台灣總督府發表的左列數字，大體亦就可以推察得到了。

鴉片販賣數量及價款

年度	數量	價款
明治三〇年（民前十五年）	二五、〇九五、五〇〇匁	一、五三九、七六六圓
仝　三五年（仝　十　年）	三四、八五九、五〇〇匁	三、〇〇八、三八六圓
仝　三九年（仝　六　年）	四〇、三五九、七〇〇匁	四、三九五、四九七圓
仝　四三年（仝　二　年）	二七、七四五、九〇〇匁	四、八四四、五三四圓

大正二年（民國二年）	二七、二三九、〇〇〇匁	五、二八九、四九五圓
仝七年（仝七年）	二〇、八四五、七〇〇匁	六、六五〇、七六四圓
仝八年（仝八年）	一九、二七八、九〇〇匁	六、九四七、三二二圓
仝九年（仝九年）	一七、〇六〇、一〇〇匁	六、七二一、六四七圓
仝十年（仝十年）	一五、二二八、七〇〇匁	六、〇〇一、六八〇圓
仝十一年（仝十一年）	一三、八二〇、八〇〇匁	五、四四九、三四五圓
仝十二年（仝十二年）	一二、七三五、九〇〇匁	五、〇二二、八〇三圓
仝十三年（仝十三年）	一一、七五〇、三〇〇匁	四、六三四、〇四三圓
仝十四年（仝十四年）	一一、一八八、三〇〇匁	四、四一二、六四〇圓

如右表所示，數量雖自大正二年（**民國二年**）以降有了遞減，但價款的收入卻增加了，據總督府所說明的理由，是廉價的三等品漸漸不好銷售，一等品量少而價高的容易售賣。余曾質詢了鴉片癮者，據謂三等品的品質全然變壞不堪吸食，不得已均要付出高價買吸一等品。事實上就是貧窮的吸食者亦必需買一等品，彼等決非以味的好壞，趣味的高低而選購三等一等的，乃依鴉片所含嗎啡的分量而選其品級。諸君，彼等是悲慘的，一旦被鴉片中毒了，如不吸至某一定量的嗎啡，彼等即比罹重病還要痛苦呀。因此，彼等不得不將其他必要的生活費撥出來，先買嗎啡含量多的鴉片吸食不可。

又如上表總督府尚在誇稱島內減少了鴉片吸食者，這是很難以相信的。三十餘年來，比普通的人孱弱而短命的鴉片癮者死亡更多，在前面的表裡價款一直上昇的情形，這兩點請諸君予以注意。假如把物價指數的變化對價款的影響加算，其上昇的狀況依然是可疑的。迄至三十三年後的今日，尚使吸食鴉片的事實存在，即已使我們對官僚的存心抱著疑問。況有其售賣款不減於領台當初之數，而與此事業有關人們，甚多致富的事實。及至星製藥公司的醜聞傳出，益使我們的懷疑變為確信。噫，罪惡哉，縱使法網得脫，彼等苟有良心，到一時期定能感及對此非人道之罪責，而自苦悶吧。

鴉片的毒害迄今尚存是另有理由的。此雖仍出自非人道的根性，以外即以鴉片的經銷制度，利用良心人性都已退化了的惡德御用的台灣人，所謂一舉兩得的毒辣政策。利用台灣人中的不德之徒，使其先得此鴉片經銷的權利。彼輩要得此權利，必經地方下級官吏警察的勾結。因此，彼輩第一、對地方下級官吏尤其是警察，就致力為政治的經濟的御用。第二、官僚操縱經銷鴉片的權柄，隨意操縱人心，使團結力薄弱的島民愈趨離散，以致台灣的政治運動，社會運動迄至最近一二年前仍被阻止。台灣的總督政治，不予我們島民活動的機會，亦不容持有任何向上的希望，島民的智識階級全陷於失業之中。在此情況之下，將鴉片吸了，便能忘懷一切世事的悲嘆，志向不堅者動輒吸食、以圖一時的夢死，乃普通一般的人情。可知現在甚多秘密吸食者，是由此而來的，諸君如實際見到彼等中毒的慘狀，想亦必痛感台灣的鴉片政策是如何的非人道呀。

高山的山內人尚敢殺人，而成為開發、交通的障礙，就用高壓手段予以啟蒙的教訓，或者有其必要。但對其居住平地的溫順山胞侵害其所有權，不顧其困苦，待之如牛馬的政治作風，雖如何辯解亦是非人道的。至其久年施行的鴉片專賣政策，損害幾多的國利民命，助長了國民品格的墮落，而不在意的暴政，其無道不倫真是莫過於此。諸君，此等事實不獨有關日本國的體面，實乃開化人類的恥辱。為尊重正義人道，諸君非及早芟除此等污辱不可!!

十八、我們期待與諸君協力

人類是兄弟，人類是有共通的生命、共通的運命、雖是發展有其先後遲速，有其差異，人類又是有共通人格的兄弟姊妹。人類的四海同胞主義，乃是人人可作世界雄飛的根由，又為世界和平的源泉。同胞主義的人，是世界的人，而世界亦是渠等的所有。所以同胞主義的人，對世界的和平與人類的幸福有其責任。人類同胞主義的人所至之處，該處即是彼之家鄉，彼之生活，是與其家鄉全員的生活共同的，彼為其家鄉而生，其家鄉亦為彼之生活而有。人類同胞主義者啊！汝等所至之處，可極世界的邊涯，汝等的活動是為人類全體，汝等應做的事甚多，汝等的存在將是永遠無限。

日本本國的同胞，余甚大膽率直將余的衷懷，披瀝於諸君之前。諸君對余的言辭，所感究竟如何，余不得而知，然務請諸君諒察余的衷誠，如欲解開本國台灣間的民族葛藤，亟須諸君猛然奮起，與我們協力，是余所期望不已者。

諸君，台灣問題已臻不可放任的邊緣了，如今諸君若不作一大決心，改為與從來完全不同的新經綸，則問題必加速度趨於糾紛混亂。余確信憑諸君的賢明與力量，定可充分轉變此局面。諸君曾經希望要做的，如能在台灣亦使其實現，則問題悉可迎刃而解了。諸君欲求自己的生存，請亦照樣尊重台灣人的生存。諸君若想被尊重個性，則台灣人的個性亦應被尊重呀。又如果諸君需要自由活動，使自己的能力表現出來，則勿將台灣人的自己表現的機會加以剝奪。

日本領台以後的同化政策，是無視我們台灣人的個性，限制我們的活動，侵犯我們的生存，是以母國人為本位的搾取行為，我們台灣人，終是不服的。因之大正十年（**民國十年**）以來，我們於帝國議會每次開會時，根據自治主義一直要求開設台灣議會。對此要求，在代表母國三百萬特權階級的議會，至今不予採納，無疑是很當然的事。但是普通選舉實施以後的帝國議會，是成了母國民全體活躍的舞台，因此，台灣議會命運的確定，乃是完全操在諸君的手裡，正是台灣三百八十萬漢民族，其身之浮沈，其心之向背，全依諸君的決意而定，這是要請諸君明察的。設若不幸，我們合理而平和的提案，依然不獲諸君的同意，諸君亦一蹴而否決之，彼時我們應自愧不明，夫復何言，唯有聽任大勢的變動已耳。

諸君即同意開設台灣議會，是無可懸念的。或者有謂，若予開設台灣議會，其結果，可能導致台灣獨立。然欲獨立，豈非需要若干的條件？第一是母國人的心腸終於齧住搾取壓制的帝國主義政策，第二是日本的實力退化成了紙老虎，第三是台灣人放棄其所信的孔孟道義觀念，而成為好戰的武斷主義者，第四就是需要有能與日本對抗的強國，為助台灣獨立戰勝了日本帝國。此外可不再舉了，那裡可以有此條件呢？台灣議會將導致台灣獨立的臆測，是等於自畫幽靈而自顫慄的。且一旦此等的條件成立，就是沒有台灣議會，台灣亦可能從日本而獨立，台灣能從日本而獨立與否，是與台灣議會無關的。

或者還有謂，台灣議會如開設，台灣本島人方面的議員占大多數，必定時常無視在台母國人的利益，諸君，這亦可斷作是杞憂的。台灣既不從日本脫離，台灣人議員即如何之多，在台灣而無視母國人的對等利益，根本不會有的。為甚麼呢，假如台灣人議員不自量，作無理的決議，可以想到日本的主權者斷不默認其決議。沒有台灣議會，台灣人是不能活的，既要自己能活動，使台灣議會存置，台灣人必不惜苦心努力呀。依理台灣人務必隱忍讓利益於在台母國人。衹是對於如從來母國人的優越、專橫、搾取等，台灣議會將加以限制是必然的。在台母國人對台灣議會的危懼，蓋在這裡，這明顯地不是台灣議會的責任。決不是有了台灣議會始會捲起的波瀾。反對在台母國人的專恣放縱，即在無台灣議會的今日，全台灣亦已氣勢萬丈，要知道澎湃於台灣全島的那股反對母國人專恣的氣勢，在要求創設台灣議會一事。如果台灣議會終不能成立，則其反對之聲終不變成反抗之力，誰能保證乎。愛爾蘭初求英國予以自治，因其久不被接納，終至愛爾蘭於失望時，英國雖擬許其自治，而為時已遲，時間不合，愛爾蘭遂成為今日的樣子了。人謂歷史循環，但是沒有比循環的歷史更蠢的了。能將前之失敗轉為後之成功，能將昔之困苦轉為今之歡樂，這才是創造人生的本色，而人類得遂其發展進步之緣由也。台灣議會即為此而立的方案，由於台灣議會的設立，即可招徠本國台灣間的緩和，決無加深混亂的理由。台灣議會於母國人有百利，絕無一害。

我等所靠的是正義人道，不是砲台與軍艦。我輩所用的是文章與言論，決非鎗劍彈藥。我們是易被玩弄，但難被推倒的。我儕在開設台灣議會之下，斷不再讓一步。何以故呢，台灣議會是我們台灣人的最小限度的合理要求了。日本本國的諸君，以諸君的敏感與睿智，請勿為已向上了的諸君的境遇，而被昏迷不清，一步搶先與一步遲後，諸君必知其相差之鉅吧。諸君迅速集議而下英斷吧，我們伸出雙手期待與諸君協力，請勿使我們失望。領受了勳章於英國的印度甘地，與其同志臥薪嘗膽，在繼續其反英的不協同運動；已合併於日本的朝鮮，自大正八年的萬歲騷動以來，發出了獨立的聲明之外，無任何的消息傳來。就是在台灣，今日亦已不只是開設台灣議會之聲浪而已矣。諸君不要躊躇呀，一步搶先是必要的。深受中國文化薰育的我們台灣島民，其大多數如今還未丟去人類協調，世界大同的理想，以待諸君奮起，立腳於自治主義的精神設置台灣議會，蹈上互相實踐協同生活的第一步，而體現大同文化的建設，此為我島民的希望，是乃余所確信的。

台灣是孤懸於太平洋中的彈丸小島，其原住民尚不及本國的十五分之一，彼等手裡并無寸鐵，本國的軍備又在世界三大強國之數中。況且對於新文化新制度的經驗成就，本國人都比台灣人有數日之長，因此，在自治主義的原則下而作自由競爭生活，在台母國民絕不會落後於台灣人，不要過慮呀。何必要處處壓倒台灣人，而使雌伏於在台母國人的腳下，固執保護母國人而歧視台灣人呢？若將此政策延長一日，則唯有多一日曝露日本的小國根性，決不能取信於天下也。日本有立憲民本的政體，如堅固立腳於此大精神，則應允許朝鮮、台灣的自治，應即施行尊重鮮、台人民的特質的政治。母國人一步離開本國，踏上台灣、朝鮮之地，則成為台灣、朝鮮的住民，就應為彼所居住的鄉土文化而努力。不能覺悟將其白骨埋於其所住的土地，像現在，專在本國的保護、威風之下，虐待鮮、台人民，搾取鮮、台兩地的膏血，得有幾分肥了腰包之時，立即快馬加鞭，即所謂『衣錦還鄉』，這樣的人是鮮、台兩地的掠奪者，鮮、台文明的破壞者，生於鮮、台兩地的人，必以此等人為大敵而反抗排斥之呀。

日本本國的諸君，余不再多饒舌了，余於擱筆之際，顧慮三百八十萬余的舊同胞的現狀，抱了多大的期待，切望諸君的自重與決斷。幸而六千萬的母國民諸君，能諒察余的愚誠，迅速喚起母國的輿論，能將台灣、朝鮮的施政一新，則鮮、台兩地人民的幸福自不待言，亦是確立日本民族百年大計的第一步，亦將是昭和新政的曙光呀！諸君的決心如何？我們正期待與諸君協力!!

東亞の子かく思ふ

序一

著者蔡培火君は十数年来私の友人である。台湾を住所として幾度か中華民国や日本の本土を訪問して居る。然もそれは普通の観光や視察ではなくして、彼には已むに已まれぬ使命があつたからだ。欧羅巴に於ては独仏二国の対立が再び世界戦争の勃発を促す虞れあるが如く、東洋に於ては日華の対抗が遂に一大修羅場を展開するに至るやも計られない。著者は此惨憺たる悲劇を未然に防止するため東奔西走して居るのである。著者は幸にして日華両国語を自由に話し、且つ書くのであるから、彼の使命を果すためには大なる武器であると言はなければならぬ。

欧羅巴の国際情勢に比すれば東洋のそれは比較的簡単であるといふことが出来る。何となれば日華両国の関係が調整されさへすれば、東洋の平和を維持するに何等著しき困難はないからである。著者は諄々として日華両国民が如何に親交を厚うすべきかに就て語つて居る。過去に於ける我国は中華民国に負ふ所が少なくなかつたではないか。今や我国は昔時の負債を民国に償還すべき場合に臨んで居る。

然し負債の償還とは決して金銭を意味するのでない。況んや物質的援助に於てをやである。私共の希望は日華両国が飽くまで平等の位置に立ち、相互扶助の精神を実現せんことである。著者が此書を公にしたのも亦此精神に外ならないことを信ずる。

昭和十二年六月八日
安部磯雄

序二

昔は、キリスト教の信徒パウロは叫んだ。われら四方より患難を受くれども窮せず、為ん方つくれども希望を失はず、責めらるれども棄てられず、倒るれども亡びず、常にイエスの死をわれらの身に負ふ、と。

私は、我が友蔡培火君に於て、略ぼ、同様の観を做す者である。

彼は、私に対し、台湾議会のことを諮つた、私は、それに賛同した、彼は、私に対し、台湾民報、新民報のことを諮つた、私は、それに賛同した、彼は、私に対し、ローマ字のことを諮つた、私に、それに賛同した、彼に、私に対し、白話字のことを諮つた、私は、それに賛同した、彼は、私に対し、一病院の計画に就て諮つた、私は、それにも賛同した。彼は、私に対し、東京に於ける台湾青年会のことを諮つた、私は、それにも賛成した、彼は、私に対し、台南中学のことをも諮つた、私は、それにも賛同した。

約二十年来のこと、それらの多くは概して成らなかつた、しかしながら、彼は、毫も屈しなかつた、いつでも、彼は、後ろを顧みず、前を望んで進んだ、私が、パウロの如き観を做す所以である。何故に、彼の志業は概して成らなかつたらうか、台湾人なるが故であらう、若し台湾人でなかつたなら、志あること斯の如し、勇気あること斯の如し、智略あること斯の如し、文才あり、弁才あること斯の如し、信念あり、信仰あること斯の如し、彼の業は大半成つたであらう、台湾人なるが故に、成らず、伸びず、進まず、進まず、遂げず、鬱屈してこゝに至る、憐んで悲まざるを得ない、悲んで惜まざるを得ない、惜んで慨せざるを得ない。

最近、彼は、日本と支那との連衡、親和を思ひ立ち、内地人と、支那人との間に、勧奨頗る力めて居る、彼は、これを思ひ立つに当つても、夙く私に諮つた、私は、これにも満腔の賛同を表し、私も亦身を以て従ふ決意のあることを告げた。

当時紅顔の彼、今日斑らに白茎を交ふるの人、彼も亦漸く老いつゝある、しかしながら、其の意気はますます出でて、ますます盛んである、真に是れ「為ん方つくれども希望を失はざるの人」であらう、私は、いよいよ久うして、いよいよ彼を敬する者である、且、日華親善の計は、台湾人なるが故に失敗の虞れあるものでなく、反つてそれ故に成功の望みの饒かなものである、私は、この度こそは、彼の成功に千鈞の望みを嘱する。

さり乍ら、古人は謂うて居る、先きに憂ひて後に楽むは、志士の事である、先きに憂ひて後に楽まざるも亦志士の事であらう、蔡培火君は、先きに憂ひて後に楽むの志士となるか、それとも、先きに憂ふるのみ、遂に、後にも楽まざるの志士となるか、さすれば、其の志はますます高いわけである、事を謀るは人、事を成すは天、成るも命、成らざるも命、彼が、倒るれども亡びず、命に安んじて、常にイエスの死を身に負ひ、いつまでも、進んで已まざるの人たらんことを期する。

謹んで彼の新著に序す

昭和十二年六月

田川大吉郎

獻本の辭

我が妻呉氏足素卿よ！　卿は遂に昭和十二年、即ち一九三七年の七月二日午後七時十五分予と倶にせる卿の二十五年の生活を静に終り、我等父子八人と永別せられた。卿は長年月に亘り家事養育の全責任を負ひて積労あり、更に最後の一年有半は厳しき病苦の加はるありて、寔に労苦に充ちた卿の生涯ではあつたが、断ち難き絆に結ばれたる我等と遽に幽明境を異にし、形影相離れることは流石に卿の断腸傷心事であつたであらう。後に残される身の我等父子の限り無き悲しみに就ては語るまでもあるまい。然しながら生者必滅の理あり、天命とあれば肉に於ての離別は之を潔く諦念しよう。さう言へば、卿は実に心安らかに我等から去つて往かれたのだ。

去る一月初旬予は京都に在りて心中深く感ずるところあり、此の冊子著述の発意を為し、一月廿二日以後の時局に触発せられるに及んで愈々決意して筆を執つた。然るに間もなく側近の者より帰台の上病床に横る卿を看病すべきを勧説せられ、予も亦卿の側に於て執筆を継続するの穏当且つより有意義なるを思ひ、二月末に京を発して卿の病側に三度帰つて来た。今にして想へば返す返すも残念な事であるが、予の意志薄弱の所為か卿の病苦の余りにも激しかつた為か、予の心緒兎角乱れ勝にて文をなす能はず、予は遂に我れと我が心腸を鉄石に化せしめて三月の末上京し、以後門を閉ぢ客を謝して執筆に専念、卿への問安状さへ娘達に一任して敢て顧みなかつた。斯る次第にて幸ひ五月末日に稿を終へ、上梓の可否を二三の親友に諮り、意に天の憐み岩波茂雄氏の義俠心となつて現はれ、六月七日岩波書店より本冊子を出版すること許された。それから題辞序文の依頼等の為に数日を夢中に馳せ廻り、出版に関する萬事が一段落を告げたあたかも其の時、卿の主治医呉秋微氏より急遽帰郷すべき旨の招電を接受した。予は深き憂慮を胸裡に秘め娘等と取るものも取り敢へず十五日下関行の燕号にて帰台の途につき、列車が下関に到着するや否や同港発の便船に飛び込んだのであつた。船中予は娘達と共に生前卿に一目逢ひたしと一心に神に念願した。感謝なる哉！　上からの恩恵我等に下り、十八日の夜十一時半我等は相互に手をとり嬉し涙を流しあふことが出来た。予は卿の病を他所に東都に逗留したるを詫び、本書に賜りたる安部、田川両先生の序文を卿のために訳読した。死の床に両先生の御文章を聞きゐたる卿は遂に感極つて泣き出して了つた！

卿の病篤きを知るや生あるうちに本書一本を卿に呈して卿と喜びを分ちあひ、卿の內助の功に報いることをせめてもの予の願ひとし、予は本冊子の一日も早く出来するやう特に岩波兄の高配に訴へるところあつた。然るに、嗚呼、岩波兄折角のお努力も空しく、今始めてこの小冊子を卿に、否卿の霊前に献じ得るのみである。
嗚呼！　悲しい哉！　茲に数言を記して以て卿が記念とする。

昭和十二年七月五日
愚夫培火泣記

緒言

一

過ぐる昭和十年の元旦、私は台湾新民報の紙面に『昭和十年は一九三五年なり』といふ標題の下に、次ぎの小文を我が台湾の島民同胞に送つて、心事の一端を披瀝しました。

読者諸君、昭和の聖代は、年を重ねること十回と相成りました。畏れ多くも、昭和なる御年号は、書経堯典の「百姓昭明、協和萬邦」より取義せられ、先きに明治、大正なる国家理想の下に、維新改革の內部的衆庶の実力涵養の大業を遂げさせ給うて、愈々昭和の御代から、前に養ひ得た実力を以て、萬国萬邦と協和しようとの積極的、外部的光被を垂れさせ給ふ大御心であると恐察します。斯る王道的大精神、世界的大理想を仰ぎ見つゝ、吾人茲に昭和十年の新春を迎へることは、誠に一種天寛海闊、萬里陽光の感慨を抱かしめられる次第に存じます。

然るに諸君、翻つて考へますると、昭和十年は即ち一九三五年ではないか。一九三五年は又実に我が挙国の人心を、去る三箇年来、極度に刺戟した所謂非常時の中心点ではないか。あゝ誠に一九三五年はその次の一九三六年と同じく、帝国九千萬同胞の将来にかゝる、危機の伏在する非常時中の非常時であります。今日は取りも直さず、空前未曽有の超非常時の中心に向ふの第一日、世界的大低気圧に進むの第一歩、斯く思へば又恰も、急に一塊の大暗影に包まれた如き感じがして、茫然として自失、悚然として背に冷汗を覚えます。

国家常時の庶政は、自ら有司がその位に在り、彼等をして各々その職責を尽さしめるがよい。併し是からは、未曽有の非常時に際会する、浮沈興廃の真涯に立ち至る故、匹夫匹婦と雖も、我不関焉と拱手傍観を許されませぬ。愛する島民同胞、我々こそは、真に我が国民生命線の最前線に立ち居るものであつて、私は諸君と共に、国家興亡に対する匹夫匹婦の責を痛感し、自ら進んで各々の責に任ずべきを誓ひたく思ふのであります。

読者諸君、私は、国家興廃の歴史に例外はなく、社会文化の発展に飛躍は許されぬと確信するものだ。即ち興廃の歴史には、古今不易の鉄則が存し、文化の発展には、東西共通の基本あるを認めます。而して暴力を以て暴威を張るものは、時来らば、常にその亡ぶるを見、王道を行うて仁義を樹てて弱小を愛護するものは、たとへ一時苦境に陥つても、終にはその栄えるを常に発見します。是れは古今の歴史の証するところ、分毫も疑を入れる余地がないのであります。または世界各民族、各社会の文化生活の実状を点検して看るとき、必ずそこには偉大なる人格の躍動あるを看取するであらう。高尚なる人格の躍動なきところに、文化的進歩の実現は許されない。同胞諸君、殷鑑遠からず、箇中の消息極めて明瞭、日本今後の非常危機を解消すべき吾人の職責は、一に前述の認識と努力を、各自の日常生活に体現して行つてのみ、始めて果し得ることと確信します。

全国九千萬の同胞よ、互に蝸牛角上の内部的紛争を止めよ。国憲を重んじ、国法に遵ふの忠誠を体現すべく、共々に手を握り大局の維持に勇躍猛進しようではないか。然るに位にあるものが往々権勢を悪用し、阿諛曲従、傷心害理の輩を利用悪用して以て輿論を捏造し、以て無理我欲を通す、位にあらざるものは、また暴力非法を以て改革是正を試みようとする如きは、是れ等しく乱臣賊子の所業にして、誠に慨歎の至りに存じます。畏れ多くも、明治大帝が渙発せられた五箇条の御誓文は、日本を今日までの盛運に導き給うた宏謨聖訓であつて、挙国上下を問はず、新たに脳裏に銘刻して遵奉せねばならぬことを、私は特に在台内地人に対し、その本島人に率先すべき責任あるを、三思反省して戴きたく思ひます。私の愚見を以てすれば、対外的紛糾は概ね対内的葛藤に起因し、今後の国際的危機は、蓋し過去に於ける国内的缺陥に発足すること多きを確信します。故にその本を正せば、その末自ら正されるのであつて、内部的調整は軈て外部的和諧として現はれ、国内的一致融合あつて、始めて国際的親善が将来されると信じます。

満洲国は事実として現に独立して居り、時日の経過に従ひ、政治の宜しきを得ば、恐らく各新興の国が厳然と存続する如く、存続するであらう。蓋し新興国家は、その出現の仕方の如何を問はれるよりも、その存続する意義を随時随所に問はれるものだ。満洲に於いて生存する三千萬民眾の生活が、若し従前に比べて一層その福祉を増進し、各々その分に安んじその業を楽しむのであれば、誰かまた何をか謂はんやであります。然らば、中華民国も追々善意を示すであらうし、欧米諸国と雖も、自然と納得して提携を求めて来ようと思ひます。要は今後に於ける満洲国の内部的経過如何に懸ると、明識達観すべきだと考へます。

満洲国の構成要素には、明かに日系の勢力が大きな部分を含む、謂はば日満両民族の共働社会であります。併し内鮮、内台の関係とは、大なる相違を有すると知らねばなりません。内鮮、内台の関係にあつては、本土の側は絶大多数にして主導的位置に在るに反して、日満の関係に在つては、その構成の上からみて、満は凡て主動的地位に在ると認めざるを得ない。此の点は満洲国の存在の特異な点であり、同時に又発展的日本民族の将来に対し、一大試験を提出すると知るべきであります。而して、こゝに私は敢へて言ひます。若し日本民族が不幸にも、此の大試験に落第した時は、その時即ち東洋民族の間に、至強至烈の惨禍の発生する時であり、又若し幸に、立派に及第した時は、その時即ち東洋文化の精髄たる王道哲学がその実証を与へられ、この精神の世界光被の門出、鹿島立ちであると申してよからうと愚考します。勿論私は諸君と共に、日本国民の一員として、将又東洋民族の一員として、前者の結果を極端に厭忌し、後者の結果を熱切に期待して已みませぬ。

満洲建国に參加した日本民族の成敗は、実に東洋民族全体の興衰に至大の関係を持つ。

斯る立場に立ち至つて居ると私は信ずるのであります。されど読者諸君、私は又実に危惧を感ずる他の一面あるを告白せざるを得ませぬ。そは何か。乞ふ聴くものは、雅量と善意を以てよく聴いて見て下さい。

それは過去に於ける朝鮮政治、台湾政治の実相そのものであります。いま、多く述べることは止めます。台湾施政四十年後の今日、現任総督たるものが、その政治機構の最下部たる地方自治制に関する漸進的改正を断行するに当り、尚ほ一部強力なる母国人勢力の反撥と抗争せねばならぬと云ふ実相、更に、島民の八、九割を占める最大多数者が、文盲暗澹の生活に在りて、それ等を文化生活の彼岸に済度すべき、唯一の簡易手段たる白話字普及の運動に対し、多くの母国中央の国士、長老が、その有効にして必要なるを保証し裏書しても、尚ほ二十年一日の如く、島内の母国人官民が盛んに強烈な反対を唱へるといふ実相、嗚呼！斯くの如きは、全く、吾人が彼の朔北曠野に於いて、成功あれかしと期待する王道政治の達成に対して、漆黒なる一抹の大暗影を投入する結果となるべきを恐れ、前途の危殆を痛感して、敢へて微少を省みず、愚誠を披瀝して、警告苦言を発する次第であります。さりながら、大勢は抗すべきにあらず、危殆はよく吾等の覚醒を促して呉れると思ひます。九千萬同胞中の自覚あるものは起て、時局好転の緩慢なる推移に失望落膽せず、衷心より邦家民衆を思ふの大信念は、必ず成功の一日あるを疑ひませぬ。真理は必ず最後の優勝者となるからであります。斎藤実老子爵は曽て私を諭して言はれるに、善きことは諄々として説き、孜々として努力し已まざれば、終には必ず聴かれるものだ、志士のことを為す、熱心であつて而して無害でなくてはならぬと。誠にそのお言葉通りであります。志士仁人の事を為す、無害たるべきであるばかりでなく、假令危害を加へられても、尚ほその志すところを貫いて已まない、是れ志士の特色であり、仁人の本領であつて、これあつて始めて挙世の混濁は清新にせられ、永遠の鴻業が始めて成就の契機を得るのだと信じます。

噫！　敬愛する読者諸君、同胞諸君よ、私は今萬感交々で筆を馳らし、此の拙文を草して茲に至る、感慨一層昂揚して、自ら興奮を禁じ得ませぬ。誠に実に我々の目前は曠古の難関に逢着した。されど、大志を抱くものは此の時にこそ起て、日本の興廃ばかりでなく、東亜五億大眾の存亡死活、挙げて此の危局の中に置かれて在ります。豈また痛快極まるの時ではないか。縄頭軽薄の小利、虎に藉る狐の威勢、謂れなき優越と傲慢、斯る鄙俗なる私心私慾を互に一掃して、事の公私大小を問はず、常に不朽の愛心と赤誠とを発奮せしめ、普遍の公義大道を馳駆しようではありませぬか。我が台湾は小なりと雖も、その海は闊くその山は高し、その自然より稟受した浩然の気を持つ志工は起て！　過去は幾多俗流の狂濤に飜弄されたることもあつたとは言へ、我が台湾の理想の姿は平和の戦士が住む蓬萊の島であるのであります。九千萬親愛なる同胞よ、過去をして過去を葬らしめよ、現下目前の我が国家、我が東洋は我々の純情にして無害なる良心的熱血の迸り、政治的良心の作興活躍を絶対要求して已みませぬ。而して記憶せよ、昭和十年は即ち一九三五年であり、翻つて一九三五年は即ち昭和十年であります。我々若しよく我が東洋民族の遠祖先哲の指示した大精神、大信念に基く、畏き聖大の国家理想たる昭和の聖年号を以て、自各の私心を潔め得ば、我が国家と我が東洋の前途、蓋し洋々たるものあるを望見する筈であります。

謹んで昭和十年の新春を賀し、健闘を祈ります。

二

尚ほ昭和三年四月には岩波書店から、『日本々国民に与ふ』と云ふ標題で、一小冊子を本国の同胞に送りました。其の時丁度、帝国立憲政治確立以来、始めての普通選挙実施に際会したので、私は、孤島台湾に於ける三十年以来の官僚、既成政党の島政に対して、そのあまりに専行、上は至尊一視同仁の聖旨に背き、下は無告なる島民大衆の福利向上を無視しで、同化の民を藉り、実は差別不公平なる政治を行ひ、幾多の官権財閥の抱合にもとづく、大局から視て甚だ国利民福に反した彼等の秕政を指摘して、昭和御新政の好機に、聊か微衷を忠良なる母国の国民同胞に告げて、御参考の一端に供した次第であつた。私は元来魯鈍の上に、実際の行動にのみ多くの時日を空費し、読書研究の余暇は真に少なく、因つて筆紙に親しんで論策を著すことは、誠にその器でない。又性質として、行に先んじて言議することを好みませぬ。それにも拘らず、久しい間の台湾政治の不幸なる実情を見て堪へ兼ね、台湾の前途か殆ど光明なく、引いては日本母国民の東洋諸民族に対する将来の関係の上にも、憂慮すべき傾向が進みつゝあると、幼稚な私の眼底に映ったので、尚ほ又、その状勢の阻止、挽回を計らうとして、私は廿数年間台湾と本国との間を往復し、成るべく広き範囲に亙つて、各政党の要人達にも接触して見た結果、何うも悲観的印象と経験ばかりが多く、そこで已むを得ず、一般母国大眾に一縷の望を嘱して、あの蕪言呈したのでありました。

昔の杞人の憂は所謂「杞憂」であつたが、不幸にも私の憂は杞憂とならなかつたのだ。台湾と朝鮮に於いてこそ、問題と云ふ程の問題もなく、極めて沈默無事でありますが、日本帝国と中華民国との関係、大和民族と中華民族と紛糾葛藤がその後益々縺れて了つて、もはや殆どその収拾の道を知らないやうであります。杞人が憂へたそれとは別の天が、真に頭上か落込んで来さうな事態となりました。茲で私は決心しました。此の天が落ちて来る位だから、もう台湾のことなんぞは問題でない。台湾のことをくよくよ言つて居る暇があれば、今に落ちて来さうな我が東亜の天を、梯子でも擔棒でも、或はお互の細腕二本でも差出して支へよう、是が第一の喫緊事だと気附き、前掲の年頭辞を発表して、憂を同じくする同胞達に心事の一端を告げたのであります。かくして私は二十年来空拳赤手で奔走した処の母国台湾間の内政改革の要求を拋棄し、私の細腕二本を差伸べて、我が東亜の兄弟達と協力して大勢挽回を策しようと思立ち、或は東京に或は廈門福州を歩いて見た。昨昭和十一年の春、又華北に渡つて親しく同憂同志の人に逢ひ、現地の実状にも接したいと思つて、準備を整へ将に出発せんとしたところへ、突然留守宅より急電參り込み、荊妻の病勢険悪なるを報じ、已むを得ず、旅行を中止して帰宅した次第であります。昨年の夏病妻小康の隙を窺つて再び上京、八月二十八日長崎より出航の便船で上海に渡らうとした矢先き、豈図らんや同二十四日、民国成都に於いて、暴民の為め日本人の旅行者が四人も殺害せられたと云ふ突発事件が発生し、局勢また直ちに陰悪化して、旅行に不利だと友人達より忠告を受け、萬事休矣と諦めて渡華の計画又水泡に帰した。

狂瀾怒濤竟に挽回すべからざるか。けれども人事は尽すべしと思ふ私の頑愚な心が尚ほ死なない。いふところの尽すべき人事とは、即ち日華両国の民間識者の大量接触でります。官辺の交渉のみに任して置いては、到底埒が開かぬ。私は東京で微力の及ぶ範囲に、母国人側の名士には勿論、民国人側の方にも親しく面会を求めて、双方の民間接触の緊要たるを力説した。在神戸の国民党員、商業団体の代表者にも面談を試みた。斯して得た結果は益々私をして焦躁せしめる一方、私は母国人側かち次の如きことを聞うた。民国の排日熱は極く熾烈な上に、思ひがけないところで沒分暁漢が盛んに活躍して、中々正論が云へるものでない。況や言語も不自由だし、新聞紙上でよく見るやうに、外務省辺ですることでさへ往々喰違ひを生じて、儘にならぬことが多い位だからまあ……と仰せられた方が多かつた。私が一番激励されて気を強うしたのは、安部磯雄先生から承つたことであります。先生曰く、「蔡君、君の志は立派だ、折角大事に見て来て呉れ給へ、民国と日本の民間識者が互に虚心坦懐で、心事を述べ合つて大局の好転を期することは、本当に重大意義がある。君が先きに行つて見て、若し快く語りたい希望を抱く先方の識者があつたら、夫れを紹介して呉れ給へ、俺も出かけて行かう。何うも時間が少ない上に、旅費も自弁工面せねばならぬので、君が先づ行つて見て最も有効な旅程を作つて呉れ給へよ」と。

民国人側の皆様にお会ひして承つた話の要領は、「今までのことは皆日本が主動的にやつて来てゐるので、日本人の方から何か言ひ出さなければ、自分達の方では何とも仕様がない。日本側から言ひ出されて、私達の方は始めてそれに就いて考慮し、賛成不賛成、協力不協力を決めるのである。今迄日本の方から何も言つて来ない。私の方から進んで何も云ふべきことはない。いや、そんな事をすれば、それは恥しいばかりでなく、我が国人から変な目で看られ、漢奸と言はれ唾棄されることは必定である」と。又或る時、民国大使館の或る知人と話して見たところ、斯う述懐された。「公的立場から離れて、双方民間の接近を計ることとは実にお説通り、至極大切と存ずが、何分私共の如きもの、何処へでも伺つてよいのだけれど、実際またお伺ひしたいのは山々ですが、何うもお訪ねした先方の方が御迷惑なので、此の頃は成るべく遠慮して何処へも參らぬことにして居る。昔の同窓も居るし、無邪気にわいわい騒いで述べたいんだけれど、そんな訳で」と。まさか虚言でもあるまいと感ずる程、真に凡てが重苦しい。事態は全く容易ならぬのであります。幸に林首相が去る二月十五日議会で、日華局面の打開策として、努めて民国当局者の了解を求めて交渉を進める以外に、民間からの接触交渉をも希望、奨励すると施政の一端として述べられた。此の対華外交の新方針に基いて、何うか今まで鬱積した重圧から解放されて、双方の真摯なる国民と国民が、盛んに往来するやう切望に堪へないのであります。

三

去る二月十七日の衆議院本会議で、帝国の議会政治の最大先輩尾崎咢堂翁が、憂国慨世の赤誠に駆られ、二時間の長きに亘つて、国務大臣に対し、施政に就きその疑を質しその所信を述べられた。その御説の中心点は、空前の厖大豫算を提出せねばならぬ程、帝国が当面した局面が甚だ危悪なりと云ふが、一体此の危局を現出せしめた原因は、外から来たものか内に存在するものかと質され、尚ほその原因は外から来たものでなく、全く内にあるのでないかと附言された。林首相はそれに答へて満洲国の状勢にその原因が存すると云はれたやうであります。咢堂翁と林首相の問答は、各々一面の真相を述べられたと思ひます。が併し、その何れも同じく昨日の真相であつて、今日の真相、今日現在の原因でないと私は思ふ。私は目前の日本帝国の非常時を造る原因は、日本の内部から五年前已に満洲の方へ移り、満洲の方から更に移行して、もう今は中華民国国民政府との交渉の上にあると思ひます。南京国民政府の動向を日本の有利なるやう導き得ば、日本は大局が安定して萬々歳だし、若し思ふやうに導き得なかつたならば、たとひ軍部は粛軍に成功して本然の姿に帰り、議会が憲法の保障に依つて確乎不動であつても、将又、満洲国が順調に成長して行つたとしても、私は日本の非常時は依然として残り、東亜は安定するに至り得ないと信じます。日本帝国現下の非常時局の根本原因はこゝに在る、此の点に全国民の力を傾注して解決を求むべきだと信じます。若しその為めに、国防充実が唯一の鎮定力、無二の解決法なりとすれば、三十億どころかその二倍の六十億、或は百億でも出さねばなるまい。之に反し、若し咢堂翁が言はれた如く、軍備が充実して却つて国勢を危殆に追込むといふことであれば、三十億を二十七億に削減して済むものではない、国家を安泰に据ゑ得る程度にまで、有らん限りの手段を尽すに果敢でなくてはなりませぬ。

右の如く私は対中国国民政府の外交に、帝国現下危局の根基と動向が伏在すると信じます。而して対華外交は種々の角度より種々の工作を施すべきであつて、従つて軍備の或る程度の充実を計るは勿論大切であるが、私は武力の充実よりも、精神的な、道義的な帝国品位の昂揚に、より多く国力を転用すべきだと献言します。今までの武の上の準備努力で日本は、世界三大国の一、世界三大強国の一たる地歩を固め上げた。之まではそれでよいとしてこれからも従来の方針の儘を強化して行くならば、それは明かに日本の建国精神、真なる日本精神にも戻り、又武力の強化につれて、隣邦のこれに対する警戒、抵抗も強化されよう。更に、他の二大強国との優位競争も同時に激化するではないか。かくては武備の強化、武断政策の実行につれて、現下日本の非常時性は、益々その度を増し加へる理になる。日本の実力はもう充分だ、日本にもつと欲しいものは寧ろ徳である。武力の不足で日本が危いのではなからう。愛する日本よ！　徳を樹てよ!!　明治大帝は教育勅語の中で、「我が皇祖皇宗国を肇むること宏遠に、徳を樹つること深厚なり」と宣はせ給うた。肇国は多く武威に依るべく、樹徳は専ら人格に依らねばならぬ。肇国の創業と樹徳に依るその完成とは、誠に世界無比の我が日本皇室の御稜威の二大根源であると恐察し奉ります。我が東亜の先哲先聖が闡明せられた王道の大真理もこの外にない。日本の皇室は既に二千六百年以来、萬民に率先して此の光輝ある皇道を建てられ、此の道に遵由するところに日本精神があるのだと考へられます。

私は孤島台湾の一田舎郎のみ。台湾に於いては、未だ十分に王道善政の歓喜を知らずに、早や東亜の空にわるい兆しが日増しに現れるのを望見して憂懼に堪へず、敢へて愚誠を開陳し広く同憂の日華両国同胞に訴へんとするものであります。何うか杞人憂天の愚と同一視せられぬやう、切に切に大方の賢察と同情協力を希ひます。特に愛すべき我が日本同胞に、以下私の切々たる愚誠と管見を披瀝して、深甚なる御省察を願ひたい。目下の情勢は真に険悪そのもの、我が東亜は宛ら噴火山上に置かれてあります。現状のまゝに放任せば、もうお終ひであります。何卒深く深く自他を省察して下さい。今日の日本は完全に東亜なる大家族の長兄となつたのだ。日本は先づ実力、武力に於いて東亜の長兄になりました。これからは何卒徳望に於いても従来以上により良き長兄となられんことを熱望致します。長兄に力あり、また徳も備へて始めて此の東亜の大家族が破滅から救はれます。日本は東方の君子国、また神国であるではありませぬか。何卒誠の神風吹き起つて、日本に十分なる霊力霊気を充たし、層一層、倍一倍と我が東亜平和の建設上、指導者としての重責を果し得るやう、私は切なる祈願を抱いて、この拙い冊子を公にする所以であります。

時間の迫切と微力の及ばない為めに、論旨に尽さぬ点や独断に亘るところが、多々あるでありませう。大方各位には何卒愚誠の存する処を諒察して戴き、叱正を願ひたく存じます。

悪魔の祭壇に上る勿れ

一

二・二六事件と西安事変とは、その各々の国情の然らしめた為めに、日本は依然たる日本、民国は又依然たる国民政府支配下の民国として、何等大局に動揺を起させることなく鎮静して終つたのであるが、更に大所高所に立ち、東亜民族全体の平和、安寧の点から観て、私はそこに非常な危機の伏在せるを確認して、若しかすると西班牙の現状勢の更に拡大した如き状勢が、我が東亜、特に日本と中国の間に形成せられるのでないかと憂懼するものであります。私の愚見を以てすれば、西洋諸国人に対比して、我が東洋人は尚ほ素朴であり、単純であり、割合に善良で、科学的物質文明の悪弊に落込んでゐる事が少ないと思ひます。又我々の通性として新奇を好んで向見ずに突進するよりも、所謂「温故知新」といつた流義で、静かに旧きを玩味し而して後新しきに進む方であつて、我々東洋民族は斯る穏健重厚の特性を、西洋諸国人よりも多分に禀受して居ると思ひます。若し日本と民国の人が、相互に共有する此の特性を自覚して、過去を思ひ将来を察するやう、暫く冷静に反省熟慮するなら、そこに必ずや此の危局を救ひ得る途が備へられてある事を発見すると私は信じます。

私は現西班牙内乱の原因を科学的文化生活の爛熟に帰せしめるものであるが、私は決して科学文化そのものに責任を問ひ、科学文明を排するのではありませぬ。太陽が地球を廻るといふことよりも、私は矢張り、地球が太陽を廻るのだと言ひたい。駕籠に乗つて一日に十里しか行けないのよりも、矢張り汽車、自動車に乗つて、一日に数百里を行く方がよいと思ひます。況や電燈を点けずに蠟燭で書見する、そんなことはもう私には出来ないのであります。科学文明はなんと云つても有難いものであつて、殊に科学の研究による実証的操作と数理的思惟の訓練を経て、我々現在の精神生活にも、如何ばかり裨益を与へられたか知れないし、交通や産業の発達に従つて、国際関係が大いに密接となり、有無相通じて、隣人の誼を厚うせられたことの多いのも、否認し得ないのであります。科学文化そのものを、私は礼讃しても、決して排撃しない。私は只だ、科学的文化生活に習熟した西洋人の多数、特に現在流血の惨に呻吟しつゝある西班牙人の如きは、早くより科学文化を創建し、その創建したる科学文化の成果を享用して来た間に、漸々その感官を刺戟せられ、愈々現実に対する執着が強化せられた結果、物質的欲望が徒らに増長して思慮・理想を掩閉し尽され、遂に現実執着の陣営が左右に分れて実力解決を以てせずば已まざるに至つた。その害毒を指摘したまでであります。私の独断か知らぬが、科学文化なるものは、正しき宗教信念の下に於いて始めて発展せしめられ、享用せらるべきものだと思ひます。然らざれば、科学文化は益々人間を駆つて、悪魔と化せしむべきを恐れるのであります。

何故なれば、科学の根基をなすものは事実の上に加へる実験でありまして、事実であつても実験出来ぬものを科学問題として取上げない。換言すれば、科学は人間の感覚に基いた人間の思惟判断を生命とする。それが極端化されて、物質のみを唯一の存在と独断し、その間に限られた理法のみを真なりと妄信する傾向を生じ易いのであります。茲に於いて、現実執着者が現れ、宗教を阿片視する唯物論が横行し出すのであります。斯る現実執着者、唯物論者は、遂な花よりか牡丹餅に目が眩んで了ひ、等しく人の経験する事実なれど、任意に実験が出来ない、人間の意志の我儘を許さぬ宗教上の事実を、一切否定して認めないのであります。的確に言へば、此の部類の人は、結局己を最後の実在となし、己の肚を神と崇めて了つて居るのでありま す。彼等は「主義」を言ふ、しかしその主義は肚の婢僕であるに過ぎない。肚の存在しないところには、その主義は跡影も留めない幽霊と化する。彼等は、矢張り犠牲を拂ひ自ら血を流すことをする。併しそれは、愛といふ意味の所謂犠牲ではなく、肚の存在に絶望したときに、多くの道づれを連れて行く悪魔の乱舞に過ぎないのであります。猛烈な破壊、残酷な殺傷を行うて往く魔王の乱舞は、なんで犠牲と言へませうか。西班牙に於いて、その実証が懼しく現れて居ります。科学はその本質上、兎角人間を此の暴虐無慈悲の迷途に引込み易い。有史以来の最大虐殺は、科学の本家たる西洋諸国間に遂行されたのだし、暴力闘争の共産主義やフアツシズムも、科学昌明の西洋諸民族間から産出したのであります。

科学文化の生活に永く浸潤されたものは、一般的に感官の発達が鋭敏になり、その満足を求める衝動が甚だ強い。こゝから合理的とか、経済的とかいふ生活が際限なく案出せられ、今日では既に目映いネオンサインの大都市生活法が、鉄筋コンクリートで固められて出来て了つて居る。所謂文化人の子達が却つてそのネオンの閃光に苦悶して、抜き差しならぬ生活苦を嘗めつゝあるではありませぬか。

科学の進歩発達が直接資本主義の暴威を振はしめ、その資本主義的発展から、近代大都市の創建を促した関係もあつたと認めねばならぬが、私はそれ以外に近代都市生活を構成せしめた三大原因を別に指摘し得ると思ひます。その第一は政治の中央集権にあり、その第二は学術の綜合施設にあり、その第三は娯楽の利得経営にあると思ふのであります。而して此の三者の生みの親は取りも直さず、科学的文化生活の双生児たる「合理的」、「経済的」なる二つの迷念であります。この合理と経済とはその実、全くの感官満足の奴隷であつて、此の奴隷の支配に甘んじて、更に為すことあるを知らざる現代人は却つて非常な不合理、不経済の羽目に落込んで、破滅の一途に落入りつゝあるのであります。私は重ねて言ふ、科学研究の努力によつて創建した文化、文明が悪いのでなく、神を知らず宗教の信念なき此の世の子達が、その科学研究に耽つてゐる中に、その研究の成果たる文化、文明を享有して居る中に、知らず識らず感官のみが尖鋭化して、遂にその満足を求める為めに、農村を放棄し農耕を顧みず、猫も杓子も都会集中、都会第一、斯くして百鬼夜行の魔窟たる、そして真なる合理と経済とを粉砕して了ふ大都市を現出せしめる、此の故に科学的文化生活が悪いと言ふのであります。西洋諸民族は、殆ど完全にその科学的文化生活の虜となつたが、我々東洋諸民族は幸にも、尚ほその感化、害毒を受けること少なく、今の中になんとかすれば、まだ助かりさうに思ふのであります。

二

近代文化の特色として、政治家と資本閥が相結んで資本主義の牙城に依據し、その意欲の貫徹を期せんとして種々の術策を弄し、一般民衆はその有識無識を問はず、科学的文化生活に憧憬心酔して、都会に向つて集中する。人々の感官は益々刺戟されて神経は愈々鋭敏となり、その満足を得る為めに多くのものを求めて飽くことを知らず、遂に自縄自縛、享楽しようとして却つて奔命に苦しみ、満足を得ようとして却つて窮乏に泣く。嗚呼禍なる哉！近代都市文明、科学的文化生活よ、汝は阿片の如く人類を荼毒し、世界を滅亡に導くべき悪魔の頭であります。左翼のマルクス主義も右翼の資本主義、帝国主義も、何れも汝の產みたる同腹の妖孽たるに過ぎませぬ。

最近或る英国の友人に、その本国の事情を伺つて見た。その話に、西洋の物質文明、科学的現代文明の行詰りに就いてしみじみと物語られ、英国の農村にはもう人少なく、気のきかぬ鈍物か、或は現世の刺戟を超越した聖者のみが農村に留り、所謂気の敏い者精力に充ちた者等は、皆都会へ都会へと重り合つて密集するのでありますから、耕す者がなく、土地が非常に瘠せて作物がよく出来ない。而も都市生活に馴れたものは欲求が多く、所謂生活程度は高まる一方、従つて給料が高く、失業が多い、困つたことだと深く嘆かれました。一般労働者や月給生活者の給料を訊いて見ると、女中は一週間で先づ十二圓といふところ、不熟練の筋肉労働者は同じく一週間で三十五圓位、農業労働者は一週二十五圓位、中等学校卒業の勤め人で、初任給は一週十圓乃至十五圓、四十歳あたりまで務めると、一週五十圓か六十圓になるのが普通ださうであります。而して此方の帝大を卒業し、二流位の新聞社で、例へば横濱のやうな処にある支局長の地位の程度だとどの位給料を取るかと聞けば、まあ年に六千八百圓は取るだらうと答へられた。何うです、驚いた話ではないか。現在、日本東京での女中は先づ月給八圓ですな、よくても十圓、殆ど十二圓を出ない。東京での不熟練筋肉労働者は先づ一日八十銭、よくても一圓といふところでせう。農耕の労働になると更に少なくなつて六十銭、七十銭位ださうだ。而して中等学校卒業程度の勤め人の初任給は月二十圓、二十五圓位がよい方であつて、四十歳位まで勤めたものでも普通六十圓程度が相場ではなからうか。また二流新聞社で横濱支局長の月給は百四十何圓であつて、決して百五十圓を出てゐない。これは最近就職に就いて話合つた実例であります。して見ると、英国の労働者も一般給料生活者も、大体我が日本内地のそれ等に比べて、四倍余り、五倍位の賃銀を得てゐるといふことになる。これを若し我が台湾島内の夫々に比するならば、八倍、十倍にもなるのでありまして、況やこちらは十時間、十二時間も働くのに、先方は八時間労働に、日曜は休ませて貰ふといふではないか。その五倍や八倍といふ割合を以て、先方が贅澤をすると、数字的に断ずる理に参らぬとしても、我々よりも幾倍かの贅澤もし、享楽もして居ると断じて差支へない理であります。是れで、我が東方からでなく、真先きに西洋から社会問題が起り、マルクス主義、帝国主義、欧洲大戦といふやうな暴力で奪ひ合ひ、殺し合ひ、斯る社会状勢の悪化が、当然の成行として起るべかりしを理解する理であります。西洋諸国は殆ど皆基督教国であります。特別に信心深い崇高な人格者、精神家は在るには在ります。且つ我が東洋人に比べて此の部類のものは、現在数に於いても多く、行動に於いても更に積極的で立派でありますが、併し一般の西洋諸国民、大衆の総体を我が東洋のそれに比較して見たときには、我が東方の諸民族は遙かに克己で分を守り、勤倹で恬澹、寡欲純真で善良ではないだらうか。唯だ我々の方は教育不足の為め、その寡欲善良の中に、尚ほ原始的な素朴さを脱せず、良心的の自覚行為に達してないことは認めねばなりませぬ。これでありながらも私の、我が東方諸民族を愛らしく思ひ、我が東方諸民族の西洋化を忌み嫌ふものであります。

ところが、実際の趨勢は如何。大いに深憂すべき事象が、我々の眼前に刻々展開しつゝあるではないか。過去に於いて、既に西方民族の資本主義、帝国主義、軍国主義の為めに、我が東方民族は随分酷く蹂躙せられ、日本は幸にその植民地とならなかつたが、中国はその半植民地の状態、印度支那、印度その他は完全なる植民地となりました。これは先方ばかりを悪いといつて責めてもいけないので、当方に勿論責任はある。さりながら先方は余計に責任あり、余計に悪いと云ふべきであります。前述の如く、彼等はその生活を簡易に変へることが出来ない、その神経を静め、その贅澤を止めることが出来ませぬ。彼等は基督教に純化せられたよりも、科学的文化生活に毒せられた方が深い。その方の害毒が幾倍にも広く行き渡つてゐる。彼等はその飽くことなき感官的欲求の充足の為め、何うしてもその不足を我が東方に向つて求めて来て已まないのであります。我々が若し、更に覚醒するところなく、依然たる呉下の旧阿蒙で居つた日には、中国は先づ第二の印度となり、日本も果して枕を高うして安眠出来るでありませうか。曽ては西洋民族の中で、黄禍を大声疾呼したことがありました。私はそんな民族的憎悪の念から言ふのでなく、西洋民族の生活様式とその精神的傾勢、行動的実状から察して、自然的発展の大勢上、白禍と言ひたくはないが、彼等はその行詰りの解決を我が東方に求めて来さうだと、敢へて警告するものであります。過去一世紀近くの間、西方民族の中より幾多の人類愛に燃えた仁人君子が、或は身を挺して尊き犠牲献身の奉仕を東方民族の進歩に尽し、或は遠き自国に在りて浄財を醵出して東方民族の救済に捧げた、その歴然燦然たる信仰の勇者達の善行に対して、目を閉ぢて看ぬ振りをするそんな忘恩者たる私ではありませぬ。宏大なその恩義に感銘しながらも、私は、純真を愛し、正義を愛し、東洋を愛し、世界を愛するの熱情からして、何うしても此の際如上の警告を発せざるを得ないのであります。

私は、時流に投じた国粋的民族思想の鼓吹には大反対、大厭であります。さりとて西洋心酔、科学萬能・流行追従の軽薄者流に対して、尚更、嘔吐を催させられます。此の点を私は我が東方諸民族の各個人々々に反省して貰ひたいと思ひます。台湾の田舎から、毎年一回二回は必ず上京する私の眼にさへ、阪神を始め、沿道の大都市、殊に帝都大東京の繁栄振り、発展振りを見て、実に驚心駭目の感じを与へられる程、どんどん変遷発展を遂げつゞけてゐます。併し遠くから眺めるのでなく、市上街衢の角々を精察すれば、現に西洋の有心人が自ら深く嘆き苦しみ居るところの西洋大衆的精神状態、生活態度が一日々々と急加速度を以て、我が日本の都会人、特に東京人の身心を占領し尽さんとして居る状勢を目撃します。大建築物か日増した増し加はる。交通車馬の頻繁さは、行人をば命がけで行かねばならぬやうに仕向けて来た。街燈は明るくネオンは目映い。歩道を行く青年男女の馨は高く、容姿は流行の尖端を競つて、肩を磨つて往くどころでなく、押しつ押されつして押し流されて通るではないか。飲食店の多いこと、娯楽場の繁昌すること、誠に驚く以上であります。そんなに鷹揚に散財して居るかと見た眼で、直ぐその側の路傍や橋畔で平身叩頭して喃々と哀願する乞食に対して、殆ど誰も顧みようとしないことを見るのであります。また、アパートの新式生活が殖える殖える、カフエーの景気は中々旺盛、而して結婚忌避者が甚だ多く、落着きあり奥床しくある家庭生活は、日進月歩で頽れつゝあります。新聞の社会面は、毎日のやうに自殺、心中、強盗、殺人の記事を以てその大部分を埋め、人生を詛ふ声が都市から農村に亘つて聞えて来ます。何うしたものか、伊太利で大成功を遂げたファツショといふ語が盛んに流行し出し、此の声で元気づくものもあれば、元気沮喪で怯え縮んで居るものもあります。噫！　此れはなんといふ世相でせう。余り久しくない前に、共産党事件が社会を震撼せしめ、学校といふ学校を荒し尽して、幾多の有為なる青年人材が或は死し或は下獄した。それが右に急転回して五・一五事件、其の他の発生を見ました。真に容易ならぬ世相であります。以上の如き情景は他所ごとではなく、皆此の日本の心臓部大東京に発生したことであつて、これ等はその何れを問はず、明かに真正な日本精神の発現でもなければ、我が東洋魂の顕現でもない、遙か地球の向ふ側から迷ひ込んだ幽霊の出現に外ならいと、此の田舎者が思ふのであります。噫！我が東洋魂は、その土地、その資源と同じく、既に久しき前から、此の西の幽霊の餌食となりその尻馬となり果てようとして、正に瀕死の状態にあると悟らねばなりませぬ。

三

以上は精神的、社会的に視た鄙見を開陳したのでありまして、若し、民族的、国家的見地から視れば、更にそこには深刻な危機が伏在し、否明かにその発展しつゝあるを認識させられます。御承知のごとく、中国国民は数千年前、堯天舜日の下に撃壌鼓腹して太平を歌つたのでありましたが、その後、暴君に継ぐ暴君、乱世に続く乱世の為めに、骨肉は流離失所、生計は朝不保夕、文明文化は暴君や一部特権階級の享楽方便と化したか、或は少数遁世の高士の憂戚を慰める手段として残るの外、大衆とは全然隔離されて了つて、一般社会の中に殆ど遺存しない。

人民は則ち自己以外に何ものをも辨へ得ざる無智文盲の散沙、国家は則ち暴君乱臣の跳梁飛躍に委すの舞台と化し、遂一姓一族の壟断独占の国家であつて、天下為公の国家ではなかつたのであります。幸にその土地は広く、その生民は衆く、その地厚うしてその物博く、如何なる暴君に遭つても殺尽し得ず、如何なる掠奪者に侵害されても無一物となつて滅亡しなかつたのであります。そこへ欧力の東漸となり、幾多の刺戟と教訓を受けて、中国は蹶然として立つた。立つて而して秉公執正、以民為本たる五族協和の中華民国を創建したのであります。

中国はその歴史の出発から天命を畏れ、人民の為めに政治する徳治国家であるべき筈でありました。故に中国に於いては、秉公執正の大偉人でなくては、為政者の地位に登るべきでない。若し天命を畏れず、仁徳なきものにして一時政権を略取、竊取して私する者のあつたときには、則ち反乱を生じそれに反抗する。その者は則ち匹夫と成つて、天人共に之れを棄ててその存続を許さぬのであります。その反乱反抗の間、中国の文化はその為めに破壊され、進歩発達が中断され人民は流離失所して塗炭に苦しめられる。されど、中国は決して亡びたことなく、その人民は依然たる大民族、山河は又依然たる錦繍の大山河であります。中国の歴史を繙読して快心を覚えるところは誠に少ない。だが、此の一点だけ、実に此の一点だけは何時何処ででも必ず間違ひなく表明されて、真に痛快を覚えしめられるのであります。中国はその幾千の治乱興衰を経て、幾多の犠牲と塗炭に苦しんでも、唯だ此の歴史的鉄則をば克ち得たことは、彼の国民にとつて何にもまして貴い国民的大教訓であり、以て一切の損失を償うて尚ほ余りありと思ひます。中国民族は此の歴史の大鉄則に教へられ、此の天命の威厳に畏服して、今や大悟徹底、正に長眠より醒めたる如く、五族協和の大民族国家たる中華民国の統一完成に躍起奮起したのであります。而して、その対外国是に曰く、主権を尊重し、平等を以て我を遇する民族・国家とは提携し、主権を侵害し、不平等を以て、我を遇するものとは抗争すると。そこに於いて、世界の諸民族諸国家は、新興中国の気構へを明識せねばならぬと信じます。

ひるがへつて、我が東亜の強国、否我が東亜の盟主として実力が充実し、自他共に認めつゝある帝国日本の国情とその趨勢とを瞥見すれば、その国土は英国本土よりは少しく大きいが、何分山地多く、殊に東北地方、北海道辺りでは雪深くて冷害甚しく、人民生息の自由に対し制限が極めて大きい。四面圏海の島国で風光明媚なるも、火山山脈が国中を縦走して居り、且つ太平洋側の海底地帯は頽れ易い大断層を以て形成せられて居るといふ状態、火山爆発の頻繁な上に断層の頽潰没落が屢々起り、翻天覆地の大震火災が間歇的に襲来する。悪いことに、此の国はまた暴風圏内に置かれてあるので、風師の暴威と海嘯の脅威はこれまた住民の脳裏から去らない憂患であります。東北以外の土地は農耕に比較的宜しいけれども、地下の埋藏資源が一般に貧弱のやうで、斯様に自然の天恵は甚だ薄いにも拘らず、住民の繁殖と来たら、恐らく中国人以上でせう。明治初年の三千萬程度のものが、昭和十年で六千九百何十萬、ザツト七千萬となつたのであります。僅々七十年で二倍以上の繁栄さ！　そして目下毎年々々一百萬程も増加があるといふ勢、全く事実そのまゝの貧乏に子澤山ではありませぬか。

自然から虐待され試煉された関係もあらうと思ひますが、何分にも人が多いので働かねば喰へない、故に此の国一般の気風は、如何にも勤勉で行動的であります。それに明治維新以来、良き指導者を得た理由も加つて、国民的大活動を開始し、旭日東昇の勢を以て国威民力が益々伸張した。今まで女子軍のみ海外に進出して嘲笑された、その不名誉を立派に取消して、工業日本の製品が世界に遍満し、先進諸工業国をして狼狽に堪へしめず、彼等は関税による高障壁を造って日本品の進入を防がうとして、苦心惨澹の有様であります。

日本は動く、日本は膨脹する。若し抑へようとするものがあつたら、夫れは必ず跳ね倒されて終ひます。併し、動くには舞台がなくてはなりません。日本の国土だけでは、玉錦が二畳敷の女中部屋に押し込められたやうな工合で、手も脚も出ず、不注意に動き出せば必ず壁を壊し怪我をせねばなりませぬ。膨脹するといつても、現在の情勢では日本は何処へも膨脹のしやうがない、結局自ら爆破するか何処へか進んで出て行くか、二途の一つを選ぶ外ないやうになりました。私は自殺多き日本を看ながらも、日本の自爆は考へることさへ出来ない。日本は外に進出して行かざるを得ない。

国家としての英、米、仏、伊の諸強国は、東亜の現情勢に処して如何なる態度を取るか。独、伊両国は親しくして居り、また日、独両国は協定を結んでゐるやうに、日、伊は親しくなつて、満洲問題とエチオピヤ問題で互に同情し合ふであらう。併し独逸は、旧植民地返還の要求を始めて来たし、英国は之に対し同情的態度を示してゐると報ぜられた点から考へると、日、独の関係は果して何う進展して行くか。日、独協定を繞つての仏の対日感情は推察に難くない、況や仏は英、米と元々親しい間柄なれば、先づ英、米側のものと見ねばなるまいと思ひます。世界強国の中で、最も平和的国家だとなされてゐる米国は何うか。有名なモンロー主義国であつて、自国に対して干渉を許さぬと同様に、他所の事をも進んで干渉しないといふのは、その立国の立前。だが、欧洲大戦のとき、理由はどうであらうとも、二百萬の大軍を動かして、大いに干渉して行つたのではなかつたか。満洲問題でも我が日本の態度に就いて、警告的発言を敢へてしました。国際聯盟に参加はしないが、必要だと思つたときにはオブザーバーを送つて、日本代表の退場をも見た筈であります。そんなに恬澹、無関心でもなかつたのであります。それに何でも世界一を競ひたい御国柄、太平洋を隔てて日本海軍の威勢を望見して、建艦の発表を頻々とやつて居るのであります。比律賓は已に分家として独立を認めたものの、日本の南洋経営を果して冷静に傍観してゐて呉れるでありませうか。最後に彼れ老獪大英帝国を考へねばなりませぬ。此の海千山千の老大帝国は中々の古狸、その風采たるや実に紳士然として振舞ひます。それでゐてまた印度をあのざまにして居ります。つい此の間のやうでしたけれども、中国全土に挙つた排英運動を忘れたかの如く、長者然たる襟度で、新中国の幣制統一の完成を援けて居られるではありませぬか。全く慈愛に満ちた観音様のやうだが、それは此の東亜にとつては、誠に千年の功徳を積んだ九尾の狐狸精！青年中国よ、壮年日本よ、迷はされぬやう注意するが肝心であります。我々お互は尚ほ分別不足の血気盛りでありますが故に、少しく離れて、冷静にその作祟を見届けてやるがよいと思ひます。さうしたら凡そ化の皮が間もなく脱落するでありませう。私が接した英国の方は敬服すべき紳士淑女ばかりだが、国家としての英国は何だか気味悪い程恐しい。「日没のない国」といふのは、一体何うした理か。神の不公平でないとすれば、その国家としての政策に不純なところがあるに相違ありませぬ。彼れ位の図体の大きい国であるから、構はずに放つて置いても先方は困らない筈であります。否、英国に接近すると却つて日本と中国の間が圓満に出来難く、我が東亜の前途は余計に暗雲が低迷する心配があります。日本と中国とは人種的にも、文化的にもまた経済的にも兄弟の邦でありまして、それが兄弟互に親しまずして却つて札附の英国と親しみ、而して相互の怨を深める結果になつても省みないとは、全く思慮浅い極みではありませぬか。軍国的、帝国的暴威を印度で振つて居る英国は、正義と自由とを愛する人類共同の怨府であつて、義理人情の何れから考へても、日本も中国も共に将来何時か印度三億の隣人の為めに、その独立の声援をなすべき立場に在る筈であります。英国は近来関税高揚で以て日本品をその領土から締め出す範を世界に示したので、日本は可なり本気に立返らされたけれども、民国は満洲事変以来、国際聯盟会議を通じて英国の頼むに足らぬことを如実に教へられたにも拘らず、日本に対する憎悪の念が深い為めでもあらうが、何うも尚ほ英国の媚態に参つてしまつて居ります。中国幣制の改革は、全く英国の援助に預るところが大きい。国民尊崇の中心たる蔣介石の救出も、英人ドーナルド氏の周旋に待つところが多かつた。英国は民国に対する最大の債権国、最大の投資国であります。日本はその国体、政体の点から言へば、ソ聯邦と不倶戴天の間柄なれども、経済的通商貿易の点、殊に工業製品の販路、市場の争奪から言へば、敵はソ聯でなくして完全に大英帝国であるべきであります。英国はその印度の平穏を期する為めの必要のみならず、中国に於けるその経済的地位の優越を確保する為めに、中国をして何時までも日本と喧嘩反目させることは、彼に取つて誠に策を得た老獪の手法であります。只だ何等の準備もなく唐突に日華戦争を激成せしめても、却つて過去の投資と利権が水泡に帰する虞れが多く、引いてはマレー半島や印度に関する各種の不利益を招く虞れがあるので、それで老獪は飽くまで假面をかぶり、自重して居る次第であります。英国の本心は、最近、伊太利とエチオピヤの間に処して彼が取つた態度の横転逆転振りを見ても明瞭に分ります。英国の紳士、特に遙々台湾に来て崇高な貢献をなされた宣教師中には、私をして全く感服に堪へざらしめる方が多い。然るにも拘らず、個人から離れて見た国家としての英国の出処進退に就いては、私は全く不満であり厭忌の情をさへ催します。東洋の平和と向上の為めに、我が東方人たるもの、英国の経済的帝国主義に警戒すべしと敢へて提言します。

四

中国は危い！　日本は危い！　我が東亜全体が危い!!　我が東亜は真に危機に際会し、悪魔は我々をその祭壇に上さうとしてモヂモヂして居るやうに見えます。既に記した如く、精神的に西洋諸民族が自ら以て悶え来つたその科学的近代文化に、我々東洋民族の心も奥深くまで侵害されようとし、我が古風な素朴さを漸々と濁らされて、我々を一歩づゝと彼等と同様の苦境、行詰りに誘つて行かうとして居ります。我々は茲に覚醒するところなくてはなりませぬ。今から覚醒して我が先聖、先哲が我々に指示せられた、我が東方の光明の中に浸つて居れば、まだ救はれぬことは決してないと思ひます。若し然らずして、此の西洋の文化生活に耽溺して醒めないならば、遂に人類全体が科学文明なる悪魔の脚下に踏みつけられ、西班牙で現在嘗めて居るやうな、貪欲の故に兄弟骨肉左右に相対陣して、凄惨を極めた内部闘争を、我が東亜の天地に於いて展開せぬと誰が保証しませうか。況や英国などの介在で以て、日本、民国間の意志感情が益々疎隔悪化して、戦火が燃え拡がり、取返しのつかぬ修羅場をその間に現出するに至ることは、誰しも憂へて居る危険であります。

右の害毒傳染を防ぐためには、根本的には我が古聖賢の遺訓に甦り、日本では真の日本精神の鼓吹をなし、民国では新生活運動を真摯に努力して行くと、誠に結構でありますけれども、実際夫れ等運動の動向は、そんな率直に行つてゐるか何うか。若し不幸にして、そこに萬一幾分でも日本精神の鼓吹は対外発展の強行、対民国関係の強圧を意味するものであるとすれば、又、民国の新生活運動に於いても暗默の中に日本排斥の宣傳を加味してあるならば、それは炭火に油といふところで、お互に困つたことをして居るのだと言はねばなりませぬ。斯くの如きは、科学的近代文化の慢性的害毒で浸蝕され、弱りつゝある東洋を、急性の猛毒で自殺せしめるに相当する恐しいことだ。何卒、善き意味の、純真なる意味の日本精神の鼓吹でありたい。又何卒、真摯真実なる民眾生活更新の為めの新生活運動であるやう切望して已みませぬ。後で述べたいと思つて居るが、私は此の際、篤と「光は常に東方より」といふ大自覚の下に、東方諸民族の興隆の二大柱石たるべき愛する日本、愛する中国が、互の目前に控へて居る自らの危機と、東亜将来の為めの大使命に対する各自の責任を確認して、我が東亜の大局内に於いて、両国間に西班牙国民の愚を絶対に繰り返さぬやう神明に熱禱する次第であります。

日本では英、米の経済的帝国主義よりも、ソ聯の共産主義侵入を懼れる向きが多いやうであります。それで自国内部の徹底的清掃を遂行したのみならず、中華民国に対して強く防共の共同工作の要求をしたため、却つて彼此の感情疎隔を来たしてゐるやうな有様、又仏、英の感情を刺戟しても尚ほ独逸との防共協定を結ぶといふ程共産主義を懼れて居るやうであります

世界無比の日本国体擁護の上からして、防共問題は勿論その萬全を期すべきでありますが、併し現在の如き日本国民の愛国心に鑑みて、果して是れを最緊最急の差迫つた問題として取扱ふの必要があるでありませうか。斯くすることに因つて、却つて国民的自尊心を傷け、東亜現局勢の善導方針を誤り、禍を将来ぬ遺しはせぬかと憂ひます。日本当面の緊急問題は、寧ろ英、米諸国が中華民国に於いて、経済的帝国主義政策の巧妙なる発展を為し遂げて行く結果、民国上下の人心が之が為めに籠絡せられ、日本の大陸政策を目して、完全なる軍事的帝国主義の進出だと看做されてしまふことにあるのではありませぬか。ソ聯の共産主義宣伝の害

毒が懼しくないのでは決してない。唯だそれは将来の問題であつて、我々の眼前に横はる危険は寧ろ英、米の経済的帝国主義の媚態にあるのではありませぬか。私は東京政界要人に可なり面談して見ましたが、何方も此の関係に就き一通り認識して居られるやうでありますけれども、唯だその調整、打開に熱意を持つ方に余り逢はぬことは遺憾に思ふ次第であります。要人の中には、或る眼に見えぬ推進力に絡まれてか、責任ある政治家として、国家の難局に処し自己所信の政見を呼号して国民に理解と協力を求め、以て国策の確立を計らんとする熱意に乏しいやうな見られます。大勢順応が至るところに大声で宣伝せられるので、甚だ痛心に堪へなく思ひます。その大勢順応論の大体は、余りに自国の指導精神を過信して、自国の今まで取つて来た政策、行動を点検して見ようとする冷静さに缺けるやうであります。日華両国間の交渉案件についても、不明頑固の責任を悉く民国側にのみ帰してしまはないことは、両国接近の為めに好ましい賢明な態度ではありませぬか。

西安事変発生の一寸前に、私は政界の或る枢要人物と対談する機会を得ましたが、その方は飽くまで日本の大陸国策の上にたち、此の国策遂行と東亜の安定を期するには、蔣介石打倒が先決問題であるかに話されました。私は東亜の安定を期する為めに蔣介石打倒を以て得とする考は、根本的に誤りだと直言して別れました。数年前までの蔣介石ならば、日本を待つまでもなく、民国自身の中で彼を打倒せんとする者が乏しくなかつた。併し、満洲事変後の蔣介石は、彼自身の思想行動の上にも変化があつたらうし、その国内の人心の上にも変化があつたので、犬猿も啻ならぬ間柄であった馮玉祥が南京に入って蔣の帷幄に參じ、閻錫山も、胡漢民までも、南京入りを決心した程であります。その蔣介石を打倒せんとせば、先づ南京の国民政府を打倒せねばなるまい、南京国民政府打倒にかゝることは、即ち民国と宣戦することになるではありませぬか。若し此の最悪の情勢に導かれて行くによつて始めて東亜安定の途が発見せられるとするならば、更に議論するの必要もないのだけれども、萬一本当に日華開戦すれば、欧洲に於ける仏独の仇讐関係が我が東方にも形成されて、不幸が一度で落着せずに、禍根を永く子孫に遺すでありませう。寧ろ反対に、南京政府強化、蔣介石勢力支援、即ち中華民国の統一完成に於いて、日本が積極的に一役を演じて出るやうでなければ、東亜安定の望み絶無だと私は断じて憚りませぬ。現在の民国国民は、統一か亡国かの二者の一を選ぶべく決心した。勿論民国は統一して行きます。民国が亡国するといふことは、今までの歴史になかつたやうに、今後もない。日本は須く迅速に此の大勢を把握し、民国統一完成を援助する目的を以て国策の確立と行動の直進猛進を開始せねば、必ずや欧米諸国の経済的帝国主義をして漁夫の利を得せしめ、我が東亜の幸福は挙けて悪魔の祭壇に供へられる外はないと憂懼するものであります。

更に、我々が留意すべき一事があります。それは他ではない、欧洲大戦は何うして起つたのかと回顧して欲しいのであります。それは独逸の軍国的侵略主義膺懲にあつたと言ふものがあるであらう。冷静にして公平なる判断者は、その一面の事実を認めつゝ、その全面的同意を拒みます。独逸の軍国的侵略略主義膺懲以外に、より大なる他面の事実が、大戦の原因として存在したことを忘れてはなりませぬ。それは独逸の進出に対する英国の嫉妬であります。英国の世界制覇が独逸の進出で不安を感じ、その制覇慾の満足を得る為めに、両雄並び立たずとやらで、英独の権力争ひに因する両国正面衝突の結果、あの悲惨極まる欧洲大戦を誘発、激発したのだと思はれます。

そこで、先に独逸の制覇を嫉んだ英国は、新たなる覇権競争者が現れた場合に、是れを妬まぬであらうか。さうであれば、僥倖この上もありませぬ。欧洲大戦二十年後の今日、日本は断然世界の争覇場裡に現れ、少なくとも東洋での覇権を獲得すべく登場したのであります。此の覇権の従来の保持者は明かに彼れ大英帝国だ。英国は涼しい顔で日本の挙動を眺めるであらうか。それは単なる心理作用の制覇慾に使嗾されるばかりでなく、中国といふ世界に二つとない大市場の実利と、尚ほ印度といふ取つて置きの御馳走があるので、日本に覇権を奪はれた日には、それは単純なる名誉慾の毀損であるのみか、又実に大英帝国としての御身分の維持にも影響する重大関心事であつて、それこそ謂ふところの生命線なる言分を拝借せねばならぬやうになるのであります。前の独逸との場合に比べて、日本との競争は幾層倍にも深刻であります。ジヨン・ブルは死物狂ひになつて、独逸と闘つた以上に戦ふと思はなくちやなるまい。愈々戦ふといふことになれば、戦場は広い四百余州の大中原を以てするし、敵前の肉弾としては四億の民国人が進んで志望するであらうから、伊エ戦争の時と違つて、英国はキツト手を引かないで、甘いことを考へるに違ひありませぬ。

現在世界で戦争に関する震源地が二つあると見るのが常識のやうで、その一つは欧洲の独逸、もう一つは我が日本ださうであります。独逸は無一物で饑餓状態に在り、お隣の仏蘭西とは不倶戴天の世仇、何かにつけ事を仕出かさうと摩拳擦掌して居るのは事実だが、その周囲には実力に充ちた金持連が澤山に控へて居るので、中々さう容易く事を仕出かせませぬ。さりとて、何かの転換策がなくては、独逸の苦境はさう容易く抑へ得るものでもないやうでありま す。そこで東洋にも震源地があるならば、願つたり叶つたりで、国際政局の現状打破の為めの戦争は彼方でやつて貰はうといふ風に、我が東亜の状勢を巧みに悪用せられる憂が何となくあるやうな気がします。

以上述べた諸点を綜合して、我が東亜の将来を思ふとき、背中に冷汗の流れるを覚えます。愛する我が東亜の兄弟よ、何卒相互は冷静に返つて考慮して下さい。我々は何故他人が作つた罪業を自分等の身に引受けて苦しむの要ありや。我々若し、我等の遠祖列聖より遺された克己と忠恕の懿徳に今一度甦りさへすれば、難局は自ら打開されるのではなからうか。若し然らずして、何うしても行詰つた西洋文化の害毒に動かされて行くならば、西班牙は現にあの惨状だ。又過ぐる欧戦の惨害を回顧して見て下さい。その死者は一千六百九十七萬人、傷病者は凡そ二千萬人、使用した戦費だけで大約四千百六十六億圓、破壊湮滅に帰した財産の見積りは此れ以外ださうであります。二十年後の今日戦ふとすれば、さあ何の程度まで行くであらうか。欧戦当時の飛行機の時速は、六十哩辺りが上乗だつたさうであります。それが現在ではもう三百哩楽々だと言はれます。それに爆破薬の威力増大、いや欧戦当時に未だなかつた猛烈なる毒瓦斯等の新発明もあることであるから、今度といふ今度の戦争は、それこそ全国焦土と化するの覚悟を定めてからかゝる必要がある。愈々やつた後の中国は到底第二の印度としてさへ維持出来ないと思はれるし、日本は神国だから再度神風が吹くだらうと自信を以て期待しては、ジョン・ブルは遙か向ふで哄笑しませぬでせうか。

噫！　民国が危い、日本が危い、我が光出づる東方が危い!!　神明、祖宗の霊に祈願するのだが、何うかこの危局を救つては下さらないでせうか。現状の儘で行けば日華は必ず正面衝突を来たす、必ず戦ふ。去る二月十五日より開会の民国三中全会に対し、馮玉祥、李烈鈞の両名が積極抗日を提案して曰く、「今や侵略国の企図は益々露骨になりつゝあり、互恵平等等の政策は未だ実行不可能である、政治は宜しく侵略国に対する攻勢的軍備を拡充し中国統一の積極的強化を図るべし」と、血腥き臭味を帯びて報ぜられました。日本は日本として、第七十帝国議会に空前未曽有の厖大軍備豫算を提出し、結城藏相は財政の前途見透し着かぬとて、堂々憚るところなく行手の暗く物凄い情景を国会で暗示し、国民に指示するところがありました。西方諸国諸民族を呑込んだ悪魔が、我が東方の現状を奇貨として、その毒牙を磨きつゝ、我等に眼を据ゑて、正に飛びかゝらんとし居ります。噫!!　日華の関係は危い。此の急場より救出して呉れるものは誰でせうか？　噫!!!

領土再分割か良心再検討か

一

土地は人類生存の絶対条件であります。然るに、世界上の土地は一定量しかないのに、人間はその繁殖力によつて、その数が無限に殖えて行きます。又、人間の欲望といふものは、修養による自己節制以外には、自然の状態に放任せば尚更無限に増長するものでありますす。此の事情、此の関係に於いて、人類相互間の葛藤、苦脳が起つて来るまでであります。

現在では、地球上にある土地で所有主のないものはもう殆どないといつてよいのださうでありますが、個人で一寸の土地も持たぬものが恐らく全人類中の大々多数を占めるでありませう。小さい台湾の耕地だけに就いて申しても、昭和十年度の統計によれば、総耕地八十五萬町歩余りある中、その所有主は百七十余萬人、之に対し総人口は五百二十萬ばかりであつて、一寸の土地も所有せず、唯だ労力を供給して耕作するものは百萬数千人になつて居ります。

国家となれば、領土を所有しないものはない筈であるけれども、弱国であると、強国の為めに脅されたり、主権を侵害されたりするので、国土があつても無きに等しいものが、決してその例に乏しくはありませぬ。現在、強国といふものは、即ち領土を多く所有する国家でありまして、英・米・仏・露の如きものであります。我が日本も伊太利も強国であるけれども、何方も比較的国土が小さい。独逸になると更に小さい。日本は新しま兄弟の国、滿洲国が出来、伊太利も最近エチオピヤを併合したから、大部広く大きくなりましたが、独逸は欧洲大戦の結果でその本国以外の領土を全部、戦勝諸国に分取られてしまつたので、ナチスの政権確立以来、暴れものとなつて、旧植民地返還の要求を力んで居る有様であります。実際、四千萬の人口しかない英国が、世界到るところに植民地を持ち、自治領を含む時は一千三百二十余萬方哩、自治領を除くと約六百萬方哩、それに居住せる四億程の異民族を手足のやうに駆使してゐることは、英国民の偉大さを証するに足るであらうけれども、尚ほまた如何にそれが不自然であり、不合理でり、奸戾暴虐の極りであるかを考へさせられます。個人間の私有財産制度の打破を叫ぶ共産主義、社会主義があると同様に、国家間に於ける領土偏在の不合理を矯正する運動が、これから追々国際間、民族間に起るべきは火を睹るより明かであります。此の見地からして共産主義遵奉の御本家たるソビエット聯邦は、先づその広漠たるシベリヤ地方の領土を世界中の土地なき個人や民族に開放してやることにすれば、その主義遵奉の見地からしても世界に最も適切なる模範を示すことになると思ひますが、中々問屋さんは卸して呉れさうもありませぬ。

土地が人類の生活の必須要件であるといふ意味は、土地そのものの上に人が居住するといふこともありますが、それ以外に土地から生産する植物、土地の上に棲息する動物、尚ほ土地の下に埋蔵せられる鉱物等。此れ等のものを人はその生活の必需品と致します。此れ等の物品の出来ない土地、即ち不毛貧弱な土地、そんなところが幾何広くあつても、何うも仕様がない。沙漠の上では人間が棲息を許されませぬ。又、物の出来る土地であつても甲の物が出来ても乙の物が出来ない、反対に乙の物が出来るけれども甲の物が出来ないことがあります。その出来ないものを他処から貰へるならば、それはまだよい。併し時には貰へないで、而もそれが絶対必要な物資である場合があります。例へば今日の航空、輸送に絶対必要なる石油、鉄の如きの、国民被服に必要なる棉花、羊毛の如きもの、こんなものが一旦有事のとき中々得られないで、国家の存亡にかかることがあると思はねばなりませぬ。だから国家、民族の生存を図る上に、責任を重んずる為政者は、右の缺陥を補ふために平素より非常に心を労し頭を痛めます。此の点に就いても国家間や民族間に、領土に関する闘争、紛糾の起るべきは、自明のことであります。

殊に人口多くて領土狭い国では、自然と商工業が盛んになり、対外貿易に依つて国民の生活根據を建てて行く途を講ずるやうになります。この為めには、是非とも次ぎの二条件が完全に充たされなくはなりませぬ。即ち第一には自国内に無き必須の原料を、他国の領土より滞りなく供給せらるべきこと、第二には加工製造した品物を、自由に賣捌き得る市場を他国の領土内に有つことであります。我が日本に就いて言へば、右の二条件を完全に充たさなければ本当に立派な国家として立つて行くことが出来ませぬ。明治三十年頃の貿易額は僅か四億圓程度であつたのが、昭和十年に及んで五十数億圓の発展振りを示した程の盛運を辿つて来ましたが、他方から考へて見ると、詰りそれだけ国内的施設と国民の生活程度が高まつて来た為めに、前述の二条件に対する要求が強烈化して来たのだといふことになります。そこへ、日本商品に取り最も大きな得意先たる民国では排日熱が昂揚する一方、英国も印度や濠洲で高関税の障壁を築くし、蘭領印度でも、といふ風に市場の門前拂を喰されたり、原料を賣り澁られたりして、殆ど八方塞りの為体であります。日本はこの形勢に処して無為無策で居つたならば、窒息する外ありませぬ。この故に日本は動き出したといふのであります。斯様に、通商貿易に於いて国際間に自由互恵の途が開かれてあれば、領土に関して起るべき国家間の軋轢は可なり緩和される理であるけれども、然らざるときは随分激しい紛糾闘争が此の通商問題からでも惹き起されるのであります。

更に若し、広大な領土を有する国家にして、その未だ開発されない国土を開放して、他国民、他民族の移民を許すやうに寛宏な襟度を持し得れば、国家間の領土争も大分緩和される理であるけれども、さう云ふ国家は今では世界に殆どありませぬ。又他国の領土に移民をさせて貰つた国の側でも、所謂「入郷随俗」といふ理で、他の国に入れば誠心誠意でその国の人民となつて、その国の利益を計りその国を愛するやうになればよいのだけれども、何うも兎角第二世の教育とか、祖国観念の保持奨励とかで、自国勢力の伸張扶植に「借荊州覇荊州」の気構へを示すものが、往往にしてありますので、移民を受入るべき側の国でも中々軽率に度量を示し得ない事情もあるにはあります。

上述の如く、地球上の土地は既に完全に夫々の国々によつて分割せられ、所有の限界が確定したにも拘らず、各国、各民族共発展向上を求めて已みませぬ。若しその間に通商貿易、移民等に就き、自由互恵の途が開かれるならば、国家民族間の摩擦が或る程度まで圓滑に処理されるであらうけれども、如上のやうな実情であるから、その摩擦が益々激化するばかり、正に摩擦熱が発火点に達せんとし、軈ては世界戦争の出現免れまいといふ、世界的不安に陥りつゝあります。況や、世運の進展に従ひ人心の動揺愈々甚しく、今まで抑へられても、おとなしくして来た各大植民地の被圧迫民族が、追々自由解放、独立自主を求めて動き出すに相違ありませぬ。此の大勢の展開を目前に見ながら尚ほも各国の識者、権力者の間に、徹底した調整緩和の方策を施さうとする者のない限り、世界の前途は混乱の連続であると諦めねばなりませぬ、伊太利帝国は国際聯盟と大英帝国の威嚇を尻目にかけて、遠慮会釈なくエチオピヤ帝国を征服して、大いなる領土拡張を遂げました。独逸は又、ナチス政権確立以来、その旧植民地返還の要求を機会ある毎に声明して居ります、印度はその三億の大群衆の覚醒によつて英国の覊絆を脱し、自主独立の名譽を恢復しようとして、久しい前から幾多の犠牲を惜しまず奮闘を続けて来ました。領土問題に関して世界は正に多事多端となりつつあります。

二

曽て故ウイルソン米国大統領の股肱として、大いに活躍した有名なハウス大佐は、去る一九三五年の九月、雑誌リバテイ誌上に於いて、植民地処理に関するその新提議を公表し、多大なる注意を惹起したさうであります。ハウス大佐所論の要旨は、人口過剰と原料缺乏に困窮せる日本、伊太利、独逸の現状に同情を表し、廣大な植民地と豊富な資源を擁する英、米、仏、蘇の諸国が，若し世界の平和と人類の福祉とを顧慮するならば、是非とも他国の為めに過剰人口の疏通口を備へ、原料分配の工夫を運らすべきだと主張して、一種の植民地再分割論を主張して、平和建設に資するところあれかしと目論見たのでありました。

欧洲大戰の最中、独逸社会民主党の領袖カウツキーは「超帝国主義論」を主張し、その要旨は「帝国主義国相互間の関係は、必ずしも常に戰争によるものでなく、相互間の戰争が資本家階級自体に取つて、大なる負擔たるに至れば、各国の帝国主義者は世界の分割搾取について相互間に了解協調を遂げ、資本主義は自己の存続及発展のため、一つの新しき政策、即ち超帝国主義を取るべき可能性がある。これにより世界平和を齎し得べく、或は事情によりては平和を確保し得るかも知れない。但し大戰後の国際関係が超帝国主義の実現に、即ち資本主義国相互間の平和に赴くべきや、それとも帝国主義相互間に於ける第二の世界大戰に導くべきやは、戰争の経過及終局の態様に依存するであらう」と。（矢内原忠雄氏著『民族と平和』二一六頁より。）カウツキー氏の所論はハウス大佐の提議の先鞭を着けたと見てよいと思ひます。而して、ハウス大佐がその提議を発表したとき、英国の外相ホーア氏も国際聯盟で工業原料に缺乏を感ずる諸国のために、原料分配の必要を強調して、ハウス氏の提議に賛意を表したやうでありましたが、一九三六の二月、英国下院で労働黨の首領ランズベリー氏が、世界和平の確立を期するため、英国政府は国際聯盟を通じて原料及び市場の獲得、それに移民の問題をも合せて、その解決法を研究する国際会議を招請すべしと提案したに対し、英国下院はそれを受け入れずして否決して了ったといふことであります。

斯くの如く、世界平和を確立する必要に応じ、世界中の識者が植民地帰屬の再整理に就き熱心に考へつゝあることは、誠に喜ばしき現象であります。唯だ如何にせん、各国一般の人心はまだまだ頑迷であり、貪欲に満されて居りますから、右の如き提案の趣旨は中々簡単に具体的事実として現れて来ないだらうと思ひます。若し諸国にして真に平和を希求する熱烈さがあるならば、英米が主唱して早く右の目的の国際会議を招集し、互恵的精神に立脚した実行の方策を立てて行けば、従来の国際聯盟や軍備縮小会議に増して、世界の平和、人類の福祉に裨益するところが多いと信ずるのであります。

ハウス氏の提議を中心とする植民地再整理、再分割の方法以外に、尚ほ実情に即した、よりやり易き方法、例へば賣買、交換、租借等による私経済的取引の方法と、国際的統制による分配法、即ち各植民国がその植民地を国際的機関に寄託し、此の機関に於いて各国の人口、資源、経済力等の必要狀態に応じて、或る期間を定めて植民地の再分配を行ふ方法もありませうけれども、これ等諸方法の根底を掘つて行つて見ると、そのいづれも皆、各自の利益に立脚した胸算用から発してゐることが分ります。結局、それは方法手段の転換に過ぎないのであつて、精神は依然として利益主義、利己主義の根性であることは変りありませぬ。而して現在の世界の行詰りは実に資本主義精神の蓄積した禍でありまして、その精神に出発した妙案奇法を如何にやりくりしたところで、行詰りは何時までも行詰りとして取残される外ありませぬ。

利益主義、利己主義の精神は、資本主義の発生により始めて生れた精神ではありませぬ。この精神は人間の本性に附くものであつて、肉体のあるところにあるものであります。即ち人間の肉体の本性であります。決して東洋とか西洋とか、或は日本とか民国とか、，将又男とか女とか、主人とか召使とか、さういふ区別によつて相違があるのではなく、人間である限り、否肉体を持つ禽獸までも、一様に所有する本然の性質なのであります。これは資本主義の形成せられた後に始めて人間に植附けられた性質ではなく、却つて人間達が本來此の性質を持つが故に、資本主義がそれから芽生えて来たのであります。

資本主義は、明かに西洋の方から先きに発達して、東洋に伝つて来たのだけれども、その資本主義の根本精神たる利己主義、利益主義は前に述べた如く、決して西洋特有のものでないが、唯だ自然科学の発達が東洋よりも西洋が先きであり、その自然科學の発達進歩の結果、機械文明、物質文明が長足の進展を遂げ、それが人心に影響を及し、従つて社會制度、階級組織にまで完全な変化を起さしめてしまつたのであります。その影響と變化が人間本來の利己心、営利心を刺戟し、之を益々強化増長せしめた為めに、遂に資本主義精神を一の纏つた形態に固めてしまつて、金城鉄壁の資本主義社會を構成し、更に現在では、徹底的に国家をも支配し、国家内の官僚も、議会も、凡てを悉く支配し尽して、所謂帝国主義横行の時代とまで進展したのであります。来るべき時代は、或は前記カウツキーが首唱した「超帝国主義論」の流行時代に移り変り、ハウス大佐が提議した植民地再分割、市場、原料の再分配が現実の問題として取扱はれて来るかも知れませぬ。併し、若しそんなことが具體化されたとしても、人類の狀態に根本的な変化はなく、世界は依然たる行詰りの世界であり、暴力横行、軍備拡張、戦時体制の構へをする非常時代、恐怖時代は相も変らず続いて行くと思ひます。唯だそんな事でもやり繰りしなければ、戦争が直ちに起るかも知れないし、戦争が起れば既成勢力の崩潰、特権階級の顛落が早められる危険が生じて来る理であるから、現狀維持を補強する意味で再分割もしよう、再分配もしようと云ふのであります。又さうして行かれるやうになれば、破壊、虐殺、略奪等の大悲惨事が急激に起ることなく、支配搾取の階級でも被支配被搾取の階級でも、等しく反省斟酌の余裕を与へられる理であり、人類全体として、悔改めの機会とその準備努力の時間を与へられることにもなる理であります。或はこの間に何処、何ういふ方向から新生の光が差込んで、人間の利己心、特に資本主義者、帝国主義者達の搾取心、暴戾心に一大変化、一大転回を起さしめ、武の備へなき太平世界を出現せしめる為めの、過渡時代となるかも知れませぬ。若し此の遠大にして光明ある希望の下に、植民地再分割、原料品再分配を議せられ、実施せられるのであれば、一面甚だ生温くて待遠しい不快さを感ぜしめられるけれども、また以て祝すべき進歩の階梯と言はねばなりませぬ。だが、若し此の希望なく、単なる既得権擁護の一時的便法として、相手の国を欺瞞し被圧制者を痲酔させるための奸策として、「鯽魚釣大鯛」式根性でやるならば、それ無効果、無意義な魔術に終る外はないと信じます。故に領土再分割か、良心再検討かと申すのであります。

三

領土再分割か良心再検討か。領土再分割は利害の問題であり、経済の問題であり、政治、政策の問題であります。良心再検討は精神の問題であり、思想の問題であり、哲学の問題であり、信仰の問題であります。人間の集団あるところには、必ず利害関係が生ずべく、従つて、そこに政策あるべきは、蓋し已むを得ないことであります。また、人間各々には夫々精神があり、思想するの天分を有します。特に人間お互の集る社会、国家、世界の関係に於けるその思想体系は複雑であり、重要であります。思想体系は即ち哲学であり、哲学の到達点に信仰があるべき筈と思ひます。一般には信仰といふ語を厳密な狭義に用ひて、神佛に対する信仰即ち宗教に限つて用ひるのでありますが、若し広義に用ひれば唯物史観でさへも一種の信仰だと言つて差支へなからうと思ひます。詰り利害や政策を超越した思考の窮極としての当然、理念、更に進んでそれを生活の指針、内容とするやうになれば、それは即ち一種の信仰なりと申してよいと思ひます。

政策は利害、都合によつて制約されますが、信仰は理念、真理によつて制約されなければなりませぬ。夫れ故、政策は特殊的のもので、その場合々々に随つて、夫々の変換を要求されますが、信仰は真理に対するものであるから、普遍的のものであり、永久的のものであります。それで真理に変りない以上、信仰は常に一定不動のものであるべきであります。政策は都合でありますから、常にその為めの被害者が存在し、不満不安の空氣が常に附随するのであります。信仰は真理、真実を根底とするが故に、一時は假令、衝突反対があつても、時の経過につれて終には融和一致するものと信じます。

我々人間は、生来二元的の存在であると信じます。即ち肉体的方面と精神的方面との二方面を有する二元の存在であると信じます。腹が減ると食べたい、打たれると痛い、また他人より優越すると愉快を感ずる等は、即ちその肉体的方面であつて、真実を好み虚偽を憎むこと、他人の憂を憂ひその楽しみを楽しむこと、美に対する憧れと醜に対する厭忌、これ等の働きは即ちその精神的方面であります。人間は誰も等しく此の二方面の本性がありますけれども、人によつて此の二つの本性の関係が違ひます。或る者は肉体的本性ばかり現れて、精神的本性は殆ど現れませぬ。又或る者は精神的本性ばかり強くて、肉体的本性の弱いものもあります。されど正常にあるべき人間生活は、精神、肉体の二本性とも健全に備はり、何れが強何れが弱といふことなく、その何れも強かるべきときは強くなれるやうに、又弱かるべきときに弱くなれるやう、生気に充ちた狀態にあるべきだと思ひます。而してこの二者の関係は、精神的本性が常に肉体的本性の上位に在つて、精神が肉体を指導し、普遍が特殊を包含し制約するやらにあるべきだと信じます。勿論精神的本性を更に厳密に分析すれば、肉体的神経系統の綜合作用に属する部分もあれば、純粋の肉体から超越した霊的作用に属する部分もあることを無視してはなりませぬ。而して所謂科学精神なるものは、主として肉体的神経系統の綜合作用に属するものであります。普通の哲学に属する思惟作用の範囲も、矢張り神経系統の綜合作用であつて、決して霊的作用とは申されませぬ。霊的作用は、神霊の直接啟示に誘発せられ、人間が神経を働かして経験するのでなく、人間の全人格がその啟示に対応した時、即ち啟示に対する体験を得た時に、そのとき始めて霊的作用が人間の精神の内に現れ、その行動を支配するやうになります。我々の精神生活の内に、経験の範囲に属する部分と、体験の範囲に属する部分とあることを忘れてはなりませぬ。経験範囲の精神生活は、精神的本性の一部であつても、それは主として神経系統の綜合作用に立脚したものであり、完全に肉体から乖離し得ないものでありますが、体験範囲に属する精神生活は、矢張り精神的本性の一部であると申しても、それは人格の全体と交渉する普遍的、無限的のものでありります。然るに我々の間には、神経的経験世界あるを知つて、それよりも更に進んだ、更に大切、更に根本的な人格的体験世界あるを知らずに居る憐れなものがあります。

経験世界を重んじ、それを人生の総出発点とするところに科学文明の害毒が発生し、西洋文化の行詰りがあるのであります。今となつて尚ほ科学文明の害毒を知らず、西洋文化の行詰りに覚醒せず、世界の動乱、人類の滅亡を構はずに、却つてそれに拍車をかけて躍るものが少なくない。そんなものは東洋に生れて、何々精神、何々魂だと大声怒号しても、それは科学文明に中毒した西洋の子であります。決して東洋の子ではありませぬ。東洋の子は根本からそれと違ふ。東洋の子は飽くまで体験の子であり、直観の子であります。此の直観の子は、小さい神経の経験よりも、大きい人格の直覚と天来の啟示を重んじます。此の啟示を直観した体験は、物質の獲得略奪よりも、真先きに仁を説き義を説く。而して弱肉強食でなく、衆生済度、罪悪救贖、養生喪死の憾なからしめんと期します、禱ります。即ち人生完成を出発とし、生命把握を志して立つのが、東洋の子の真面目、真本領なのであります。而して是れは取りも直さず、東洋の信仰であり、その良心であります。東洋には已に幾多の信仰の父、良心の勇者を輩出しました。否、世界にある信仰の父、良心の勇者は、その最大多数を我が東洋から輩出したのでありました。信仰あつての科学だ！良心あつての世界だ!!然るに今の時代は、科学文明の害毒以外に、人命略奪、人権蹂躙あるのみであります。噫!!

于是乎、領土の再分割か、良心の再検討か、果してその何れが根本であるかが分りませう。領土の再分割は世界強国間の都合とその利益に出発するが故に、それは一時的の政略に過ぎませぬ。資本主義、帝国主義、超帝国主義の胸算用に出発したやりくりでありますから、譬へば腹痛を痲酔剤で鎮靜せしめたやうなもの、時間がたてば時間もなくまた発作して苦しみ出します。不安は依然たる不安、行詰りは依然として継続するばかりであります。

斯るが故に、東洋の子、東亜の子たるものは、須く旧套から脱して、返始更新、その本来の本領に還り、その遠祖列聖の遺風を顕彰して、領土の再分割なぞ利己打算の策略から離脱して、良心的歩武を揃へて躍進し、以て無告の弱者を救拯すべき道を熟慮の上驀進せねばなりませぬ。

我々の遠祖列聖の遺風とは何か。政治に関した方面は即ち正道の大精神であります。西洋風の帝国主義の原始的、素朴的な形態として、我が東洋にも霸道なるものがあります。その霸道を我が遠祖列聖は唾棄して置かなかつたのでありました。然り、王道だ！王道の大精神だ！「允恭克讓、光被四表、格於上下、克明俊德，以親九族、九族既睦、平章百姓、百姓昭明、協和萬邦、黎民於変時雍」。此の王道であります。此の王道の体得者は即ち王者だ。「思天下之民、匹夫匹婦有不与堯舜之澤者、若己推而內之溝中」。是れだ、是れが即ち位に在るものの遵奉すべき王道の大信条であります。此れこそ紛ひもなく、我が東洋の遠祖列聖の宏謨であり遺風であります。

日本は当今正しく昭和の聖代であります。上には聖明ましまして、内では如何に二・二六事件の如き逆捲く荒濤が起つても、大命一下、直ちにして跡方もなく消え去り、外にあつては、已に倒れてまたと立つべからざりし満清の社稷再建を援助して、両国の関係は日増しに敦厚に向ひつつあります。茲に我が東洋精神の光輝が見えて居ります。満洲国の将来に就き尚ほ豫斷を許されぬと言はれますが、若し真に独立国家として三千萬民衆の王道樂土と為り得ば、而して一方の中華民国の統一建設をも、日本が心より之を喜ぶやうになり、更に進んでは、印度三億の大衆も此の大勢に力を得て、久しき敗残の身から起つて自立するやうになれば、何の領土再分割の要あらんやであります。領土再分割か、良心再検討か、問題の帰する所は太陽よりも明かでありませぬか。良心の再検討が先きだ。東洋精神の結晶たる王道精神の光被が先きであります。この精神の確立さへあれば、領土は自然とよいやうに調整されるやうになつて来ます。良心の復興なきところへ、幾ら領土再分割のため、鳩首頭痛を病んでも、世界は、東洋は相も変らず、従来の儘の行詰りと不安の中に残されると断言するに躊躇しないのであります。

道は左になく右にも在ることなし

一

西班牙の内乱は、完全に左右両陣営の露骨な正面衝突であることは、更に贅言を要しませぬ。西安の一二・一二事件の日華両国の摩擦に刺戟されて、人民戦線の結成による左翼陣営の建設を目的の主たるものとして、惹起された活劇であると言つて宜しいと思ひます。若し日本及び中国を同じ東亜の二つの部分として見ることを許されるならば、一時的ではあつたが、明かにそこに対立の形象が東亜の内部に現れたのであります。同じ対立の事象が、今こそ以前ほど激烈ではありませぬけれども、日本の国内にもあるし、中華民国の内にもあります。実に共産主義的左翼勢力と独裁主義的右翼勢力とは、現在の社会、国家、国際の間を、否、世界全体を支配しつゝある二大潮流であると認めざるを得ませぬ。此の二大潮流が独り政治的群衆生活の上を支配するばかりでなく、精神的思想的個人生活の内にまでも、その支配力を及して居ります。人間とあれば、左か右の何れかに属せざれば、如何にも不徹底で現代人でないかのやうに言はれます。日本で曽ては源氏でなければ平氏たるべし、殆ど天下を源平の二色に塗り分けたかのやうな歴史がありました。当今の世界人心はそれに類似し、左右両極端に馳せ集つて相対抗することに、興味を覚えるやうであります。是れは一体何うしたことであるか。真に此の世の気運気勢が当然斯くあるべきであらうか。若し是れが果して当然の気運であるならば、竟には左右何れの側に落着くべきであらうか。それとも落着くべきところは左右の何れにもなく、之等は単なる一時的発展の過程であつて、軈ては別に落着くべきところがあるのでありませうか。私は此の非常時局に処して、此の時代精神の検討を的確になすべきであると痛感します。

二

日本では、大正八、九年頃から昭和五、六年頃まで、共産主義思想を中心に左翼運動が可なり猛烈でありました。殊に此れが青年男女学生の間に熾烈であり、小、中、大学の教員間にも、一般インテリの間に於いても、暴風怒濤の如く荒れ狂つたのでありました。その為めに、警察の多くの機能は、主義者とそのシンパの検挙、摘発に費され、警察署の留置場や刑務所の監房は、それ等の容疑者を以て充満する程でありました。

事実右の如くでありましたけれども、それは僅か十数年間だけのことで、永き過去の日本歴史の年月に比べると、ほんの瞬間的発作に過ぎないと言ふべきであります。此の国の歴史の示すところでは、武断的、右翼政治行動が、左翼的のそれよりもズッと本格的に、根深く永く行はれました。明治維新前七百年近くの幕府政治は立派なそれではありませぬか。今日、フアツシヨ、フアツシヨと言つて騒いで居りますが、フアツシヨといふ外国語で言ふから如何にも外来思想のやうに物新しく論議立てしますけれども、事実それは永い間に繰り返し繰り返し日本の政治史の上に演ぜられて来た旧套なのであります。同じことは、日本のそれよりも更に悲惨な体裁、更に混乱した不手際に於いて、中国大陸でも久しく繰り返されて来たのであります。フアツシヨとか、右翼運動とか新奇な用語を使はずに、覇道とか、武力専制の政治と言へば、お互に直ぐ分るのであります。

併し、時代が推移した今日であるから、覇道は覇道であり、武力専制は武力専制であつても、旧来の語その儘を以てしては、完全に言ひ表し得ないところもないではありませぬ。矢張りそこには、フアツシヨとかさういふ新語を使はねばならぬやうになつた事情がありまず。覇道とか、武力武人の専制とか言つてゐた時代では、民衆は完全なる隷属、否奴隷でありまして、何等の実力もなければ、付与された何等の権利もありませんでした。民衆は完全なる小羊であつて、武人覇者の思ふまゝに動きました。ところが今日の民衆は違ふ。もう単なる小羊ではありませぬ。義務教育で少しは物事を知つて来た。立憲政治で権利、義務の主体たることを自覚しつゝあります。彼等の子達で将官や大臣になつて居るものもあります。否更に彼等自身が団結し行動することの出来る能力を持つて来たのだ。尚ほ微弱ではあるが、今日の民衆はもう自主的意識と能力があります。人間らしい人間、国民らしい国民に成りあがりつゝあります。如何なる鉄腕の独裁専制者でも、民衆それ自身の理解と協力を得ずして、彼等を小羊の如く駆使することは、もう到底夢にも出来ない話となりました。斯様に民衆の質が大分変つて来ましたから、その変つた民衆を対象とする鉄腕の独裁者も、独裁専制の政治を行はんとするに当つて、匙の手加減をしない訳には參りませぬ。その結果が即ちファツシヨ、ファツシズムと謂ふ政治形態を取つて、表れて来たのであります。

真相を捉み得ないものは、ファツシヨ、ファツシズムと聞かされますと、如何にも非常時局の大救主が現れたかのやうに躍起するけれども、本質的にそれを洗つて見ますれば、それは模擬もなく霸道を行はんとする武力独裁専制の政治であることが分ります。霸道の武力専制政治ならば、一向新しいことでも何でもない。我が東亜の諸民族は、祖先代々永い間に、嘗め尽して来た我が政治生活の苦杯であつたことは、お互様分つたことであります。たとへ、夫れはファツシヨといふ新しいレツテルを貼られ、我等の感覚を誤魔化さうとして、何等かの新味を加へてあつても、我等は永い間の苦しい経験で、誰よりも先きに、その価値判斷を誤らずに下すことが出来る筈であります。

伊太利に於けるファツシズム勢力の地盤樹立は、欧洲大戦直前の一九一三年から一九一四年にかけてなされ、一九二二年十月、ムツソリーニに率ゐられた黑シヤツ隊が、ローマに進軍して、世界最初のファツシズム政権を樹てたのであります。ファツシズム政権確立の後、一八四八年以来、伊太利国家の根本法となつてゐた憲法は、その重要部分を悉く骨抜きにされて了ひ、遂に一九三四年四月、フアツシスト政府は、代議院をして自らその廃止を決議せしめて了つたのであります。

武人は戦場に於ける国家の干城、民族の命脈であつて、最後の最後に備へられた活路であります。その存在意義の重大なるは、僅か此の数言でも分りませう。我々の先哲は「有文事者、必有武備」と教へました。何うか武人を戦場に於ける絶対専制者として戴きたいものであります。戦場でなき平時に於いては、戦場にあるべき時を豫想して、あるべき未来の戦場に於ける絶対専制者、支配者として武人を尊敬し、待遇したく思ひます。併し乍ら平時に於いては、戦時に臨んで不足不備を感じない程度に、その範囲内の準備活動、即ち造兵、練兵の諸活動、諸工作を熱心にやつて欲しいけれども、一般治安のこと等は、これを完全なる警察事務となすべく、決して武人軍人の手を煩してはなりませぬ。況や選挙を何うしようの、租税を何う定めようの、いや行政機構を斯うせねばと、そんな政治上の心配をまで、武人軍人にして貰はなければ、国家社会が安全を保たれないやうに危懼する状態に至つては、もうそれはお終ひでなければ、お始めであります。即ち亡国の時か、建国の時に限つて始めてあるべき現象であります。遠いことを言ふ必要はありませぬ。中国での国家現状を看れば分ります。清朝はその二百数十年間の栄華に酔うて、平時の文事を司る文官が、その豪奢な生活の為めに金銭を貪り、公然と官位売買を行うた。宮廷では垂簾専制の西太后が擅行に次ぐ擅行をもつて、その果は海軍充実の軍費を怡和園建造に流用して了つたのでぁります。挙国四億の民衆は多年の無責任な専制政治の結果、殆どその全部と言ってもよい程文盲無智の散砂に化し果て、結局清朝は解体して亡び、各地に於いて武力を持つ軍人達、即ち督軍達が、群雄割據の謀略を擅にして、永い間の戦乱を起し、武人が最も威勢を張るに都合よき時代となつたのでありました。民国革命達成後の今日と雖も、南京政府の中心勢力、絶対権力は依然として、武人の掌中に在り、今年末に始めて国民会議を召集し、憲法を制定して、民権尊重の憲政期に入らうとして居るばかりであります。

武人は国家民族の威光だ！戦時には大いに威力を発揮すべきでありますが、平時には何うか、その光輝のみを望みたいものであります。平時にまで武人がその威力を発揮するやうでは、また発揮せねばならぬやうな事態にまで国家状勢が頽落するやうでは、それはもう萬事休矣。思慮なき武断者流は、或は時を得たとばかりに微笑むか知らない。併しそれは明かに国家の不幸であり、民眾の災禍であります。伊太利のフアツシスト党の跳梁、独逸のナチス党の跋扈、此の両国の国家民眾も決して、この不幸災禍の外に在るのではない筈でありま す。実質的に何れ位国利民福を増大し、獲得し得たか。成程、伊太利はエチオピアを征伐して、その合併に成功した。独逸も賠償金を帳消しにして、勇敢に再軍備を遂行した。夫れ以上の何物がありましたらうか。他にはまだ何もないやうであります。内に於いては、幾多有為の人命を落し、議会を廃止し民権を奪って了つた。凡ての文化と活力は、挙げて戦争の準備に供用せられつゝあります。而してゆくゆく全国民、老幼を問はず、凡て砲火毒煙の中に包まれねばならぬと豫約して了はれたのであります。是れ何の進歩向上でありませうか。また何の国利民福でありませうか。

ファツシズムに就いて、九州帝国大学の教授今中次麿氏及びその同学の友具島兼三郎氏は、その共著『ファツシズム論』に於いて、最も明快に、ファツシズムの本体、真相を我々に説明されてあります。今茲にその中の数節を抄録させて戴きませう。

「非歴史主義的な現実主義は、したがつてたとひファツショ知識階級と有閑階級とのイデオロギーではあり得たとしても、労働者や農民の生活をあれほど巧みに組織することのできたのは、決して現実主義のイデオロギーではなかつた。そこでファツシズムはすなはちローマ主義のミトスを作りあげ、それによつてファツシズムは大衆をローマ的光栄にまで昂奮せしめるに成功した。

しかし過去の革命に於て、ブルヂヨアジーの各層は、時代相の意味を次第に知るやうになり、進歩的な理想の名に於て、これらの革命を自己のために利用するに至つた。ファツシスト政権獲得後すでに十年以上になるけれども、なほそのイデオロギー的意味が明瞭でないのは、その勢力の基礎が隠蔽されてをり、そしてファツシズムが今日の現実的様相を反映する以外に、自ら何らの理想を創造し得ないためである。そのことは云ふまでもなく、ファツシズムが反動的な資本主義の支配を、労働階級の上に強化せんがための道具に外ならないことを告白してゐるものである。要するにFaschismusは、類例のないFaschings-komödie（カーニバルの假裝行例）にならない。

故にフアツシズムを、そのイデオロギーを通じて、本質的に把へることは、不可能である。フアツシズムのイデオロギーは、何ら自らを説明する内容を持ち合はせてゐない。

古ローマ崇拜と同じ動機から、また、イタリアで普通云はれるところの「石碑病」（Steinkrankheit）と云ふのが猖獗を極めてゐる。あらゆる建築物や、あらゆる場所に、紀念碑を建てることである。この石碑病のおこりは、多くの外国人にフアツシズムに対する驚異を植ゑ附けんがためであつた。恐らく独裁政治と紀念碑の建設とは関聯があるのであらう。その数は増えるばかりである。古に於てもパラオがゐなかつたらピラミツトが出来なかつたであらう。しかし注意すべきは、いかに私共がピラミツトを眺めても、パラオの政治を要望する気持にならないことである。また例へばフアツシズムが、あらゆる街角に、黄金作りの便所を建てるとしても、私共の自由の喪失とそれを交換する気持にはなれないことである。外国の労働者たちには問題にならないことであるが、外国の智識階級や芸術家が、イタリアに行つて、最も深い印象を残すのは、このイタリアの石碑病である。」（三八頁〜四〇頁）

「私見によれば、フアツシズムは資本主義の一般的危機の段階に於て労働者に対する懐柔政策の経済基礎を喪失したブルヂヨアジーが必然的に要望するところの政治形態である。」（一一八頁）。「かくの如くイタリー．フアツシズムに於ても、ナチスに於ても、国家にとつて不可侵的な個人的自由の領域なるものが存在しないものとすれば、かゝる領域を国家の干渉から保護せんとする試みも亦フアツシズムにとつて根據のないものとなつて了ふ。憲法に於ける人民の基本権の問題から権力分立の原理、行政救済及び国家賠償の理論に至るまで、自由主義公法学の中心的課題をなしたものが悉くその存在の理由を失ふ。何故ならばそれらの理論はたゞ国家と個人の対立を前提とし、国家が個人の福利実現のために必要なより以上に個人の自由を犠牲に供しないやう、個人の福利増進を委任されてゐる統治者として不当な権力を身に着けないやう、約言すれば国家が支配し過ぎないやうにこれを監視する必要がある場合に、はじあて必要とせられる理論にすぎないからである。全体主義的なフアツシズム国家はそれ自身の中に国家の支配し得ない生活領域の存在を認めないのであるから、かゝる理論の発生の余地がないのである。フアツシズムはかくの如き国家のことを全体国家と呼んでゐる。

この全体国家の理論はそれを主張する人々の主観的意図の如何に拘らず、我々が問題にしてゐる資本主義の新たなる段階に於ては、ブルヂヨアジーにとつて次のやうな利用価値を持つ。

一、国家の名を以てすれば人民の如何なる生活領域にも自由に干渉することが出来るからブルヂヨアジーはこの点を利用して利潤経済の存在を脅かす凡ての人々の生活、特に労働者階級の生活に自由な干渉を行ふことが出来ること。

二、しかも、都合のよいことにこれに対する労働者階級の絶対服従を理論的に基礎付けることが出来ること。国家の干渉し得ない個人的自由の領域なるものが認められてゐた場合に起るであらうやうな理論上の不都合は此処にはもはや存在しない。

しかし、全体国家の理論がブルヂヨアジーにとつて真にかくの如き利用価値を持つためには、その国家の意思決定がブルヂヨアジーのために何時如何なる場合でも都合よく行はれ得るやうなカラクリが存在してゐなければならぬ。かゝるカラクリを基礎付けるための理論が、即ちフアツシズムの権威主義の理論である。」（一四二頁）

以上の如くフアツシズムの性格を突止めた今中教授等は、更に具体的例証として、独逸フアツシスト達が、一九三三年一月末に政権を獲得して組織したところの新内閣に就き、その内容を解剖して次の如く記されてをります。

「当時カトリツク労働組合の機関紙が、次のやうに報道してゐたがこれは、最もよくこの間の真相を伝へるものであらう。

「楽屋裏の争は——暫定的には——ハルツズルグ一派の勝利を以て終つた。……しかしそれは一両名の大農家、フーゲンベルグ・パアペン及びシヤハトの勝利にすぎないのであつて、……はこの中に含まれてをらず、彼はたゞ彼等の援護隊として利用されたに過ぎない…。」

ヒトラア内閣は、次ぎの三つの勢力の合作である。

一、ヒトラア（首相）、フリツク（内相）、ゲーリング（無任所相航空局長兼プロシア内相事務管理）、これがナチスの代表者である。

二、フーゲンベルグ（経済相兼食料農業相）、ゼルデ（労働相）、これは帝政派である。

三、パアペン（副總理兼プロシア統監）、ノイラアト（外相）、クローヂツク（藏相）、リユーベナツハ（郵便交通相）、ブロムベルグ（陸相）、これはパアペン系の勢力を代表し、ヒンデンブルグの直系と考へてよいであらう。

この第三部類のうちに属するものを分析して見ると、ノイラアトはウユルテムベルグの出身で、帝政時代の教養を有する既成外交官である。クローヂツクはヘレンクラブ首領アルベンスレーベンの従兄弟であり、エルベ地方出身の古い貴族であり、伯爵である。リユーベナツハはモーゼル地方の古い貴族で侯爵である。

故に、それが如何に封建的農業地主的勢力で固められてゐたかと云ふことを知ることができる。」（二七九頁〜二八一頁）

而して、ナチス政権の成立意義を今中教授は、明快に、次の如く断定せられました。

「以上述べてきたことをまとめて見ると、次のやうになると思ふ。

産業資本家や金融資本家のやうな近代的勢力と、農業地主などの封建的勢力の対立の間に官僚と軍閥とが介在して、次第に保守的反動的な政権を作りあげて行つたこと。他面には大衆生活の間に発生してくる農民やプロレタリアや中産層などの生活的危機の深化が、彼らを駆つて次第に、ナチスと共産主義に向はしめたこと。ナチスは益々右翼諸党の勢力を侵略して膨脹し、共産党は社会民主党からの移動分子によつて膨大し、自由主義諸党からも次第にその両翼への転向者が増大して、彼ら自身次第に無力化して行つたこと。そして最後に上にあげたやうな保守的勢力とナチスとの妥協が出来たときに、こゝにナチス政権が成立した。しかしこの妥協は、ナチス自身の主義的な後退によつて成立したと云ふことが特に注意すべきことである。

一九三三年〜一九三五年のナチス政権の発展は、かやうな基礎に於ての発展であり、ナチス政権の強化は、ナチス綱領の穏和化——換言すれば、資本及び地主階級への苟合妥協の発展過程を物語つてゐるにすぎないのであるが、そのことは決して自由主義化な意味するのではなしに、民族的統治の強化への発展に外ならないのであつた。

その間に種々の改革が行はれ、ハルツブルグ戦線も結局、ナチス一党に融合されたけれども、それはナチスの脱線的危険を掣肘すべき必要そのものがなくなり、むしろ現状維持でなしに、ブルヂヨア独裁の発展的過程を進める上に、ナチスが最も意義ある存在となつてゐること——そこにナチスの存在意義がある。」（二八三頁〜二八四頁）

最後に、ファッシズムの社会的影響に関して、今中教授が下された制定を引用させて戴きます。即ち、

「現時のイタリア十余年に亘るファッシズムの治績や、ドイツに於ける二年余のナチス政権の跡を顧みて、資本制生産のうちに含まれる根本的矛盾が何ら解決に向つてゐないと云ふこと、すなはち生産の漸進的増大と消費の比較的不増大との間の矛盾は、わづかに通貨膨脹政策と帝国主義的政策によつて糊塗されてゐることを見れば、それは却つて社会的悪化の過程をたどりつつあるものにすぎないことが認められる。」（二四八頁〜二四九頁）

誠に、力を以てを服するものは覇であり、徳を以て人を服するものは王であります。帝国主義者と同じく、ファッシストもまた力を以て、無理無法を遂行します。たゞ帝国主義者は専ら、対外的に力を以て圧制を行ふのに反して、ファッシストは対内的に、その暴威暴力を振ふものであります。帝国主義者を国外的覇者と言ふことが出来るならば、ファッシストは正に国内的覇者であり、民族的假面具を被つた特権階級的暴君であります。伊太利と独逸との内部狀勢を見るに、両国内に於けるファッシストとナチストとの振舞は、恰も昔の始皇帝の転生、再生のやうであります。此の両党の政権確立までに、所謂骨肉相食むの悲劇を演じて、已に幾多の人命を落したであらうか。政権確立後に於けるナチス党の暴狀は、全く世界を震駭せしめて了ひました。

ナチス党は「全体利益」又は「国家利益」の名の下に、その調整政策を強行し、政治、経済その他国家社会での凡ゆる部面に亘つて、反ナチス運動及びナチズムの実現に障害となる一切の勢力を掃滅し、殊に文化領域に於いて、その暴威を遺憾なく強く発揮し、民族心理を悪用しては、猶太人排擊を冷酷に敢行しました。今その文化調整の跡を辿れば、一九三三年の五月に、反ナチズムの書籍その他の出版物の焼却を始め、百八十に及ぶ新聞に対する発行禁止があり、芸術、科学の領域から猶太人を一掃して終ひ、諸大学には所謂「清掃」が行はれ、之れによつて職を奪はれた人々の総数は実に七百名の多きに上つたと云ふことであります。

その中には、相対性理論の創設者である碩学アルバート・アインシユタイン博士を始めとし、空中窒素固定法で名高い化学者フリツツ・ハーバー、ゲツテインゲン大学に於ける原子物理学者マツクス・ボルン、ジエームス・フランクの外にヘルツ・ノルドハイム、ハイトラー、航空力学の権威プラントル、数学者ランダウ、ベルンシユタイン、ネーター、クーラン、又ベルリンでは、理論物理学者シユレーデインガー、理論科学の泰ポウニ、膠質化学者ヘルバート・フロインドリツヒ、婦人科学者ゾンデツク、レントゲン学者ブツキー等が在りました。

また、宣伝大臣ドクトル・ゲツベルスは「芸術批評の禁止」に関する布令を発して、ナチスに於いては芸術に対して単なる鑑賞を許すのみで、その批評を禁止するに至つたといふことであります。

斯る暴状は全く、秦始皇の「焚書坑儒」を二十世紀の今日に再現したのであります。秦始皇の存在意義はもはや歴史の上で評価済みであり、それが如何にファツシズムとか、全体国家の運動なりとか、新装を凝らしても、真に国家社会の向上と人類文化の進歩とを希求するものは、此れに対して厭悪の情こそすれ、一顧を向けようとは夢にも為さぬことであります。

三

右翼ファツシズムの向ふを張るものは、左翼マルキシズムであると躊躇なく申さねばなりませぬ。マルキシズムの大本山と言へば、誰氏も直ちに蘇維埃露西亜であると答へるに決つて居りますが、その蘇露に於いてさへ、所謂マルキシズムなるものは、余程修正に修正を加へられまして、本来の面目を止めないやうであります。我が日本に於けるマルキシズムは、大正の末から昭和の初めにかけて、最も気勢を挙げて勇猛に立廻つたのでありましたけれども、現在はその主義者は或は死に、或は入獄、或は地下に潜込んで了つたと言はれます。隣国中国では、共産党と堂々銘を打つて、数十萬の軍隊をさへ抱へて、一時は国民党政府の総帥蒋介石将軍をして、対付に奔命せしめた程でありましたが、目下は旗色大分衰へて、新疆、綏遠の如き僻地に追ひやられて居ります。伊太利、独逸の如き国々では、実際勢力としてのマルキシズムは、ファツシズムの為めに既に完全に捻伏せられて了つたし、英、米の如き国柄では初めから問題となりませぬ。蘇露に次いで仏蘭西にまだ稍勢力を有し、西班牙ではファツシズムに対して、先づ五分々々のところであります。中国の如きは、日本との関係が何う落着するか尚ほ豫測を許されませぬけれども、不幸にして摩擦が漸々激化した日には、第二の蘇露として最も好適の地となるかも知れませぬ。而して拡大された西班牙の情勢が、我が東亜の天下地上に出現する虞れありとの事は、私の前に警告をして置いた処であります。右翼ファツシズムに対蹠する左翼マルキシズムは、現在の我が東亜に於いてはその勢力已に潜伏しつゝあるのでありますから、殊更に彼れ此れと言議するの必要もないやうに認められますが、日本と中国との各々それ自身の内部的関係に於いてでなく、両国間の今後の関係が西班牙の情勢に導かれるを危懼するの余り、前項でファツシズムに就き、聊か検討を致したと同じ意味で、我々の前途に誤りなからしめんために、蛇足を構はず、マルキシズムに就き述べるところありたいと存じます。

而して、浅学不文の私が、斯る大問題について、独自的の見解を陳べるよりか、前と同に、誠実にして蘊蓄豊富なる学者の研究を紹介致した方が適當だと思ひますまゝ、次ぎに、東京帝国大学教授矢内原忠雄の傑作『マルクス主義と基督教』の中より、その研究の要点を抄錄させて戴きます。

矢内原教授曰く、

「マルクス主義はただに特定の経済学説若くは政治行動たるに止まらず、之等を網羅しその根柢を為す処の一の世界観である。その方法論としては唯物辯証法を、その歴史哲学としては唯物史観を、その実践上の政策としては階級闘争をもつ処の広汎なる一の思想体系である。若し一言にしてその特徴を言ひ表せばそは科学的世界観である。現象を観察し実験しかくして把握せられたる法則をばその内容と為す処の科学精神科学的方法科学的智識に立脚する世界観である。この主義によれば唯一の実在は現象界であり、現象界の事物はたとひ今日の智識では説明出来ざるもの多しと雖も科学の進歩により将来必ず智識として理解せらるるに至るべし、而して現象界以外に本質とか霊とか神とかいふものは存在せず、之を存在するが如く思ふのは妄想、夢、気の迷ひであつて科学の進歩によりて拂ひ除けられるものである、と言ふのである。即ち見ゆるものを知るのがマルクス主義の精神であつて、見えざるものを信ずる宗教の精神とは正反対である。

マルクス主義は自然と人類との対立を認めない。人類をも自然の一部として綜合的に観察する。併し乍ら自然科学が人類をば単なる自然物として取扱ふに対しマルクス主義は特に之を社会として把握し、殊に社会の構造をば静態的に分析するに止まらず之を発展的の姿に於て把握する。即ち社会をば発展する歴史的存在としてその発展の法則を探求するものである。この故にマルクス主義は自然科学に対して社会科学をその領域とする。言ふ迄もなく社会科学即ち社会の科学的研究はマルクス主義に限らない。他に幾多の学派が存在する。然るに大師は弘法に取られ太閤が秀吉に取られたるが如く、今日社会科学はマルクス主義に取られた。之はマルクス主義者が自ら真正の社会科学はマルクス主義にあるのみと力説せるがためであり、又彼等がカモフラージとして其会合を社会科学研究会と名付けしことによるものであらう。

マルクス主義は人間智識の無限の進歩を信じ、自然科学の力によりて凡てを知り得ることを主張する。成程今日知られざる処も将来知られるであらう。併し乍ら科学の進歩によりて一切が知られ得るといふが如きことをば、果して自然科学者自身之を言ふであらうか。生理学者は生命の活動を研究するも生命そのものの起原は科学の彼岸にありとし、物理学者は物質の活動を研究するも物質そのものの本質は科学の彼岸にありと為すものであると聞く。科学の知る処は現象界に限られ、現象の起原本質即ち現象存在の基礎には触れざるものである。科学即ち智識の領域にはその性質に基く限界がある。マルクス主義はかかる限界の存在をも承認しない。彼等はいふ、活動を離れて実体なく現象を離れて本質はない、活動即ち実体、現象即ち本質、現象以外に又現象以上に実在するものはない、唯一の実在は感覚せらるべき現象にして感覚を離れて実在なく否感覚のみ実在である。従つて一切は科学によりて知悉せらるべき者であり、科学によりて知悉せられざる者は実在でないと。この唯物的認識論には私は同意するを得ないが、ここには議論の深入りを避ける。ただ彼等の問題とする処は飽く迄認識の問題智識の問題であることに注意しなければならない。」（三一頁〜三四頁）

以上で矢内原教授はマルクス主義の関与する限度限界を論定され、教授がそれに対する態度を示された訳であります。教授はマルクス主義の唯物史観を次ぎの如く簡明に紹介して下さいます。

「唯物史観は個々の事件若くは個々人の行動を説明するものではなく、社会の歴史的変革を説明し、一見偶然的なる社会的事実の発展に法則性あることを主張する一の歴史学である。故に吾人は自然科学上の学説に対して偏見なき態度をとるを要する如く、唯物史観に対しても学問的態度を以て之に向はねばならない。信仰は学問に対して寛容である。たとひ唯物論者の発現したる科学的真理なりとも、真理は真理だ。

唯物史観は個人の意識行動並に社会的変革の事実をば偶然的発生なりとせず、之等を規定する統一的原因、人類歴史の起動的勢力の存在を主張する。而して社会の物質的生産力がそれだといふのである。法律政治宗教道徳等社会関係の変動の基礎は経済的関係即ち生産関係の変動であり、経済的関係の変動の原因は生産方法（人類が自己の生活資料を自然より得来る方法）の変動にあり、生産方法の変動は労働生産力（一単位の労働が獲得し得る物質の量）が高めらるる必要より生じ、労働生産力の高めらるる必要は人口増加及び生産程度向上による物質的慾望の増加より生ずる（ボルハルト史的唯物論）。たとへばローマ時代の法律政治や道德的宗教的思想と現代のそれらとの間に何故差異ありやといへば、そは両時代の経済的生産関係が異るから。ローマ時代は奴隷労働に立脚する荘園経済たりしが故に一般的に奴隷是認の社会思想であり、現代は自由労働に立脚する資本主義経済なるが故に現代の社会道德は一般的に奴隷制度を是認しないのである。しからば何の原因によりてローマ時代と現代とその経済的関係に差異を生じたかといへば、その物質的生産力が発展したから。ローマ時代には機械が無かつたが、現代にありては機械が大いに発明利用せられて居るからだ。何故機械が発明せられしかといへば、そは社会の物質的慾望が増加したから。即ちより多数の人がより多くの衣食住生活資料を欲求するに至つたからである、と。以上が唯物史観の論理である。」（一二七頁〜一二八頁）

此のマルクス主義の唯物史観に対し、矢内原教授は次ぎの如く、厳正なる批判を加へられ、私の言ひたいことを、完全に言ひ尽して下さりました。

「唯物史観は歴史科学上の学説として、学問に貢献したるところは尠くない。各時代の社会的諸事実の説明として、社会変革の科学的法則として、社会生産関係に照して歴史を分析し批判しその発展を跡付くることは、科学上有益なる一假説たり得るであらう。

しかしながら唯物史観の思想的立脚点は全く唯物論である。そは聖書の歴史観より神を退けて、その玉座に物質的生産力を置きたるに類する。物質的生産力、物質的慾望、要するに人間である。唯物史観は人間中心の歴史哲学である。

人の生活の最も根本的なるものが衣食にありとすれば、人の尊厳は何処にある。それはただにの尊厳感に反するのみならず、又人の生活の事実にも反する。衣食なければ人は生存しないけれども、思惟し詩作し神を拝する以前に先づ衣食するとは限らない。又衣食すればそれによりて思惟し詩作し神を拝し得るものでもない。人の尊厳感は動物と共通なる色食の本能的事実よりは来らないそは神より賦与せられたる霊性に基く。動物的存在に甘ずるものはいざ知らず、霊性の偉大に眼覚めたるものは、歴史の原動力を以て物質的生産力なりとすることは人間の名にかけて信じ難きところである。」（一三〇頁〜一三一頁）

我々は更に、矢内原教授より、マルクス主義の唯物辯証法に関するその明快な紹介と批判とを承りませう。

「マルクス主義の方法論は唯物辯証法である。辯証法とは代ギリシヤに於て行はれし辯論術の一種にして、始め或る人が一のことを言ひ、次に他の人が之を否定して反対のことを述べ、最後に第一の人の言のある部分と第二の人の言のある部分とを綜合する、といふ形式に議論を進むるものである。最初の肯定（正）次に否定（反）、終りに綜合「合」。若くは最初に肯定、次に否定、終りに否定の否定。しかしながら否定を否定することによつて単に最初の肯定を回復するものではなく、最初の肯定と否定とを綜合して一段と高き肯定に達するのである。

かくの如き辯論の形式は又思惟の形式として採用せられ、説明の方法として行はれる。否、自然及び社会の運動の法則そのものが辯証法的であると主張せられる。自然及び社会（歴史）の運動の事実が辯証法的であるが故に、その理解説明の方法も亦辯証法によらざれば、到底運動の法則を把握するを得ずといふ次第である。」（一三七頁～一三八頁）

「ブハーリンは辯証法を説明して次の如く言つて居る。「運動に於ける物質、かくの如きものが此の世界の素材である。それゆゑに如何なる現象を理解せんとするにも、之をその発生（如何にして、何處より、何故にそれが生じた乎）、進化、破壊の過程、一言にいへばその運動に於て研究することが必要であつて、その靜止の状態に於て研究すべきでない」と（史的唯物論）。彼は又いふ、「精神は物質なければ存在せず、物質は精神なくとも存在する、何となれば精神は脳髄の作用であるから、即ち第一に存在したるものは物質にして精神ではない」と。故にマルクス主義論争は結局唯物論々争である。世界とその現象は「如何にして、何処より、何故に生じた乎」、それは物質より。物質は「如何にして、何処より、何故に生じた乎」、之を「物質より」と説明することは説明にならないのである。説明さるべきものを以て説明するが故である。唯物辯証法は事物の起源、その存在の根本原因の説明には及び得ない。それは成立したる事物の発展法則の探求たるに止まるのである。

又人間の思惟は脳髄なくしては行はれざること勿論である。併し乍ら脳髄の思惟する内容、思惟する対象が、脳髄の所産であるとか、或は物質界以外には存在し得ずとかいふことは、何によりて証明し得るか。之を証明するために、マルクス主義の守護神と為すところの自然科学は彼等の独断する如く全智全能ではないのである。」（一四四頁～一四六頁）

最後に、マルクス主義の階級闘争による革命論に就き、矢内原教授が教へられた要点は次ぎの如くであります。

「辯証法は矛盾による運動の理論である。事物を静止固定の状態に於て見ず、進化発展の形に於て見、而して進化発展をば単純なる継続として見ず、正反合の運動、否定による躍進として見る。加之、この運動の過程は事物の単なる量的変化のみならず又質的に異る状態への突然的飛躍による推移を含むものとする。すなはち質的に異る新状態の突然的出現によりて、漸次的徐々的過程の中断せらるる事実を重要視する。これ所謂量より質への転換にして、ヘーゲル論理学の論理たるものであり、而してマルクス主義の革命理論は之に立脚して居る。

マルクス主義は右の方法論をヘーゲルより、これを特に社会歴史の領域に適用し、辯証法の革命理論を以て社会歴史の発展を説明した。否、ただに理論たるに止まらず、之を以てその社会運動の実践上の指針となしたのである。マルクス主義の実践は革命である。その方法は暴力である。蓋しマルクス主義は社会発展の現階段はプロレタリアの暴力革命に対して成熟して居り、而して暴力革命によらざれば社会を前進せしめ発展せしむるを得ず、と主張するものである。マルクス主義は社会歴史の中心的事実をば階級闘争にありとし、次の如く論ずるのである。……即ち被支配階級の政治革命的行動によりてのみ、人類社会は前進するのである。その方法は暴力的たらざるを得ない。何となれば支配階級はその支配する武力を動員して新興被支配階級の要求を抑制する挙に出づるが故に、階級闘争は自ら暴力的に敢行せざるを得ない。而して資本家対無産階級の現下の対立は、およそ階級対立なるものの最後の存在にして、この階級闘争が無産階級の勝利を以て終る事によりて階級支配そのものも亦終る。……無産階級による暴力革命、及びこれにつづく無産階級の独裁政治は、真に自由なる人間の社会を実現するために必要なる手段であり、過渡的制度である。——かくマルクス主義は主張するのである。

果して社会の現実の情勢が今日に於ける革命の実現を不可避とせるや否や、又假りに何等かの急激性変化を必要とせる危機に在りとしても、その方法がマルクス主義の主張する如き暴力の実行に限るや否や、換言すれば暴力が最も適当なる方法なりや否や、此等の点は客観的には各国各社会の実情の問題であり、主観的には所謂戦術の問題である。同じくマルクス主義を称する者の間にありても認識及ひ運動方法を一にしないのである。

終りに社会改革の効果に就て考察しやう。マルクス主義は物質的生産力の発展による社会の経済的革命を以て最も根本的なる革命なりとし、之に応じて社会の上層建築たる政治上及び思想上の革命も実現するものと見る。而して政治革命は社会の生産関係が一定の程度に発展せざれば実現し得ないけれども、又政治革命の成就によりて社会革命を促進し完成し得るものと為し、従て政治革命を重要視するものである。……

かかる主張が空想的非論理的たることは既に屢々縷述せしところ、此処に反覆を要しない。吾人は社会改革について道徳的及び信仰的問題として無関心たるを得ないけれども、社会改革の効果の限界については明白なる認識を有たねばならない。社会改革は凡ての根源ではない。それによりて神の国を実現せしめ得るものではない。すべての革命の根源は心の心革命、たましひの新生であり、神の国の実現はキリスト再臨によりてのみ実現する。我等は「凡て為し得べき善は励みて之を為すべき」が故に、社会公共の正義に立脚する改革運動に関心するのみ。……

基督教は革命の宗教である。そは個人を革命し社会を革命し自然を革命する。壮大にして整然、能くマルクス主義の匹敵し得る処でない。ただ正義の神攝理の神を信ぜざる、軟弱な私的な利己的な基督者のみが、マルクス主義の革命的理想主義に目を丸くす

るのである。」（一五四頁〜一六五頁）

四

右マルクス主義に関する矢内原教授の誠実にして、透徹したところの研究と論評を摘記して、学問上から見たマルクス主義の如何なるものであるかを、簡単ながら明識せられたと思ひます。マルクス主義は最近数年来、我が東亜の社会圏内に於いて、可なり鎮静に帰したとは言ふものの、日常社会生活の実際問題として、如何なる山間僻地と雖も、お互が自ら親しくその空気に接し、それに関して発生した幾多の事件を目撃した筈でありますから、説明されるまでもなく、我々銘銘に各自の体験があり、明確な認識があるべきだと思ひます。我々お互が多かれ少なかれ、現今右翼的脅威を感じつゝあると同様に、大正の末期から昭和の初年頃まで、左翼的暴風に曝されたのであります。当時私自身も左翼分子から、暴力を以て見舞はれることだけはなかつたが、有らん限りの無実な中傷と誹謗、排斥と侮辱とを彼等より受けたのであります。否、それだけならまだよい。社会主義、国利民福に反した特権諸勢力と抗争すべく、私共が折角永い間に苦心して組織した民衆の勢力、無理解な官憲や特権者達の力を以てしても攪乱し得なかつたその民衆の結束を、左翼勢力の為め完全に根本から破壊されて了つた事は、呉々も遺憾に思ふ次第であります。然るに今日では、昨年二・二六事件の後、我が台湾でも右翼擡頭の余波を受けて、曽ては左に圧された同志達が、又も今度は右から圧されつゝありまして、台湾全島に於いてばかりでなく、日本本国中央に於いても多くの名士から非常な徳望家として尊敬された先輩林献堂氏が、殴打された事件があつた程であります。両極端は一致するとやらで、左右両翼の理論は異つてゐても、その行動として現れたものは結局余り違つても居りませぬ。等しく非理を通さうとする暴力圧制の行為に外ならないのであります。

左翼主義者は今までの歴史を闘争の歴史と称する。政治経済に関する限り、私はさうだと承認します。今後、若し左翼主義を以てするならば、その闘争が益々激化すべしと私が豫断しても、之に同意されない者はないでありませう。けれども、マルキストは階級闘争の後、無産者独裁の社会組織が出来た曉には、真なる自由人の自由社会が出現する、即ち闘争の歴史が止むと主張し信仰して居ります。矢内原教授は、かゝる主張を空想的な非論理的なものだと評せられました。私は勿論教授と全然同感同意見であります。劍を用ひるものは必ず劍で倒される、この教訓は真理であり、事実であります。今までの歴史がこれを証明して来たし、これからも証明されて行きます。暴力を以て圧制しなければ、行はれぬ位のことならば、それは真理でも何でもない筈であります。況や自由でないことは、言ふだけ野暮であります。我々人間には、各自の自由によつて各自が真理に合致したとき、また社会がその為め真理を具現したときに、始めて平和と自由と悦楽とが与へられます。このことは歴史の証するところ、また我々各自の体験するところであります。右翼行動は即ち始皇の再出現を意味する結果に過ぎないし、左翼行動も相変らず圧制と流血事件の連発を促すに過ぎない。昨年夏以来暴露された蘇維埃聯邦内の陰謀団、ジノヴイエフ、カーメネフ一派の陰謀、引続いてトロツキー派のピヤタコフ、ソコリニコフ、ラデツク等のより深刻、より恐怖すべきスターリン政権顛覆の陰謀が検挙せられました。最近またトハチエフスキー元帥らが処刑されました。彼等は何れも蘇聯建設の元動であり、一時は世界的英雄でさへありました。然るに、竟に政権の欲しさに世界戦争を計画して、階級闘争が無産者独裁政治の実現によつて解消し、もう一切の闘争はないのだと主張した筈の彼等が、「敗戦主義」といふ国家破壊の政策を取り、国家社会を犠牲にしてまで、政権争奪のための大惨劇、大闘争を演じようとしたのであります。彼等は好運児スターリン一派によつて、或は銃殺せられ、或は重禁錮に処せられて鉄窓に呻吟して居ります。何の自由社会でありませうか、何の自由人でありませうか。更に彼等巨頭の累を受けて処断せられた有為の人材が、数百人にも及んだといふことであります。尚ほ近くはまたブハーリン、ルイコフ一派に対しても、同じくテロの陰謀に関係したといふので、断罪が行はれる筈であります。真に劒を用ひるものは劒に倒れ、流血に継ぐものは流血あるばかりであります。斯うして見ると、左にも右にも、真理が存在しない、自由が存在しない、平和が得られないのだと分ります。左右両翼に存在するものは血を以て血を洗ふことのみ、絶望と悲歎のみであります。人生光明の道は、そこらには決してないのであります。

光は常に東方より

一

独逸の哲人、シユペングラーは欧洲を日没の国と言ひましたが、若し基督教精神とそれに関する文化とを差引いて終ふならば、確かにさうだと思ひます。西洋文化の光は、全く基督教の人格主義に立脚した自由、平等、博愛の思想力から発射し出したのであります。民主的立憲政治組織の確立は即ちそれであり、女性尊重、一夫一婦の気風、また人身賣買の禁止、奴隷解放の早く行はれたこと、尚ほ貧困救済に関する国家社会施設、赤十字社、癩病院、養老院、孤児院等、それらは皆人格神聖、生命尊重といふ基督教に培育された精神の賜物であります。実に此等は基督教の人格主義を根底とした文化とその施設とでありまして、この人格主義の根底から懸け離れた西洋文化と言へば、政治的には帝国主義の国家組織、経済的には資本主義の――社会制度、社会的には享楽主義、官能主義の生活様式、而してその帰趨とするところは、即ち科学萬能と唯物思想の横行に外ならないのであります。これらこそ純粋の西洋文化でありまして、そこにはもはや一点の光もなく、一線の望もありませぬ。自由も平等も博愛も、一切の良心的思想も行為も、悉く愚かなこととなります。唯だ滅亡を速める為めの行動が、最善最上と見られ、随喜せられるのであります。だから欧洲は日没の国だというたのでありませう。

翻つて、我々東亜の子たるもの、自ら覚醒するところなくてはなりませぬ。最近お互に大分考へて来つゝあるやうだが、何うもこれまでは西洋崇拝熱で夜も眠られぬ為体、不思議な程でありました。先づ初めに日本が、今から七十年前の明治維新以来その俑を作り、次いで、中国でも今から四十年程前に、大清帝国の光緒皇帝が康有為、梁啟超等と謀つて、日本の顰に傚ひ、変法自強の策を立てて大いに西洋文明の買受けを始めようとしたが、事成らずして西太后のために破壞されて了ひました。後、中華民国成立と共に、やつと局部的ながら、西洋崇拝熱が高まつて来たのであり、一時は無謀にも、中国全土に建立されてあつた孔子聖廟を毀して、その祭礼を廃止せしめた程でありました。マルキシズムとかフアツシズムとか言うて、お互の国家社会を挙げて、混乱に混乱を重ね、不安に不安を増し加へたのは、一に我々が自己の本来を忘却して、西洋文物を無批判に鵜呑みしたからであります。酔も三日経てば醒める。相当にお互が痛手を嘗つた筈だから、少しは自己の本心に返つて見たら如何でせうか。光は常に東方より！我々には我が遠祖代々を伝つて、遺して下さつた幾多の精神的宝物があります。正確に鉄砲が撃てることや、ロンドンまで飛行機で飛べるだけのことが、我々の能では決してないのであります。そんな点に於いては、我々は寧ろ後輩でありまして、我々の特色や、名譽とはし得ないのであります。否、我々はそれらを特色としてはいけないのだ。

東亜の子等よ、我等の特色、我等の栄譽は何処にありますか。それは簡単に一言で言ひ当てることが出来るではないか。即ち、幽玄不可解なる人生の奥裏深くに掘り窮めて行き、そこから生命本然の真相を体得して、浩然之気、永遠の生命な把握すること、此のことの中に、我々の特色があり、我々の栄譽があるのではありませぬか。東亜の子等は、生命の追求をその特色となし、生命の獲得をその栄譽となすものであります。生命あつての人生でありまます。我等は生命を第一義とし、物質世界に関する問題を第二第三と致します。生命ある人間となつた上で、物質問題を解決しようとするのが、我が東洋人の一貫した生活態度でありました。東洋に科学文明の発達なく、資本主義の成長なく、帝国主義の豪勢なきは、全くその生活態度の然らしめたところ、決して偶然ではありませぬ。けれども、此れらのことから眼を転じて、倫理、哲学、宗教の方面を観るならば、そこには焔々たる霊光の燃え上つてゐるのを看、滾々たる活泉の此処彼処に湧き出て居るのを見るのであります。

生命を把握することに専心して物質世界から疏遠した我が東洋人生活の態度を、私は少しも、完全なりとして擁護し、辯護しようとは思ひませぬ。何故あれ程、人生哲学、宗教哲学を重んじて力を尽したにも拘らず、物質哲学ともいふべき科学研究に、，一向意を用ひようとしなかつたのかと、怪訝に堪へなく感じて居ります。この点は正に我等東洋人共通の落度だと認めねばなりませぬ。我等は物質より構成された身体を持ち、而してこの身体は、我等の重要視する命の住家でありますから、我等の間にも、否応なしに物質研究が進められ、即ち科学的発達も遂げられるべき理であるのに、さうであり得ずして、我が東方は主として精神文化、西方は主として物質文明の発展を見たのは、或は次ぎに来たるべき東西融合の段階に備へるめ、大攝理の然らしめた事ではなからうかと考へられます。

それはさて措き、生命把握を目的とする精神文化の創建は、何といつても人類に取り第一義的であるから、我が東方の遠聖先哲が早くより此の方面の開拓を始められ、豊富無比の精神的遺産を受け継がして下さつたことは、真に我々東洋人の栄譽でめり、幸福でありま す。然るに多数民眾の平和恬澹は、少数の野心家の附け込んで利用するところとなり、政治が極端に腐敗して兵火屢々起り、愚民政策の徹底に従つて大眾愈々困窮に瀕し、到頭その光輝燦爛たる固有の精神文化は、一般大眾の預り知るものでなく、徒らに清士の話林と化し去り高僧の空念佛と成り果てたのであります。その結果遂に哲学と言へば、カント、ヘーゲル、オイケン等の糟粕を嘗めるにあらざれば哲学なきかの如き有様を呈し、真正の生命ある宗教に至つては、宛ら西洋宣教師の孤行独市であるかの如き奇態な実情を現出したのでありま す。真にこれは本末顛倒、反客為主の沙汰であり、歎かしきことの極みであります。

我々は、茲に中国の倫理道德、印度の哲学瞑想、猶太の贖罪宗教に就き、粗浅ながら、その一斑を窺つて見ませう。

二

中国思想の淵叢は教にあり、儒教の大宗は孔子、小宗は孟子であることは申すまでもありませぬ。孔孟の教は、思想、心法の根本たる中庸の道理を闡明するにあると言へます。中庸の道理とは、即ら天下に於ける不偏の正道、不易の定理を指すのであつて、これを真人間の道、君子人の道とも言ひます。此の中庸なる君子道は、所謂「費而隠」といつて、広大無辺に適用せらるべきものであつて、而も極めて幽玄微妙なもの、その窮極を探らうとすれば、聖人と雖も尚ほ及ばないのであるとせられます。斯程に深遠である中庸の君子道は、その第一歩を、人生誰でも経験する夫婦道の中に印して居ることを具体的に例示し、その窮極境を「致中和」に置き、此の境地に至れば、天地そこに位し、萬物そこに育つと申されます。

中庸の道、即ち「致中和」の道の本質は如何。それは仁なりと説かれます。而して仁とは何かといふと、「仁者人也、親親為大」とあります、即ち人を愛することが仁であり、その人々を愛することに於いて、親を愛することが根本なりと言うて居るのでありますが、此の点については朱子の註釈が最も適切だと思ひます。即ち仁とは天地が萬有を生育する心であつて、人がそれに因つて始めて生きられるものだといふのであります。孔子は実践的に教へられて、両親を始め骨肉親しきものを愛するその心を広めて、隣里郷党、天下国家の眾庶に及ふやう、人々を愛するその心を仁なりと説かれました。孔子は更に仁の実行性を高調して、「力行近乎仁」といはれた。力行とは即ち忠に外ならないのであります。それで曾子が「夫子の道は忠恕の外ありませぬ」と言つた意味が分ります。孔子は、自己の衷心に忠実なるやうに、力行の意味に於ける忠を説かれたばかりでなく、他人の衷心に対しても忠たるべきを教へられ、その為めに特に信といふ語を用ひられた。信といふ字は人偏に言であります。即ち他人の心情を表した言葉に対して、忠実を尽すことが信だといふのであります。茲に於いて儒教の実践的社会道徳の基礎が、鞏固に確立されに理であります。孔子が信の大切なるを道破した名言に曰く、政治の要は、食を足らしめ、兵を足らしめ、民をして信あらしめる、此の三点にあるが、若し已むなく三者の中去るべきもののあつた場合には、先づ兵を去らしめ、更に已むを得ないときは、食を去らしむべく、信は絶対に之を守らしめねばならぬと強調せられて、「自古皆有死、民無信不立」と喝破せられたのであります。

孔子は、又非常に礼を重んじ、楽を楽しまれました。曾てその息、子魚に、礼を学んだかと問はれ、続いて礼を学ばずば以て立つべからずと訓示せられました。又或る時、その高弟の顔回が仁について質問したのに対して、己に克ち礼に復し得ば、天下凡て仁に帰すと仰せられました。而して大廟に入れば、事毎に礼に就き問はぬことはなかつたと言はれる程、礼を甚だ重要視せられたのであります。

孔子は、礼の効用の偉大なるを称へて、仰せられて曰く、能く礼譲を以てするならば、国を治めるのに、何の困難もあることなし、と。曲礼上篇では次ぎの如く言はれて居ります。「道徳仁義、礼を以てするにあらざれば成らず、教訓正俗、礼を以てするにあらざれば備はらず、分争辨訟、礼を以てするにあらざれば決せず、君臣上下、父子兄弟、礼を以てするにあらざれば親しからず」と。

然らば、礼の内容は何か、礼とは何かといふに、同じく曲礼上篇で「礼は宜に従ふべし」と論じてあります。礼は一々の形式にして、その各々の形式を時と場合の宜しきに従はしめて、大小軽重、本末前後を定むべきだといふのであります。時を失し、過不及があっては、即ち宜に従はなければ、如何なる形式を以てしても、もうそれは礼ではなく、虚礼、無礼と言ふべきであります。而してその宜とは、即ち義が礼の内容となることであります。儒教では礼を以て刑法の理想となし、礼を重んじ法を軽んずる所以がこゝに存するのでありす。法による刑罰の威嚇政治、即ち霸道を喜ばず、専ら礼楽による徳化義化の王道を尊ぶのであります。

礼の内容は義であり、而して義は宜の意だといつても、尚ほ充分に其の意味が徹底しない。それは義の意をまだ尽さないからであります。礼は本末軽重につき過不及なきやう、宜に従ふことを期するにあります。だが、礼の内容たる義にまで、本末軽重の調節上、甲乙を附ける理ではないのであります。本末軽重の適用は、全く外面的、形式上の宜を計る点に主眼があるのであつて、礼の本質的内容たる義には変りがあつてはなりませぬ。礼に関する限り、その内容としての義を適用するに際して、決して手加減があつてはなりませぬ。然らば、礼から切り離して、義は宜なりといふ一般的の意味如何といふと、孔子も孟子も仁と義とをよく一緒に並べて言ひました。そこに仁義の脈絡を示してゐるのではないか。告子といふ人が孟子に対して、仁は人心の内に存するもの、義は行為として外界に対処するものだ、仁義は別物であると主張したときに、孟子は答へて曰く、馬が白いからそれを白いといふ、人も白いときは同じくそれを白いと云ふ、即ち外界の客観的存在に従つて認識を一様にするのだが、人に対して向けると同じ尊敬の念を馬にも向けるかと、甚だ興味に充ちた対話があります。孟子はそこで、仁と義とは同じく人心の内に自然にあるものであつて、本質的に内外の違ひあるのではないと言つたのであります。仁義は本来同一のものであるから、一を説けば他は自ら分ると思つたのでせうか、孔子も孟子も仁の本質について説くが、義の本質については多く説かず、義を仁に並べて説くけれども、義を単独として殆ど説かないやうであります。宋儒程明道はその遺書の中に、「学者は須らく先づ仁を知れ、仁とは渾然物と同体であつて、義礼智信も皆仁である」といつてある位でありますから、上述の推察は左程間違はないと思ひます。それなら仁と義とは全然差異がないかといふに、それは違ひます。元来儒教は実践倫理と政治理想とを闡明し、確立するを以て使命とするものであり、そこで対人関係を最も重要視するのであります。対人関係を重んずるが故に、既に孔子は正名を非常に重視した。即ち儒教では差別観に立って、義なる観念を構成したと考へます。所謂存心養性の工夫修養に於いて、天が萬有を生んだ心を以て心となす、それが即ち仁である。その仁心を以て人々の間、即ち差別の世界に立たねばなりませぬ。如何に仁心を向けようとしても、路傍の乞食を呼んで佳賓と一緒に饗応することは到底不可能な話、又為すべきことでもありませぬ。佳賓を饗応したい、又乞食に物を与へたい、これは等しく仁心の発露でありますけれども、佳賓は内に於いて食卓を共にし、乞食は外に於いて健康に良い食品を与へることは、仁心を適切に使ひ分ける義の行動であります。言ひ換へれば、仁の適切なる発現は義である、即ち義は仁の宜であるといふことが分ります。従って、仁は仁であっても、若しその仁を場合々々に適宜に表現しないならば、即ち義に適はしめずば、決して仁たり得ないことも分る理であります。

茲に於いて、儒教に於ける礼の作用が如何に重要であるか、孔子が申された「不知礼無以立」「能以礼譲為国何有」等の意味の重大性が、一層明識せられる筈であります。即ち礼は形式としての行為を調節して中庸に復帰せしめるばかりでなく、精神としての仁心道念をも調節して中庸に合致せしめ、発して皆節度に中らしめる、即ち即は礼は有形無形一切の総括であると知らねばなりませぬ。儒教が礼を重んずることには、このやうな深き根據があるのであって、若し単なる礼儀三百、威儀三千といったやうな、枯渇した形式だけのものならば、それは礼ではなく、孔子はそんな頑固屋では断じてありませぬ。孔子は齊の国で、韶といふ舜の作つた音楽を聞いたとき余りにそれが善かつたので、完全に心神を奪けれて終ひ、遂に三箇月間程、肉を食べてもその味を知らなかつたといふことであり、そのことに就いて孔子自ら述懐して曰く、「斯くまでその楽が善美に達し得たとは図らなかつた」と。

尚ほ、孔子が画かれた理想生活の縮図、真に簡潔極まるその縮図を拝見してませう。それは「道に志せ、德に據れ、仁に依れ、芸に游べ」と、仰せられたのであります。天命の具現たる道、真理の啟発に立志せよと第一に諭された。第二に成德の君子、経験閲歴深き実力輿望ある人物として、自ら修めて何時までも執守して居らねばならぬと教へられた。第三には仁に依れと。朱子は依を注して不違となした。即ち生活をして寸時も仁に違はしめないやうにせよと解したのだが、依の本来の字義は倚靠とか、随従とか、かういふ意味に用ひられるのが普通であります。朱子はどうして此の普通の意味に解しないで、却つてそれの更に転化した不違の意を採つたのか理解に苦しみます。若し普通の意味に従ふならば、「依於仁」とは、明かに仁德ある者に従ひ、即ち良師益友を選んで親しく交り、以て善良分子を味方として生活せよと命ぜられたのであります。第四には芸に於いて游べと仰せられた。何と素晴しい教ではありませぬか。特に此の芸に游べといふ点を最後に配したのは、意義深いことであります。道德生活の建設のみを以て能事終れりとせずして、その上に更に一段と高く、生活の芸術化、美的生活に精進するを理想とせられたのであります。

右は儒教の倫理道德、その精神建設の一斑を見たのであるが、最後に孔孟の王道観、即ちその政治論を瞥見したいのであります。

孔孟の政治論は、先づ治者が常に仁人君子であるべきを絶叫して曰く、惟だ仁者のみ高位に在るべし、不仁にして高位に在らば、是その悪を眾に播くのだと、戒められました。治者、為政者が常に仁者であるべきを要求する所以は、孔孟の政治が德治を理想とするからであります。孔子は政は即ち正であるから、為政者が正を以て人民を導くならば、人民は從つて正しくなるのだと言はれ、又治者は風の如く上にあり、人民は草の如く下に在る、風の吹くに從つて草が必ずその方向に靡くと同じやうに、治者の為すがまゝに人民が善にも悪にもなるのだとも言はれ、德を以て政を為すならば、譬へば北辰の如く、其の所に居つて、眾星自ら共向する、即ち德の在るところに、人心は自然と向くのだと断言せれました。

仁者が已に為政者として高位に立つた以上は、自ら心掛けなくてはならぬことが凡そ九つある、それを九経と称して、治者の基本的信条であると、孔子が指示せられました。その第一は、常に身を修めて明德に闕くるところあつてはならぬこと。第二は、賢者を尊んで小人を遠ざくべきこと。第三は、明德の確立した結果として、先づ骨肉親しきものに親しむべきこと。第四は、治者の股肱たる大臣を礼遇し、これを敬ふべきこと。第五は、群臣百官の心を体会して、その労を知るべきこと。第六は、億兆の眾庶を己が赤子の如くに視て大切にすべきこと。第七は、百工を来らすべく、即ち大いに智能を啟発して、殖產工業を興すべきこと。第八は、內部的施政の完備を期すると共に、一方遠人を柔げ、異民族に対する善隣の外交を行ふべきこと。最後の第九は、諸侯を懐かしむべしとて、諸国の元首と交驩を遂げ、内外の平和を具体的に現し、以て眾庶萬民の心を安んぜしむべきだ、と言ふのであります。

次ぎに孔孟の徳治主義、即ちその唱道した王道政治の内容につき、要領を挙げて見ませう。孔子、孟子は政治の基本的要件を治者の明徳に置き、有徳有能の者にして始めて高位に在るべく、即ち制度、組織よりも、人徳人格を政治の基礎とせられ、その人存すれば、その政則ち挙り、その人亡すれば、その政則ち息むべしと仰せられたのであります。更に切言すれば、国家の公事達成を期する中心的保障として、治者の私徳品性の健全を要求し、大事の成否を人心の機微に探索せられました。而して、組織機構に於いても、国と家とを並称して国家といふ完全な一語となした如く、国政を家政の拡張としか認められませぬ。曰く、所謂国を治めんとするには、必ず先づその家を齊するものたるべく、その家に於いてさへ教へ得ずして他人をよく教へ得ることは、蓋しないことだ、有徳有能なる君子は、家を出でずして、即ち家に居りながら、その教を国中に成し遂げるものだと言はれ、孝道は即ち君に事ふるの道、悌道は即ち長上に事ふるの道、慈愛は即ち眾を使ふの徳であると言はれました。

孟子は、王道の消極方面と積極方面とを次ぎの如く述べました。消極方面は人民の自然的生成化育を礙げず、その成るがまゝに任せて置くことである。即ち曰く、農時を違はずに収穫せしめさへすれば、食べ切れぬ程収穫が出来よう。網目の細密な漁具を水澤に入れさせないやうにさへすれば、魚や鼈等は食べ尽されぬ程生殖するであらう。斧斤時を見計らつて山林に入れさせへすれば、林木は用ひ切れない程得られよう。これらの自然資源にして、力あるもののために乱暴に奪取されたり、毀壊されたりさへしなければ、これで民をして生者を養ひ、死者を喪むる上に憾みなからしめることが出来るので、之れ王道の始めだと云はれました。尚ほ積極方面について、即ち為政者が進んで奨励施設をなすべき事として、五畝の宅地に桑を樹ゑさせれば、五十歳の者は帛を着ることが出来る。鶏、豚、狗、彘の如き家畜を時に従つて養はしめれば、七十歳の者は肉を食することが出来る。百畝の田、それを耕すための時を、夫役等によりて奪はなければ、数人の家族をして飢ゑしめずに済む理だ。庠序学校の教を謹み、孝悌の義を申ねて教へれば、斑白の老人が路に負載せぬであらう。七十の老弱者が帛を着、肉を食み、黎民ゑ飢ず、寒せず、斯くして王たらざるは未だ曽てあることなし、と言はれました。

現代の資本主義や土地偏有の如きは、王道政治にあるべからざることとして、已に孟子は次ぎの如く痛撃を加へられた。曰く、夫れ仁政は必ずや耕地の経界を定むることより始まるべく、経界若し正しからずば、井田の土地均等とならず、穀祿また従つて公平とならざるべし。此の故に暴君汙吏はその貪欲を充たさんとして、必ず土地の経界を簡漫にして、以て強豪の兼併を易からしむべし。経界既に正しければ、田を分けることによつて祿を制し、労せずして各人の権義が公平に定まるのであると言はれました。

又孔子も次ぎの如く言はれました。即ち、国家の発達を謀らんとして専ら財用に務めるのは、小人のなすことであつて、小人をして国事に当らしめた日には、災害竝に至るべく、その時になつてからでは、假令有徳有能の善者をして救済に従事せしめようとしても、もう及ばないことだ、此の如くに、国は利を以て利となさず、義を以て利となすべきだと喝破せられました。

国家に武備がなくてはなりませぬけれども、王道政治にいては、それを頼んで無理を強行することを断じてしない。必ず徳を以て人民の理解を求める方法によりて政治するのであります。孟子曰く、兵力や財力を用ひ、仁に名を假りて政治するものは即ち覇者である。徳を以て仁を行ふものでなければ、王者ではない。王者であるならば、国王の広大を要せず、湯王は七十里を以て、文王は百里を以て天下に号令した。力を以て人を服せしめたものは、心から真に服せられたのではなく、彼等の力が足らず抵抗出来ないからであるに過ぎない、之に反し徳を以て人を服せしめたものは、心から悦んで誠実に服せられるのである。それは恰も、孔子の門人七十子が孔子に服したやうな状態であると。斯く言へばとて、正道政治は決して、絶対的に武力を排するのではありませぬ。或る時湯王が亳に居り、その隣国に葛といふ伯爵の国があつた。その葛伯が甚しく放縦で、祖先の祭祀さへもしないので、湯王が人をして、何故お祭せぬかと問はしめた。ところが、貧乏で、犠牲等の祭礼を備へる力がないからだとの答を受けたので、湯王は或は牛羊を遣つたり、或はその人民をして葛に行き、葛伯の田を耕さしめ、偏へに徳を以て葛伯を感化しようとした。ところが、葛伯はその徳に感謝しないばかりか、却つて耕作の手伝に行つた湯王の民の食物を奪取ひ、人を殺し、遂に無道にも伴つて行つた童子までも殺して了つたので、湯王は始めて兵を向けて之を征たしめた。孟子にこれを評して曰く、四海の内皆、湯王が土地の欲しさに戦争を起したのではなく、全く葛伯が童子を殺したため、匹夫匹婦に代つて復讐してやつたのだと言つた。湯が葛を始めとして凡そ十一箇国の征伐を為して、天下に敵するものがなく、東に面して征伐したときは、西夷のものそれを怨み、南に面して征伐したときは、北狄のものそれを怨んだ、そして皆曰く、何故我等の処から先きに征伐してくれないかと。人民の彼を待ち望むや正に大旱に雨を望むやうなもの、人民の湯に帰して市するもの止まず、その野に耕す従来からの百姓も移り去らうとしない。其の暴君を誅して其の民を弔へば、宛ら時雨が降つた如く、人民悉く大悦びしたと孟子は言はれました。

之を要するに、孔孟の王道政治は、その基礎を治者の徳行に置き、制度よりも人物を重んじ、善隣の平和政策を主とし、徳化の及ばざるときに始めて武力の行使をした。人民に対しては教育の普及を計り、地権の均分を行ひ、隣保互助の精神を訓練して、殖産工業に於ける勤労を奨励し、各人の生活資料が均布されるやう、大いに生活安定の為め、社会政策の施行を眼目とした。特に内に在りては、鰥寡孤独の救済を治道の要務と看做し、外に在りては「継絶世、挙廃国」をその使命として要望した。仁に名を借り力を用ひて、人民に対する搾取誅求を肆にし、弱国に対する略奪併呑を敢行する政治を、世衰道微の時代に於ける横政霸道の所為と為し、孔子、孟子はその畢生の力を尽して排撃して已まなかつたのであります。孟子は、現在でいふ帝国主義なるものを、次ぎの如く痛罵した、「争地以戦、殺人盈野、争城以戦、殺人盈城、此所謂率土地而食人肉、罪不容於死」。此れ所謂土地を率ゐて人肉を食するといふやり口、死に処してもその罪は尚ほ容さるべきでない、と孟子が怒号せられたのであります。

王道政治は、天命に恭順する王者の仁政でありまして、その政治の下では次ぎの如き大同世界を出現すべしと、孔子が礼記の中に言はれて居ります。

「大道之行也、天下為公、選賢与能、講信修睦、故人不独親其親、不独子其子、使老有所終、壮有所用、幼有所長、矜寡孤独癈疾者、皆有所養、男有分、女有帰、貨悪其棄於地也、不必藏於己、力悪其不出於身也、不必為己、是故謀閉而不興、盗窃乱賊而不作、故外戶而不閉、是謂大同。

現在今日に於いて、如何なる進歩した政治論、政治哲学でも、理想し得る政治の状態として、果して此れ以上のものがあり得ませうか。二千数百年前の中国で、孔子はその所信の具現された暁には、当然斯くの如き理想社会が形成せられると豫言せられ、而も、彼はそれを単なる一場の無責任な放言として言はれたのでなく、論語子路十三の中で「苟有用我者、朞月而已可也、三年有成」。即ち、苟くも我を用ひて政治の衝に当らしめる者あらば、一年だけで、自分の理想とする仁政の目鼻をつけて見せる。三年も年月を借すならば、必ずその完成を遂げて見せると。此れに徴しても、如何に孔子がその所信に真面目であつたかを、推察出来ることと思ひます。事その志と違つて、彼をしてその経綸を実際に行はしめる機会を竟に与へずして終つた。その後、中国歴代の学者、思想家の中で、孔孟の遺訓を伝へる者はあつたが、政治の実際にこれを試みることはなかつたのであります。嗚呼、王道の理想は中国の民衆に取つて高尚に過ぎたのか、或は、天命に恭順なる王者の出現を俟つて、始めて行はるべきものであるか。現在の国民政府は果して王者たるや否や。東亜の子は、我が遠聖の遺訓が実行せられるそのときを待望すること、誠に切であります。

三

現在の佛教といへば、直ぐその宏壮な伽藍、荘重な儀式、絢爛華美の袈裟を纏うた威儀正しき和尚を聯想し、無数の善男善女が何の理も分らず、偏へに御加護、御利益を希うて合掌するの光景が髣髴として眼に映ります。元来、法我両空、圓光寂靜の境地を神聖視することは、釈迦牟尼の教旨であるべき筈のものなのに、佛教の現状が右の有様であるのは、恰も、裸体で十字架上に磔られて、尚ほ罪人達の為め赦免を神に哀願したるイエス・キリストの愛を、羅馬法王がヴアチカン宮の宝座から、世界一等大のダイヤモンドを鏤めた黄金の十字架をその胸前に弄り乍ら説法するのと、好一対の怪現象ではありませぬか。法王統治下のキリスト旧教は、既にキリスト新教によつて、激烈なる内部的聖戦を以て淨化せられたと同様に、佛教にも早晩この運動が激化して来るでありませうか。何うもお釈迦様が説かれた佛法、佛教と、現在我々が接触する佛教との間に、余りにも懸隔が甚しく見えて、遺憾に堪へないのであります。

釈迦牟尼は、その本名を悉達多と言ひ、西暦紀元前五六五年四月八日、印度橋薩羅国の王太子として誕生せられ、生来天資穎悟、深く人生の意義を摑まんとして、あらゆる世間的富貴栄華に対して、聊かの興味と価値をも認めず、宇宙人生の真生命に触れようとして触れ得ず、朝夕悶々として二十九歳まで妻子と共に王宮に起居したが、その間、四門観感とて、生、老、病、死の人間苦を愈々深刻に感じ、到頭辛抱し切れずに、深夜、骨肉情愛の心緒を断つて王宮を脱出し、深山の菩提樹下に六年の間正坐瞑想して、一心に霊覚の現れる時を待つた。次ぎの数行はその出宮の述懐であつたさうであります。

「我観宮内如塚墓、亦似蛆虫穴無異、外為革囊、中盛臭穢、無一可奇、強薰以香、飾以華綵、百年之命、臥消其半、又多憂悩、其楽無幾。」

斯くして、三十五歳のとき始めて開悟して正覚を得、それから王宮に帰らず、王位に就かず、四十年の久しきに亘り行脚して、衆生を済度すべく、その悟得した佛法を宣伝広布して、八十歳で入滅せられました。

釈迦が悟得せられた真理は、全く彼自身の工夫の正覚、自力を以て自らの生命の深所に掘下げて行つて、湧き出て来たところの霊泉、霊光であり、所謂、見性成佛といふ自力の功徳であつて、別に外部的援助、若しくは救贖の力、即ち他力によつて与へられた信仰ではありませぬ。釈迦は自らの内に窮極のものを悟得したが、それは状態的のもの、関係的のものであつて、決して人格的とか、さういつたやうな心霊的のものではない。従つて神に相当したやうなものを、その正覚の中に決して見出すことが出来ませぬ。その窮極的状態、若しくは本来的関係を無理に神と云ふ語で置き換へてよいならば、釈迦が悟られたその神は、勿論外在超在の神ではなく、純然たる内在の神であります。而も凡ての物の内にそれが在るといふのでありますから、釈迦の認めた神は汎神であると言ふものがあります。前にも言つたやうに、真実のところ釈迦は神を認めない。唯だ人生につき、森羅萬象につき、天地宇宙について、その自然本来のまゝの理法あるを認めるだけであります。その本来の理法を悟り得たものは、即ち智者、覚者となるのであります。この智者、覚者のことを印度の梵語ではBuddhaといひ、中国人はこれを佛陀と発音し、日本人は「ホトケ」又は佛の一字を以てその意義を表して居ります。佛とは即ち人生宇宙の窮極の真相を悟つた智者、覚者、解脱者といふだけの意味であるにも拘らず、釈迦以後の者が、漸々とその本義から転じてこの語をも用ひ、遂に神佛などというて、神に類似した意義に於いて佛と言つて来て居ります。これは真に奇態なことだと言はねばなりませぬ。又、釈迦は人々に見性成佛を説き、人は銘々自分で本性を悟り、銘々自分で覚者即ち佛と成りなさいと教へたのに、今日では佛と言へば、只だ釈迦を指すやうに思うてゐるものが多い。而して釈迦佛にのみ罪業救濟の力がありとし、所謂他力本願とて、釈迦佛を絶対超在の人格的、済度救拯の神として拝むやうになつて終ひました。拝まれる釈迦からいふと、完全に自分の教に反したことであるけれども、これが今日多くの善男善女によつて奉ぜられて居る佛教であります。

佛教の経典は五千とか、七千とか称せられる程、実に汗牛充棟といふ形容辞を字義通り解してもよい程に、仰山の経典があります。又、日本だけにある宗派でも、十五宗五十余派あるさうで、制度儀式に夫々の相違があるばかりでなく、その礼拝の対象たる佛の本質意義を正反対に解して居るものさへあります。我々は佛教に於いて、真に徹底した解釈自由、思想自由、信仰自由を見せしめられます。佛典が五千、七千もある理は、全くこの自由から来て居ると思ふ。超在の権威、準縄をその本来に於いて認めず、凡て自分の悟性に頼んで、哲学的に分析推理をして結論を求めるのであり、而もその各々が、皆独自的の権威を主張し得るのでありますから、竟に議論が多岐多端に走り、教祖の真意に反する結果にさへ到達したるのは、蓋し当然のことと思ひます。唯だ困ることは、一般信者にとつて、果して何れを信仰の標準にしてよいか、迷はざるを得ないのであります。五千や七千の経書を一々読破することは、殆ど不可能のことであつて、この為めか、経典を読んで教義の穿鑿はせぬでもよい、浄土宗では単に唱名念佛、日蓮宗では只だ題号提唱、禅宗では専ら打坐参禅だけで、極楽往生が出来るといふ、これ程簡単なことも外にないのであります。詰り極端の煩雑から、極端の単純に変つた。こゝにもまた佛教の自由性、或は危険性が存在すると言はねばならぬかも知れませぬ。

釈迦が悟得した佛法の要綱と思はれるものを摘記すれば、大体次ぎのやうなことでないかと言はれて居ります。

釈迦が得道の山から出て鹿野苑に至り、五名の比丘を相手に真先に説いたことは、十二因縁によつて一切有情無情のもの全部が、因果の鉄鎖に纏はれて、前世、現世、来世の三世に亘り、欲界、色界、無色界の三界を去来して、地獄、餓鬼、畜生、阿修羅、人、天の六道に輪廻転生して、永遠にそれから超脱することが出来ずに苦しまねばならぬ、といふことであつたさうであります。

その十二因縁とは、即ち我々が無始の前世からの無明煩悩のために作つた善悪諸々の行為があり、この無明と諸業が因となつて、何々をしよう、何々にならうといふ心識を持つやうになる。この心識が更に発展して、名色といつて非常に微妙複雑なる心理作用を生じて来る。心識、名色は純然たる精神の内部的発展でありまして、その精神的発展が、眼、耳、鼻、舌、身、意の六根（六入）と相聯関して、完全な一体となる。この名色と六根の相互作用で、種々と外部の事物に接し、それを経験することを触といふ。触の結果として受、即ち人生の苦楽を感受するやうになる。更に進んでは、単に外部より苦楽を感受するばかりでなく、積極的に内部より強盛な愛欲を起す、これを愛といふ。愛欲が愈々旺盛となつて、色々と具体的に求め得ようと努め、即ち取の果を結ぶ。愛、取の二つがまた因となつて、将来に於いて当然受くべき分を有する。有がまた因となつて、それに相応した報を来世に受けて転生せねばならぬ。これが即ち生、生あるからには、当然現世と同様の老死を来世に於いても嘗めねばなりませぬ。以上記した十二因縁の因果関係は、そのまゝに放任して置くと何時までも転々と繰り返し、無明の上に無明を加へ、罪業に罪業を重ねるのみ、而して我々は益々悲境に落込み、苦痛が愈々深刻化して挙世苦海と成り果てる。此の二つの洞察を集諦、苦諦と称するのであります。即ち苦諦によりて、人間社会の本来を苦なりと断じ、集諦によりて、その苦の由来を十二因縁の中に発見し出すのであります。

斯様に、釈迦は人生の自然を苦なりと看破し、それより衆生を済度して解脱せしめる法を工夫された。その結果獲たものは道諦であります。道諦とは、十二因縁の鉄鎖から断絶してその拘束を受けず、八正道に進して輪廻の苦より解脱し、再び輪廻の因果に捲込まれて転生せず、即ち不生の真空寂滅の涅槃境に常住するの滅諦に到達する道についての洞察であります。八正道に精進することは、即ち輪廻の苦より涅槃の楽に入るべき途徑なのであります。

然らば八正道とは何か。正見として第一に宇宙人生を空なりと認識し、一切萬有は無常なりと会悟することであります。第二に正志、又は正治とて、貪、瞋、痴の邪念を去つて、以て善根を治めることであります。第三は正語とて、禍は口よりといはれる位、口業を避けねばなりませぬ。第四は正業とて、努めて清浄を守り、第五は正命、殺生をしないことであります。第六は正精進とて、精進を統一し悪をその未萌に於いて防ぐ工夫をする。第七は正念、第六の正精進よりも更に進んで、念々空慧、清浄透徹を期するのであります。第八は正定と謂ひ、正覚は常住する、即ち前七項の精進工夫に奏効せば、自然に努力なくして、正覚に常住する境地に到達し、完全に惑業を滅して、生死の苦境から離脱、圓光寂静の涅槃境に入つて、そこは所謂、不常、不断、不生、不滅、空無寂静、清浄極楽の境地であります。八正道による修錬の帰趨を惑業の消滅、生の離脱と確信する此の洞見は即ち滅諦であります。

以上は原始佛教の大綱とも称すべきものであるが、之は釈迦が小智下根のものの為め、最初に説かれた教説であつて、弟子達がこれに固執するを恐れ、その後更に、自説を以て前説を破り、諸法皆空の理を宣示して、一段と高く弟子の理会を引揚げるやうに努められ、最後に法華経を説いて、自己出世の本懐を明示し、真理ありのまゝを述べて、特に実行を重んずべきを訓諭せられたさうであります。釈迦自身の説法に幾変遷もあり、殊にその入滅後に於ける弟子等の研究や補足が、微に入り細に亘つて、誠に千紅萬紫ともいふべき有様、真に世界無類の大哲学の体系を構成し、大智利根のものでなければ、到底その多岐の教説と、全体の真義に通ずることが出来ませぬ。因つて単に、佛教の中で根本の原理と看做されてゐる中観と、それに至るの教理の一斑を略述し、以て佛法の片影を摑み得たとしよう。

佛教では、宇宙とその森羅萬有が、因つて以て生成した根本要素を、地、水、火、風、空、識の六大と認めて居ります。森羅諸法ばかりでなく、大日如来でも等しく、六大をその体とすると言つて居ります。この六大をも無常現滅するものとして看る宗派もあるが、これを不変常住の実在として看るのが正当だといふやうであります。六大をも無常現滅するものと看れば、常住の実在を別に求め、真如とか真心とかいふ観念的傾向に偏するから、矢張り、宇宙の実相は心身一如、物心互に圓融具足して、物的存在たると同時に、心的存在でもあると看るのが、佛教本来の立前に相応しい。従つて、六大は本体的実在であると共に、人格的実在でもあると考へるべきであると言ひます。六大が互に互入互具して萬有を展開せしめると言ふのであります。

六大が森羅萬有を組成、縁起して宇宙を構成する、この宇宙全体を人格化したのが、大日如来であると考へるのであります。此の宇宙的人格たる大日如来の部分的顕現、即ち森羅の諸法も、そのまゝ人格的存在であつて、それらが同時に、恒沙無量の諸尊として考へられ、佛教が一面に於いて、多神教的色彩を帯びるのは、全くこの観点から来たのであります。

併しながら、六大は唯心的実在でもなく、又唯物的実在でもありませぬ。その相互が融通無碍に、互入互具するのであるが故に、一つの存在が必ず同時に他の森羅萬有の存在をも現はし、一者の中に多者をも具備します。このことは、その物的であると心的であるとに拘らず、草花の一輪でも、雨水の一滴でも、電光の一閃でも、雲煙の一過でも、はたまた、貧者の一灯、聖者の一念に至るまで、その様相共に相具現し、その真如共に圓融相即であります。一念即三千、三千即一念、絶対平等、絶対無差別の慈悲深き世界観、人生観が滾々として、茲から湧き出て尽きないのであります。

佛教の説くところに依れば、人が生老病死の間に流転して苦しむのは、一に人の迷妄、我執に基くのであつて、人若し各自の本来を開悟し、我はもともと真の実在たる我あるにあらずして、単なる五蘊、即ら色、受、想、行、識の偶然なる集起和合して出来た、槿花一朝の夢だと知れば、我は空なるものであると、即ち一種の解脱を味ひ得て、内心自由自在の境地に入ると申します。更に、此の空なる一時的の周囲に集散現滅する現象法則も、矢張り無常転変の過程にあるのであつて、常住実在するものとて一つもない、諸法無常、我法一空であります。この観察は佛教共通の根本見解で、これを空観と称します。

さりながら、空なる我は、空無空虚にあらずして、我には暫時とはいへ、矢張り生あり死あり、樂あり苦ありでありります。流れる川水の此の瞬間と彼の瞬間とは、各々その水は異るけれど、川流は依然滾々として流れてゐます。故に、こゝにまた知らねばならぬことは、我法一空といつても、事相絶無のことではありませぬ。森羅萬有は無常ではあるが、何等かの様相を取つて流転して居ることは、無視しようとしても出来ない。このことを無視して了つたときには、もう迷妄とか開悟とか、覚者とか佛陀とか、そんなことまでも一切空無とならなくてはならない。これを悪取空といつて、佛説の真意を得ないものとして排されます。只だ森羅萬有は流動するものであるから、従つて無常であり、固定執着を許さぬので、空だと言ふのであります。此の空観を得た後で看るところの萬有は、その有情無情を問はず、継続せる状態様相の一断面一断片をその都度その都度に見るに過ぎず、その全体その実在を見るのでなく、その特殊な假りの姿態を見るのであることが分つて来るのであります。即ち、転変無常の見地から観た我も法も空であるが、瞬時瞬時、特殊特定の場合に看る我も法も有である、假りの有である。これを空観に対して假観と称して居ります。

尚ほ、空、假二観の関係を見るに、二而一、一而二、両者は元来相即不二のものであります。両者を別物として対立せしめて置くべきではない。我も法も空にして同時に假であり、假にして空であるのだと言ひます。斯様に圓融神通、相即無礙の見地に立つて、三世十界の諸法を観照するのは、佛教独特の立前で、これを中道観、或は単に中観と申して、実に佛教に於ける中心的原理、根本的教義であります。この中観に透徹したものは、即ち真如に復したものであり、見性成佛したものであると申して宜しいやうであります。

佛教の教説は誠に深遠であります。真に情機の企て及ぶべくもない微妙の法門でありま す。しかし人心を浄化し、苦難を済度する上に、最も宏大無辺の功徳をなすのは、何といつても、釈迦牟尼の大慈大悲より発した、その畢生の大超渡、大普済の活動であると言はねばなりませぬ。又、釈迦を信奉して、その法燈を受け継いだ幾多歴代の高僧、上人の奮闘精進も、偉大な光明を人生の苦海に遍照して居るのであります。深遠微妙なる説法は結構であるが、慈悲に満ち満ちた生命自体の躍動こそ、無限の感激と活力を我々に与へます。現在の佛教は既成宗教として阿片視せられても、釈迦を始めとし、過去幾十萬の佛者聖弟子が、その生涯を通じて表現したところの、苦難済度の本願とその功徳とは、誠に美しくもあり、聖くもある。それこれ生命の源泉にして、歓喜の噴火口であります。如何に佛教が無力であつても、印度三億の大衆の大部分は、事実言葉そのまゝ虫も殺さぬ、蠅も追はない程の柔和な存在となつて居ります。彼等は久しい間、強暴の為めに圧制せられ、蹂躙せられても、未だ窮鼠に倣つて猫を咬まうとしない。無抵抗の抵抗を叫んで、反英の陣頭に立つ空拳赤手のガンヂーこそ、真に是れ勇者中の大勇者、英雄の中の大聖雄であります。東方なるが故に、始めて斯くの如き豪光を放ち得るのではありませぬか。武力を発揮することは易しい。特に獲物を目当にする武力は、古来何処に於いてもよく発揮された。併し、罪業抹消の為め、苦難済度の為めに、自己の生命を肉弾として惜しみなく投下し、相手の肉体に危害を加へるのでなく、その霊性の覚醒を促し、生命の再造を望まんがめに、斯る精進努力をするこそ、誠に是れ衆生済度の大法門、苦難の荒海を遍照する大法燈であつて、釈迦牟尼慈悲の本願は茲にあり、佛教本来の生命も茲にあると思ひます。

四

最後に、人の子ナザレのイエス・キリストに就き、尚ほ少しばかり述べさせて戴きたい。イエス・キリストに関して、第一に簡単明瞭な新旧約の聖書あり、その他世上には、それに関した幾多の註釈書、研究書を容易に手に入れることが出来るばかりでなく、佛教の経書のやうに多岐難解でないので、信者には勿論のこと、未信者にも既に或る程度まで了解された筈でありますから、極めて簡単にしたいと思ひます。

ナザレのイエスは、孔子、釈迦のやうに貴族や、王侯の家に生れた所謂身分ある方でなく、恐らくとして最も卑賤な生立ちをなされた方でありませう。彼こそ真に労苦の人でありました。彼が猶太国ベツレヘムに生れたときは、自分の家でなく、旅先の他人の家の廐でありました。暴虐無道なるヘロデ王の虐殺から免れるため、神の指示に従つて、生れ落ちて間もなく其の父母に抱かれ遠路の風雨を冒して、エジプトに避難しなくてはならなかつた。父たるヨセフは木匠を職とする筋肉労働者の貧乏人、況や彼の下に弟妹多く、イエスが家計不如意の故に、如何に年少のときから労働に就いたかは、蓋し想像し易いことであります。彼には学校に入り、師に就いて学問したといふ記録がありませぬ。父逝去の後、長男として母マリヤと細腕四本で、多数の家族を支へるのに、何れ程辛苦を嘗めさせられたか。イエスは歳三十になるまで一心に働き通し、それから突然荒野に飛出して、四十日四十夜の永きに亘り、何も食はずに悪魔の誘惑試煉に遭つたが、善くそれに打勝つて、天よりの声を聞き、神の愛子としての自覚を持ち、民族革命の指導者、政治的権力者たる地位に擁立されようとしたのを退けて、貧者に食を与へ、病者の苦痛を癒し、悪鬼に附かれた者の鬼を追出し、悲歎に沈める者を慰め、悔改めた収税吏と食事を共にし、排斥せらるゝ婦人をその窮地より救出し、ありとあらゆる弱者の味方となり同情を寄せて、天国の福音を述べ聴かせました。我が父は今に至る迄尚ほ働かれる、故に我も働くなりといつて、夜昼となく三箇年程の間、弟子に命ぜられた言葉のやうに、彼自身旅の嚢も、二枚の下衣も、鞋も杖も持たずに、猶太の国中を歩き廻つて、贖罪の真理を身で行ひ、口で説かれました。

このやうに、イエスは優しき同情を以て弱者に接せられたが、他の一面に於いて、詐術を以て民衆を抑へ、民衆の良心を迷はせたる当時の権勢家祭司、長老、学者達を、完膚なきまでに烈しく攻撃、痛罵して憚りませぬでした。曰く、「学者とパリサイ人とはモーゼの座を占む。されば凡てその言ふ所は、守りて行へよ、されど、その所作には倣ふな、彼等は言ふのみにて行はぬなり。また重き荷を括りて人の肩にのせ、己は指にて之を動かさんともせず、凡てその所作は人に見られん為にするなり。即ちその経札を幅ひろくし、衣の総を大くし、饗宴の上席、会堂の上座、市場にての敬礼、また人にラビと叫ばるゝことを好む。……禍害なるかな、偽善なる学者、パリサイ人よ、汝等は人の前に天国を閉して、自ら入らず、入らんとする人の入るをも許さぬなり。……禍害なるかな、偽善なる学者、パリサイ人よ、汝等は酒杯と皿との外を潔くす、されど内は貪欲と放縱とにて満つるなり。盲目なるパリサイ人よ、汝まづ酒杯の内を潔めよ、然らば外も潔くなるべし……禍害なるかな、偽善なる学者パリサイ人よ、汝等は白く塗りたる墓に似たり、外は美しく見ゆれども、内は死人の骨と様々の穢とにて満つ。斯くの如く汝等も外は人に正しく見ゆれども、内は偽善と不法とにて満つるなり。……禍害なるかな、偽善なる学者、パリサイ人よ、汝等は豫言者の墓を建て、義人の碑を飾りて言ふ。『我等若し先祖の時にありしなば、豫言者の血を流すことに与せざりしものを』と、かく汝等は豫言者を殺しし者の子たるを自ら証す、汝等己が先祖の桝目を満せ。蛇よ、蝮の裔よ、汝等如何で地獄の刑罰を避け得んや」と。何と猛烈な叱り方ではありませぬか。単に口先きで叱られただけでなく、「イエス宮に入り、その内なる凡ての売買する者を逐ひ出し、両替する者の台、鴿を売買する者の腰掛を倒して言ひ給ふ「我が家は祈の家と称へらるべし」と録されたるに汝等は之を強盛の巣となす」と聖書に明記してある通り、イエスはその厭悪の情を行動の上にも表はされ、その為め、祭司長、学者達の憤りを受け、僅か三年ばかりの公生涯のみで、終に十字架上の惨死に遭はねばならぬやうになりました。

終生天父の御旨をその念となし、或は祈り或は口で説き、或は身を以て実践躬行して、以て汚毒に染つた人の世の罪業を贖うて、新生命を宿らすべき新天新地の神国をば地上に創建することを以て使命とせられたイエス・キリストは、罪惡の暴力で、十字架上にそのまゝ悶死して消失したのであらうか。罪悪が竟に勝つて、真理も生命も愛も消滅して終つたのであらうか。生命を得しめんとて悪戦苦闘した人の子イエスは、却つて罪悪に負けて死滅して了はれたのか。これこそ誠に我々の重大関心事でなければなりませぬ。猶太の首都エルサレム城外のゴルゴタ丘上に於いて、極刑十字架に磔けられ、金曜日の午前九時から午後三時まで、苦痛の中でも最大最深刻たるべきその磔刑の苦痛をイエスは忍受せられつゝ、尚ほ罪人の為めに赦免を神に乞はれ、我が事成れり、我が霊を御手に任すと仰せられ、息を引取られたそのイエスは、死後果して何うなつたのか、聖書には次ぎの如く明記してあります。

「イエス再び大声に呼はりて息絶え給ふ。視よ、聖所の幕、上より下まで裂けて二つとなり、また地震ひ、磐裂け、墓ひらけて、眠りたる聖徒の屍体おほく活きかへりイエスの復活の後墓をいで、聖なる都に入りて、多くの人に現はれたり。百卒長および之と共にイエスを守りゐたる者ども、地震とその有りし事とを見て、甚しく懼れ『実に彼は神の子なりき』と言へり。」

何と有難い極みではありませぬか。善は悪に勝ち、光は闇を照す、愛は罪と死を克服して限りなき生命に至ります。により、イエス・キリストの十字架は、善良にして真理と正義とを愛する者の恥でなく、その勝利の栄光であることを、弱き罪の子達たる我々に立証して下されました。これで歓喜の永生が、壊つべき我々の肉体にも宿り、際涯なき希望を人類に与へられたのであります。人の子イエスは、神の聖旨のまゝに十字架に上りて死し、三日の後復活してキリスト即ち救世主の宝座に就き、人世を神国に通ぜしめる仲保となり給うたのであります。イエス・キリストは実に太陽以上の太陽だ！太陽は世界の暗黒を照すが、人心の暗黒に及びませぬ。イエス・キリストは炭の如く黒くて暗い人心を照して、金剛石のやうに白く美しく耀かせます。イエス・キリストは、誠に生命の泉、光の本源であります。彼を信ずるものは、罪から解かれて、無限の感謝と歓喜の永生とに入ります。真に信ずるものは幸なるかなであります。

イエス・キリストの教の内容を、少しばかり摘記しませう。イエスは其の傳道の初めから、汝等悔改めよ、人若し悔改めて幼児の如くにならずば、天国に入ること能はずと諭されました。イエスは社会制度や、政治の革新を求めるよりも、更に深く、更に進んだ人心の改造を第一に要求せられました、人心の改造が第一で、その改造が出来れば、人心の腐敗、暗黒によつて形成せられた各種、各様の政治的経済的、はたまた社会的の悪制度、悪組織が刄を迎へて解かれて行く肉塊の様に、人心の改造達成に比例して解決せられるのだと教へられました。汝等神の国とその義を先づ求めよ、然らば、汝等の必要とするものは、必ず後から汝等に与へらるべしと断言して躊躇せられませぬでした。

斯くイエスは、人心の改造、心の生れかはりを求められたが、その生れかはつた人心が、何うであるべきかといへば、先づ幼児のやうになれと命ぜられ、即ち幼児がその親に絶対信頼して生長して行くと同じやうに、人々も愛にして且つ正義でましますす天父の神に信頼して、人生を送るべきだと命ぜられました。言ひ換へれば、自己本位、人文本位の生活から、聖旨本位、信仰本位の生活にと、方針の根本的変換を要求せられました。この生活方針の根本的変換が出来なければ、假令如何に道徳を講ずる道学者であつても、如何に熱心に経文を誦する祭司長であつても、それは等しく、白く塗りたる墓であると戒められました。然らば、聖旨とは何か、信仰とは何か、神の聖旨は宇宙と、それに住む人類との完成にあり、信仰とは、神が遣されたその独生子イエス・キリストを己の救主として、我が胸に迎へ入れて、絶対服従することであります。宇宙は神の創造に由ると聖書は教へます。天父は今も尚ほ働かれる、故に我も働くなりとイエスが仰せられます。イエスを信ずることは、我々イエスに在つて生きるのであつて、イエスが天父の愛子、彼が神と一つになつて働くと同じやうに、我々も彼と一つになり、従つて神と一つになつて働く、神人同工して、宇宙の完成を実現し、神国の拡張、地上の聖化に参与させられるのであります。不完全な罪の子たる我々人類をも、神の聖子たるの地位に復帰せしめ、神の御聖業の達成に、参加せしめられるのが、即ち神の聖旨であり、キリストを信仰する所以であります。

次ぎに、生れかはつた、悔改めた人心といふのは、神を敬ひ、真理を愛し、人類を愛する心でなければなりませぬ。我々人類は、元々真理から一歩でも離れゝば生きられず、又、自己以外の人から愛されなければ、絶対に生きられぬやうに造られました。それにも拘らず、我々一人々々は、体裁を言ふのでなく真相を言ふならば、真理を愛するよりか自己の意欲を愛してそれに従ひたい、他人に対しても同じことで、他人を愛するよりか、先づ自己を愛し、その後で出来ることならば、他人をも愛しよう、かういふのが現実の我々、母胎から生れたまゝの人間の立前であります。斯るが故に、「義人なし、一人もない」と言はれるのであります。若し世界が何時までもこの自然のまゝの人間、神の聖旨に反逆した不義の人間によつて、占められて行くだけならば、闘争の歴史は、假令共産主義社会が全世界に出現したとしても、依然継続されて行きます。平和、自由の社会とその歴史とは、全く実現の見込みなしと、断言して躊躇しませぬ。何故なれば、イエスは「人若し新に生れずば、神の国を見る能はず」と仰せられたからであります。然らば、神の創造は失敗ではないか、神は全能でなくなるではないかと思ふものが出るであらう。

イエスは、「人若し新に生まれずば」と言はれ、我々人類の第二誕生を求められた。此の御言を聴いたニコデモといふ知識階級の老人が、之は甚だ不思議、不可解な事だと思つたか、一度母胎を出て大きくなつた人間が、何うして再び母のお腹に入つて生んで貰へるか、そんなことは、先生御無理ですよと言はぬばかりに問ひ返しました。そこで、イエスは「肉から生れたものは肉に属し、霊によつて生れたものは霊に属する」と答へられ、肉から生れたものならば、更に生れ変ることも出来ないし、よし幾度生れかはつても、肉からは肉のものしか産れない、それは駄目だと教へられました。而して霊によつて生れ変るといふ意味は、肉体に附く意欲が、我が身体我が精神の主人たるの地位から退いて、聖霊がその地位に立ちかはつて、我が心身全体の統轄者となることであります。それでは、聖霊とは何か。儒教で謂ふところの天、若くは佛教で謂ふところの佛とは、何う違ふかといへば、儒教の天も佛教の佛も、皆人間自身の智慧で発見したもの、即ち人間の力で現したものであります。然るにイエスが言はれるのに「我は己より來るにあらず、神我を遣し給へり」と。而して、また「我を見るものは、我を遣し給ひし者を見しなり、我は光として世に来れり」とも言はれました。即ち、イエスは人間の力で現れたのでなく、神より遣されたのであり、神自らを啟示せられたのであるといふことであります。イエスはまた、「われ若し地より挙げられゝば、凡ての人を我がもとに引き寄せん」と言ひ、又「我汝等の為めに処を備へに往く、もし往きて汝等の為め処を備へば、復来りに汝等を我がもとに迎へん、我が居る所に汝等も居らん為めなり」、又「我が名によりて父の遣し給ふ聖霊は、汝等に萬のことを教へ、又すべて我が汝等に言ひしことを思ひ出さしむべし」、又「われ実に汝等に告ぐ、わが去るは汝等の益なり、われ去らずば、聖霊汝等に来らじ、往かば之を汝等に遣さん」と。イエスは弟子達に斯く告げられました。此等を綜合すると、聖霊の真意がよく分ります。先きに神は、イエスに於いて、御自分を此の世に現されました。イエスが受難し昇天せられた後は、神御自分が聖霊となつてまた此の世に来られたのであります。即ち、先きに遣されたイエスと、後に遣された聖霊とは、皆等しく神であられます。神、イエス、聖霊、この三者は元一つ、即ち三位一体であられます。唯だ神とイエス、聖霊との間に上位、下位の差別あり、天にましまず本源の御存在は、神であり、天より世に下つて人間の罪を潔めるのは、イエスと聖霊とであります。而して、イエスは受肉して人間の形を取り、我々人類の経験圏内に現れ、聖霊は形を取らないで、イエスを信ずるものの中に臨在せられます。これに依つて、神人再び父子同質の関係に復し、人類に無限の向上が約束せられ、死と暗黒とを征服して、真理と正義と歓喜とを自由に行ひ且つ享受するところの、救拯された平和の社会、神国が地の上に到来するのであります。此の新天新地の大事業、永遠の死より永遠の生に進ましめうれる関鍵は、只だ唯だイエス・キリストを信仰するだけでよいと言ふ、なんと驚くべき福音ではありませんか。イエス言ひ給ふ、「われは生命のパンなり、我に来るものは飢ゑず、我を信ずる者はいつまでも渇くことなからん。父（神）の我に賜ふ者は、皆我に来らん、我に来る者は、我これを退けず。夫れわが天より降りしは、我が意をなさん為めにあらず、我を遣し給ひし者の御意をなさん為めなり。我を遣し給ひし者の御意はすべて我に賜ひし者を、我その一つをも失はずして、終の日に甦へらする是なり。我が父の御意は、すべて（イエス）を見て信ずる者の永遠の生命を得る是なり」と。

イエス・キリストを信じ、聖霊の臨在を受けた第二誕生の新人は、何うであるべきか。我々また、イエスの御言を承りませう。曰く「我に対ひて主よ主よといふ者、悉くは天国に入らず、ただ天にいます我が父の御意を行ふ者のみ、之に入るべし」。又曰く「我よりも父または母を愛する者は、我に相応しからず、我よりも息または娘を愛する者は、我に相応しからず。又おのが十字架をとりて我に従はぬ者は、我に相応しからず。生命を得る者は、これを失ひ、我が為めに生命を失ふ者は、これを得べし」。又曰く「一粒の麦地に落ちて死なずば、唯一つにてあらん。若し死なば、多の果を結ぶべし。己が生命を愛するものは、これを失ひ、この世にてその生命を憎む者は、之を保ちて永遠の生命に至るべし」。又曰く「異邦人の君のその民を宰どり、大なる者の民の上に権を執ることは、汝等の知るところなり。汝等の中にては然らず、汝等の中に大ならんと思ふ者は、汝等の役者となり、首たらんと思ふ者は、汝等の僕となるべし。斯の如く人の子の来るは事へらるる為めにあらず、反つて事ふることをなし、又多くの人の贖償として、己が生命を与へん為めなり」。又曰く「我新しき誡命を汝等に与ふ、汝等相愛すべし。我が汝等を愛せし如く、汝等も相愛すべし」。又曰く「人その友の為め生命を捨つ。愛これより大なるはなし」。又曰く「身を殺して霊魂を殺し得ぬ者どもを懼るるな、身と霊魂とをゲヘナにて滅し得る者を懼れよ。二羽の雀は一銭にて売るにあらずや、然るに汝等の父の許なくば、その一羽も地に落つること無からん。汝等の頭の髪までも皆かぞへらる。この故に懼るるな、汝等は多くの雀よりも優るなり」。又曰く「汝こころを尽し、精神を尽し、思を尽して主なる汝の神を愛すべし。これは大にして第一の誡命なり。第二もまた之に等し、己の如く、汝の隣を愛すべし。律法の全体と豫言者とは此の二つの誡命に據るなり」。又曰く「汝等おのれが為めに財宝を地に積むな、ここは虫と錆とが損ひ、盗人うがちて盗むなり。汝等おのれが為めに財宝を天に積め、かしこは虫と錆とが損はず、盗人うがちて盗まぬなり。汝等の財寶のある所には、汝等の心もあるべし」。又曰く「我が誡命を保ちて之を守るものは、即ち我を愛するものなり。我を愛するものは、我が父に愛せられん、我も之を愛し、之に己を顕すべし」。又曰く「汝等もし常に我が言に居らば、真に我が弟子なり、また真理を知らん、而して真理は汝等に自由を得さすべし」

と。信ずる者は、真に上記の如くなり得るのであります。即ち真理が彼に自由を得させ、キリストが彼の中に霊となつて臨在せられますので、彼は完全に罪から贖はれて、神の聖業に参加を許される新人となつて、永遠の生命に入り、限りなき喜びを享け樂しむのでありま す。イエスは、また我々人類に宣告して曰く「われは道なり、真理なり、生命なり、我に由らでは誰にても父の御許に至る者なし」と。これは誠に容易ならぬ宣告であります。イエスを信じ、イエスに由るでなければ、人類は絶対絶望、絶対行詰りであるといふことでありますが、信ずると信ぜぬとは、我々人類の自由選択に任せられてあり、人類の過去、現在、また将来も、蓋し此の宣告によつて裁かるべきであります。

五

以上要するに、実験と推理による科学的探求を以て物質世界を開拓し、人類に幾多の生活資料を供給した西洋文明の特色に対して、哲学的瞑想と宗教的没入の直視体験による精神世界を洞見体得して、人類に奥妙にして生気に富んだ精神力を供給したのは、実にこれ我が東洋文化の特色であります。西洋に哲学的、宗教的造詣の深き賢人、聖者、及びその感化がないのではありません。だが、物質文明の刺戟を受けて誘発せられた物慾の方が、遙かに強く、遙かに広く西洋一般の人心を占領して居ります。その証據に、西洋人は我が東洋人に比して甚しく贅澤であるし、物に関する闘争の心も極めて強い。共産主義の階級闘争は西洋から先づ発生した。一千六百余萬の人命を落し、二千萬程の傷病者を出した空前未曽有の大戦争は、矢張り西洋で起つた。現に左右両翼の闘争が、国民間にも国際間にも深刻化しつゝあるが、これも矢張り西洋の方が甚しい。若し帝国主義の跋扈に就いて言へば、西洋諸国の為め我が東方諸国は何んなに蹂躙せられたか、更に贅言を要さないのでありますけれども、今試みに西洋帝国主義諸国の占有する植民地の概略を記して見ると右表の如くなります。

大英帝国	一三二〇萬方哩
佛蘭西	五四〇萬方哩
蘇聯邦（帝制露西亜の旧領）	六六〇萬方哩
葡萄牙	九四萬方哩
和蘭	七九萬方哩
独逸（欧洲大戦前に於いて）	一一二萬方哩
白耳義	九〇萬方哩
米国	七〇萬方哩
伊太利	六〇萬方哩

而して、此等植民地の三分の一は、我が東洋にあり、又此等植民地に居住する被統治者の半分は、我が亜細亜人であるといふことであります。東洋唯一の植民地所有国たる大日本帝国の領有する植民地は、彼の現在では弱小国たる葡萄牙や和蘭よりも遙かに少なく、僅か十一萬方哩しかないのであります。是れに由つて観ても、如何に物質文明の為めに、西洋の人心が早くから毒せられたか、よく分ると思ふのであります。

斯様に観察しますと、我が東洋の人心が、西洋のそれに比較して、まだまだ善良であると謂へると思ひます。但し何分、我が東洋文化の殆ど全部までが精神的のものであり、生命の深奥まで跋渉した血汗の記録ばかりでありまして、久しき間に、我が東洋人がその薫陶、感化を受けて、個人的の修養と瞑想に耽るものが多く、積極的大衆の救拯、社会の浄化の為めに身命を賭するものが少なかつた結果、国家社会の支配権が一部野心家の壟断するところとなり、永年の愚民政策の遂行に因して、最大多数の民衆が貴き先祖伝来の文化的遺産から隔離されて 終ひました。その上、指導的地位にあるべき学者、宗教家が、国家社会の実権者、野心家に利用せられる御用者流と化して、生命と活力に充ち溢れる精神文化は、権勢擁護の道具に曲用せられた為めに、世道人心益々暗愚に陥り、腐敗堕落愈々極点に達して、遂に現在の如く阿弗利加に次ぐ第二の暗黒世界に成り果てようとして居ります。豈浩歎の極みではありませぬか。

我が東方は、本来常に陽光の発現するところ、常に生気に充満するところであつて、断じて頑冥不霊の野蠻国、枯骨死灰の墳墓地ではない。けれども事実は如何。儒教の王道思想が中国に興つて四千年、皮肉にも四億の大衆は、身心共に飢餓の状態にあります。佛教の開悟圓覺が印度に発祥して以来、歳月の経過決して浅しとせず、而も印度人は今尚ほ階級差別に膠着し、同胞互に仇敵視して、慈悲の何物たるかを知らないやうであります。基督教の贖罪宗教は、イエスの熱血を以て建立されたけれども猶太人の偽善によつて拒絶せられ、その為め猶太は亡国して了つたのであります。巨光の発現があつたのに、正しき道を行かない。顛落した責任は盲目頑迷の者が自ら負ふべきであつて、光は煌々たる本然の巨光であります。生命の甘泉が間近かに湧出して居りながら、一向手を伸して汲取らうとせず、それで涸渇を訴へても、生命の甘泉は依然たる滾々の霊泉、その為め少しも甘味を減ずることがない。中国も、印度も、また猶太も同じく、真光と活泉とに近づきながら、何れもそれぞれに背馳した故に、その国家その民族共に世界に先立につてその罪責の価を拂はせられ、或は破滅或は零落の境涯に落込みました。天理昭彰として分厘の曖昧もありませぬ。誠に、孟子が太甲の言を引いて曰はれた如く、「自ら孽をすもの活くべからず」であります。西洋は物質文明に酔うて、噴火山上で長夜の乱舞を止めようとせず、東洋もまた光の蔭に徘徊する群衆に満ちて、正に一大混乱を現出せんとして居ります。

儒教の王道も、佛教の慈悲圓覺も、はたまた基督教の贖罪の福音も、此等の何れも皆試験済み、凡て無力だと、一筆に抹消してよからうか。古来幾多の先覚者、豫言者が大声疾呼して、以て斯の生命の道、光の道を広布して守らせようと努めたけれども、世界の殆ど全部が之に背を向け、その先覚者、豫言者を迫害し侮辱したではないか。大道は坦々として来り歩むものを俟つて居るのに今尚ほ近寄つて来ようとするものが少ないのであります。実に孔子が歎かれたやうに「誰能出不由戸、何莫由斯道也」であります。人間が試験済みなのであつて、道が試験済みではありませぬ。

東亜の同胞よ、我々自ら好んで死蔭に居る勿れ、須く昂首進出して光明の中に出でよ、光は常に我が東方より発射してゐます。我々先づこの光を浴びて光の子達とならうではないか。而して後、西方へもこの光を反映しませう。斯くして世界人類を、現在の暗黒より救出すべきであります。

日華親善は世界平和の端緒

一

世界は爆發に直面して居り、人類は危機に瀕して居ります。欧洲大戦の慘禍よりも、更に悲慘な世界大戦が、起りさうに見えます。その原因由来に就いて、我々は已に粗略ながら少しばかり述べて来ました。而して、我々の人生が生きて往かねばならぬ人生であるならば、来たるべき此の大慘禍を防止する方途を、御互に懸命で考へねばなりませぬ。甚だ愚鈍な考へか知りませぬが、私は日華親善の中に、此の大慘禍を抹消して、進んで世界平和を建設する端緒が發見せられると思ひます。

前述の如く、世界爆發の噴火口が二つあると認められて居ります。独逸を中心とした西の噴火口については、二十年前に起つた欧洲大戦の傷痕と、現在西班牙内乱の悽愴なる残虐の有様が、生々しく西洋人達の目のあたりに展開して居るので、彼等は凡ゆる最善の工夫を運らして、絶対的にそれを避けようとして、盛んに国際会議を開いて、大いに努めて居るところであります。もう一つの噴火口は、東にあり、我が日本を中心にして居ると言はれますが、甚だ有難くない光栄であります。日本とソ聯の関係、日本と民国の関係が危険だと言ふのであります。私は田舎者でよく分りませぬけれども、ソ聯との関係は、永い将来のことは問題外として、現在の状勢を以て察すれば、さう急迫した絶対不可避の危局でもないやうに見えます。唯だ、若しもソ聯が積極的に難題を持込み、喧嘩を吹つかけて来るならば、その時は保証の限りではありませぬ。幸に、そんなこともなく、日本も平和を愛して、新兄弟国満洲の建設助成に専心すれば、ソ聯との関係は圓満に行けると思ひます。そこで問題は中華民国との関係に残される理でありますが中々これは容易ならぬ困難な関係であると謂はねばなりせぬ。世界が真に平和を望むならば、此の関係を圓滑ならしめるやうに、日本と民国との間を善く執り成すべきであります。それだから、我々両国の者は、尚更絶体絶命で苦心せねばならぬのであります。既に幾度も繰り返して述べたが、萬が一にも日本と民国の間が破裂して砲火を交へることになりましたら、此の惨害は徹底的に悽愴なものだと覚悟する必要があります。先づ第一に気の毒なのは民国だ、特に民国の善良な大衆だ、日本も困らぬことはない、恐らく曽て経験しなかつた困苦に逢着するであらう。只だそれは、民国のそれよりも早く来ないことは明瞭であります。民国は先きに困る。民国は第一に苦しみます。此の点は、私が申すまでもないことであります。

去る五月四日の東京朝日新聞には、一号活字で「汪兆銘氏抗日を鼓吹」と麗々しく報じてあつた。今その全文を抄録して見ると、「（上海特電三日發）汪兆銘氏は三日午前九時より開かれた中央党部記念週において、一、国民大会の組織法及び選挙法、二、対日態度、三、経済建設、の三点に亘つて目前の支那の情勢に立脚した重要報告を行つたが、右の内対日態度については、特に五・三記念日の意義深き日に際し我等の対日態度を闡明すると冒頭し、支那の対日態度は排日に非ずして抗日なり、とて大要左の如き劃期的演説を行ひ注目を引いた。最近東京大新聞の中国に対する論調は吾々に極めて大なる刺戟を与へた。五・三記念日（済南事変記念日）たる今日、吾々の日本に対する態度を一言にして言へば抗日にして排日ではない、吾々は元来人に害を与へる意思はない、『抗日』とは人が吾々に害を与へた時抵抗せざるを得ないことを意味する、疑ひもなく吾々は最近数年来臥薪嘗膽、国家の抵抗力増加に努力した、個人にして抵抗力なければ病魔に冒された時死亡を免れぬ、国家にして抵抗力なければ外侮を受けた時国亡ぶのみならず種族まで滅亡するに至る、吾等今日一切の工作は総て一個の中心あり、この中心こそ国家の抵抗力増加を意味するものである、吾等は国家の抵抗力増加に貢献して居るか否かを日々自省せねばならぬ、単に今日の如き記念日のみならず日常自省せねばならぬ。」

東京朝日聞の記事ゆゑ、右汪氏の談話は事実その通り信を置いてよからうと思ひます。記事の本文を読んで得た感じと、標題だけを見たときの感じとは、私には大変な相違がありました。此の程度の談話だけならば、一号活字で「汪兆銘氏抗日を鼓吹」と、かう矯激な題を附けるに当らぬと思ひます。これこそ、右汪氏談話中の「最近東京大新聞の中国に対する論調は吾々に極めて大なる刺戟を与へた」といった部類に属するものではないか。本文を読んで見れば、何でもないと思ふ私でも、初め、標題だけ眼に著いたときは「汪は怪しからぬ、この人までが抗日を鼓吹するか」と憤慨しかゝつたのであります。題しか読む暇のないものは、嘸かし、「汪は怪しからぬ」と憤慨しただらうと察せられます。併し、本文を読んだ私の感じは、憤慨を鎮めたばかりでなく、寧ろ汪氏に対して感謝の念を起す位でありました。此の文面によれば、汪氏は「抗日」の意義を釈明して居るに過ぎず、一場の思想善導をやつたに過ぎない、と私は感じます。汪氏は、「吾々は元来人に害を与へる意思はない」と言ふ、即ち排日は人に害を与へることになるのだから、排日してはいけない、中国は日本に害を与へる意味に於いて、排日はやつてならぬと言つて、以て「抗日」の意味を明かにしようとせられたのではありませぬか。氏は特に「抗日」とは人が吾々に害を与へた時抵抗せざるを得ないことを意味する、と明言して居ります。その意味は、排日は積極的な悪意ある行動だから、やつてならぬが、抗日は消極的防衛の行動だから、已むを得ぬ場合、即ち日本が中国に害を与へた場合にはやつてよい、といふ意味ではありませぬか。更に言ひ換へれば、日本が中国に害を与へないならば、抗日は勿論のこと、排日もあつてはならぬ、といふ意味に、汪氏は言つたと解せられます。汪氏の意思では、日本は吾々に害を与へたから、正当防衛として抗日すべし、若し、日本が吾々に害を与へないやうになつたときには、抗日を止むべし、排日もしてならぬ、即ち親善しなくてはいかぬ、とかう述べたい積りであつたやうに、理解せられます。若し私の理解に不当がなければ、汪氏は根底に於いて、依然たる親日派であり、去年暗殺せられかけた当時の汪氏そのものであると思ひます。当時の汪氏は「一面抵制、一面交渉」の彼でありました。隣国に斯る節操あり、見識ある有力政治家が居ることは、勿論隣国民衆の幸福であるけれども、我が日本の為めにも誠に得難き存在ではありませぬか。斯る存在あるによつて、今後彼此の接触談判の上に、極めて合理的な、極めて妥当、穏健なる進行を望み得べく、東亜の大局を平和の常軌に復するの見込みが立つ理ではありませぬか。若しこれならば、東朝のやうな大新聞までが、「汪兆銘氏抗日を鼓吹」と大書して、我が国民の興奮をそゝる必要は何処にありますか。斯る思慮浅き取扱は、お互ひになるべく慎むがよいではありませぬか。

また、前掲の記事の中に、汪氏の言として「五・三記念日（済南事変記念日）たる今日、吾々の日本に対する態度を一言にして言へば」云々、の一句があります。汪氏の信望を以てして、今尚ほ事新しく、済南事変を記念する為めとて、云々して居られます。済南事変を記念する位なら、中国全土を挙げて満清に征服せられ、二百数十年間も永くそれに臣事した大漢民族の意気地なさを記念した方が余程有意義ではないか。矢張り汪氏が厳然と中外に宣明せられたあの「救亡図存、安内攘外」「一面交渉、一面抵制」といつたやうな態度が、現下中国の大局を背負うて往く政治家として、気魄と聰明を兼ね備へた立派な態度だと思ひます。済南事変の如きは、小児病に罹つた一般小民がするなら仕方がない、汪氏自身でそれに加勢しなくてはならぬ理は少しもありませぬ。況やそれを国家の記念として国民政府が大童になつてやることては、民国の大成の為めに甚だ遺憾に思ふのであります。中国の側に於いても、斯くの如き思慮足らぬことがあるやうに見受けます。我が東亜前途の為め、誠に憂なきを得ませぬ。国家民衆に対して、忠実に責任を感ずるものは、お互に靜思熟考の必要があると信じます。

日華両国両民族の間に、無用な悪感情、悪空氣を不知不識に鬱積せしめて居る小さい事柄の一つを是非茲で申さねばなりませぬ。それは「支那」といふ用語であります。私は所謂「防微杜漸」の趣旨に於いて此の用語を取消すべきことを、東亜大局の為め、愛する我が日本同胞に、二十年来機ある毎に申して来ました。後で參考のために揭げたいと思ふが、大正十年八月に書いた拙文「中日親善の要諦」の中にも、このことを言及してあつたし、又前に述べた『日本々国民に与ふ』といふ昭和三年春の小著にも、強く論じて置きました。その後間もなく、国民政府から公文を各国に發して、中華民国に対して「支那」といふ名称を用ひた文書は一切受附けないと声明し、それに因んでか、東京朝日新聞の紙上にも、以後努めて「支那」といふ語を使はず、中華民国、若しくは中国と呼ばう、と記事を載せたやうに記憶して居ります。その後朝日の紙面を暫く注意して見たが、成程支那といふ用語を使はぬやうに努力をしてゐた。ところが、排日問題の發生、特に満洲事変以来は、朝日新聞も逆戻りし、一般も殆ど意識的に支那々々と連發する。のみならず、私が関係して居る「台湾新民報」に対してさへ、中国の代りに支那と書け、それが新聞社の為めだから、といふ忠告を受けて、我が新民報はそれ以来、始めて支那なる字句を紙面に使用したのであります。極めて微細なことのやうであるけれども、如何にも容易ならぬ鬱気がそれに漾うてゐて、二十年来の私の杞憂が、杞憂でないことを愈々実証せられ、萬感交々であります。

このことは、誠に些細な小事でありまして、中国は自分を中国と呼び、日本は日本の言ひたいやうに之を支那と呼んでも差支ない。各自の自由に任せて然るべしといふか知らぬが、日華両国は是非とも親善しなくてはならぬ間柄であり、「名不正則言不順」といふやうな理で、お互が名前を呼ぶときから既に不快を感ずるやうでは、話したいことでも出来難くなり、況や親善を造り親善を深めることは、到底夢にも出来ぬことであります。中国の成語に「名出主人」といふのがあります。自分の名前は自分がつける、他人が自分を呼ぶには自分がつけた名前で呼ばねばならぬ、さうしないのは非礼だといふのであります。これは中国に限らず世界共通の通義であります故、中日親善と云はうが、日華親善と云はうが、それは何方でも宜しい、親善を望む念が強ければ強い程、先方相手を尊重し、礼儀に従つて、相手の本名を云ふのは自然であります。我が方から先方の感情を構はずに、日支親善と何十年叫んで見たところで、親善は断じて実現不可能だと思ひます。昨年末のことであつたか、中国の有名な文士で、同時に福建省政府の枢要な地位に就いて居る郁達夫氏が視察の為め台湾に渡来した。氏は彼国の名士だし、東京帝大に学んで日本語も流暢だからといふ理でせう、在台北の有力者数氏が郁氏を中心に歓迎座談会が開かれた。その席上お互に日本語を使用したが、主人側は構はずに支那々々と連發したのに対して、郁氏は矢張り構はずに中国々々と連發して応酬したやうだつた。そのとき、主客果して何んな気持で話して居つたらうか、全く奇態な現象もあるものだと私はさう感ぜしめられました。

或る時、或る地方の役人と話をしてゐた中に、偶然話が此の点に及んだとき、その役人様が言はれるのに、「日本が支那に親善を求める必要があつたら、君の言ふやうに、支那の機嫌を取つて、支那と言はずに中国と呼ぶ必要もあらうけれど、今日の日本にはその必要がないからね」と冗談半分で云はれました。私がそれに答へて言うたのは、「親善は何時でも必要であります。必要のないときは一刻だにありませぬ。殊に今日の日本の場合、尚ほ更その必要がある理ではありませぬか。今日の日本は已に、所謂生命線を満洲にまで前進拡大したのでありますから、これから満洲国の成長を専念して見守る必要があり、民国と親善して行くことが、有益ではありませぬか。況や満洲だけては、日本の経済生活は鞏固な基礎を得た理でなく、尚ほ民国との経済提携が絶対必要であります。満洲国を独立させて置き、而してまた民国をして経済提携に応ぜしめねばならぬ。この為めに、飽くまで強制手段に出て、武力で圧制して承服せしめる積りならば、それも解決法の一つでありませうが、さもなければ、当方から情理を尽して先方をして利害に通ぜしめるやう、大いに説得してやらねばなるまい。即ち、先方相手の感情を害さないやうに、当方から親善を求めて往かなければ途がないではありませぬか。日本は今日更に民国に兵を用ひることは、中々容易には考へられませぬ。胡適氏の如きは、日本とは仇敵関係を解くことだけでも困難なのに、中国から進んで日本に親善を求めることは絶対に有り得ない、と言った位であるのに照しても、日本は、日本の必要に応じて、武力沙汰はさて置いて、先づ出て往って親善を求めることが、日本自身の為めにも忠実だし、東亜の指導勢力としても相応した態度だと考へます。此の大事の目的の為めに、僅かの片言隻句たる支那なる用語を棄て、気分を一新して取り懸る用意のないことは、全く残念至極であります」と、斯様に私は述べました。このことを、一般の皆様にも御考へを煩したく思ひます。斯様に考へ、且つ努力して行かなければ、我が東亜の現状は、流血の外、到底打開の途なしと悲観するのであります。

二

日本と中国との関係は、何故現在のやうに悪くなつたのか、元々斯うなるべき運命にあるのか、或は一時的の調子はづれで斯うなつたのか、此の点につき、我々は篤と反省して見る必要があります。私の愚見を以てすれば、之は全く一時的の変態的現象に過ぎず、決して何等かの必然的原因があつて、中日の関係を悪くしてゐるのでないと思ひます。

先づ双方各々が不平、不愉快に思ふ問題として、彼此多くの者に承認されてゐる点を挙げて見よう。

日本側の不平は、政治的には、民国が常に遠交近攻の政策を取って日本に親しまず、欧米の勢力を迎へて日本を疎外するのみならず、その国民を使嗾して、或は教育機関を通して日本に対する憎悪の念を鼓吹し、或は社会各方面の団体を動かして日貨排斥を敢行したこと。又、社会的、心理的には何うも民国の人は恩義知らずだ、個人主義に徹して居り、甚だ打算に長じて大義名分を重んぜず、その私生活を見てもだらしなく尊敬に値するものが少ない。中華民国を建設した要人、元勳達は孫逸仙を始め、胡漢民、汪兆銘、戴天仇、張継、現在の独裁者蔣介石にしても、日本の朝野に直接間接世話を受けたものばかりである。況や日本が巨大の犠牲を惜しまずに、帝国露西亜をやっつけたし、また日本が東亜の安定勢力として厳存して居ればこそ、ソ聯露西亜の南下を防ぎ、中国をして西洋諸国による瓜分を免れしめたのである。然るにも拘らず、事々日本を軽侮してかゝり、遂に満洲事変の突發を激成して了つたのだ、と日本の方では斯様に不満を抱くものが多いやうであります。

民国側の不平、不満を聞いて見ると、大体次ぎのやうであります。即ち、政治的には、日本は民国の統一完成を善ばず、常に漢奸を利用して、民国の發達進歩を妨害する一方であつたと言ひます。また社会的には、中国へ往つて居る日本人で、中国の為めによい事をやつて呉れるものが極めて少なく、モルヒネを密売したり、武器やその他を不良のものに売つて、中国の治安と平和を害したりする。中国の青年が日本に留学して、軽蔑侮慢を受け、不愉快に帰国するものが十中の八九であると言ひます。こんな理で、中国はなるべく日本と交渉しないが、中国の為めによいのだけれども、日本はあらゆる手段を尽して押しかけるゆゑ、已むを得ず排日運動は、その為めに起つたのだと言ひます。

以上、概括的に双方の言分を簡略に記しましたが、私は何方も一面の真実を語つて居ると思ひます。成程欧米人のやうに、日本人はさう積極的に中国に往つて、中国の為めに貢献して居るものが多くない、中国の統一建設の上によくないこともありました。私が一番よく承知して居ることは、台湾人の一部が、廈門、福州辺へ渡つて、日本人だからと威張つて治外法権を振翳し、阿片を売つたり賭博場を開いたりして、民国官憲をてこずらせたものが、可なりあつたことを知つて居ります。併し、民国の側にも落度があります。最近こそ統一の工作が進歩して来たけれども、民国成立後、国民党以外の旧軍閥、共産党との間に、政権争奪の戦乱が絶えず、それに国民党内部に於いても勢力紛争で離合集散常に行はれて、果して何れが真実の中心勢力なりや、傍観のものをして判別適従に迷はしめました。又、日本人の中には現在の日華関係を悲しみ、此の形勢の悪化を憂慮する者が澤山に居ることを、私が承知して居ります。満洲事変の前に、幾多の具眼達識の日本政治家が、發生すべき惨禍を避くべく如何に努力せられたことか、それを民国の要人達が洞察するの明なく、竟にその苦心を全部水泡に帰せしめました。その後このことに就いて民国でも後悔する者が多いと、私は中国の友人から伺ひました。

色々経験して見て、多くの悲惨事や紛争葛藤等は、誤解より起されるのだと分ります。真に懼しいことは誤解といふ不明の悪魔であります。特に破壊を好むものは、自らを欺き皆を欺いて、周囲一切を暗黒の内に隠蔽してから、思ふ存分に乱舞乱踏ました。中日の関係は殊に、誤解に出發したことの多いのに気附きます。何卒、日本よ、民国よ、これからでも遅くないから、各々の朝野を問はず、国家民衆を愛するもの程、相互に頻繁に往来接触して、以て一切の事情をその心髄まで究明して、是を是とし非を非とした上で、共存互譲の精神を以て理解して行くならば、日華問題の解決は蓋し困難はないと信じます。

日本と中国との関係は、誠に同文同種、唇歯輔車の間柄でありまして、国家としてお互は独立した別々の存在であるけれども、地理的にも、人種的にも、文化的にも、また経済的にも、真に不可分の関係にあります。これらの関係こそ、根本的のものであつて、日華親善を運命づけるものであります。肉親の兄弟でも時には喧嘩する、それと同時に日本と中国の間にも偶に軋轢のあるべきことは、不思議でありませぬ。喧嘩や軋轢は変態的の調子はづれであつて、親善協力は自然的の必然の運命であります。地理的に一衣帯水、特に朝鮮からならば陸続きでありますので、両国が若し親善和睦しないならば、何んなに両国民が不幸になるか、仏独の仇讎關係がその悲惨を例示して呉れて居ります。同文同種であるから、所謂「大同小異」の関係にあります。然るに小異を捨てずして大同を失はしめるのは、愚かの極みと謂はねばなりませぬ。特に今後国際競争の激烈たるべき傾向に鑑みて、如何に日華親善が必要であり、必然であるかを知るべきであります。中日親善して、而して両方共同一致して、多くの我が東亜の被圧迫民族の為めに、自由平等を世界列強に対して主唱する時、両国の世界的地位は、英米のそれを凌駕すること数等たるべきを確信します。

尚ほまた、日華の経済関係に就き一言せば、中国にも日本にも等しく近視眼者が在ります。中国の利益は日本の不利益であり、その反対に、日本の利益は中国の不利益であると看るものが在ります。即ち日華の間を対立対抗の宿命にあると速断して、相互を不倶戴天の仇敵と看做さうとするものがあります。禍なる哉、この近視眼者の観察よ！両国現在の危局は、この見解に禍されたこと僅少ではありませぬ。満鉄に並行線とやらを敷く以外に、中国の利益が得られないことはない、といふことを今日の中国要人は分ったであらう。また、日本に於いても、何うか華北の特殊権益の外に、全中国四百余州に亘るの権益あり、否、その権益よりも更に重大なる、兄弟の成長と幸福あるを忘れないやうに、切望して已まない、何うか、民国のやうに悔を将来に遺さなければ仕合せの至りであります。日本は何としても工業国とならざるを得ませぬ。然るに、日本は大切な原料を持合せませぬ。のみならず、その製品を売捌くべき市場が絶対必要であります。新しき兄弟の邦、満洲国が成立したので、この必要は已に幾分緩和されたとはいふものの、それだけで日本は未だ安心出来ぬ筈であります。そこで若し中日両国、完全に親善して提携すれば、日本は真に「安如泰山」ではありませぬか。此の事を中国の側から考へて見ても、中国は平原億萬里、渺茫としてその際涯が知れない程に、広大な沃野を持つて居ります。中国は農業、原料の国として立つ使命を与へられて居るではありますまいか。中国は、その地面の農作物と、地中よりの開發物とで、世界の他国他民族に、食料と原料を供給する母の国として立つがよいと考へます。従つて、若し隣邦日本と親善提携が出来るとせば、日本の必要とする原料、食料を供給し、その代りに、中国の必要とする工業品及びその他を、日本から供給して貰ふならは、善隣の平和政策が遂げられるばかりでなく、中国の民衆は廉価にして豊富なる必要品を急速に求め得て、何んなに安楽と幸福を増進せしめられるか分りませぬ。斯様にして、中国の愛国政治家は、始めて落着いて、彼の愚昧な国民たる四億の民衆を教化訓練する為め、萬般の施設に着手し得るのではありませぬか。

尚ほ余談に亘るけれども、私は、切に中国の識者諸彦にお勧め致したい一事を、序に茲で申して置きます。それは、中国立国の根本方針を政策的に変更して、急速に工業国となさしめないことであります。私は之を次ぎの二大理由を以て、お勧め致したいと思ひます。第一の理由として、中国は昔から、所謂「地広人衆」でありまして、この為めに、社会状一態が複雑多端に出来てゐて、中々処理が為し難くあります。因之、中国の政治生活が古代の割合に中代近代の方が却つて發達せず、混乱に混乱を重ねて、竟に徹底した精神的殺人法たる愚民政策を歴代の政治家が襲用し、以て一時の偷安を肆にした結果、今日の如き群盲衆愚に満ちた、既開にして未開なる、文明にして非文明なる混沌状態を現出したのであります。これは、中国民族が劣等だから斯うなつたといふ理でなく、全く巨大にして複雑なる社会状勢が自然とさうさせて了つたのであります。印度が矢張り早くから開明した大社会であつたけれども、国家としては中国よりも更に惨めな状態にあるのを看ても分りませう。詰り、人間が多数集る程、事情が難かしくなり、政治が行はれ難くなるのであります。ところが工業なるものは、人間が自ら考案し出した合理及び経済といふ二大基礎の上に築きあげられた金色燦爛たる殿堂でありまして、人々は人間本性の一面としてこれに引附けられ、密集して来ます。地上の魔窟とも謂ふべき現代大都市は、既に述べた如く他にも理由があるけれども、工業發達がその最大の成立理由であります。各工業先進国は、この合理にして最も非合理な、経済にして最も非経済な大都市出現の為めに、幾多の辛酸を嘗め尽しつゝあるのは、我々の等しく認めるところであります。西洋人の大都市生活は、その背後に教育の普及による常識、理性の發達があり、まに、甚だ皮相なれども基督教的感化が可なりの程度まで行き渡つてゐて、その大都市生活の摩擦は幾分滑かに保たれて居りますが、現在の中国民衆をして、急速な工業政策の下に集中せしめることは、中国民衆を不幸な暗黒に追込むばかりでなく、中国の政治家自身が自ら造つた首枷で苦しまねばならぬ羽目に逢着すべきだと確信して疑ひませぬ。斯るが故に、私は、中国国家の建設上、絶対缺くべからざる工業は、国營を以て然るべき計画の下に着手することは已むを得ぬこととして、諸外国から廉価にして自由に得られる、民衆日常生活に必需なる諸工業品は急激でなく漸を追ひ、而も巨大都市を形成せしめる弊に陥らしめないやうに、注意して画策奬励して貰ひたく思ふのであります。中華民国の国父孫逸仙先生の三民主義の要目として、「節制資本、平均地権」の如きは、私が茲に申すことと脈絡あるを思ひ、その御先見に感佩致す次第であります。如上の理由で、中国の民衆をして、現状のまゝ或は更に拡大の範囲に散在せしめて、立派な農村建設に専念して、以て中原の広土を耕し、以て我が先人の遺訓と世界の叡智を学ばしめ、而して真の王道樂土を建設し、世界人生の新しき出發を示すことに、敬愛する中国男女の志士が努力せられるならば、何んなに中国の為め仕合か知れませせぬ。急速に工業国としての中国を建設して貰ひたくない第二の理由は、国家存立上、日本との正面衝突を避けしめたく思ふからであります。日本は宿命的に工業国として立つべき国柄であります。而して中国は日本に取り、最も良き顧客となり得る国であります。茲に中日親善の意義があり、必要があります。中国大陸に日本の人民と商品が順調に入れないことは、日本国家にとり重大事と思ひます。されば日本はその事の妨害となるものは排除せんとします。これを善いと言ふことは出来ぬ。また悪いと言ふことも出来ぬ、此の困難の解消か悪化かは、誠に我が東亜の浮沈、明暗の別れ目でありますので、お互の反省の一助にと、私は拳々たる微衷を述べて、大方諸彦に愬へた次第であります。日本との正面衝突、何もこれは現在の中国に取つて驚くべきことだから、日本の言ふことに何でも従へ、と私は中国の実力を見下げて言ふのではありませぬ。ただ私は日華関係の真相を究めて見て、また民国の建設完成の前途を慮つて、之が民国の為めであり、同時に日本の為めにもなると言ずるので、民国の急速なる工業立国を控へて、以て日本との正面衝突を避けた方が賢明だと、お勧めした所以であります。

日華親善は、両国の国情から必然的に要求されるものでありまして、決して偽善者の虚飾や、野心家の方便ではありませぬ。而して、現在の中日関係は、過去に於ける両国の近視眼者が醸した両国民への係累、禍端であつて、両国民各自の総意ではありませぬ。この見極めを固めて、両国の愛国者を始めとし、世界平和の愛護者は、須く早く日華の関係を調整し、親善協力の実績を挙げて欲しいものであります。

三

親善は、根本的には自然の成行きに任せて、不知不識の間に結ばるべき隣人愛の現れであります。だから、意識を以て、政策的に造り出さるべきものではありませぬ。併しながら、現在の如き急迫した日華の關係は、自然の成行きに放任して置いたら、益々悪化する外ないと憂ひます。だから、人為的の不自然な嫌ひがあつても致し方がなく、然るべき注意を拂ひ、適当の方法を用ひて、親善提携の実現を促すべきだと信じます。

重複を構はずにまた胡適氏の言を引けば、氏は「日本と中国との間に出来た仇敵関係を何うして往くかが問題であつて、現在は親善を語るべき何ものもないのだ」と言はれたやうに伺ひました。中国人の思想、感情を代表せられる胡氏としては、無理からぬ言葉だと思ひます。だが、我我はまた斯うも言ひ得るではありませぬか、即ち仇敵關係を処理すべく気附いたとき、そのときは已に親善に向つてゐるのだとも言へるのではありますまいか。此の意味からして、私は親善すべきか、すべからざるかの二者の一つを選択して、意思に於いて已に親善すべしと決定したとあれば、仇敵関係を必ず先きに緩和し取除くやう努力すべきものと思ひます。仇敵関係がたとへ未だ全部取除かれてなくても、之を取除かうとする方向に意思が向いて居れば、その時はもう漸々と親善関係に進みつゝあるのだと言へるではありませぬか。要は親善を希望する意思の有無が大切な関心事でありまして、眼前の仇敵関係をのみ凝視して居れば、更に思慮を運らすの余裕さへ、持ち得ない虞れがあると思ひます。故に私は双方の識者、愛国者、特に新聞記者、教育家の方々に、両国親善の大義を辨へて戴き、両国国民に向つて、親善あれかしとの国民的自覚を鼓吹して戴きたいのであります。

次ぎに、官僚の独善外交より、国民の衆善外交に転換しなければならぬと思ひます。近時、西洋のフアツシヨ気風に感染して、独善的傾向が何処にも甚だ強い。特に官僚の間にこれが強い。実に慨歎の至りに堪へませぬ。日本と中国との間に、これまで国民識者の往来による外交、即ち国民外交は殆どなかつたと言つてもよい程でありました。最近、何々使節団が一二回交換されて、結構であります。併し、明かに使命を帯びた団体行動は、特別の場合は論外であつて、動もすれば、儀礼的、腹の探合ひに堕して了つて、折角の労力を無意義に帰せしめることが多くあります。殊に、使命を帯びて親善の押売りに往来する団体行動は、親善愚の骨頂以上に、甚だ有害な仕業であると知らねばなりませぬ。最も願はしいことは、親善したい純情に燃えて、相手国に出かけて、同志の士を求めて、虚心坦懐、相互の事情や苦衷を述合ひ、相手の希望に応じてその不便不足とする処を、矯正し補足して上げることであります。この心情とこの心掛けを以て澤山の人が、或は個人有志として、或は民間代表として、更に国家代表としても、盛んに往来するやうにして貰ひたく思ふのであります。

それには、双方お互に、相手国の国語を習得する気勢を造ることが、何より肝要であります。中国に於いて漸次日本語の研究が旺盛に向ひつゝあるを聞き、両国の為め欣喜に堪へませぬ。日本に於いて、尚ほ中国語の研究が余り奨励されないのは、遺憾であります。私は十數年来、日本内地の同胞に対して、機会ある毎に口を酸くしてお勧めして来ましたが、まだ一向盛んになりませぬ。それればかりでなく、本年四月一日から、我が台湾島内では、言論報道機関たる新聞紙面から、漢文を排除せねばならぬやうな状態に逆転して了ひ、この為めに国語を解しない多数年長の島民、即ち今まで漢文のみを通じて言論報道に接してゐたものが、急に暗黒の世界に顛落して、今もその境涯に在ります。形式は各民間新聞社の自發的申合せによる廃止とはいふものの、この重大事実の發生を見たことは、単なる台湾小民の生活上の便不便、困る困らぬの問題としてでなく、大日本帝国の国策問題として、特に日華親善の絶対必要性に鑑み、両国間の関係の好転を期し、両国民の接触往来を自由圓滑に図らなくてはならぬ際に、漢文廃止に拍車を加へたといふことは、東亜の平和とその指導誘掖の地位に立つべき日本帝国の朝野の為めに、敢へて反省を切望する処であります。当局の方は同化政策の徹底を期するにあるであらうが、斯る無告なる小民の生活を度外視したやり方は、長者仁者としての徳を中外に景仰せしめる為めに、圧力が強過ぎはしませぬか。況や漢文を失はしめられた年長の小民達が、さう役人の期待する如く、左から右へと直ぐ、国語を憶えて同化させられることはあり得ませぬ。斯る仕草は、威を示すに充分であり、徳を失するにも充分であるが、政策的成功を期するには僅かの実益さへも疑はしいのであります。私はこの事を、我が島の小民の為めに言ふのではなく、我が日本の将来、我が東亜の大局を思うて申すのであります。

更に願はしいことは、俗に「百聞不如一見、千言不如一行」と謂はれる如く、何か親善の実績を挙ぐべき、実行し易い行動を取り、事業を起すことが大切であります。国家的経済提携を進めることは大いに宜しい、殊に人を送らず金だけを送る投資を、民国は歓迎するでありませう。併し、何やかやと議論してゐる中に、局面がまた何んなに急変しないとも限りませぬ。そこで、国家的提携を待たず、民間の有志で出来る小さいことから、親善の実を挙ぐべき仕事を早く進めて往くことが緊要だと思ひます。その第一は、医術教育と医療事業を、我が方から中国各地へ往つて起すことであります。現在の中国に対しては、医術の發達と医療の普及を計ることが、最も中国を利することであり、また日本人に取り最も実行し易いことであると思ひます。近代科学の中で、日本が最も得意とするところの一つは医術であり、また日本内地では医術方面の人材最も多く、その一部を中国に送り出すことは容易であります。否、却つて日本の医業界に一種の緩和策となつて、一挙兩三得の欣事たり得ると考へます。第二に思ふことは、宗教家、教育家の出動活躍であります。西洋諸国が事実、我が東洋で幾多の国家的罪悪を犯して居るにも拘らず、尚ほ我が東洋人の一般からそれほど悪く思はれてゐない理は、全く宣教師と多数の有能有徳の教育家達が、永年に亘つて誠実なる貢獻を為した、その功徳の余澤だと信じます。我が日本は、中国の儒教、中国を通つて来た印度の佛教により、非常な教養を受けた。その上、基督教に養はれた力が小さくはありませぬ。然るに、中国は儒教と佛教を日本に教へて、却つて今日では、自らそれ等を忘れたかの風であります。而も日本の現在には、幾多の名儒、高僧が在られます。況や人類愛に燃える有力、達識の基督教信者が、その数に於いて決して少なくありませぬ。これ等の方々が、何卒中国教化の為めに、進出して往つて下さい。中国に報ふべきときは今である。否々、報ふ報はぬの問題以上に、仁慈の心は、今日の日華関係を見て、坐つてゐられよう道理がないと思ひます。日本基督教會の大先輩故植村正久先生の愛孃、植村環女史は、台湾人教育の苦難を聞いて、東京での大切な諸事業を同志同信の人に任せて、御婦人の身で単身台湾に渡り、苦闘して台湾の者を感泣せしめて居られます。又北平に崇貞女学院を経營し、永年獻身的教化事業に従事して、北平一帯の民国人から絶大の尊敬を受けて居られる清水安三氏御夫婦が在られます。この外にもまだ、純真に尽されつゝある日本人が、中国にゐられませう。寡聞の私は未だ多くの実例を知りませぬけれど、斯くの如き信仰、精神の勇士が出陣して往かれることは、最も確実なる勝利を獲る途だと信じます。現在日本に来て居る外国宣教師、教育家は、旧教の者は六二一人、新教の者八四〇人、此の他聖公會に属する者三三〇名在るといふことであります。私は前の小著『日本々国民に与ふ』の中で、日華問題にも言及し、「中国の土地は之れを得べからず、されど中国の人心は之れを得べし」と申したやうに記憶します。そして、それは日本の為めに、何よりも大きい利益であると申しました。私は茲にも同じことを言ひます。愛する日本の精神的勇士よ、何卒ドシドシ中国へ驀進して下さい。本国にも大切な要務があるであらうけれども、各位が中国に出て往かれることは、何にも増して重大な要務であります。

私は茲まで書いて来て、或る親しき友人より、此の五月号の婦人公論に、蔣介石氏夫人宋美齢女史の、日本婦人に送つた純情籠れる名文が載せられてあると教へられ、早速閲読して見たところ、私は一種名状すべからざる感激に撃たれ、私が書きたいと思つて尚ほ未だに書き表はし得ないものを、女史はより深くより切実に書き表はして呉れられたと、思はず快哉を叫び、感謝に堪へなかつたのであります。該文の中、「日本の姉妹方に訴ふ」及び「日本の為に祈る」の二項目は、特に私を感激させました。宋女史曰く「誤解は紛争を産み、紛争は世界をして生きながらの地獄に陥れる。さうした痛ましい紛争の渦中から人間を救出すものは、唯々人間の真実一路である。正直と好意以外に何物もない。日華両国間の紛争の如きも、要するに、さうしたものゝ缺乏に外ならない。……要するに、認識の誤謬、認識の不足が我々をして果しなき紛争の渦中に投じ去るのである」と。尚ほ女史は「婦人と婦人とは、母の立場に於て完全に握手しなければならぬ」と叫んで居られます。ヒヤヒヤ真に然りであります。日本の姉妹よ、中国の姉妹よ、姉妹方何卒日華親善の為め、双方の迷妄と誤解を一掃すべく、皆総立ちしてさい。立つて而して盛んに語合つてさい。中国の方が日本に来られゝば、幸これに過ぎることはありませぬ。若し来られずば、我が日本からドシドシ出掛けて往つて、先方の手を握つて上げることであります。斯様に婦人の方が、両国平和の為めに、貢献して下さるならば、日華親善のみならず、世界親善、世界平和も必ず早く到来すると信じます。尚ほ一つ、最も手近かで最も根本的な、親善法があります。民国から現在何人位青年が、我が日本に留学して居るか分りませぬが、東京に四五千名は居るだらうと聞きます。欧洲大戦前頃が一番多く、三四萬人も来てゐたといふことでありました。日本の今日は、主として欧米留学の新人に依つて築き上げられたのと同様に、新民国の建設は専ら民国の新人に俟つべきことは明瞭であります。而して欧米や日本の諸外国に留学して帰つたものは、その新人中の新人と謂ふべく、これ等がその国家社会の枢要な地位に立つて、その国民の指導者となるのであります。東京辺でヨボヨボと余り注目されない中国学生は、実は彼国に帰れば、四億民衆の大導師であります。それゆゑ、日本と中国若し親善するならば、我々をして先づこの将来の大導師達と親善せしめよ、ではありませぬか。彼等は現に我が家に来て居ります。彼等が千里を遠しとせず、我に教を乞はんとして来て居ります。最も相手し易い絶好の機会ではありませぬか。此のときに若し、相手しても張合ひがないと思つて別に注目もせず、注目しても冷かな白眼を向けるとすれば、彼等が一旦帰国して地位に就いた後、さあ親善しよう、握手しませうと呼びかけても、何んな気持で何と返事するでありませうか。従来の我々には、此の落度此の不注意がありませぬでしたらうか。こゝらにも我々の努力すべき分野があると思ひます。私は澤山の内地友人に御相談をした、特に在東京の宗教界の友人達に相談しました。慈善事業であるかの如くに、金を醵出して学寮寄宿舎を造り、一二の当事者に任し切りにしてやるやうな方法で、民国学生を世話することは策を得た仕方でないと痛感します。第一慈善的恩恵に預りたくないのは、人情の通性であります。第二に彼等を一所に集めて置くときは、彼等自身達の間の生活になつて終ひ、折角日本に来ても自国に居ると大差なき結果になります。日本の心髄たる人性美、日本人の習慣、性格を理解して帰り得ないのみか、日本語さへも生かじりで帰る外ありませぬ。況や日本人と深き友誼を結んで終生互に忘れない関係を造ることは夢にも望めないのであります。

是に於いて、私は有志の方に向ひ、御家庭を開放して素質よき中国学生を一人づゝ迎入れて、その日常生活の世話をして戴けるやうにと、切望に堪へないのであります。私が申す意味は、決して無償で迎へるといふのではあませぬ。利益する必要はないが、実費を受けて然るべきであります。まあ早い話をすれば、現在の素人下宿、貸間す出す人々に、利益本位でなく、隣人愛の実行の為め余分の間を実費で提供して貰ふといふ程度で、自然に相接近する機会を増して往きたいと思ふのであります。此の上更、善き感化を与へようと志して、積極的迎へる家庭があらば、それは最も有難いことだと考へます。

愛国といふことを、多くのものが甚だ狭隘に解して居ります。軍事行動とか税金完納等は、勿論愛国行為であるに相違ないけれども、斯ることは毎日々々するのでなく、或る特定の時と特定の場合しか致しませぬ。特定の時と場合以外に愛国行為の必要がない、また愛国に相応しいこともないとしたならば、その国は大変なことになりませぬか。寧ろ平素日常の急公好義が、より大なる、より緊要な愛国ではありませぬか。日本内地の同胞よ、上来申し述べた鄙見に対して、幸にも御同感であられるならば、何卒、帝国目前の急務たる日華親善の一途に向つて、国内に居ながら、家業に励みながら、容易く実行し得るところの中国学生の世話を、皆様の愛国心の發現として、これから盛んに実行せられんことをお願ひします。

四

日本と中国は、何卒親善して下さい！日華親善すれば、我々の苦難はその大部を軽減せられるばかりでなく、我が東洋諸民族の向上進歩が始めて有望となつて来ます。平和は甚だ望ましいことだ、けれども平和は独りで来ませぬ。平和を招来する根本の道は、勿論「上天好生」の聖愛に満されて、人々相互の奉仕、献身の生活から、湧き出て来るのであります。併し現実には建設よりも破壊の方が速く、愛する善人よりも恨む悪人が多い故に、勢力、即ち能力、団結力等に於いて、国際間、民族間の均勢を保つやうに努力することも、平和を得る道の一つとなりませう。要するに、日華が親善提携すれば、我が東方諸民族に始めて更生向上の見込がつき、東方民族の更生向上あつて、始めて東西両洋の均勢が成立して、西方民族、特に世界の霸者たる大英帝国は、その帝国主義的圧制を、我が東方被圧制諸民族の上から取消すでありませう。それはまだ、相当久しい将来のことに属するでありませうが、その時は即ち世界平和の到来であります。私は斯様に、日華親善は、世界平和の端緒をなすと考へるのであります。

上来私は主として、利害関係に立脚して、中日親善の必然性を詳論しました。次ぎに「同文同種」といふ文化的、歴史的方面からも、少しばかり述べたいと思ひます。

親善は凡て好意から生れます。好意は主として共同意識から生じ、また、感恩感謝の念からも生じ、義憤や仁愛から起ることもあると思ひます。先きに述べた利害関係からの日華親善は、利害共通の共同意識から起るべきものを指して申したのであります。又、現在我が日本民間の一部が、印度人との間に深き親善の関係にあり、それは佛教からの共同意識にもよるであらうが、義憤による方が強いと考へられます。尚ほ、前項で申した中国への文化的、宗教的奉仕工作と、留学生の家庭接待とは、仁愛と感謝の念より生ずべき親善を期待するのであり、茲に申し述べようとする「同文同種」の観念に立脚した親善は、主に精神方面の共同意識に根據を持つものであります。即ち、利害共同と精神一致とに根據ある親善を期待する上に、更に仁愛と感謝の精神結合によつても、我々は中日親善を創造し得ると、建言致したいのであります。

中国の人もさうでありますが、殊に日本内地の人は、多くの種族の混合化成でありまして、単一種族でないさうであります。だが、大体蒙古種であつて、中国人と凡そ互に同じ種族であります。我々の眼には、日本人と中国人の判別は、同じく洋服を著せたときでも殆ど判別に苦しみませぬが、西洋人には少しもその区別が分らないさうであります。或る日内地の友人から聴いたことに、欧米の人は、外国に往つて居る日本人と中国人を判別するのに、写真機の携帯を目標にするさうである。即ち写真機携帯者は日本人であつて、然らざるものは中国人だと。また以前日露戦争当時、特殊使命を帯びた日本人は、よく中国人に変装するので、何うしてもロシヤ人には識別が出来ない。そこで妙法を案出して面を洗はせることと水瓜の種子を齧らせることとで、判定したさうであります。大変面白い話ではありませぬか。それ位日本人と中国人との種族関係が近い。昔秦の始皇帝の無道を避けるため、不老長生の仙薬を求めて献上すると詐称して、徐福が五百の童男童女を連れて日本に渡来したといふ歴史上の記載もあり、今でも徐福の墓が紀州新宮市熊野地徐福町に保存せられて、中々お詣りするものが多いといふことであります。その後中国の永い間の戦乱から逃れて、日本に帰化し、或は学問、技術の指南として招聘されて帰化したものも、可なり多数であつただらうと思はれます。独り骨格面相によるばかりでなく、姓氏について見ても、如何に日本人の一部と中国人とが近縁であるかが分ります。林、劉、秦、張、鄭、呉、高、田、頼等は一目瞭然で更に説明を要しない。現に林銑十郎大将が総理大臣で在られ、故田健次郎男が台湾総督で在られた。日本精神の宝典たる日本外史の著者は頼山陽先生でありました。先月或る民国の友人を案内して日光東照宮の見物に往つた。陽明門から唐門の前まで進んだとき、友人は叫んで云つた、これはこれは中国の建物を移して来たのでありませぬか、あれあれ両側の彫像の装束、その面相、特にその八字髭は中国人か朝鮮人そのまゝの恰好だと云ひ、宝物陳列内の人形の衣冠束帯、殊に祭礼行列に用ひる諸器具を指して、これ等は中国のものと余り大差なしと感慨深げに言ひました。今日現在では、日本人の趣味が大分西洋化したけれども、それでも上流家庭程、尚ほ中国趣味が濃厚であり、美術品と謂へば、中国の書画骨董が珍重せられ、その主要部を占めて居ります。

曾て、京都帝国大学の文科を出た中国湖南省の友人張秀勤君から、次ぎの話を聴いて深き興味に撃たれたことがあります。同君が言ふに、日本の学者は多く黄河地方を研究するだけで、長江一帯を殆ど研究しない。自分の僅かな見聞によれば、寧ろ長江即ち揚子江地方を研究して見る方が有益である。独逸の遺伝学者オッテンベルク（Ottenberg）は、世界に於ける血液型から見た人種の分布を研究して、湖南型なるものを命名し、日本人の血液型を之れに属せしめたけれども、勿論それは学問上の定説ではない。唯だ自分は風俗習慣の上から見て、日本と湖南地方との間に幾点かの密接な聯関があるやうに思はれる。結婚の風俗について、日本には所謂「三三九度」の契があるのに対して、湖南地方にも「交杯」といふ礼が行はれる。且つ日本の古事記に記されてある結婚の風俗は、湖南の西部に当る瀘渓県と貴州省の境辺りの住民のそれと酷似する。日本でお祭礼のとき御輿を担ぐあのやり方も、湖南西部諸県の住民が雨乞ひをするときに行ふのと類似する。湖南長沙地方に用ひられる木屐は、日本の雨下駄とまた非常によく似てゐる。尚ほ、日本北海道のアイヌ人が、よく痲を以て衣服を作る。湖南人もまたよく痲布を作る。アイヌの如き北方に住むものが痲を作る習慣を持つことは、不思議な事実であつて、必ずや痲を製する他の民族から学んだに相違ない。更に、暗示に富むことは、日本青森県地方に「三戸郡」といふ小地域がある。その戸を「サソノへ」と読む。ところが「サソノへ」はアイヌ語であつて、傾斜を意味するのに、「三戸」の二字を当てた理が分らない。この「三戸」の二字は、「楚雖三戸、亡秦必楚」といふ中国戦国時代の諺から取つたのでなからうか。昭和十一年十一月十日読売新聞の朝刊に、三戸郡より三千年前の中国の石器を發見したと報じてあつた、それが果して中国の石器かどうか、実物を見ないから分らぬけれども、若し真実にそれが中国のものであるならば、非常に面白い研究が出来ると、張君は興味津々と話されました。若し、斯くの如き研究を進めるに随れて、漸々と双方の歴史的、文化的連鎖が發見せられるならば、お互に親しみを感じて、親善の増進に拍車をかけると信じます。

茲にまた思ひ出した一節の史実があります。民国当世の大新聞、大公報の記者王芸生氏が、その大著『六十年来中国与日本』の中に「伊藤博文の清国訪問」といふ一節あり、丁度庚子事変、光緒皇帝が西太后に幽囚れさる直前のことで、光緒帝を中心に、清朝の君臣が、欧洲列強の分割に遭つて極度の憤懣を覚え、頻りと変法自新の道を謀議してゐた最中に、伊藤博文侯が北京を訪問して来られました。そこで光緒皇帝の親信を蒙れる傅嬰なるものが、伊藤侯を留めて宰相と為し、以て新政を行ふやうにと上書したのでありました。その上書の一節に、

「之ヲ要スルニ、日本清国ヲ併スル能ハズンバ、則チ清国ノ他国ニ併セラルルヲ欲セザルハ必然ノ理ナリ。清国他国ノ併ス所ト為レバ、則チ日本ニ将ニ及バントスル勢アリ、此レ必然ノ事ナリ。禍患未ダ形レズンバ、則チ同室戈ヲ操リ、以テ利ヲ争フヲ思フモ、事機已ニ迫レバ、則チ又同舟共ニ済ケテ、以テ禍ヲ紓ベントト思フハ、此レ又必然ノ情ナリ。蓋シ、其ノ清国ノ為メニ謀ル所以ハ、即チ日本ノ為メニ謀ル所以タルナリ。臣故ニ謂フ、ソノ清国ノ変法自強ヲ望ム甚ダ切ナルハ、此ノ為メノミナリト。臣何ヲ以テ、清国今日助ヲ借リ法ヲ変ズルニ、伊藤ヲ宜ト為スニ如クハ莫シト謂フヤ、日本ハ同洲ノ国ニシテ本我ト同文ナリ。伊藤又日本中興ノ名臣ニシテ、而シテ維新ノ治ヲ首賛シ、一切ノ制度憲法ハ、皆其ノ手ニ討ス。日本ハ維新ノ先ニ溯レバ、内乱数百年、……モノ又数百年ナリ。内訌已マズ外患迭ニ興リ、侮ヲ欧洲ニ受クルハ、清国ニ異ナル無シ。一旦封建ヲ改メテ郡県ト為スヤ、群侯敢テ其ノ寸土ヲ私セズ、一兵ヲ損セズ一矢ヲ折ラズシテ、一度檄ヲ伝フルヤ、則チ挙国皆定マル。是レ、自ラ大ニ人ニ過グルノオヲ有スルニ非ラズバ斯クスル能ハザルナリ。」

とあります。右は過去の一史実に過ぎず、別にこれを以て、今日の事を何う斯うと言ふ積りではありませぬ。唯だ、私は過去を回顧することは、現在将来の參考となるを思ふのであります。前記傅夔等の建策で、光緒皇帝は勤政殿に於いて、伊藤侯を引見し、種々下問した後、宴を賜り款待甚だ優渥であつたといふことであります。惟ふに、当時清朝の君臣は、独逸の膠州湾占領、露国の旅順大連の占領、租借、其の他の外侮を受けること頻繁であつたので、同文同種たる日本に対する親しみを感じ、その為め、日清戦争のことを忘れて、伊藤侯を宰相に用ひて国政を任さうとまで、親善気分が急に勃興したのであります。昨年八月米国で開かれた太平洋会議の席上で、中国代表胡適氏は「中国の再建事業は、アメリカ合衆国からは中国人の訓練を、国際聯盟からは輸出に関する技術的忠言を、イギリスからは資金の重要部分を、そして日本からはあらゆる妨害を、我々は得てゐるのである」と演説したさうでありま す。中国が今日、日本に対して抱いてゐる感情は、恐らく胡氏の言を皆その通りだと思つて居るかも知れませぬ。然るに若しその反対の事象を、現在の中国人が認めるならば、即ち先きに述べた、光緒皇帝とその臣下が、欧洲列強から受けた外侮に対する感情を、今日の民国人も抱くならば、日華親善の度合は、必ずや経済提携のみに止まらないと思ひます。不幸なことに、援助は凡て欧米から、妨害は凡て日本から、などと言ふから困つて終ひます。要するに、根本的に宿命的に、日本と中国は相恨み、相争ふべき何物もあるのではなく、全く事情の変化と認識の錯誤に禍されて、今日に於ける風潮の険悪が起つてゐるのだと知るべきであります。

中国の方に、特に一言したいことは、忍耐は中国人の最も長所とするところでありますから、目前の時局に関して、幾分でも無理と感ずる点があれば、何卒忍耐して、暫く時の経過による解決を待つて下さい。短気を起さないことが、一番大切であります。中国が独り困難に遭遇して居るのでなく、日本もまた同じく困難に遭遇して居ります。日本では、中国のやうに失地することはなく、他国に侵害されることもないけれども、此の五六年以来、全国上下を挙げて、非常時を叫び続けて来ました。国権の失墮も何もないのに、非常時を絶叫して已みませぬ。それだけ、その非常時性が深刻であり、日本の困難が中国のそれ以上かも知れませせぬ。だから中国は何卒暫時辛抱してゐて、善隣の志望を機会毎に発揮せられるならば、必ずやその内に好き時運の到来があることと思ひます。現在の日華国交に対して、日本自身にも多くの異論があります。日本の人人は十が十まで、中国の立場に同情がないと、断じてはいけませせぬ。現在の趨勢は、寧ろ一時的の反動として見るべきでありまして、これを若し隱忍自重して、善く、対処の道を誤らずば、軈ては一陽来復、両国の国交調整せられて、相互の真使命達成に邁進し、真なる自由平等に立脚した世界平和が、これによりて建設せられることは、強ち夢中の囈語でもなからうと信じます。

況や、日本人の胸底には、中国に対して好意こそあれ、蛇のやうな執念深き悪意はない筈であります。私の家厳は、日本領台の直前に故人となつたのでしたが、父は純然たる中国人であり、しかも謹厳な儒者でありましたので、私も中国人の心情については、他人が理解する程度に、理解して居る積りであります。私は又四十二年間日本本国の人と、或は台湾で或は日本内地で、同一国民として生活を共にしました。政見や思想に於いて反対の点多く、実際運動で酷く迫害されてゐても、私は、私の父から稟けついだ心情で中国の人を理解すると同様に、私自身の経験で日本の人をも理解して居ります。是れは私の特権かも知らない、私は真実に双方を正しく理解して居るものだ。日本人はその深いところ、その本質に於いて、その嗜好する刺身のやうな存在であります。誠にアッサリして居る。世界中にこれ程単純な美味はないであらう。生で、原料そのままの丸出しだけれども、全くの本物で虚飾なく、毒も害もありませぬ。唯だ、特別の場合にだけ、猛毒を発して人命をまたアッサリ奪ふことはあるにはあるけれども、そんな屢々ある理ではないのであります。この萬遍に一遍の危険あるを知りつゝ刺身は旨しい、美味だ、私は矢張り食べたい。今まで随分食べましたが、まだ命を奪はれずに居る。尤も一寸当つて、下痢位のところで済んだことが数回ありました。

現在は特殊の非常時であるから、日本が中国に対して表示した態度は、決して優しいとは謂へませぬ。併し常時一般に於いて、中国をそんなに毛嫌つてはゐないのであります。明治維新前までの日本は、完全に中国を尊敬してゐた。文物制度の凡てに於いて、範を中国に採つたばかりでなく、有名な大学者荻生徂徠の如きは、江竹山手の方から品川に家を移して、そして僅かの距離でも、それだけ中国に近寄つたから嬉しいといつたさうだ。先きにも言つた通り、日本人は今でこそ、大分西洋趣味に馴れて来たが、それまでは殆ど中国趣味であり、その美術品の大部分は中国の書画骨董であります。和魂漢才とて、中国の学問を学問の最高峰として重んじてゐたのであつた。文章を書くと謂へば皆漢文で書いたのでありました。古事記、日本書紀、日本外史の如き日本精神の宝典は皆漢字、漢文で書いたのだし、何かの記念に永久に遺したい碑文等の如きも、悉く漢文であつたのであります。現在今日でも九段、上野、芝公園に行つて御覧なさい。日本陸軍の基礎を創めた靖国神社前の大村陸軍大輔の銅像の碑文は漢文であります。上野公園入口の西郷隆盛の銅像銘も然り。芝公園にある日露戦役の運送船佐渡丸遭難の記念碑、軍人会館の庭にある熊本籠城の表忠碑、谷村伍長に関する軍人亀鑑の碑、近衛師団前の西征近衛兵記念碑、その他東京の各所に建立された重要な銅像、石碑の銘文は殆ど皆漢文で書かれてあります。斯る自然な人心の発露なら見ても、日本の人は真実の中国を貶さないことが分ります。台湾で先月（四月一日）から新聞の漢文面を廃止したけれども、あれは真実の日本人一般の気持でないと私は見て居ります。日本の人は元々もののあはれをよく辨へ、無告のものに同情し、文化的精神的遺産に対しては、その何処、何民族のものたるかを問はず、皆謙虚の心を以て、虚飾することなく、アッサリと有難がつて摂取する純真さを有します。此の点は日本人の最大長所として、日本は今日の盛運を勝ち得たのであります。日本は前独逸帝国のやうに、文化的帝国主義国にならうとして却つて破滅の最期を遂げた、あの狂乱にも等しき振舞を学ぶことはせぬと確信します。日本人の此の長所美点に、中国人は敬意を拂つて学ばなくてはなりませぬ。中国人の文化的尊大心は、中国の国状を現在の如き暗愚の深淵に落入れた、最大原因の一つであります。中国は日本に親近して、その長所美点を学ばなくてはなりませぬ。この点から考へても、日本と中国とは親善すべき必然性があります。況や両国民は、同じ発音で忠、孝、仁、義の語を口にし、同じ此等の字を筆紙にし、同じ道念の所有者たる連枝同根の兄弟であるに於いてをやであります。

中日親善の要諦

此の小文は大正十年八月号の雑誌《台湾青年》（現在の日刊新聞台湾新民報の前身）に載せた中日問題に対する当時の鄙見であります。当時開陳した愚見を、十六年後の今日に於いても尚ほ繰返さねばならぬ両国事態の重大化を見るにつけ、誠に心緒の乱るゝを覚えます。十六年前の愚誠を茲に附録して、両国の国民大眾に諒察を乞ふ次第であります。

一、親善の意義

親善と云ふことは人間の社会性に基く当然の要求で苟も人類である以上、国藉と人種の別なく何人も互に親善すべきであつて、決して中華と日本の間に於いてのみ親善の要がある理ではない。然るに独り中日親善の語が久しき以前から人口に膾炙され、特別に唱道される所以は、蓋し両国が東洋に於ける最大の民族を包容し、その間に最も根本的で代表的の関係に相座した両国民の意志疎通がなく国際的紛争が頻々として発生するを憂ふるにあると思ふ。従来の中日親善論は主として日本人の口より唱へられ、その論法を見るに、日本が既に世界強国の班に列して東洋に於いては優先の地位に在り、東亜の盟主たる天分を発揮するために東洋の弱小国を保護するの責があると自任し、民国に対してはその国力の微弱なるを口毎に指摘して欧米人の野心即ち白禍の切迫せるを主張し中国瓜分の危旦夕にあると絶叫する。民国にしてその亡国の禍を避くるならば、連戦連勝の陸海軍を備へた日本帝国に従ひ其の庇護を受ける外途なしとの如き説である。此の親善の目論見が具体化されて、或は来朝の民国青年を侮辱する態度となり、或は廿一箇条の軍事協約として現れた。過去の輿論大勢は実に斯くの如きもので、中日親善の声を高大にしても、両国間の距離がそれと正比例して益々遠隔する目下の状勢は誠に痛心の極であるが、無理ならぬ成行きでもある。

惟ふに中日親善は決して温情的保護と屈辱的依頼とを遂げる為めでなく、其の根底とするところは中日両民族の共存共立にあらねばならぬ。特に当面の問題から見れば寧ろ日本前途の為め、大和民族が活路を守る為めに缺くべからざる必要条件であると云つてよい。即ち中日親善の大義は双方の生存を遂ぐべき真剣なる要求に起つたものであつて、決して一方の野心を満足せしめる為めの手段でないことを明確に理解するを要する。

二、親善の必要

中日親善の大義は前述の如く中華日本両国民の共存共立にあるとすれば、民国人が余りにこれに頓着せず熱心に唱道せぬ訳は如何と云ふに、それは民国人が日本人に親んで始めて生立つて行かれる理由が薄弱であるに依る。何分彼程の人口と国土を包容してゐるので、その民度に適応するだけの物資と労力は自給するに困らず、加之其の国内に散在せる隠れた宝庫の開発、貿易上に於ける利権獲得等のために他国人の此の国に蝟集するものが頗る多く、従つて日本に待つところが少ない理であるから、彼より口を極めて日本に親しむべしと称へないのは道理上当然の結果である。若し中国にも親善を唱ふるの必要ありとせばそれは次の二点に帰着する、即ち消極的には僅か一衣帯水の隔てにある、軍備の充実した、隣国日本に対して事々にこれを疎外しその好意を失つて争端を構へるよりか、出来るだけ平和に事を計り経済的提携を為す方が幸福である。積極的には人類永遠の平和を愛好し世界奉仕の精神に基いて近隣の日本に誠実と好意を尽すにあるであらう。併し全人類が尚ほ深き堕落の淵に浮沈してゐる今日なれば、民国は積極的精神を以て中日親善を希求することは到底考へられない。幸に親善を望むの意志があるならば、それは消極的必要に由ると解した方が適当だと考へる。

翻つて日本の立場より見れば大いにそれと趣を異にしてゐることが分る。第一に日本は国土の狭き割に人口が甚だ多く、若し国外へその過剰の人口を送り出す途がなければ非常な難境に陥るべき理である。第二に日本は不幸にも天産の乏しい国で緊要なる工業上の原料を殆ど産出しない。工業国たるべき運命を有する日本に斯くも原料が乏しいと云ふことは取りも直さず彼をして自発的に原料を供給し得る国と密接なる関係を結ばしめる理である。第三に日本は工業国として立つ以上、その製品を捌く為めの市場がなくてはならぬ。換言すれば海外貿易は日本の運命を支配する唯一の途で、これがまた軈て彼をして余儀なく他国と接近することを策せしめる。斯様に日本は海外発展を絶対な必要とし商業戦によつてその国民の生命を稟けてゐる。その天命を全うすべき過剰人口の移植地としてまたその海外貿易の大市場として世界中に民国程好都合な処は更に発見し得ない。此の点に於いて日本は是非とも民国に近づきこれと親しくならねばならぬ必要がある。中日親善が盛んに日本から提唱されるのは蓋しこの根據から出てゐる。

由是觀之、中日親善は単純なる友誼的真情と正義的純愛、義俠的精神に駆られた声ではなく、それは純然たる利害存亡に関する直接問題の存在するに因つて、必要上已むを得ざる結果から発源してゐる。斯る真剣切実なる根柢を有する中日親善を潔く有りのまゝに議論し主張しそれに相応した手段を選んで実現を努めないで、自分を高く挙げて対手に恩義を着せるやうな論法を吐き、極端な温情主義的態度を発揮して、対手の悦服を強ひ親善の実果を収めようとする、其の態度たるや誠に慨歎に堪へない。

予輩は中日親善の一日も速かに実現せんことを熱望するが故に、上述の如き不真面目な態度を非難排斥するものである。本誌前号で島田三郎翁が「大体から見れば東洋民族として支那民族と日本民族と人種の大体の区別では同根中の小区別である。地勢から言へば日本の栄は支那の栄である、支那の栄は日本の栄でなければならぬ。日本は土地狭くして人口が多い、原料品を大陸から取つて之に工作を加へてまた大陸へ売出す、是が日本の繁昌の基である。支那は原料に富んで之を諸国に売出すに一番近いのは日本である、其の工作品を取るのも一番近いのが日本である。して見れば双方の短所長所を相補つて進歩しなければならぬ。」と云はれた。流石は鉄面無私の島田翁で、斯くの如き真実なる観察があつてこそ始めて中日親善を語り得るのである。要するに中日親善の必要は人道上の問題としては別論であるが、直接当面の問題として、民国に取りては全くその存亡に影響なき単純なる経済的便益上の問題に止まる程度のものであるけれども、日本に取りては実にその国運の隆替に深く関係する重大問題であると信ずる。

三、親善の障碍

中日両国の親善は久しき以前よりその進捗を見るべきであるのに、却つて益々相疎隔するの傾向を呈しつゝあるは、思ふに必ずや幾多の障碍があつてその禍をなすに依るであらうが、予輩の臆測を以てすれば次ぎの二点はその主なるものでないかと考へる。

国民的自覚を欠きたること　成程、中日親善は古くから唱へられたがそれは一部識者の間に於いてのみで、両国民の多数は殆どこれに対して無感覚である。国民の大多数がこれに対して自覚せず興味を持たぬことは、即ち両国民の接触交際を疎くする本であつて、その為めに政治の局に立つ少数役人の措置の錯誤に対する国民的監視鞭撻なく、因つて愈々疎遠の度を増し、大局を目論見違ひで如何程紛糾を重ねたか知れない。此の親善の主唱者たるべき日本国民の大多数が、未だ自国の立場を十分に悟らず、民国の何たるかを理解せずして、単に日清戦争の勝利に誇つて民国政府の無力を嘲り、四億萬の隣人に対して一種蔑視的気分を抱き、それに近寄れば如何にも自分に汚物が附く如くに親しみを持たないことは、最大の障碍をなしてゐると思ふ。此の国民的親しみを持たない理由は、前述の国交的関係にも依るけれども、両国民の歴史民情に由るところが多からうと考へる。即ち両国の国民的理想と民族的気質風習の相違からして双方の理解を缺き、引いては互に近寄らうとする自覚を起さしめぬのでないか。以下、その顕著な相違点につき一言しよう。

第一に挙げて言ふべきは、国家に対する信念の相違ではないだらうか。日本は萬世一系の皇室を国民の中心とする国柄で、国家を主体として国民をその従属とする、依つてその尊ぶところは忠君愛国、義勇奉公の精神であつて、この精神の発露は即ち組織的訓練（大義名分を重んずること）と尚武的気風である。然るに中華の国状はこれと大いにその趣を異にし、飽くまで民本的家族主義の国柄で一貫してゐる。即ち此の国では個人の生活を本位とし、その生活の安全を得るために国家の必要を感ずるのみで、民衆の生活に支障を来たす場合には躊躇会釈もなくどんどんとその国家を改造するのである。従つてその国民的気風は個人的の実生活に重きを置いて、国家的団結によつて外族との抗争には余り熱狂しない、その社会的規範は忠恕の徳を重んじ、その民族的性向は文を好み平和を愛する。

次ぎに民族的気質に大なる相違あるを見る。民国の人はその歴史の悠久と社会の複雑とによつて訓練された結果、その為人は如何にも老練で、善く言へば物事を遠大の処から観る、悪く言へば打算に抜目なしで利害に敏く一時の感情に駆られない特質がある。故にその態度の一方には悠然として迫らず如何にも長者の風があると共に、他方では人情に冷かで不活潑な頑固者にも見られる。日本の人は矢張りその環境から受けた感化の結果であると思ふが、新進気鋭の進取の気象に富んでゐるけれども、その着眼点が余り遠大でなく目前の小利に営々たる有様である。それでその性格は何方かと言へば多血質の方に属し、覇気満々で挙動が甚だ捷く一時の情に激し易い傾きがある。若し両民族に於ける具体的代表人格を挙げて言ふならば、一方は店頭に箕坐をかき長煙管で煙を吹きながら算盤の玉を弾き八字髭を下向きに生した温厚を番頭さんで、他方は東京の大道を大声して馳せ廻り手拭を向ふ鉢巻きにして勇膚を片腕だけ露出した骨肉稜々たる号外売の如きであらう。先月民国旅行から帰朝された植村正久牧師の感話の一節に、扇子の使ひ方で彼此両民族の特質が遺憾なく発露してゐると話された。即ち彼地の人は二尺に余る大扇子を持ち一分間に一度位の速さで腕を伸ばして遠くから圓弧を画くやうにして扇ぐ、此地の人は尺に満たない小形のものを使ひ、臂を屈して手を胸近くに持ち来り掌を覆す如くに一秒間に数回と扇ぐのであると。甚だ面白い発見ではないか。

更に両民族の嗜好、趣味に大なる背反があり従つてその生活の形式が随分と変つてゐることを認める。概して言へば日本人は単純を好み、その為すことは小規模であるが極めて周到丁寧にやる。民国人は全くこれと正反対で凡てが複雑濃厚で、その為すことに寛いだところがあるけれども、甚だ行届かない。住居について云へば、日本の建築は一般に小局で工夫に乏しい、併し近寄つて見ると屋根の裏までも掃除がよく行はれて如何にも小綺麗である。中国の建物は所謂大廈高楼で豪壮なこと到底前者の比であい、その彫刻彩色の美観も遠くから見れば人目を引くに足るものが多いけれども、その管理保存が概して粗略である。食物にしても然り、「刺身」と「五柳居」との二品を以て十分に双方の嗜好を比較することが出来よう。平素日本人は飯とお菜をと別々にして食べるが、中国人はそれ等を同時に口に入れて味ふではないか。その他音楽美術演劇何れの方面から見ても、同様の相違を発見するであらう。此等の国民的気風、民族的習癖について民国は日本よりも西洋の諸民族に近似の点が多い。

国際的競争の激烈なること　中国は未発の大宝庫で、萬国経済戦の開かるべき大戦場であるべきは世に既にその豫言が多い。欧洲五箇年の大戦で疲弊した列国はその経済的復活を中国に於いてなさうとせざるはなく、各々その利権を獲得せんとして苦心惨憺の態である。或は鉱山の開発、或は鉄道の敷設、或は商品の販路、或は金権の掌握等、各種の利権を我が物にせんとして競うて大資本を投入する。独り物資的施設を欧米諸国が中国に於いて行ひつゝあるばかりでなく、中国人の心を得んとして彼等は誠に猛烈に永年飛躍して来た。宗教的布教は勿論のこと、生命の安固を保障すべき病院の建設や文化の向上を促進すべき学校の創立や更に貧民を拯ふべき諸種の救済事業に至るまで画策せぬことがない。特に近来は将来彼の国家社会の柱石たるべき民国青年学生を欧米列強が先きを争うて歓迎し、学問上の指導は勿論のこと、その滞留中の日常生活に至るまで細心の世話をなし、留学生の満足を得ようとして甚だ努める。

その結果欧米留学の民国青年は何れもその滞留中に受けた厚遇に感じて衷心より報恩の念を抱き、帰国後はその滞留せし国に対して親善の態度を表はして、着々と相互の交誼を厚くし圓満なる関係を結んでゐる。然るに日本帝国の対中経営は如何、列国のそれに比して雲泥の差あるではないか。国民的努力による、彼の国民の精神生活の向上を図るべき宗教的運動もなければ、学校病院の創設も殆ど見ない。それのみか、彼国へ渡る日本人ありとすれば、所謂空拳赤手の浪人で彼地で何物にか有り附かんとする連中でなければ、彼の国禁を無視して阿片密売を為し、その国民をして墮落の迷宮より脱出する機会を失はしめようとする貪欲の奸商がその大部を占めてゐるでないか。その上、知識に餓ゑつゝ此の国を訪ねて来た民国青年学生に対する国民一般の態度如何!!　誠に千載の遺憾と云はざるを得ぬ有様である。曽ては三萬四萬にも余る帝都滞留の民国学生は今は三千にも満たない数となつた。これは教育機関の不足を訴ふる日本国民に取りては目前の処、或は却つて願つたり叶つたりであるかも知れぬが、具眼者には実は憂慮不安の至りと云はねばならぬ。

右に述べた二大障碍の中、予輩は前者を積極的障碍と云ひ、後者を消極的障碍と云ひたい。何故なれば後者は実に前者の程度如何に依つて解決されるからである。日本は貧乏国であつて、到底諸外国のやうな大資本を投じて親善の連鎖たるべき前述の如き献身的諸事業を興すことが出来ぬであらう。然しながら唯物的人生観を排する予輩の所信を以てせば、それは敢へて懸念するに足らぬ。至誠天を動かし、愛に手向ふ敵はなし。今後にして日本六千萬の同胞が目前の好運に驕らず、真にその過去を悔い将来を慎み、赤心を開きて自分の生を主張すると共に他人の生をも尊重する、己を愛する如くに人をも愛するやうな国民的自覚が起れば、単に中国人との親交な結び得るのみならず、世界の平和運動に大なる貢献をなし萬国の友邦として尊崇さるべきを疑はない。

四、親善の要諦

予輩は上来縷々として蕪言を並べたのは、蓋し我が所信を開陳せんとする根據を明がにしたい為めである。若し下に述べることが幾分でも読者諸賢の賛同を得ば甚だ本望の至りである。

中国を重く視ることを国民に教へよ　既に述べた通り日清戦役の時に鼓吹された敵愾心が、仍ほ日本国民の心理に強く根を張ってゐること、国家的信念と民族的気風の相違すること、それに目今中国の国状が隆盛でない為めに遂に此の国の人々をして中国に対する親愛の情を殺がしめた。これは即ち中日親善の最大なる障碍であって、此の侮蔑の念を取除くこと、換言すれば中国人に対して同情と親愛を持ち得るやうに日本国民の心理を転換させることが緊要中の緊要である。これは非常に困難の業であるに相違ないけれども一刻も速かに努力せねばならぬ。而して此の事業、運動は一般公衆に対しても必要であるが、殊に学校教育に於いて力を注ぐことは肝要であり有効でもある。一般の言論に於いても学校教育に於いても盛んに日本の立場を明かにし、将来に対する自覚を促さねばならぬと共に中国の缺点は勿論知るがよい。併し尊重すべき彼国の文明を十分に伝へ、特に過去に於いて日本が彼の国より受けた文化的恵澤を回想させる様に指導するのが大切である。若し国民一般が彼国に対して報恩的熱情を起す様になつたならば、中日親善は大半遂げられたと信じてよい。

民間の往来を頻繁にすること　双方の実情を知り好意を表はすには接触の機会を多くし、別して有識階級、善良分子の往来を繁くすることは大切である。既往の中日交際は殆ど彼此外務当局の交際だと云つてよからう。偶々民間の往来があつても、それは直接の利益を得んとする一部の実業家か所謂浪人の徒輩であつて、中日関係が今日のやうな窮境に陥つたのは或はそれが禍をなしたかも分らない。此の際日本同胞の有識者は積極的態度を持して、国難を未然に防ぎ、民族的権威を増進するの熱情を抱き活動をなされて欲しい。予が東京留学中の経験、或る時同級の朋輩に中華料理の味ふべきことを勧めたのでその中の一人が「よし俺が早速喰つて見よう」と云つた。翌日その友人が頭を掻きながら笑つて言ふに「俺は喰ひ損つた」と、それはどうしたのかと訊けば「俺は神保町の中華第一楼の前を入るか入るまいかと二三回逡巡して愈々決心の臍を固めて一気に飛入つたことは入つたが、梯子段のところで、油臭い臭のためか分らぬが何だか厭になつたから駈足廻れ石で出て了つたのだ」と、残念さうな顔相で話した。又或る時、同級の中で民国の学友が三四名居つた、それ等と進んで談話なり交際なりするやうにと本国の学友に勧めたら「言葉が十分でないし、そして彼等も話したくないやうであるから、何うも進んで話す気にならぬ」と云つた。此の小さな二例は遺憾なく今日の中日関係を致した日本同胞の態度を赤裸々に露はしたのではないか。飽くまで自己本位で一寸鼻に悪い感覚を与へたから直ぐそれを頭から拒絶する。殊に店頭で二三回も逡巡したとは面白いではないか、中華料理が食べたくても、その料理店へ入るのを一種の恥辱に思ふ一般の気分があるらしい。また向ふが進んで此方に附かないから当方より罷り出る訳に行かぬとは、甚だ困つた消極的の態度ではなからうか。何か民国から渡来した人士があればお互が我が家で珍客を迎へるやうに歓天喜地でそれを款待して帰したいものである。けれども今日はもうそれのみでは間に合はぬ、盛んに彼地へ交際を求めに出掛るでなければ駄目と思ふ。毎年の夏休みを利用して青年学生が民国旅行をなし、大いに大陸気分を涵養し、彼国の熱情に燃えた青年志士と思想を交換し心と心の接触を図ることは殊更に望ましい。

中国語の学習を奨励すること　民国の文物を理解し彼の人士と交際するには、日本同胞が民国語を知らないで凡て日本語で通すことは無理であらう。先方も日本語の研究を為す要があるであらうが、当方は先方の為す如何に拘らず盛んに民国語を研究するやうになりたい。隣邦文化の向上普及を助けるのに帝国は不幸にも経済的缺乏の為め、学校や病院その他の慈善事業を起し得ない。それは敢へて悲観するに足らず、日本に出来ることが尚ほ他方面に幾多もある。日本はよし物質的貢献を為し能はぬとしても、精神的貢献は為し得る筈でないか。即ち日本はその東西両洋の文明を基礎として建設した新文明を所有し、若し日本の同胞が彼の国人の発展を望むの一念で、自ら彼国の言葉を学習し、それを以て前記の新文明を伝受することが出来たならば、是れ物質以上の貴き貢献たるを失はぬ。近来日本同胞に於ける民国語学習の気勢が漸々と揚りつゝあるやうに見えるけれども、まだまだこれだけでは駄目である。予は常に言ふ、日本国民はその学習能力の三分の一を英語の為めに幾十年来消費した、今後はそれと同程度、少なくともその半分の努力を民国語の為めに費さねばならめ。日本国民は知識を世界に求めるためにその大部分の労力を英語に使ふの賢明を有したが、隣国にその得たる文明を伝へる為めに、同等かそれに近い精力を民国語習得に消費するの見識と雅量を所有するであらうか。予輩は直ぐにこの事が行はれずとも、幾度かの試煉を経たならば必ずその機運の到来すべきを確信する。

宗教家の奮起を待つ　活きた宗教のあるところには慈悲博愛の精神が飛躍する。慈愛の至情は聽て人類の墮落した心を清浄に洗ひ一団に纏むる泉となり鎖となる。中日親善の大業は誠に宗教家の奮起に待つ処多しと云ふべきである。併し事実は如何、今日彼此の宗教家が、世俗と足並を斉へて、各自の堅壘から一歩も蹈み出さうとせず睨み合つてゐるのは、諸種の障碍あるとは云へ余り無自覚の態度であると評せざるを得ぬ。勿論親善を謀らんとするの宗教は、本来の面目を失し政策的に手段として使はれる弊に陥つてはいけない。唯だ宗教が宗教として活動すれば、即ち其処には慈愛の焔が燃えて彼此の内心を一つに融合する様になり、その自然の結果として親善を見出し得ると信ずるのである。予輩はまた言ふ、二十世紀の今日に於いて尚ほも領土領得の夢から醒めざれば遂に亡国に陥る外なしと。今日は土地の問題でなく、心の問題である。前は武力を以て領土を拡張したが、今は慈愛を以て人心を収攬せねばならぬ。斯るが故に武器を操る貔貅の代りに慈愛の化身たる宗教家が陣頭に立つべき時代であると。

鮮台統治策の根本的更新　以上は中日親善を計るべき直接治療法とでも云ふならば、茲に述べんとするはその間接治療と云ふべきであらう。目下の朝鮮台湾は全く日本帝国統治の範囲内にあつて、即ち鮮台統治は純粋なる日本帝国の内政問題で、これをまで中日親善の問題内に引入れて云々するを畑違ひの料簡だと思ふかも知れぬが、予輩は大いに然らずと言ふ。成程朝鮮台湾は国家的見地から観れば内地と同一主権の下にあるけれども、歴史的見地から観れば、全然別物であるは云ふまでもない。家族に譬へて言ふなら、内地、朝鮮、台湾は一家族中の三人兄弟であつて、各々に個性あり別箇の立場がある。そしてその内地と云ふ兄貴が親の命を奉じて朝鮮台湾と云ふ弟分をその一存で世話し使用してゐるやうな次第、そこで問題は、この兄弟間の関係と隣佑のこれに対する注目にある。兄は弟二人を如何に世話してゐるか、その世話振りを世界は目を張つて観てゐると云ふ状態。内幕のことは何うでもそれはさて置き、隣佑の傍観は傍観だけで済めば幸、それを若し各自のことに結附けて考へられるやうでしたら如何でせう。要するに世界は不夜城の世界で、悪事千里であると同様に善事も千里だ。鮮台の統治は日本の内政であるだけに、自分の勝手に出来る範囲のことであればこそ、今日迄の仕組によつて表された誠意赤心の度合を傍人が測定するに最も便利である。愛せられんとするものは先づ人を愛せよと云ふ如くに、中日親善も結局相互の表示する誠意の質と量の如何に依つて実現の能否が定まる。而して鮮台統治に於いて日本はその国策の存する処を明かにし、その周囲に対する誠意の深浅を判断せられる理である。

予輩は平和を愛する、何故なれば、人の生命を神から賜つた絶対価値の恵与として知るからである。愛する同胞よ、自己の生命を貴ぶべし、されどその為めに他人の生命を奪ふこと勿れよ、何故なれば、「出乎爾者、反乎爾者也」と教へられたではないか。故に他人の生命を尊重することこそ真に自己の生命を尊重する所以であると予輩は確信して動かない。これは個人の上を支配する真理たるのみならず、実に団体、国家の上をも等しく律する大法則である。

中日親善は誠に東洋平和の基調で、吾人生活を東洋で営むものは、何人を問はず、斉しくその実現の為めに努力すべきであるが、実際に於いて日本は今日の処、先進国としての地位にあり、また既に詳言した理由の存在するに依つて、帝国は発動的態度を以て可及的努力を為し、その実現の為めに画策し貢献するを当然の順序であると思ふ。再び言ふ、生は天恵の権利である。日本国民がその生を全うする上に必要なる途は、何れの国民と雖もこれを塞ぐ能はず。故に、必要缺くべからざることで、而もそれが他の利益を損はぬことであれば、日本はそれを要求しても決して侵略とは云へない。此の意味に於いて日本国民の大陸発展は正当である。此の正当行為の前提として在来の中日関係を更めて、誠意ある親善を許らねばならぬ。誠意ある親善とは、久しき以前より唱へられたる日支親善の如き親善ではなく、茲に云ふ中日親善の如き親善である。此の親善あつて而も尚ほ華民国と日本帝国の提携が出来ぬならば、予輩は先づ黄海に投じて死なん。

大正十年八月二日稿

危局打開の大眼目

一

愛する日本よ、愛する中国よ、愛よる我が東亜の同胞よ、現在我々が向つてゐる途の先きには、暗い暗い不幸の深谷が打続いてゐます。我々が若し今直ぐに百八十度の転回を為して、この既定の進路から離れなければ、相互の身上に災禍が訪れて来るばかりでなく、また実に人類相噬の煉獄世界が現出して来ます。

我々は全く空前未曽有の艱難に逢着して居るのだ。日華相互の間は、所謂「一触即発」の危機に瀕して居るし、欧米列強との間にも、解け難い葛藤がある。況や各自の国内に於ける新旧勢力の軋轢抗争が、益々激化して何時如何なる大事変を、また惹き起されるか知れない。真に行手が朦朧として見透しがつかない程に、現在の非常時性は深刻であります。我々は須く大悟徹底して、「死裏求生」の努力を為し、急速に別途の行動を開始する必要に迫られて居ります。

茲に思ひ出す漢詩の一句があります。誰の作であつたのかよく記憶してないが、中国最近の文豪梁啟超の作であつたやうに思ふ、それは「艱難兄弟自相親」といふ一句であります。作者の原意は何うであらうとも、この句は私に限りない響を感じさせます。殊に現在の日華国交の狀態と、将来起るべき両国の国交に思ひ至るとき、恰も暗夜に輝やく明星の如く、この句は私の胸裏に燦然たる光明を射込みます。噫！艱難に遭遇せる兄弟は、自ら進んで相親しむのだと謂ふのであります。誠に善く天性の自然を突きとめて、余韻の流露が尽きませぬ。兄弟は元来親しかるべき間柄でありますけれども、境遇や物慾の為めに、一時その親しさを奪はれることがあります。併し一旦にして大難到来したるとき、「血は水よりも濃し」とやらで、先づ相倚り相助け得るものは矢張り兄弟だ、兄弟同胞の愛であります。実にまた同胞の愛を以てしさへすれば、一切の難関は突破せられます。希望が茲にある。前途の光明は茲から発現します。

愛する日本よ、愛する中国よ、我々は真に「同文同種」の兄弟であり、唇歯輔車の友邦であります。我々は元々相親しむべき肉親の同胞であるけれども、愚かにも、悪魔に迷はされて、相互に敵対して排撃し合ひました。幸に「艱難兄弟自相親」といふのだ、我々お互の間にも、また各自の内部関係に於いても、実に容易ならぬ艱難が横はつて居るこの際、我々は、我々の兄弟愛に復活すべき筈であります。然らば、雨降つて地堅まるといふことで、却つて禍を転じて福と為すでありませう。この為めには、我々は是非とも同文同種の誼に復帰し、我が遠祖列聖の遺訓を事実の上に顕彰すべきであります。然らば独り我々の艱難が解消せられるのみならず、世界人類の行詰りもまた打開せられて、新しき文化、新しき幸福が、我々の領導の下に創建せらるべきを確信します。

要する、我々は我々目前の艱難を正視明識して、相互敵對の怨恨を洗滌し去り、相互依存の友愛を抱懐して、親善工作に精進するや否や、この一事が、寔に我が東洋民族の浮沈興亡に係かる重大分岐点でありまして、日華両国民の等しく三思熟慮すべきところであります。

二

最近の中国は、幣制統一の奏効と、西安事変の収局とを通して、著して民族的統一国家としての面目を発揮して来た。隣邦前途の為め、慶祝の至りであります。これ程国家意識が熾んに燃えたことは、中国の歴史に曽て前例がなかつたばかりでなく、中華民国成立以後と雖も、全く見ない現象であります。この調子で穏やかに整頓されて往けば、二十年を出でずして、民国は世界何れの国に比べても、遜色なき文明国家として存立するでありませう。

中国には「将相本無種、男児当自強」といふ格言があります。如何にも、青雲の志に燃えた闊達不羈の気象に充ち満ちてる語であります。だが、余りに元気があり過ぎて、兎角越軌脱線し易くして「守己安分」をせず、終に項羽が秦始皇の車駕を見て「彼可取而代也」といつたやうな、不測不覚の変乱を起し度き人心の陰険を示唆します。過去の中国政治社会は、大いにこれに禍されて、不測の変乱が重畳して起りました。先般の西安事変は、ほんの一時ではあつたが、或はこの中国の社会的痼疾の再発ではないかと大いに憂慮せられたのであります。当事者の是非曲直を云ふのではないが、馮玉祥が呉佩孚に対してそれをやつたのだし、郭松齢が張作霖に対してやつたのも、それであつた。また陳烱明が孫逸仙の信任を裏切つてやつたのも、矢張りそれでありました。蔣介石が先般西安の華清池で味つたあの苦味も、曽て彼が李済琛や、胡漢民に味はせた夫れであつたのであります。理由の如何を問はず、かゝる人心の動き工合は誠に頼りない、誠に深刻な禍害を社会生活、国家の組織生活に遺します。現在は日本との摩擦が激しいので、内部的結束は相当に堅いやうであるけれども、假りに日本との国交調整が成功して、愈々正式に大総統を推戴するときに、果して秩序整然と公論を以て、合理的に大総統が選定せられるであらうか。民国の統一は此の辺まで見透しをつけなければ、決して安心して有頂天になれないと思ひます。この為めには、民国の要人を始めとし、民国一般に自制自粛の内面的努力が必要であると思ひます。言ひ換へれば、真実なる滅私の愛国心に発して、秩序安寧を熱望する純情から流露した統一と結束であればよいのであります。この意味の統一結束が完成せられるならば、中華民国は必ずや、大磐石上に建てられた高楼大厦の如く、永くその輪煥の美を発して行くに相違ありませぬ。

若し不幸にして、中国目前の統一運動が、専ら抗日政策の然らしめた結果であるならば、その完成した統一は、却つて民国に取つて、禍害となるべきを恐れます。この意味で統一された勢力ならば、中国は必ず日本と正面衝突を来たすと思ふからであります。中国は中華民国の建設を完成する必要上、当然その内部的統一の工作を進めて往かなければならぬが、併し余りその功を急ぐの結果、民国の要人達が諸外国の好意を過信し、尚ほ一時の僥倖を期するの邪念も加つて、遂に目前の対日関係を逆用して民心統一の道具に供した日には、それこそ事は重大であります。中国は必ず日本と激突して、目茶々々にされて終ふと思はねばなるまい。従来の経過に徴して、何うもこの危険が多分にあるやうに見えます。民国の愛国政治家には、この明々白々の趨勢がよく見えると信じますが、何卒此の点に全心全霊を集注して、大勢の善導をして戴きたい。現在の危局に善處すべき、民国側の最大関心事は、この一点を繞つて居ると信ずるまゝに、敢へて猛省を促す次第であります。愛する中国よ、何うか排日を止めて下さい！排日は中国の自殺と等しき結果に到達します。それは、廉価な日本品を中国の大眾が使へる使へぬといふ、そんな生優しい問題ではなく、実に中国の死活を根本から制せられるべきであります。諸外国の援助があるからと、そんなに軽く浅く見てはいけないのだ。一旦緩急の場合には、大砲の彈丸が悉く中国の国土に落ちる筈ではありませぬか。

同じことを日本の側から観れば何うあるべきであらうか。長夜の惰眠から醒めたばかりの中国を、今の日本の国力で屈服せしめようとすれば、造作なき簡単なことであります。問題はそこにありませぬ。假に中国側に責任があるとしても、同文同種の兄弟を徹底的に膺懲した後の日本は、所謂「自断手足」の結果になりはしませぬか。武力に屈服された後の中国は、怒れる親の脛に抱き附いて来る頑是なき子のやうに、親日に転向すると楽観出来るでありませうか。日本はもう堂堂たる東亜の長兄としての資格を備へたのでありますから、武をもつて幼少なる新興の中国を抑制するよりか、大いに長者、先進としての德を樹てた方が、賢明であり利益であると信じます。中国の民眾は、まだまだ暗愚の者が多数を占めて、甚だ無力であるけれども、四億の大眾に深き仇恨を抱かしめるやうな行動に出ることは、よくよく考へねばならぬことだと思ひます。日本は既に悲壯な覚悟を以て、三十六対一で国際聯盟を脱退したのであります。我が東亜の長子権はいま日本に在り、英米に東亜のお世話をやいて貰はぬでもよい。東亜の問題で、英米の下風を拜するに甘んぜざるは、日本現在の心境、抱負ではありませぬか。この心境、この抱負の一つの表現として、去る昭和九年、一九三四年四月十七日あの有名な天羽声明となつて現れたのであります。同声明に曰く「日本はその地位と使命、及び東亜に於ける特殊の責任に鑑みて、支那に関しては、假令技術的乃至財政的援助の名に於いて為されるものと雖も、外国によつて企図される如何なる共同行 動をも容認することは出来ない」といふやうに、誰にも臆することなく、堂々と言ひ放ちました。実力ある日本が、その自覚のもとに、何故にその所信を中外に宣明していけないでせうか。実力に相応した抱負であれば、誰も是非を論ずべき余地はありませぬ。けれども、日本の実力は何によつて、如何なる形を以て中国に現れましたか。此の点が問題だ、此の点に是非の論があります。胡適氏は「あらゆる妨害」として、日本の実力が中国に現れたと太平洋平和会議の席上で言ひ、芳澤謙吉氏をして憤慨せしめました。胡適氏一個人だけならば、何う言はうともそれは自由にさせて置いて、一向動ずる必要がありませぬ。唯だ注意して察せねばならないことは、中国四億民衆の心証そのものであります。中国の有識者無識者を挙げて、日本を懼れ、日本を忌避して居る実情であります。已むを得ない場合は、武を用ひて威を示す必要もあらうけれども、現在の中国に於ける日本は、須く早く徳を樹て示し、彼等を懐かしめなくてはなりませぬ。

去る二月十五日の帝国議会貴族院本會議で、阪谷芳郎男が林新首相に対して、次ぎの如く質問したと報ぜられました。即さ「我が大陸政策は支那侵略の印象を支那に与へ、これが為めに抗日運動が起るのである。この誤解一掃が大切なのだ。此の点に就き首相の考へを聞きたい」とあつたさうであります。阪谷男の此の一言は、誠に現在の東亜危局の中心をよく突当てられたと思ひます。林首相は勿論、日本の大陸政策に中国侵略の意図なきを認め、全く中国の誤解に由ると述べられたやうであります。けれども中国人は之と異る感想を懐き、中国は日本を誤解して居ないと言ふのであります。

去る三月二十一日の晩、福建省の有力新聞南方日報社社長閔佛九氏は、我が台湾の島都台北の或る歓迎会席上に於いて述べた談話の一節に、「最近自分に最も強き感触を与へたものは、何といつても日華問題以上のものはない。我等は毎日々々親善提携を称へます。それが已に一箇の「口号」として、お互を欺瞞し合ふ口号として出来て了つたやうであります。現在日華間の問題は、単に口号を称へては居られませぬ。事実が大切である、事実を以て証明せられた親善でなければ、何の意味もなさないのであります」と。

同じく三月の二十八日に、許世英駐日民国大使が上海で、次ぎの如く語つたと報ぜられました。即ち「提携の実を挙げるためには、先づ提携したいといふ気持が動いて来なければげならないが、それには何うしても政治上の障碍が除かれ国民的感情が平常狀態に立帰るやうにしなければげならない。経済問題を全く政治問題から切り離すことは不可能である」と。

右のやうな言説は、中国の真実なる輿情を代表して、言ったものであると思ひます。我が日本若し東亜の指導者として、平和を建設して往く熱意があれば、此等の意見にも耳を傾けて、善処する必要があると信じます。親善することは、勝負事とは性質が違ふ。勝負ならば、当方の力量に任せて思ふ存分にやればよろしい。けれども親善することは、双方の自由意思に出発せねば出来ないのであるから、対手の気持を是非酌量する必要があります。簡単に一言で蔽へば、中華民国の四億民眾の輿望は民国の統一完成にあり、我が日本はその主権を尊重し、その輿望の達成を援助するのであると、斯様に民国朝野の了解を得ることが出來れば、萬事悉く解決せられて往くと思ふのであります。この一事は誠に重大であります。目下の東亜の危局は真にこの一目の置方で、決定的の死活に分れて来ます。噫！重大なる哉、この一目の置き工合よ‼

私は、我が東亜目前の危局を打開すべき三大要望を、箇条書きにして、敬愛する日華両国民の前に提出致します。

一、中国の同胞は、東亜目前の危険を自覚し、日華両国両民族の相互に唇歯輔車の関係にあること、同文同種の世誼あることに顧みて、中国全土より日本排斥の言行を一掃して、日本との経済提携に努力すべきこと。

二、日本の同胞は、同じく東亜目前の危険を自覚し、日華両国両民族の相互に唇歯輔車の関係にあること、同文同種の世誼あることに顧みて、中国国家の統一建設に対し、中国の主権を尊重して、同情ある援助協力を惜しまざるべきこと。

三、満洲国の将来に就いては、満洲在住者の自決行動に一任し、外国より承認、或は取消の要求を提起せざるべきこと。

三

最後にもう少しく申し述べてから、擱筆したいと思ひます。我が東亜の大局を維持して往く中心勢力は、日本と中国であると思ひます。言ひ換へれば、日華両国が、互に親善して協力するならば、東亜に始めて平和と進歩発達が期せられるのであるが、若し不幸にして、日華両国が、何時までも現在のやうに対立し摩擦するならば、我が東亜の前途は、誠に暗澹たるものがあることは、再三申した通りであります。夫れ故に、日本人と中国人とを問はず、凡て東亜で生を営むものであれば、等しく此の点について深甚に考慮し、覚悟を定める必要があります。私は微少ながらも、日本人の一員であり、東亜在住者の一分子であります。現状のまゝで往けば、東亜の全地を挙げて、非常なる大不幸の現はるべきを察して、深く思ひ詰めた結果、以上のやうな愚見を披瀝して、以てお互の反省を促したく思ふのであります、以上は、東亜の現状を凝視して、その当面の反省と応急の対策を、粗略ながら申し述べた積りでありますが、それは単なる既成の情勢を緩和すべき一時的の対策に過ぎない。更に所謂「抜本塞源」の根本的考慮、計画を新たに建てなければ、たとひ一時の彌縫が出来ても、根本的禍根が除かれた理ではないのでありまして、その内にまた艱難を惹起するに相違ありませぬ。

然らば「抜本塞源」の工夫はあるか。私は考へやうによつては大いにあると思ひます。それは国家の成立した由来と使命を忘れて、単に国家なるが故に、国家を天降り的に考へた迷妄から起つたのではありますまいか。此の点を深切に、日華両国の同胞に考へて戴きたい。日本は建国以来、已に二千六百年に垂んとする萬世一系の立派な皇国だ。而して、中華民国は建国僅か二十五年、幼少の国に過ぎないけれども、それでも四億の大衆を包容せる五族協和の大中華民国ではありませぬか。然るに現在では、両国何れも非常時局とか、焦土外交とか、或は救亡図存とか、抗日救国とか言うて、空前の危機に瀕したと絕叫して居ります。この世界無類の大日帝国を、焦土と化してまでもと言ふのは、甚だ不謹慎の譏を受けませぬか。また、折角幾多の犠牲を拂つて築き上げた大中華民国を、抗日排日とばかり奔命してゐては、この大中華民国の成長発達の上に、悽慘なる強風怒濤が襲来して、目茶々々に荒されて終ひはせぬか。茲に於いて、我々はこの矛盾から脱出する途を発見すべきであります。即ち日本を焦土と化せしめないばかりでなく、益々日本の光輝を発揚せしむべき国策や外交の建方をすれば宜しい。大中華民国を目茶々々に破壊すべき運命に至らしむべく、抗日排日の政策を継続するのでなく、中華民国の国基を益々安固に据ゑ得べき善隣の政策に返ればよいと思ふのであります。つまり。完成の途に進み、破壊の途から去るのが根本であります。

完成の途と言へば、種々様々あらうけれども、日本の国勢と中国の国情に鑑みて、私は次ぎのやうな方策に出ることが適当にして且つ賢明なりと信じます。日本は四面圏海の島国で、小締りに始末しよいやうに出来てゐて、その上、徳威広大無辺なる皇室が、挙国億兆の上にましまし給ふのでありますから、国家としては、最も理想的に根幹が立つてゐると思ひます。この根幹を本にして、更に磨きをかけて往くことが、日本の完成ではありませぬか。而して、その磨きの工作の中で主要部を占めることは、過剰人口の捌き途と工業原料獲得の途を得る、この二点でありませう。更につきつめて言へば、過剰人口の吐き帰を得る一点に帰著すると思ひます。又、中華民国の国情を考へて見るに、門戸開放、彼の国は所謂「地広物博」の国柄で、その缺くるものは平和と教育の外に何物もない。門戸開放、機会均等と云つて居りますが、歴史的に観て、中国程門戸開放、機会均等で一貫して来た国は、世界中にまたとありませぬ。現在四百余州の広土を有し、百幾種類の方言を語る雑多の民族から混成した四億の大衆を包容して居る、此の事実がそれを証明して居ります。故に中国は、要求されるまでもなく、誠にそれ自体が門戸開放であり、機会均等である国柄であり、所謂「四海之内皆兄弟也」といつた立前の国柄でありまます。だが、此の国に於いて常に求めようとして居る一つのものがある、それは統一された平和でありまして、その統一の任に当るもの、即ち政権把握者の誰なるかを問ふよりも常に平和を来らすべき統一そのものを求めて已まないのであります。故に中国に平和と統一を来たらせるものは、中国の主であり、この平和と統一を来たらすべき協力者は中国の友であり、是れに反して、その平和と統一を打ち破るものは、永遠に中国の仇敵であると知らねばなりませぬ。

茲に於いて、我々は一段と問題の中心に触れて来ます。先きに申した抜本塞源の根本策は、茲から発見せらるべきを信じて疑はないのであります。即ち日本は、中国の門戸開放、機会均等といふ其の立国の大精神を攫んで、過剰した人民をば、中国の平和と統一とを来たらすべき協力者として、間断なく大陸に送り出すことであります。その為めには、豫め、夫れ等の者の知徳を磨き、夫れ等に中国の言語を教へて、中国の風習に融和し得る素地を造つてやらなくてはなりませぬ。言ひ換へれば、善良なる中国人として、夫れ等の過剰した人民を大陸に送り出すといふことであります。若し、斯様な平和的移民をなすときに、中国から排斥されて受入れられないならば、その時は即ち中国が、それ自らの建国精神を失墜したのであつて、中国の亡ぶべきときであります。又若し、上述のやうな用意と努力をせずして、唯だ漫然と特権を主張しても、仕方がないといふことになります。そのときは、彼此相互の間に暗雲が常に低迷し、悽風慘雨の続く日を見るばかりだと、思はねばなりませぬ。

斯様にして、日本は益々磨きをかけて、益々世界無類の国光を放ち、中華民国も同様に磨きをかけて、益々その「地広人衆」の大包容力を発揮して、中華料理の如き豊富な調和ある味を増し加へるのであります。是れ即ち、我が東亜永遠の平和策でありまして、現在の危局を打開すべき根本方案であると信じます。噫！日華両国は、真に唇歯輔車の友邦であり、同文同種の同胞兄弟であります。この親しき密接の關係にありながら、現在の如き艱難の危機に瀕しても、若し尚ほ互に覚醒して、平和的、協調的方策を立てようとしないならば、それは誠に、天が我が東亜を禍せんとして、先づ我々の心を暗愚にしたと思ふ外ありませぬ。

日華両国の同胞よ、大難正に我々の頭上に降り掛らうとして居る、互に眼を醒して立ちませう、立つて而して、我が東方文化の真生命に甦り、我が子孫後裔の為に、永遠なる平和の基礎を据ゑて、以て行詰つた世界各国民族に、新しき光明の道を指し示さうではありませぬか。

私は茲で正に擱筆せんとするときに、突然新聞号外が舞込み、林銑十郎総理大臣が政府政党間の相剋を解消したき趣意の下に、本日午後五時近く総辞職を断行したといふことで、誠に欣快至極、同慶至極に存じます、その総辞職声明の中心理由に曰く、「今や時局重大であつて、朝野協力時艱を克服し、国運の伸張に邁進すべきときで、苟も国内の相剋を許すべきときでない。」とありました。この趣意精神は即ち先きに私が引用した漢詩の一句「艱難兄弟自相親」といふ人性自然の流露の実証であります。真に現下の時局は重大、国内朝野の相剋対立を許すべき秋でありませぬ。お互は一致協力して時艱を克服すべきであります。噫!然り、大いに然り、林内閣最期の機転は、全く滅私の至誠から発した英断であると敬服します。日本挙国の同胞にも、この精神を更に拡大、深化して戴き、以て日華両国間の相剋対立を、同様に解消せしめて行きますれば、我が東亜の前途は、真に萬々歳であります。

昭和十二年、一九三七年五月三十一日燈下、希望に燃えて擱筆

國家圖書館出版品預行編目資料

蔡培火全集／張炎憲總編輯. --第一版. --
臺北市：吳三連臺灣史料基金會, 2000
[民 89]
冊；　公分
第 1 冊：家世生平與交友；第 2-3 冊：政治關係一日本時代；第 4 冊：政治關係一戰後；第 5-6 冊：臺灣語言相關資料；第 7 冊：雜文及其他
ISBN 957-97656-2-6（一套：精裝）

848.6　　89017952

本書承蒙
至友文教基金會
思源文教基金會
財團法人|國家文化藝術|基金會
中央投資公司等贊助
特此致謝

【蔡培火全集　三】

政治關係——日本時代（下）

主　　編／張漢裕
發 行 人／吳樹民
總 編 輯／張炎憲
執行編輯／楊雅慧
編　　輯／高淑媛、陳俐甫
美術編輯／任翠芬
中文校對／陳鳳華、莊紫蓉、許芳庭
日文校對／許進發、張炎梧、山下昭洋
出　　版／財團法人吳三連臺灣史料基金會
地址：臺北市南京東路三段二一五號十樓
郵撥：1671855-1 財團法人吳三連臺灣史料基金會
電話・傳真：（02）27122836・27174593
總 經 銷／吳氏圖書有限公司
地址：臺北縣中和市中正路 788-1 號 5 樓
電話：（02）32340036
出版登記／局版臺業字第五五九七號
法律顧問／周燦雄律師
排　　版／龍虎電腦排版公司
印　　刷／松霖彩印有限公司

定　價：全集七冊不分售・新台幣二六〇〇元
第一版一刷：二〇〇〇年十二月

ISBN　957-97656-2-6（一套：精裝）

蔡培火全集○家世生平與交友○政治關係—日本時代○政治關係—戰後○台灣語言相關資料○雜文及其他○